DONDE MORA LA OSCURIDAD

Donde Mora la Oscuridad

A.B. PORANEK

Traducción de Ankara Cabeza Lázaro

Argentina – Chile – Colombia – España
Estados Unidos – México – Perú – Uruguay

Título original: *Where the Dark Stands Still*
Editor original: Margaret K. McElderry Books,
un sello de Simon & Schuster Children's Publishing Division
Traductora: Ankara Cabeza Lázaro

1.ª edición: febrero 2024

© 2024 by A.B. Poranek
All Rights Reserved
© de la traducción 2024 *by* Ankara Cabeza Lázaro
© 2024 *by* Urano World Spain, S.A.U.
Published in agreement with the author, c/o BAROR INTERNATIONAL,
INC., Armonk, New York, U.S.A.
Plaza de los Reyes Magos, 8, piso 1.º C y D – 28007 Madrid
www.mundopuck.com

ISBN: 978-84-19252-51-7
E-ISBN: 978-84-19936-18-9
Depósito legal: M-33.362-2023

Fotocomposición: Ediciones Urano, S.A.U.

Impreso por: Rodesa, S.A. – Polígono Industrial San Miguel
Parcelas E7-E8 – 31132 Villatuerta (Navarra)

Impreso en España – *Printed in Spain*

Para *babcia* y *dziadek*,
porque los árboles no crecen sin raíces.

1

La chica que se adentró en el bosque

os festejos de la noche del Kupała no han hecho más que empezar cuando Liska Radost deja el pueblo atrás.

Se le llenan los ojos de lágrimas al echar un último vistazo a su espalda. Una ráfaga de viento le arranca el chal de los hombros y amenaza con devorar la llama del candil. Esta noche, la del solsticio, debería girar en torno a las celebraciones que tienen lugar bajo la enorme luna estival. Es la noche en que las jóvenes casaderas preparan coronas de flores silvestres para depositarlas en las aguas del río y que los muchachos las persigan corriente abajo, en que se cantan canciones populares al son del rugido de una alegre hoguera, en que los habitantes del pueblo le piden a Dios que vele por la fertilidad de sus tierras, su ganado y sus esposas. Pero, ante todo, es la noche en que, según se dice, el helecho florece.

Y, si las leyendas son ciertas, esta será la noche en que Liska encontrará la flor. La arrancará, pedirá su deseo y expiará sus pecados.

Se abre camino a través de la oscuridad, a través de uno de los muchos campos de trigo que reptan por las suaves colinas y rodean el pueblecito. Al mediodía, el sol hará que los tallos se conviertan en filigrana de oro, pero ahora, al inclinarse ante ella como penitentes arrepentidos, no son más que un susurro fatídico contra la tela de flores de las faldas de Liska. La joven levanta el candil un poco más, pero la luz que emite apenas ofrece un rutilante destello, una burda imitación de la hoguera del Kupała que baila en la distancia y plasma los tejados de paja de Stodoła sobre el lienzo nocturno.

9

Stodoła. Su hogar. Un hogar que no volverá a ver si la noche no se desarrolla según su plan. Liska está al tanto de los rumores que corren entre los vecinos del pueblo: aseguran que es una bruja, que es tan malvada como la magia negra que alberga el bosque de los espíritus. Por poco se le escapa una sonrisa al pensar en lo irónica que resulta la situación: se dice que ese lugar maldito llamado la Driada es donde florece el helecho.

Es su única vía hacia la redención.

La luna se alza sobre su cabeza, como un enorme ojo plateado, abierto de par en par y atento a todo cuanto sucede. Anima a Liska a apretar el paso y aviva la sensación de urgencia que arde en su pecho. En todas las leyendas, la flor del helecho solo permanece abierta hasta que sale el sol, así que no hay ni un solo segundo que perder.

En su camino, pasa por delante de tierras de labranza, de suaves colinas salpicadas de abedules de un blanco fantasmagórico y de campos de hierba áspera que dan cobijo a orquestas de grillos. En un intento por levantarse el ánimo, comienza a tararear una canción popular sobre una muchacha, dos pretendientes y un serbal. A medida que los grillos marcan el ritmo y los susurros de la brisa acompañan la melodía, Liska se obliga a creer que no está asustada.

Hasta que el bosque de los espíritus aparece ante ella.

Ya había visto la Driada antes. Se había acercado hasta la linde en más de una ocasión, como todos los niños de Stodoła, atraída por esa curiosidad traviesa que solo los más pequeños poseen. ¿Cuántas veces se había detenido en este preciso lugar con Marysieńka para retarse la una a la otra y adentrarse poco a poco en el bosque? Más, y más, y más cerca hasta que un gruñido o un crujido las hacía salir corriendo, gritando sin detenerse hasta llegar a casa. Los niños tienden a actuar sin pensar hasta que se hacen lo suficientemente mayores como para comprender lo insensatos que fueron, hasta que los padres les enseñan a tejer los móviles de paja que decoran cada hogar en Stodoła y las madres les explican por qué les recogen el pelo con lazos carmesíes. «Es una medida de protección contra los espíritus, los demonios y la maldad del bosque que estos habitan», les dirán con delicadeza, pero con tono sombrío.

Desde tan cerca, Liska ha de admitir que el atractivo del bosque tiene una naturaleza algo mórbida: posee la belleza de las flores que se dejan sobre las tumbas o del vuelo de un halcón cuando se lanza en picado a por su presa. Los árboles son enormes, tan gruesos como torres, y sus ramas, que se extienden como los dedos de una anciana, se enredan en las volutas de niebla, espesa como el algodón. Liska se da cuenta de que huele igual que una tumba recién excavada: el olor a tierra, putrefacción y carroña impregna cada bocanada de aire.

La flor del helecho aguarda en algún lugar del bosque. Cuando la encuentre, tendrá que formular su petición con prudencia, puesto que le concederá un único deseo. En las leyendas, el protagonista suele expresarse mal y acaba sufriendo un destino horrible, si es que llega siquiera a escapar de los diabólicos espíritus del bosque. En este caso, al menos, la maldición de Liska le da una ventaja. Siempre ha tenido la habilidad de sentir a los espíritus, de oírlos e incluso verlos, como al *skrzat* que vivía junto a la estufa y se quejaba de que el suelo estaba sucio o a la *kikimora* de la casa del vecino, que gritaba de alegría cuando encontraba lana que enredar. Pero esos son espíritus domésticos benevolentes que comen ofrendas de pan y sal hasta ponerse gordos y tratan bien a los humanos que les dan cobijo. Liska duda de que los demonios de la Dríada se parezcan en algo a ellos.

¿De verdad está decidida a hacerlo? Todavía hay tiempo de echarse atrás.

«La chica no encaja aquí».

Un recuerdo: el padre Paweł está sentado en la cocina de la abarrotada cabaña de los Radost. Es un sacerdote joven. Su sotana raída tiene tantos agujeros como calvas tiene su barba y la expresión de su rostro podría llegar a pasar por compasiva si no estuviese tan cargada de recelo. Mamá y él son las únicas personas en Stodoła que conocen el secreto de Liska. Al menos, así era hasta hace dos noches.

—La gente ya empieza a sospechar, Dobrawa —dice Paweł—. No tienen pruebas, pero nadie encuentra otra explicación para lo ocurrido. Lo mejor que puedes hacer es enviarla lejos de aquí antes de que vuelva a perder el control o los Prawota consigan convencer a más vecinos para que se unan a su causa.

Se supone que es una conversación privada, pero a Liska eso le da igual y escucha cada palabra del sacerdote con atención mientras los espía desde fuera, a través de una rendija en las contraventanas de la cabaña. Se muerde el labio con firmeza y saborea el regusto metálico de la sangre en la lengua. Es un día húmedo, el cielo azul está abarrotado de nubes y una gallina raspa la tierra con una pata.

—Lo sé, padre, lo sé, pero no tiene a dónde ir.

Dobrawa Radost, mamá, está sentada frente al padre Paweł y arranca hojas de menta para ponerlas a secar. Con su rígido comportamiento y su mirada fría como la escarcha, a Liska siempre le ha recordado a Szklana Góra, la legendaria montaña cristalina que ningún caballero había conquistado jamás. Al igual que esa montaña, mamá no es ni amable ni cruel. Es simplemente indómita, un rasgo que requiere su trabajo como sanadora de Stodoła.

—Ya es mayor de edad —responde el padre Paweł— y, además, es educada y formal. Podrías ofrecerle a alguien su mano en matrimonio, enviarla a ser aprendiz… o, aún mejor, dejarla en un convento. Dios no le da la espalda a nadie y su presencia evitará que esos poderes impíos tienten a tu hija.

Dobrawa suspira.

—Ya he barajado todas esas opciones, padre, pero ¿de verdad cree que es buena idea enviarla lejos de aquí sola? Me aterroriza pensar en lo que podría convertirse sin una figura que la guíe. —Tira sobre la mesa un tallo de menta desnudo—. Ay, Bogdan habría sabido qué hacer con ella. Él era el único que sabía de verdad cómo actuar.

—Tú estás cumpliendo con tu deber —le asegura el padre Paweł—. No la estás condenando, solo estás tomando precauciones. Es por su propia seguridad y…

«Y también por la nuestra». No ha llegado a pronunciar esas últimas palabras, pero Liska sabe muy bien lo que ha querido decir: que es peligrosa, que la magia la ha corrompido, como la plaga que echa a perder un huerto.

—Haré que eso cambie —les promete la joven a las estrellas que brillan sobre su cabeza—. Voy a arreglarlo.

Haría lo que fuera por demostrarle a sus vecinos y a su familia que no es peligrosa, que encaja en el pueblo. Aunque eso suponga depositar todas sus esperanzas en los cuentos de hadas de su infancia.

Da un paso adelante y otro, más cerca, hasta que levanta la vista para contemplar los árboles de la Dríada. El pavor se aferra a su garganta, pero se lo vuelve a tragar.

—Que Dios me guarde —susurra.

En el bosque, algo profiere un alarido a modo de respuesta. ¿El viento? No, es un sonido demasiado irregular.

Un aullido.

O tal vez una carcajada.

Liska Radost levanta el candil y escudriña el camino que ha elegido, apenas un surco de maleza pisoteada entre las susurrantes ortigas y las crueles zarzas que se alzan como unas fauces a cada lado del sendero. Bajo la rutilante llama, el paisaje parece un espejismo, un umbral que conduce hacia un palacio de oscuridad. Que aguarda. Que observa.

Vuelve a oír la carcajada, pero, esta vez, se obliga a devolverle la sonrisa.

Y se adentra entre los árboles.

No se puede dar nada por seguro en el bosque cuando cae la noche.

En la oscuridad asfixiante, aislada del mundo, un árbol no es un árbol, sino un cuerpo desfigurado de extremidades torcidas; su corteza no es corteza, sino un rostro grotesco de piel agrietada, y los zarcillos que crecen junto a su base no son zarcillos, sino afiladas garras que enganchan y desgarran la ropa. Las ortigas irritan los tobillos desnudos de Liska, pero el dolor no es nada comparado con el cosquilleo que siente en la nuca, la abrumadora sensación de que alguien o algo la está observando.

Liska se da cuenta de que tiene menos miedo del que debería. Tal vez sea porque este bosque, al igual que ella, no es normal, es distinto. Solo con tener en cuenta su aspecto, la muchacha encaja mejor en los terrenos del bosque de lo que nunca encajó en el pueblo: sus cabellos son del color de la tierra revuelta fresca, tiene la piel olivácea y las mejillas cubiertas de pecas coloreadas por el sol. Para el Kupała, se ha vestido con un *strój* de fiesta, que consiste en una falda carmesí decorada con flores en tonos claros y un chaleco bordado, un *gorset*, sobre una camisa blanca de encaje, y se ha recogido los indomables rizos en dos trenzas. Alrededor del cuello, lleva un collar de cuentas del color de las bayas del serbal, que hace las veces tanto de accesorio festivo como de amuleto contra los demonios. Cuando el collar se le engancha en una rama y se rompe con un chasquido, se le antoja de lo más irónico.

No se detiene a recuperarlo.

El bosque se oscurece. Unas luces, demasiado grandes como para ser luciérnagas, parecen salir de la nada y centellean en la lejanía. Algo agita la maleza a su derecha y Liska cree ver una criatura de piernas arqueadas acechándola entre la niebla, pero se escapa antes de que la luz del candil la atrape. Al dar otro paso, algo cruje bajo su zapato. *No es más que una rama,* se dice a sí misma.

Aunque el sonido ha sido más parecido al de un hueso.

Liska sigue avanzando. Es la única oportunidad que tiene de encontrar la flor y la desesperación prevalece sobre el miedo. Ya se imagina lo que ocurrirá: volverá a casa con mamá y le dirá que ya no tendrá de qué preocuparse, que la magia de Liska no volverá a ser un problema. Ninguna pieza más de cerámica se romperá sin que la haya tocado, ningún fuego se avivará ante su presencia y los pájaros no volverán a congregarse ante su ventana cada mañana como si quisieran contarle un secreto que no alcanza a comprender.

¿Cómo será su vida cuando ya no se vea obligada a mantener la cabeza gacha y fingir que los desastres que se desatan a su paso son meras coincidencias? ¿Qué sentirá cuando no tenga que reprimir sus emociones para contener su magia?

Había estado convencida, convencida del todo, de que por fin la tenía bajo control.

Hasta que ocurrió lo de Marysieńka.

El recuerdo lucha por abrirse camino en la mente de Liska, pero ella lo reprime. *Mira hacia la luz*, se recuerda. *Así no verás la sombra que se alza a tu espalda.*

Sin embargo, en el bosque apenas hay luz cuando cae la noche.

Liska no tarda en perder de vista el sendero. Avanza sin prestar atención por un instante y, al girarse, el camino pisoteado ha desaparecido. Solo hay árboles ante ella y árboles a su espalda y cada vez están más cerca. Las ramas se entrelazan hasta formar una jaula claustrofóbica y las frías hojas húmedas le zurcen la cara.

El pulso le late con fuerza en los oídos. Los senderos como el que había estado siguiendo fueron trazados por las caravanas mercantes que cruzan Orlica en dirección al país vecino de Litven. Los mercaderes entran a la Driada bien preparados, con caballos fuertes, rifles, espadas y, en ciertas ocasiones, incluso con escoltas. Una semana antes de adentrarse en el bosque, presentan una ofrenda: dejan carne, pan o dinero ante el camino que decidan seguir, un regalo para el demonio Leszy.

«Leszy». Un nombre que todos los habitantes de Stodoła conocen. Lo memorizan como una plegaria, pero lo pronuncian como una maldición. Él es quien gobierna la Driada y quien se encarga de controlar a los demás espíritus para proteger a los viajeros que atraviesan el bosque, así como los pueblos asentados a su alrededor. Él es quien impide que la gente entre en sus dominios sin presentar antes una ofrenda. Y es que todo el mundo sabe que, si el Leszy no queda satisfecho con lo que recibe, quien cruza la Driada no regresa jamás.

La propia Liska hizo una ofrenda la noche antes del Kupała: dejó una hogaza de pan de centeno y *kiełbasa* seca ante el camino que tenía intención de seguir. Pero, ahora que se ha perdido, ha dejado de estar al amparo del Leszy. Igual que las historias hablan de la protección que les brinda a los viajeros, también advierten de que quien se aleja de los senderos nunca vuelve a encontrar el camino de vuelta.

—No importa. —Liska no sabría decir si le habla al bosque o a Dios, aunque cabe la posibilidad de que en este preciso momento sean dos caras de una misma moneda—. Supongo que la flor no estará escondida a plena vista.

Entonces, se golpea un dedo del pie con una raíz, sale despedida hacia adelante sin ninguna elegancia y cae de rodillas. El candil se le escapa de entre los dedos y el cristal se rompe con un chasquido sordo.

La llama se apaga.

2

Árboles con demasiados ojos

La oscuridad se abalanza sobre ella como un depredador y lo engulle todo a su alrededor. Lo único que sobrevive es la silueta de las copas de los árboles, cuyas angulosas hojas recortan la luz de la luna hasta dejarla reducida a una serie de mutilados fragmentos. Liska pierde la compostura y el miedo se extiende libre por su pecho como un torrente abrumador.

Su avance se convierte en una sucesión de tropiezos mientras tantea a ciegas la áspera madera de los árboles y se pincha con las zarzas. Las ramitas le golpean las mejillas y se le enredan en el pelo hasta que se le deshacen ambas trenzas. Una sensación de paranoia le desgarra las entrañas y hace que su magia se revuelva. Tranquilidad. Tiene que calmarse antes de perder el control. Comienza a tararear de nuevo, en voz tan baja como puede, y se concentra en las idas y venidas de la melodía para hacer que su corazón lata al mismo ritmo.

Llega a la segunda estrofa justo cuando lo ve.

Un ciervo blanco.

Se alza de la sedosa niebla como si formase parte de ella y esta lame sus flancos y se convierte en espuma alrededor de sus pezuñas como unas aguas turbulentas. Su cornamenta se arquea hacia el frente y forma una majestuosa corona compuesta por un incontable número de puntas pálidas como la madera de abedul. Unos apéndices de semejante envergadura no deberían ser más que un estorbo en el bosque, pero no se le enredan en la vegetación. En realidad, parece que los árboles se apartan de él y retiran sus ramas con deferencia.

Las pupilas ovaladas de la criatura se clavan en Liska y la melodía muere en sus labios.

—Ho-hola —exhala antes de hacer una reverencia solo por si acaso.

Le parece un gesto apropiado, aunque resulte absurdo.

El ciervo inclina la cabeza. Su mirada es verde como el helecho, triste y vetusta, como si hubiese sido testigo de la historia de Orlica a lo largo de los siglos.

—No sabrás por casualidad dónde encontrar la flor del helecho, ¿verdad?

El animal deja escapar un resoplido que suena exasperado a la par que divertido. Pese al miedo, Liska se sonroja.

—Bueno —continúa, nerviosa—, si no has venido hasta aquí para ayudarme, entonces supongo que tienes intención de devorarme. Si ese es el caso, será mejor que te pongas a ello cuanto antes.

El ciervo da un paso adelante. Deja huellas brillantes en la tierra húmeda con las pezuñas.

—Al menos me convertiré en la cena de una criatura hermosa —razona Liska con el corazón en un puño—. Prefiero que me comas tú antes que un *strzygoń* o un *bies*.

El animal profiere otro resoplido, que suena mucho más humano de lo que debería. Da otro paso hacia Liska y luego se da la vuelta sin previo aviso. Antes de que la joven tenga oportunidad de gritar sobresaltada, el ciervo se aleja a toda velocidad, dejando un rastro de huellas resplandecientes a su paso. Las marcas que ha dejado en la tierra no desaparecen, sino que palpitan en la oscuridad y casi parecen crear un… un rastro.

Pero ¿a dónde conducirá? Liska vacila. Está más que familiarizada con las historias que hablan de demonios hermosos: *południca* de cabellos dorados que blanden hoces ensangrentadas y *rusałka* que ahogan a los hombres después de mostrarles sus mayores deseos con una hechizante melodía. Podría ser un truco… Lo más seguro es que lo sea. Pero es su mejor opción.

Sigue el rastro del ciervo. Las huellas se desvanecen a medida que las va dejando atrás, de forma que el camino queda iluminado ante ella y envuelto en sombras a su espalda. Poco a poco, el bosque abandona su actitud amenazadora, los árboles se yerguen con delicadeza y la neblina se disipa para revelar un tapiz de suave musgo. El rastro del ciervo desaparece abruptamente y deja a Liska ante la orilla de un río, una masa de agua agitada y negra como la tinta que brota de entre dos retorcidas coníferas gemelas. La luz de la luna se filtra en amplios haces a su alrededor y esa luminosidad le supone un alivio, pese a que la ausencia del ciervo la inquiete.

—¿Qué es este sitio? —susurra Liska. No se atreve a levantar más la voz—. ¿Por qué me habrá traído hasta aquí?

Se arrodilla vacilante junto al río, y las agujas de los pinos se le clavan en la palma de las manos cuando se inclina hacia adelante para recuperar el aliento. Piensa en su hogar sin que haya sido su intención; a estas horas, los vecinos ya deben de estar reunidos en la plaza del pueblo, bailando alegremente al son del violín. Puede que el padre Paweł esté dando sus bendiciones o que las parejas de jóvenes enamorados ya estén saltando por encima de la hoguera agarrados de la mano. Ah, moriría por estar allí con ellos.

Antes de que el anhelo se apodere de ella, una música se le adelanta.

Es inconfundible. Alguien entona una hechizante melodía que va variando en intensidad. Las notas la acarician y la animan a ponerse en pie. Son reconfortantes, cálidas como un abrazo amable o una chimenea encendida en pleno invierno. «Ven a casa, Liska Radost» dicen. «Tu búsqueda ha llegado a su fin. Has encontrado el lugar al que perteneces».

Liska parpadea. Hay una persona río arriba, como si hubiese estado ahí todo el tiempo. Es una hermosa mujer desnuda, con los pechos ocultos tras sus rizos rubios y los brazos extendidos hacia la joven en una invitación para que se acerque.

Ven, Liska, ven, dice con voz cantarina.

Liska asiente un poco mareada. Está sonriendo, aunque no recuerda por qué. Tampoco sabe cuándo echa a andar, pero ahora está lo suficientemente cerca como para contar las falanges de los larguísimos dedos de la mujer.

Una punzada en el pecho hace que se detenga de golpe. Es un sentimiento terriblemente familiar, como si tuviese mariposas atrapadas en la delicada jaula de sus costillas. Es una advertencia. Su magia se ha despertado y la está avisando de algo.

De pronto, la imagen de la mujer parpadea. Tiene la piel pegada a los huesos y su boca está rodeada de un parche de costras, empapada por el agua que cae de sus cabellos ralos. Cuando Liska retrocede, la mujer de ojos vidriosos la mira sorprendida y su apariencia vuelve a cambiar. Ahora tiene el aspecto de mamá, con un delantal impoluto y gesto serio. Se acerca a Liska, suaviza su gélida mirada y extiende las manos en busca de las de la joven.

—Vuelve a casa, Liska.

Esta vez, Liska hace caso omiso de la advertencia que siente en el pecho. No hay nada que desee más en el mundo que tomar las manos de su madre y sentir la firme certeza de su contacto. Y esa sonrisa… ¿Cuánto tiempo ha pasado desde la última vez que la vio sonreír?

—Lo has conseguido, *słoneczko* —repite mamá con voz más dulce—. Se acabó. Regresa a casa conmigo.

Liska se queda helada. «*Słoneczko*». «Mi sol». Tata solía utilizar ese apodo para referirse a ella, pero mamá no la ha llamado así jamás. Dobrawa Radost, directa y pragmática, no es una mujer dada a las expresiones de cariño.

Esa no es su madre.

Liska retrocede con un estremecimiento y se aprieta los párpados con la palma de las manos. Cuando vuelve a abrir los ojos, el rostro de mamá se distorsiona, su sonrisa se hace más y más amplia, hasta que alcanza una extensión imposible y deja entrever unos dientes afilados como agujas y una lengua pálida y fina.

—Estás equivocada —le susurra Liska a la criatura—. Mamá quiere enviarme lejos de casa.

Echa a correr hacia el río.

La mujer —no, la *rusałka*— se zambulle en el agua. Se confunde con las turbias profundidades y desaparece en la corriente. Liska, que se niega a mirar atrás, cruza a la orilla opuesta de un salto y sus rodillas ceden ante el impacto. Justo cuando echa a correr, resbalándose por el barro, la *rusałka* emerge del río a su espalda y abre la boca carente de labios de par en par para proferir un alarido mientras araña el aire con los dedos huesudos en busca de las faldas de Liska.

La joven jadea. Se agarra a un tronco caído para que le sirva de apoyo y patea con todas sus fuerzas. Golpea con el talón algo frágil que se resquebraja como una cáscara de huevo y el aullido que le arranca a la *rusałka* le dice que ha dado en el blanco. El demonio la deja ir. Tras un instante, el río se queda en calma. Liska deja escapar una temblorosa exhalación para armarse de valor y echar un vistazo por encima del hombro.

La *rusałka* sale del agua y la agarra por los tirantes del *gorset*.

Liska no tiene tiempo de gritar. Cuando la criatura le hace perder el equilibrio y caer de espaldas en la corriente glacial, el mundo se inclina a su alrededor y las burbujas le obstruyen la visión.

Unos dedos viscosos le rodean el cuello.

Se le forma un nudo de pavor en el pecho cuando las arenosas aguas del río le inundan las fosas nasales a medida que el espíritu la arrastra más y más abajo y la oscuridad termina por rodearla por completo. El río es mucho más profundo de lo que parece y, a pesar de que el agua le nubla la vista, capta un atisbo de los perlados huesos que cubren el lecho. El pánico se apodera de Liska, pero, presa de una especie de delirio, la situación acaba resultándole graciosa. *Pues hasta aquí he llegado*, piensa. *Voy a morir y a convertirme en una macabra pieza de decoración.*

Sin embargo, una parte de ella se resiste. Se despierta con el aleteo de un millar de alas atrapadas y ejerce una dolorosa presión contra la jaula de su pecho. Es su magia, que responde ante el miedo que la invade. Brota violentamente de su piel con una luz cegadora y, como siempre, se transforma en un remolino de mariposas erráticas. El estallido de poder empuja a la *rusałka* lejos de Liska, aunque no se aleja sin antes arañarle el cuello con sus afiladas uñas. Liska no pierde ni un solo segundo. Le da una patada en el pecho al demonio, se impulsa hacia la orilla y sale a la superficie con un jadeo. Se arrastra a duras penas por las rocas, con el cuerpo tembloroso, sin apenas detenerse a expulsar la pútrida agua que ha tragado antes de apoyarse contra la pegajosa corteza de un pino para incorporarse. Lanza una mirada por encima del hombro, preparada para encontrarse de nuevo con su perseguidora, pero la orilla está desierta.

La *rusałka* se ha ido.

El bosque está en calma.

Con paso inseguro, Liska echa a correr. No se detiene en ningún momento, ni siquiera cuando abandona el consuelo del claro iluminado por la luna. El sudor le perla el cuello y el corazón le ruge en el pecho al ritmo del nauseabundo tamborileo de la magia. Necesita alejarse, alejarse todo lo posible de ese horrible río. Pero no importa cuánta distancia recorra, porque no consigue aliviar su desasosiego. Las historias que le contaron cuando era niña han cobrado vida, las pesadillas se han transformado en una realidad.

Ni siquiera sus poderes suponen un alivio. Esta vez la han protegido, sí, porque la magia así lo ha querido…, pero la última vez dejó a Liska con las manos manchadas de sangre después de haber sembrado la muerte a su paso. No puede confiar en ella. Tiene que ponerle fin a esto cuanto antes. Pero ¿dónde estará la flor?

Como si hubiese escuchado su pregunta, una figura familiar aparece en la arboleda que hay más adelante, con las astas inclinadas hacia la joven. ¡El ciervo! Liska se dispone a avanzar hacia él, pero la criatura se desvanece en un remolino de niebla.

—¡Espera! —exclama la joven con un jadeo antes de reírse de su propia estupidez—. Lo estás haciendo a propósito, ¿verdad?

No obtiene más respuesta que el sonido de su propia respiración entrecortada al darse la vuelta para estudiar los alrededores. Ahora se encuentra ante un barranco poco profundo cuyas paredes caen abruptamente para dar paso a una hondonada. Formando un semicírculo en torno a Liska, hay nueve árboles de aspecto peculiar, cuyos troncos están cubiertos por unas extrañas protuberancias. A simple vista, no parecen más que nudos en la madera, pero, al inspeccionarlos más de cerca, Liska se da cuenta de que los bultos palpitan.

La muchacha se cubre la boca con las manos y retrocede, pero ya es demasiado tarde.

Cada nudo se resquebraja por la mitad y la corteza se separa para dejar al descubierto un ojo inyectado en sangre. Son ojos humanos. Ojos humanos de los que brota savia amarillenta cuando se clavan en Liska.

El bosque la ha visto.

Retrocede más, pero no tiene a donde ir. Se tropieza con el borde del barranco, la tierra se desmorona bajo sus pies y el terreno cede ante su peso.

La caída es breve. Sus pies chocan con un arbolillo retorcido y el impacto la derriba. Seguidamente, se desliza por la tierra sin control. Agita las manos con desesperación en busca de cualquier cosa a la que agarrarse mientras las piedras y ramas puntiagudas le infligen unos brutales arañazos en las rodillas. Cuando por fin llega abajo, Liska se desploma.

Se queda tendida en el suelo por un instante, un único y nebuloso instante sin aire en los pulmones y con el cuerpo dolorido. Enseguida se obliga a ponerse de rodillas y, al apoyarse sobre las manos, se topa con algo sólido…, totalmente fuera de lugar.

Adoquines, colocados unos al lado de otros.

Sorprendida, Liska se pone en pie con torpeza. Ante ella se extiende un sendero adoquinado, resquebrajado, descuidado y devorado por el moho, que serpentea hasta desaparecer en la oscuridad. La joven lo estudia con recelo. Una parte de ella se siente aliviada al haberse topado con un indicio de civilización, pero otra se muestra inquieta. Ha oído hablar de los caminos que se usan para viajar por el bosque de los espíritus, pero este en particular parece tan estrecho que ni la más pequeña de las carretas podría circular por aquí. Aun así, si este no es uno de esos senderos, entonces… ¿a dónde conduce?

No tarda en descubrir la respuesta. Pese a su tamaño, Liska por poco no se fija en la casa solariega que se alza en medio de la penumbra, arropada por los árboles como un gigante dormido. En realidad, más que una casa, es el recuerdo de una: es un edificio que apenas recuerda ya lo que supone ser un hogar, con las ventanas rotas, la pintura desconchada y un torreón torcido. Toda ella está rodeada por un muro de piedra cubierto de hiedra, cuya verja delantera está flanqueada por dos estatuas en forma de ciervo. Tal vez antaño fuese hermosa, pero ahora la verja pende sin vida de las bisagras y los barrotes son un amasijo de óxido y hierro. En conjunto, el solar desprende una especie de miserable resignación, como si la casa se hubiese sacrificado como un becerro ante la Dríada.

Las bisagras de la verja emiten un chirrido de protesta que sobresalta a Liska cuando la empuja para entrar. Al otro lado, los jardines se han convertido en una selva compuesta por arbustos descuidados e infestados de zarzales. Lo único que permanece intacto es el camino de adoquines, aunque está cubierto de hojas y ramitas. Serpentea por el patio y conduce hasta un pequeño claro, donde podría haber una fuente si la finca formase parte del mundo de los humanos.

Pero no es así. Este lugar es de los espíritus y los demonios.

Por eso, en medio del claro, Liska no encuentra una fuente, sino un helecho lleno de vida, exuberante y de un verde casi artificial, tan verde que parece resplandecer.

Y, en ese mismo helecho, envuelta en un halo de hojas, hay una única flor.

3

Un zorrillo atolondrado

La flor del helecho es tan hermosa como aseguran las leyendas.

Recuerda más a una lengua de fuego que a una flor y brilla en tonos ocres, dorados y bermellones. Liska se lo piensa dos veces antes de tocarla, igual que haría con una llama, segura de quemarse los dedos. La flor emite un sonido, un murmullo regular, como una pulsación, como un latido. Es como si cada raíz del bosque fuese una vena, como si cada rama fuese una arteria y todo diese a parar a esa pequeña florecilla.

Liska la contempla, petrificada por el asombro y la incredulidad. Lo ha conseguido. Los relatos se equivocaban. Ha encontrado la flor y sigue viva. Al menos, por el momento.

Todavía le queda por llevar a cabo la tarea más importante: arrancar la flor y pedir su deseo. «Que mi magia desaparezca», dirá. ¿Cómo se sentirá cuando se cumpla su petición? ¿Su magia desaparecerá como si nunca hubiese existido o se irá desvaneciendo poco a poco? Luego, cuando todo haya acabado, aún tendrá que salir del laberinto del bosque. Pero hay un atisbo de esperanza y Liska no necesita nada más. Como una mendiga, ha aprendido a disfrutar de las migajas.

Sin vacilar ni un segundo más, extiende las manos. Con cuidado, rodea los sedosos pétalos de la flor y siente el ritmo de su poder fluir como un torrente por su cuerpo. Un latido, dos, sacudidas que se hacen más y más intensas, hasta que son tan violentas que parece que le van a romper los huesos. Se obliga a seguir adelante, sostiene el tallo de la flor con el deseo en la punta de la lengua…

—¿No te parece preciosa?

La voz no es humana. A juzgar por la forma en que reverbera a su alrededor, es imposible que lo sea. Liska nunca ha oído hablar al diablo, pero imagina que así sonaría su voz: sensual y hechizante, cristalina como el agua que fluye junto a las orillas de un río. Alarmada, Liska mira a su alrededor para tratar de localizar el origen de la voz, pero la magia pulsante de la flor del helecho sigue sacudiéndola de pies a cabeza y ha dejado el mundo prácticamente patas arriba para ella.

—Siento decirte, ladronzuela, que no puedo permitir que te la lleves.

El ciervo aparece de la nada. Está en la entrada del jardín y tiene la cabeza inclinada hacia un lado.

—¿Cómo te llamas? —pregunta, cordial.

La voz es suya. El animal habla, aunque su boca no se mueve. Ahora Liska se da cuenta de que no es un ciervo en absoluto, sino que es el guardián del bosque, y sería una equivocación confiarle su nombre.

—¿Acaso eres un pez? —inquiere el ciervo. Para provenir de una criatura tan delicada, su voz recuerda demasiado a la de un depredador—. ¿No? Entonces deja de boquear como uno. Los nombres son algo sencillo, pero no eres capaz de darme el tuyo. ¿Es que eres un poco lenta? Sería magnífico que así fuera. Me facilitará mucho las cosas.

Liska cierra la boca, pero vuelve a abrirla. Esta vez, recupera el control de la voz, aunque se aprecia en ella un leve temblor.

—Yo no soy lenta.

—Ya me encargaré yo de decidir eso. —Da un paso adelante, dos, y cada movimiento es arrogante y burlón, como si fuera un gato que ha acorralado a un ratón—. Todavía no me has dicho tu nombre.

—¿Me vas a obligar? —lo reta Liska. Su magia le martillea en el pecho, en una advertencia casi tan fuerte como la que le dio con la *rusałka*—. A mí no me hace falta que me digas cómo te llamas. Ya sé quién eres.

El ciervo sacude una oreja y se acerca todavía más a Liska. Ahora ya solo los separa el helecho.

—Ah, ¿sí?

—Eres el Leszy.

Se hace una pausa. El viento aúlla mientras se produce ese interludio e inunda el aire con el sonido de las hojas que se agitan. El ciervo alza la cabeza y da otro paso.

Y comienza a pudrirse ante sus ojos.

No hay otra forma de describirlo. Su carne se marchita como si estuviera siendo devorada por insectos, los músculos se le descomponen y le brotan unos hongos plateados de los flancos antes de terminar por pudrirse también. La piel que se le despega del hocico deja huesos amarillentos y dientes partidos al descubierto, mientras que los ojos se le hunden en el cráneo y desaparecen en la oscuridad de unas profundas cuencas oculares. El esqueleto se le parte, cambia y se recompone, como si su cuerpo se estuviese desmantelando para adoptar una apariencia totalmente distinta.

Para convertirse en un hombre.

No, no del todo. La macabra calavera del ciervo sigue en su sitio y le oculta el rostro. Es tan pálido como la luna y se mueve con una gracia sobrenatural. Su tradicional *sukmana* de lana susurra con suavidad al rozar el helecho. Tiene la piel de un tono ceniciento y el paso del tiempo le ha encanecido los cabellos. Porta la naturaleza como un trofeo: Lleva motivos de cardos y espinas bordados en las mangas y una faja con bandas de distintos tonos de verde esmeralda a la cintura.

—Sí, ese soy yo —dice el demonio.

Es alto y esbelto y su postura transmite la elegancia de un aristócrata.

—En cuanto a tu nombre, solo te lo preguntaré una vez más. ¿Cómo te llamas?

—Kasia —se apresura a responder Liska.

El demonio se queda inmóvil, al igual que el bosque que los rodea, como si cada helecho y cada rama agudizase el oído para escuchar su conversación. Entonces, la criatura murmura:

—Oigo cómo te titubea el pulso, mentirosilla. Inténtalo de nuevo.

A Liska se le forma un nudo en la garganta ante la conmoción que siente. Traga saliva y vuelve a hablar, escarmentada.

—L-Liska.

No revelará más información. No tiene por qué saber también su apellido.

El demonio se ríe entre dientes con aire jovial.

—Liska, Liseczka[1]... ¡*Oj, lisku!* Para tener un nombre tan parecido a la palabra *zorro*, no es que seas demasiado astuta, ¿no? —Cuanto más se acerca, más se cierne sobre ella y Liska se mueve inquieta ante el vacío de su mirada de cuencas huecas—. Sin embargo, sobreviviste a la *rusałka*. ¿Cómo lo hiciste?

—Suerte —responde ella.

—Estás mintiendo otra vez.

—No es...

—Conseguiste ver su verdadera apariencia, ¿no es así? —Se inclina hacia adelante e inspira profundamente por la nariz—. La magia corre por tus venas, zorrillo atolondrado. Eso te hace valiosa. Pero dime, ¿qué era lo que querías pedirle a mi flor?

Su flor. Claro. Al igual que la *rusałka*, la flor del helecho no es más que una trampa o, tal vez, una prueba. Es otro hilo más en la telaraña de perversidad de la Driada en la que Liska ha quedado irremediablemente atrapada.

El Leszy chasquea la lengua.

—¡*Oj!* Sí que eres lenta. Déjame ayudarte, ¿Quieres riquezas? ¿Éxito? No, espera. Las jovencitas como tú siempre pedís deseos relacionados con el amor no correspondido. ¿Quién es tu enamorado? ¿Un mozo de labranza? ¿Un panadero? ¿Un heredero adinerado? Venga, venga, zorrillo atolondrado. Siempre hay una historia detrás de cada deseo.

Mientras el demonio habla y habla, la ira comienza a bullir en el estómago de Liska. Cuando el Leszy se detiene a tomar aire, ella le espeta:

—Quiero deshacerme de mi magia.

La respuesta parece sorprenderlo. Se inclina hacia atrás y la evalúa con cuidado.

—¿Y por qué querrías eso?

---

1. En polaco, el sufijo *-eczka* se añade a los nombres para formar un diminuto cariñoso. (N. de la T.)

Por Marysieńka, está a punto de decir. *Y por tata*, añade su mente, aunque Liska ahoga la voz de su interior. No responde, sino que se limita a abrazarse a sí misma.

—¿Me vas a matar?

—¿Es eso lo que quieres? —se burla el Leszy en respuesta. Sin previo aviso, lleva sus largos dedos al cuello de Liska y le araña la garganta con una uña para levantarle el mentón—. Pareces poquita cosa, pero eres lo suficientemente atrevida como para colarte en mi finca y robar una flor de mi jardín. Si has llegado tan lejos, debes de estar desesperada por deshacerte de tus poderes.

Liska asiente con la cabeza y agacha la mirada de manera instintiva. Liska, tímida y educada, fácil de perder de vista en una multitud. «Siempre que no les des razones para fijarse en ti, no se darán cuenta de que en tu interior hay algo fuera de lo común», solía recordarle mamá.

—Llevo mucho tiempo solo, zorrillo. Destino cada segundo de mi existencia a velar por este bosque. Por eso, te ofrezco lo siguiente: Sírveme durante un año y, cuando ese tiempo haya pasado, te concederé tu deseo. Incluso a pesar de que... —se ríe suavemente entre dientes— incluso a pesar de que es el deseo más ridículo que he oído jamás.

Habla del trato como si estuviese dictando sentencia, pero se lo ofrece como si fuese una oferta irrechazable. Liska retrocede y se muerde el labio.

—¿Y qué pasa si digo que no?

—Entonces te dejaré marchar —dice el demonio—, pero sin la flor y sin mi protección. Soy el guardián de este bosque, así que enfadarme tiene sus consecuencias. Quizá seas una excepción y tengas suerte. Tal vez consigas salir del bosque antes de que alguna de las criaturas que lo habitan te huela y decida que le apetece hincarte el diente.

Es un ser despreciable, comprende Liska. *Y, lo que es peor, es un arrogante insufrible.* Se lleva una mano al pecho para tranquilizarse e intentar encontrar algo de sentido entre tanta locura. Un año no es mucho tiempo. Cuatro estaciones que siempre pasan en un abrir y cerrar de ojos: la nieve se derrite y los galantos florecen antes de tener tiempo de saborear los vigorizantes aromas del otoño. No se morirá por pasar un año fuera de casa, aunque le duela pensar en lo que hará mamá cuando encuentre la nota que le dejó y se dé cuenta de que no está.

Merecerá la pena. Un año es un precio justo. Un año bastará para que los errores de Liska se conviertan en un recuerdo lejano, para que sus vecinos se olviden de sus sospechas y encuentren escándalos más recientes sobre los que chismorrear. Puede que incluso baste para que la *pani* Prawota se olvide de su afán por demostrar que Liska es una bruja. Al fin y al cabo, ya ha conseguido lo que quería: Liska ha abandonado Stodoła y ya no supone un peligro para sus gentes. Cuando Liska por fin regrese, libre de su magia, esa afirmación seguirá siendo verdad. Será como cualquier otro vecino del pueblo. Encajará en Stodoła.

Encajará.

Sí, pasar un año a merced de un demonio del bosque merecerá la pena si con ello consigue encajar para el resto de su vida.

Se arma de valor, alza la barbilla y se obliga a clavar la mirada en las cuencas oculares de la macabra calavera.

—Muy bien —concluye, escogiendo sus palabras con cuidado—. Te serviré durante un año a cambio de mi deseo y mi libertad.

El cráneo del ciervo no muestra expresión alguna, pero habla con burlona diversión:

—Y, así, el zorrillo atolondrado por fin toma una decisión medianamente astuta.

El Leszy se lleva una de sus esbeltas manos a una de las puntas de sus astas y se la arranca con un brusco tirón. No se rompe como un hueso, sino que se astilla y se quiebra como una rama. El demonio sostiene el fragmento con una mano y agarra una de las muñecas de Liska con la otra.

Sobresaltada, Liska se resiste, pero no consigue zafarse de él. Una extraña luz verde parpadea a lo largo de la rama cuando entra en contacto con su piel. Antes de que pueda apartarse, la punta se mueve, sinuosa como una serpiente, y se le enrosca alrededor de la muñeca.

Cuando el Leszy la suelta, Liska lleva un grillete de madera. Lo rodea con la mano libre y la vergüenza hace que se le llenen los ojos de lágrimas. Tiene la sensación de haber vendido su alma.

—El trato está sellado —anuncia el Leszy—. Serás mía durante un año. Ahora, ven conmigo.

Pasa junto a ella, dando largas zancadas en dirección a la casa solariega.

Liska se muerde el labio y echa un último y triste vistazo al helecho. En algún momento, durante su conversación con el Leszy, la flor desapareció. Sin su luz ambarina, resulta difícil distinguir el helecho entre las malas hierbas. Y Liska está lejos de casa, en compañía de un demonio.

Un año es un precio justo, se recuerda mientras recorre el grillete con los dedos. La vida que tendrá sirviendo al Leszy no será muy distinta de la que llevaba en Stodoła. Desde que tata murió, Liska se ha encargado de las tareas del hogar, de cocinar y de cuidar el jardín. Aunque no sea la muchacha más fuerte o la más disciplinada, podrá apañárselas de sobra. Además, a juzgar por las condiciones en las que se encuentra la casa solariega, es muy probable que se le dé mejor cuidar de la propiedad que al Leszy.

—No tengo toda la noche, zorrillo.

La sedosa cadencia del Leszy interrumpe sus pensamientos.

Liska toma una temblorosa bocanada de aire. Estudia la puerta de la casa, compuesta por dos amenazadoras piezas de madera vieja y pintura negra descascarillada que se desdibujan tras una cortina de madreselva. No se atreve a imaginar qué encontrará al otro lado.

—Solo te voy a poner dos reglas —le dice el Leszy—. La primera: no te metas en mis asuntos.

Liska asiente, desfallecida.

—¿Y la segunda?

—No te adentres en el bosque sin mí bajo ningún concepto y no salgas de casa sola una vez que haya caído la noche. Sigue esas dos reglas y serás libre en un año... si es que sigues viva para entonces.

4

La Casa bajo el Serbal

En el interior, el hogar del Leszy huele a moho y desconsuelo. La puerta principal deja escapar un ronco lamento al cerrarse a la espalda de Liska, que, al pasar al vestíbulo, consigue esquivar una telaraña por muy poco. El Leszy no la espera, sino que pasa a su lado y se adentra sigilosamente en la casa para dejar que Liska se oriente a su aire. Sin embargo, su críptica advertencia permanece en el aire: «Si es que sigues viva para entonces».

Lo mejor es no pensar en ese detalle ahora. Es demasiado tarde para echarse atrás.

El estrecho vestíbulo está ocupado por un perchero, blanco por el polvo y lleno de parafernalia desparejada: hay una capa pasada de moda, un grueso abrigo para el invierno y una bufanda de lana gastada. Liska vacila por un momento antes de quitarse el chal y colgarlo en el perchero. Ese sencillo gesto hace que la situación parezca más real de alguna manera. Sí, ahora vive aquí y deja su ropa de abrigo junto a la de un monstruo con el cráneo desnudo. También se quita las botas, aunque no encuentra un par de zapatillas que las sustituyan. Le castañetean los dientes al caminar por el frío suelo de madera tras el Leszy.

Incluso estando cubierta de polvo y telarañas, la casa se aferra a un antiguo esplendor, como una anciana que recuerda los días llenos de vida de su juventud. También resulta más que evidente que está encantada. Liska nunca ha sabido definir del todo lo que eso significa, pero, en este caso, está claro. Sabe que está encantada porque los candeleros ornamentados se encienden cuando pasa por delante, iluminando su camino con una repentina llama y apagándose en cuanto los deja atrás.

El vestíbulo es frío y estrecho y cuenta con una escalera de madera aceitosa que se retuerce hasta alcanzar una galería abalconada. En lo alto, hay un candelabro de luz rutilante, compuesto por unos brazos de hierro en forma de ramas, coronados por velas envueltas en hojas de metal forjado. Ilumina el techo abovedado, decorado con pinturas de ciervos que braman y árboles imponentes, cuyos detalles dorados están descoloridos por las telarañas. Pese a su luz, cada rincón de la estancia permanece en la penumbra y las sombras parpadean con movimientos erráticos.

El Leszy la espera en lo alto de la escalera de caracol. Su pálido aspecto choca con la oscuridad de la casa y consigue que a Liska le recuerde todavía más a un espectro. Hay algo inhumano en su postura de espalda rígida, cabeza ladeada y brazos caídos que le pone los pelos de punta.

—Bienvenida a la Casa bajo el Serbal —dice. El eco de su voz recorre los pasillos abandonados y alarga cada sílaba hasta crear una tímida melodía—. Puedes ir a donde quieras, pero ni se te ocurra poner un pie en la habitación que hay en lo alto de la torre. Quiero el desayuno preparado a las ocho y la cena, a las cinco. Deja la comida ante la puerta de la habitación de la torre.

Hace una pausa ligeramente incómoda, como si no supiera qué hacer con Liska ahora que por fin está bajo su control.

—Eso es todo —concluye al final—. Buenas noches.

Entonces se da la vuelta y sube por la escalera, acrecentando con sus largas zancadas los quejidos y crujidos de la madera vieja, que solo se apagan cuando alcanza el rellano y desaparece de la vista.

Una vez sola en el vestíbulo silencioso, un escalofrío le recorre la espalda. El papel de pared pelado y el metal oxidado le confieren a casa un aspecto espeluznante y decrépito. Al mirar a su alrededor, se da cuenta de que tiene mucho trabajo por delante, el suficiente como para hacer que una experimentada ama de casa orlicana se tire de los pelos.

—Mañana —concluye—. Dejaré las decisiones para mañana.

La última palabra se transforma en un bostezo de cansancio. Tanto la huida desbocada por el bosque como el incansable palpitar de su aterrado corazón la han dejado agotada. Dormir en la casa de un demonio es una idea de lo menos atractiva, pero le es imposible ignorar la neblina que le nubla la vista y la pesadez que siente en los párpados.

Camina con sigilo hasta una de las habitaciones y se asoma al interior. La estancia está a oscuras, pero alcanza a distinguir las sombras de una enorme chimenea y un par de gastados sofás alrededor de una mesita de café. Parece ser un saloncito. Liska regresa al vestíbulo, recoge una capa del perchero y la sacude para librarse de una araña descontenta antes de soltarse el *gorset*, quitarse la camisa y quedarse solo con la camisa interior y las enaguas. Retira las hojas caídas que se le han enredado en el pelo y se arranca una espina del dedo antes de acurrucarse en un sofá y cubrirse con la capa hasta los hombros.

Le duele todo el cuerpo y su mente no deja de dar vueltas, pero el cansancio se impone a cualquier otra sensación. Mañana será un nuevo día y, bajo la luz del sol, está segura de que la Driada no será tan aterradora. La idea la ayuda a calmarse hasta que, poco a poco, se queda dormida.

¡Plic, plic, plic!

Abre los ojos de golpe al oír ese sonido.

Algo la está vigilando desde las sombras. Es una criatura monstruosa, mitad cadáver, mitad perro, enorme y desgarbado, con el pelaje tan negro como el alquitrán. Sus ojos son dos ascuas encendidas y tiene la piel del pecho y el hocico podrida, de manera que deja al descubierto franjas de costillas perladas y colmillos amarillentos de los que cae saliva al suelo.

¡Plic...! ¡Plic...!

Liska se incorpora de un salto mientras el corazón le late a toda velocidad.

El perro ha desaparecido.

No vuelve a cerrar los ojos hasta que la luz del amanecer empieza a colarse por la ventana sucia. Solo entonces, con el lejano parloteo de los pájaros que se acaban de despertar, Liska se vuelve a dormir.

Liska se despierta en una habitación bañada por la suntuosa luz dorada de la primera hora de la mañana. Por un breve y adormilado segundo, piensa que está en casa, en Stodoła, pero entonces nota la rama en forma de grillete alrededor de la muñeca y un abrojo enganchado a la camisa interior. Se incorpora lentamente y se quita la espinosa semilla de la ropa mientras los recuerdos regresan a su mente: la Driada, la *rusałka*, el trato que ha hecho con el Leszy y, por último, el perro de ojos rojos.

El perro. Mira a su alrededor, asustada, esperando encontrarlo detrás de ella. Pero no, está sola y, según el reloj de pie que hay junto a la pared, va con retraso para preparar el desayuno.

La mera idea de contrariar al Leszy basta para ponerla en pie de un salto. Abre de un tirón las cortinas de encaje blanco y se pelea con la ventana para abrirla y dejar que el aire húmedo con olor a tierra y hojas mojadas entre en la estancia. En el exterior, los árboles de la Driada son verdes y frondosos, cubiertos de musgo y tapizados de líquenes.

El sol se dispersa como motitas de luz por el jardín abandonado, así como por la estancia donde Liska se encuentra, de manera que le calienta el rostro mientras se arregla las trenzas deshechas y se pone el resto de su *strój*. Al estudiar los bordados desgarrados, intenta ignorar el nudo que se le forma en el pecho. Su traje de domingo ha quedado destrozado.

Sale al pasillo envuelto en sombras y alza la cabeza para beber de todos y cada uno de los detalles que se le pasaron por alto en la oscuridad de la noche. Nunca había estado en una casa solariega y solo había visto un puñado de ellas desde la parte de atrás de la carreta que la llevaba al mercado de Gwiazdno.

La casa más grande a la que ha entrado nunca es la del *wójt*, el gobernador de Stodoła. Puesto que había oído hablar de la reputación que la muchacha tenía con los animales, mandó llamar a Liska cuando su preciado semental empezó a sufrir unos ataques de tos muy feos. No fue un trabajo difícil; solo bastó con humedecerle el heno y sacarlo del polvoriento establo en el que dormía para que pastara. Aun así, el *wójt* se mostró muy agradecido e invitó a Liska y a mamá a cenar, lo que le permitió a la joven ver el interior de su recio hogar, con techumbre de teja y tres habitaciones amplias y luminosas.

La Casa bajo el Serbal es una fortaleza comparada con el hogar del *wójt*. Allí donde mira, Liska encuentra intrincadas tallas, elaborados jarrones e imponentes ventanales. Pese a la capa de suciedad y telarañas acumulada durante años, el hogar del Leszy es grandioso, impresionante y abrumador en todos los sentidos.

No es de mucha ayuda que la Casa bajo el Serbal se niegue en rotundo a ser normal. Lo primero en lo que Liska se fija es en los cuadros: en vez de ser las típicas pinturas de antepasados o santos, representan animales de ojillos brillantes que acechan entre los matorrales llenos de espinas de algún bosque sombrío. Sin quitarles el ojo de encima, Liska acaricia el pasamanos de una escalera, levanta una nube de polvo y se queda con los dedos cubiertos por una densa película de suciedad. Incluso el polvo es extraño en la casa: en vez de levantarse y volver a depositarse, la nube se eleva hacia el techo formando espirales y remolinos y se frota contra Liska como un gato mimoso. Cuando la sigue y se enrosca alrededor de sus tobillos, la muchacha la mira directamente y dice:

—Por favor, ahora no es un buen momento. Ya estoy lo suficientemente nerviosa como para que ahora vengas a mancharme la ropa.

Como un niño al que acaban de amonestar, el polvo se deposita de nuevo y Liska se pregunta si habrá perdido tan pronto la cabeza.

Cuando por fin encuentra el cuarto de baño, resulta que es, con diferencia, la estancia más limpia de toda la casa. Por si fuera poco, para su sorpresa, descubre que cuenta con un sistema de cañerías. Había oído hablar de ello antes, pero nunca había visto un baño equipado con tuberías, grifos sobre un lavabo de mármol y una bañera con patas talladas en forma de garras de león. A diferencia de lo que le habían contado, estas cañerías no están hechas de cobre, sino de madera áspera, como si estuviesen talladas a partir de las raíces huecas de un árbol. Tal vez sea así. Ya nada le sorprendería.

Liska se muere de ganas por comprobar cómo funcionan, independientemente de que estén hechas de raíces o no. Al girar la llave del grifo, brota una agradable cascada de agua fresca con la que se quita la suciedad de la cara, así como la sangre seca de una herida que se hizo al darse con una rama.

Hay un espejo sobre el lavabo, enmarcado con ramas de hierro y Liska se mira durante un minuto con el rostro empapado. Se siente distinta, pero su aspecto es el de siempre. Sigue siendo la misma chica sosa y sencilla de nariz respingona y cabellos oscuros, unos rasgos que heredó de tata. Sus ojos, en cambio, son azules como los de su madre, aunque, allí donde los de mamá son como la escarcha, los de Liska siempre han sido más dulces. «Como las violetas», solía decir tata. El peinado que se ha hecho deja mucho que desear y un espeso rizo se le ha salido de la pañoleta. El mechón es blanco y forma parte de la franja de pelo cano que le nace en la sien y que apareció tras el incidente con Marysieńka.

«El incidente». Esa es una expresión demasiado suave, demasiado ligera para lo que Liska hizo. Se le entrecorta la respiración y, por un instante, lo ve todo de nuevo.

Marysieńka, con un grito en los labios, desplomándose en el suelo…

—No —pronuncia la palabra en voz alta y se aferra con ambas manos a los laterales del lavabo.

El frescor del mármol se filtra a través de su piel y la mantiene anclada a la realidad hasta que consigue respirar con normalidad de nuevo. Se mete el rizo blanco rápidamente bajo la pañoleta y se apresura a salir del cuarto de baño.

Por suerte, no le resulta difícil dar con la cocina. Es una estancia sencilla y funcional, con paredes revestidas de madera, una buena cantidad de estantes y un enorme fogón alicatado con un horno y un compartimento para la leña. Unas densas motas de polvo vuelan por el aire y hacen que la cocina parezca estar sumida en una atmósfera difusa y onírica. Al investigar un poco más, descubre una alacena con una triste reserva de harina, una botella de leche y un cuenco lleno de huevos. Liska toma nota para que no se le olvide ir a explorar más tarde y averiguar si hay alguna despensa en condiciones. Por ahora, tendrá que trabajar con los ingredientes que tiene a mano.

En cualquier caso, contentar a un demonio no debería ser demasiado difícil.

Prepara masa de *zacierki* mezclando la harina con un huevo y la divide en pequeñas porciones mientras calienta la leche en el fogón. Está echando los *zacierki* en la cazuela hirviendo cuando se da cuenta de que no ha visto gallinas por la finca y tampoco ninguna vaca, claro. ¿Es posible que el Leszy salga al mundo humano a abastecerse? Desde luego, eso sería algo digno de ver.

Sirve el apresurado desayuno en dos cuencos de porcelana, encuentra una bandeja y coloca sobre ella una de las raciones con una cuchara antes de suspirar. Pese a lo mucho que se ha esforzado por ignorarlo, el miedo se le ha ido acumulando en la boca del estómago como la nata sobre la leche del día anterior. No va a llevar una vida tan diferente de la que llevaba en el pueblo, razona. Lo único que tiene que hacer es mantener la cabeza gacha y evitar meterse en problemas para ser libre... dentro de un año.

Antes de salir de la cocina, lanza una triste mirada en dirección al fogón, puesto que echa de menos la compañía del *skrzat* de su familia. Por lo general, solía encontrarse al duendecillo sentado sobre un estante o espiando desde las sombras en silencio. Sin embargo, en ciertas ocasiones, adoptaba la forma de un hombrecillo diminuto con la barba manchada de hollín y los ojos tan negros como el carbón para hacerle compañía y ayudarla con las tareas. Mamá nunca pudo verlo y, cuando Liska intentaba enseñarle dónde estaba, ella le apretaba la mano hasta hacerle daño y decía:

—Ahí no hay nada, ¿me has entendido?

Al principio, Liska no comprendía por qué reaccionaba de esa manera. Pero aprendió la lección.

En el interior de la torre, las paredes de piedra están heladas; la escalera es tosca y de un estilo mucho más antiguo que el del resto de la casa. Hay una ventana sin cristal en lo alto de la torre y tiene vistas al follaje de un alto serbal, coronado con flores tan blancas como el invierno y unas cuantas bayas tempranas. Al final de la escalera, se alza una única puerta de madera. Liska deja la bandeja ante ella y llama. Cuando no obtiene respuesta alguna, ahueca las manos alrededor de la boca y exclama:

—¿Leszy?

Nada. Vuelve a intentarlo.

—Eh, ¿señor?

Silencio. Se aparta con paso vacilante y cuando ya está a mitad de la escalera, oye el crujido de la puerta al abrirse, así como el rechinar de la bandeja cuando el Leszy la levanta del suelo.

Ya es más de mediodía cuando Liska se arremanga la camisa y se pone a trabajar. Hay mucho que hacer, tanto que resulta abrumador, pero está decidida a reinstaurar el orden entre tanto caos. Ella nunca ha sido una persona que se preocupase demasiado por la limpieza. Si le hubiesen dado una moneda cada vez que mamá la regañaba por entrar en la cocina con los zapatos llenos de barro o por mancharse la ropa, sería rica. Aun así, hay algo en la casa que hace que sienta lástima por ella. Es como un perro de caza viejo, ese que antaño fue el orgullo de su dueño, pero que ha quedado olvidado y apartado. El primer impulso de Liska es ayudarla, quiere cuidarla hasta que recupere su buen estado y vea cómo la luz regresa a los pasillos dejados a su suerte.

Lo primero que hace es una vuelta de reconocimiento. Recorre el perímetro de la finca, alejándose tanto de la casa como se lo permiten sus nervios, sin quitarle ojo al bosque que se extiende al otro lado del muro. Se lleva consigo un cuchillo de cocina por si necesita defenderse, aunque no cree que le sirva de mucho en caso de encontrarse a un demonio o, peor, al perro de ojos rojos.

Como todo lo demás, la parte trasera de la finca ha quedado a merced de las malas hierbas y el intrusivo bosque. Allí, Liska encuentra un pozo en ruinas y la entrada a una despensa. Ambos están ocultos entre el musgo y la hiedra que crecen descontrolados y lo único que demuestra que el Leszy los sigue utilizando es un camino de maleza pisoteada. Para su tremendo alivio, la despensa está mejor abastecida que la alacena de la cocina y encuentra unos cuantos pedazos de carne curada, además de patatas, remolacha y cereales. A Liska se le hace la boca agua solo con verlo. En los pueblecitos fronterizos como el suyo, la carne es cara e incluso las familias más acomodadas la comen solo en los días festivos o durante los fines de semana.

Una vez hecho el inventario, Liska se pone manos a la obra con la segunda tarea. No había hierbas aromáticas o especias en la cocina, pero en el jardín ha localizado unas cuantas plantas que reconoce: las flores amarillas del eneldo, ajo silvestre, rábano picante, menta y tomillo de pétalos púrpuras. Las recoge entre los pliegues de la falda y las deja en la cocina antes de volver a salir con un balde para sacar agua del pozo.

Así pasa la tarde, tratando de convertir el cascarón hueco de la casa en una sombra de lo que sería un hogar habitado. Mezcla harina y agua para hacer masa madre, cuece una pieza de carne curada para preparar *rosół* y saca todas las cazuelas y sartenes para limpiarlas a fondo. Una vez que ha acabado con sus tareas, se seca la frente con una manga manchada de harina y se gira a evaluar la cocina.

Es entonces cuando se da cuenta de que la estancia ha cambiado.

En la pared junto al fogón hay un perno de madera con ganchos para colgar las cazuelas y sartenes. Al menos, ahí estaba la última vez que Liska miró en su dirección. Ahora ha desaparecido.

En su lugar, hay una puerta.

Es robusta, majestuosa, y está pintada en un tono índigo decorado con motitas doradas, como el cielo a medianoche. El pomo tiene la forma de un destello y una luz se cuela por la rendija que hay bajo la puerta, como si el sol estuviese encerrado al otro lado.

Liska se queda inmóvil. En ese mismo momento, unas pisadas retumban por el pasillo. Sobresaltada, la muchacha lanza una rápida mirada en dirección al sonido antes de devolver de nuevo su atención a la puerta.

Pero esta ya no está. Las cazuelas y sartenes han vuelto, como si nunca hubieran desaparecido.

¿Qué...?

Liska no tiene tiempo de preguntarse qué ha podido suceder, porque una sombra ocupa la puerta de entrada a la cocina. Es el Leszy, todo cornamenta y pesadillas, que tiene un aspecto todavía más espantoso que en la noche del solsticio.

5

Magia rota

Liska se cubre la boca con las manos para ahogar un gritito de sorpresa. El Leszy también se queda inmóvil, con los brazos a ambos lados del cuerpo y la calavera de ciervo que porta sobre la cabeza sonriéndole con su perpetua mueca burlona. Hoy no lleva puesta la *sukmana*, sino solo una camisa holgada metida dentro de unos pantalones bordados en los bolsillos y sujetos con un cinto ancho de numerosas hebillas. Ni él ni Liska pronuncian una sola palabra. Se miran, demonio y muchacha, sorprendidos de contar con la compañía del otro.

—Había una… —«Una puerta», comienza a decir Liska antes de pensárselo dos veces, porque ni siquiera está segura de saber qué ha visto.

Se hace otro momento de silencio. El demonio no aparta la mirada de ella.

—Tienes mucha comida almacenada —comenta Liska al final.

—Sí —responde él.

—Pero no tienes un huerto ni tampoco campos de cultivo.

—No.

—Entonces… —Deja la frase a medias, tensa como la cuerda de un arco—. ¿Cómo lo haces?

—Son retribuciones. —El demonio habla con tono desdeñoso.

Liska frunce el ceño antes de caer en la cuenta. Claro. Las ofrendas. ¿De verdad le llegan tantas? Ahora que lo piensa, ni siquiera sabe hasta dónde llega la Driada… Solo ha visto un mapa de Orlica en su vida, en uno de los preciados libros del padre Paweł. Debe de llegar muy lejos si tanta gente lo cruza.

—¿Cómo los proteges a todos? —pregunta.

—Eso solo le incumbe a un demonio. Vuelve al trabajo, zorrillo atolondrado, y trata de no ponerme la casa patas arriba.

Liska se obliga a asentir con gesto recatado y se muerde la lengua cuando el Leszy se da la vuelta y sale de la cocina dando zancadas. En cuanto ya no está, deja escapar un indignado:

—¿Cómo que no se la ponga patas arriba? Estoy tratando de hacer justo lo contrario, pedazo de desagradecido.

El Leszy regresa una hora más tarde, pero, como desaparece enseguida escaleras arriba, no es más que una sombra pasajera acompañada de suaves pisadas para Liska. Poco después, la joven le sube un cuenco de *rosół* caliente a la torre. Cuando deja la bandeja y llama a la puerta, el Leszy dice:

—Entra.

Su voz resuena por la escalera, intimidante en la oscuridad de la torre. Liska se muerde el labio y extiende la mano para girar el pomo oxidado de la torre. Antes de que le dé tiempo a agarrarlo, un amasijo de ramas brota de las grietas que hay entre las tablas del suelo, se desliza por la superficie de la puerta y se enrosca alrededor del pomo. Liska contempla las ramas, boquiabierta, mientras estas se retuercen, tan hábiles como unas manos humanas, y abren la puerta de un tirón.

La estancia que hay al otro lado de la puerta podría definirse como un estudio, pero la palabra se queda corta ante las dimensiones del lugar. Una vez oyó al padre Paweł recurrir al término *laboratorio* al hablar de los eruditos de su ciudad natal, Aniołów. Según su descripción, se refería a una sala donde la sabiduría y el caos habían sellado un pacto, un lugar donde las personas se dan cuenta de lo poquísimo que saben y se sienten embargadas por el repentino deseo de ampliar mucho más sus conocimientos.

Así es como Liska se siente al contemplar las inmensas dimensiones de todo lo que ve en la sala circular: objetos cuya función y forma le resultan imposibles de adivinar, estantes llenos de viales, rollos de pergaminos y cofres. Hay cuencos con joyas resplandecientes, calaveras de mirada maliciosa en las paredes y tambaleantes pilas de libros en cada rincón. El Leszy está sentado ante un escritorio de ébano tallado, colocado delante de una ventana ojival y rodeado de ramas.

Ramas que se mueven. Son pálidas, largas y delgadas, están cubiertas de hojas, brotan del suelo y se extienden hacia las paredes como unos brazos torcidos. La mayoría permanecen inmóviles, pero, mientras Liska las estudia, se fija en que una de ellas serpentea por la estancia para hacerse con uno de los viales de las estanterías y llevárselo al Leszy, que tiene la mano abierta, expectante.

Dentro del frasquito hay una polilla viva, cuyas alas blancas están decoradas con unas estrechas manchas en forma de ojos. Cuando el Leszy le quita el tapón de corcho, el insecto se convierte en bruma y pasa como una voluta de humo por el apretado cuello del frasquito antes de volver a adoptar la forma de una polilla. Revolotea hasta salir por la ventana y desaparece entre los árboles.

—¿Qué era eso?

La voz de Liska suena débil y aguda, pero resuena por toda la habitación.

—Es una de mis centinelas —responde el Leszy—. Ahora deja eso y a callar... No, no te vayas. Solo tienes que quedarte en silencio.

Ni siquiera la mira cuando deja el vial sobre el escritorio y vuelve a extender la mano. Esta vez, una ramita más pequeña serpentea por la mesa y se desliza por una librería. Se cierne sobre los volúmenes, pensativa, antes de escoger un pesado tomo y llevárselo al Leszy. El demonio lo acepta y pasa las páginas rápidamente antes de colocar el libro delante de Liska. Ella entrecierra los ojos. Aunque sabe leer, los únicos textos a los que está acostumbrada son libros de contabilidad y recetas de cocina.

—Sí que sabes leer, ¿no?

Pese a que sus cuencas oculares están huecas, Liska siente que la está fulminando con la mirada.

—Sí, pero... —Se muerde el labio—. Aquí dice «hechizo de regeneración». Es...

Un hechizo. Eso que las brujas les lanzan a los protagonistas de las historias de tata para convertirlos en cisnes, ratones o cualquier otra criatura sobrenatural.

—Magia —dice el Leszy al mismo tiempo que Liska dice «brujería». El demonio se ríe por la nariz—. Ya veo que te han criado inculcándote la fe como a una buena orlicana. Sí, soy muy consciente de que a la Iglesia le gusta dar sermones sobre los peligros de la magia, los espíritus y las invocaciones. Pero antes de que nos tildarais de brujos, tuvimos otro nombre: *czarownik*. La gente reverenciaba nuestros dones en vez de repudiarlos.

Un techo derrumbado, el grito de Marysieńka, un millar de errores. ¿Cómo puede describir la magia como un don? Liska se abraza a sí misma.

—No voy a leer el hechizo.

—Sí que lo harás. —El desinteresado tono mordaz ha desaparecido de la voz del Leszy, sustituido por un sedoso filo amenazador—. Tenemos un trato, zorrillo. Estás a mi servicio. ¿De verdad crees que me iba a tomar tantas molestias para acabar contratando a cualquier sirviente viejo que cocine y limpie para mí?

Una descarga de miedo vuela por los brazos y las piernas de Liska y la deja clavada al suelo.

—No —responde lentamente.

Por supuesto que no. Los negocios con los demonios nunca son lo que aparentan. Aunque el Leszy asegure que hubo un tiempo en que lo veneraron, aunque se ría de su devoción, Liska lleva toda una vida oyendo advertencias: los demonios son esbirros del diablo, encargados de sembrar el caos y engatusar a los humanos para que caigan en la tentación. La magia es su elemento y las mentiras, sus armas.

—¿Por qué te interesa tanto? —exige saber Liska, pese a que teme la respuesta que pueda darle—. ¿Por qué necesitas mi magia?

—Por los mismos motivos por los que cualquiera la necesitaría —replica el Leszy—. Por poder. Por control.

Liska le muestra la palma de las manos.

—¿Y por qué no te la quedas y ya está? Así ambos tendríamos lo que queremos. Podría irme a casa. —Le tiembla la voz al pronunciar la última palabra.

El Leszy resopla en actitud burlona.

—Ojalá fuera tan sencillo —dice—. Mira, ¿no te había dicho ya que cada segundo de mi día a día consiste en velar por el bosque? Tú —apunta al pecho de Liska con un dedo— estás aquí para quitarme parte de ese peso de los hombros. Y no podrás sobrevivir ni un solo día ahí fuera —desvía el dedo para señalar la ventana y el bosque que se extiende al otro lado— sin magia.

Liska se clava las uñas en la palma de las manos.

—¿Cómo sé que esto no es más que el principio? ¿Cómo sé que no intentas tentarme para convertirme en un... demonio como tú?

Una carcajada, afilada como una aguja.

—Yo soy un demonio único en mi especie y nunca habrá más como yo.

Con eso, devuelve su atención al caótico despliegue que hay sobre el escritorio. En el extremo más alejado de la mesa, hay un orbe de cristal en cuyo interior reside una única nomeolvides atrapada y un cuenco de bayas de serbal secas. Con un único movimiento fluido, el Leszy toma un par de bayas y las coloca delante de Liska. Un escalofrío le recorre el cuerpo al acordarse del collar que perdió en el bosque.

El Leszy se mantiene impasible.

—La magia es el arte de manipular las almas, de pedirle a los objetos que se conviertan en otros e insuflarle vida a lo que carece de ella. Revívelas. Devuélveles la frescura y el color a esas bayas de serbal.

Liska sacude la cabeza, pero empieza a flaquear. El Leszy es quien tiene el control de la situación, mientras que ella tiene las manos atadas y no quiere descubrir hasta dónde estará dispuesto a llegar para conseguir lo que quiere. Tal vez sería mejor obedecerle. En cuanto vea lo volátil e increíblemente peligrosa que es su magia, seguro que el Leszy comprenderá que conviene no volver a despertarla.

Perdóname, Señor. Liska se obliga a bajar la vista al libro para leer el texto. Es bastante sencillo, como si estuviese escrito para niños. Sigue las instrucciones, cierra los ojos y se concentra. «Conecta con la esencia, con el alma del objetivo que deseas cambiar», indica el texto, así que eso hace, pese a que se siente ridícula. El silencio consiguiente le pone los pelos de punta y hace que se le pongan todos los sentidos alerta: nota la opresiva presencia del demonio y oye el susurro del papel sobre el escritorio, los sonidos del serbal al arañar las paredes de la torre.

Los pálidos dedos del Leszy empeoran la situación al cerrarse alrededor del brazo de Liska.

—Yo guiaré tu magia —dice—. Cálmate.

Su petición está tan fuera de lugar que Liska suelta una carcajada, aguda y desesperada.

Él suspira.

—Si quisiera acabar contigo, ya estarías muerta.

—Es todo un alivio.

Le han empezado a sudar las manos, así que se las seca con la falda. De niña, hubo un tiempo en que era una criatura de un poder desbordante y la magia moraba en su interior como una presencia viva tras sus costillas. Ahora, sin embargo, apenas puede sentirla. Es un peso infinitesimal contra el diafragma, inmóvil como una mariposa con las alas rotas. Liska siente el deseo de alejarse de ella, de retroceder con rechazo como cualquiera haría ante la desagradable imagen de un cadáver, pero una parte de ella, morbosa y traicionera, anhela extender la mano para tocarla. Por una vez, cede a la tentación e intenta tomar las riendas de su magia a regañadientes. La sensación hace que se le revuelva el estómago y le dé vueltas la cabeza mientras los recuerdos comienzan a agolparse a su alrededor, presionándola, sofocándola. De manera instintiva, Liska los rehúye con un escalofrío y…

—Ya basta —le espeta el Leszy.

Liska abre los ojos.

—Pero me has pedido que…

—¿Me tomas por tonto? —gruñe el demonio— Deja de resistirte. No podrás esconder tu magia de mí.

Ella lo mira con expresión confundida.

—Pero… pero si no estoy haciendo nada. Estoy tratando de seguir las instrucciones que me has dado, te lo juro.

El Leszy le aprieta los brazos.

—¿Entonces por qué no siento nada?

47

Liska se encoge de hombros débilmente y se estremece bajo el escrutinio del Leszy. Una rama se curva sobre la cabeza de la muchacha, le arrebata el libro sin previo aviso y regresa junto al hombro del demonio.

—Es inútil —masculla—. Aunque... no. Está ahí, tiene que estarlo.

Hay una creciente urgencia en sus palabras, una inquietud que le pone los pelos de punta. Suena casi... aterrado. Pero, antes de que Liska tenga oportunidad de concluir si está en lo cierto, el tono de voz del Leszy cambia cuando se inclina hacia ella y cierra el puño.

—Tal vez haya que encontrar otra manera —dice.

Unas ramas rodean de pronto los tobillos y el cuello de Liska, le cortan la circulación. La joven grita y se debate contra ellas, pero la tienen sujeta como una soga y el roce de la corteza contra la piel le hace daño. Las ramas se aprietan cada vez más y más y el pánico se adueña de Liska. ¿Habrá cambiado el Leszy de idea? ¿Tendrá intención de matarla después de todo?

No. No, no puede morir, no estando tan lejos de casa. No después de haber sobrevivido a la noche anterior.

Su magia despierta con un batir de alas tan potente como un trueno y aviva la ira que le arde en el estómago. A su espalda, se oye un sonoro crujido, seguido del repiqueteo del cristal al caer. El Leszy se echa hacia atrás precipitadamente cuando un vial pasa volando a su lado y por poco le da en la cabeza antes de romperse contra el alféizar.

Al ver semejante demostración, el demonio se ríe. Suelta una radiante carcajada y chasquea los dedos. Las ramas se retiran tan pronto como han aparecido y se desvanecen entre las grietas o serpentean por las paredes. Liska cae de rodillas mientras jadea en busca de aire.

—Bueno —dice el Leszy—. La magia está ahí, aunque solo sea en parte y no sirva de mucho.

—¿Qué quieres decir con eso? —resuella Liska, temblando—. ¡No entiendo nada!

El Leszy guarda silencio. Tras una pausa, se agacha y ayuda a la muchacha a levantarse.

—Yo tampoco —admite—. Dime: ¿alguna vez has sido capaz de utilizar tu magia? No de manera instintiva como acabas de hacer, sino a propósito.

—M-más o menos —responde ella con voz débil.

—¿Cómo que «más o menos»?

—Bueno… Hubo un tiempo en que podía invocarla. Mi madre es una sanadora. Nunca confió en mí para que la ayudara con sus pacientes humanos, por… —hace un gesto vago en dirección al vial destrozado— eso mismo. Pero yo me encargaba de tratar a nuestros animales o a los de los vecinos, si ellos me lo pedían. Si un caballo colapsaba o una vaca dejaba de dar leche, yo utilizaba mi magia para determinar qué les pasaba. Si la liberaba solo un poquito, era capaz de sentirlos, de sentir su miedo, su dolor e incluso podía ver sus recuerdos.

Era sencillo: lo único que tenía que hacer era posar una mano sobre la frente del animal y concentrarse con todas sus fuerzas hasta que sintiera las emociones de la criatura como si fuesen las suyas propias. Sabía que lo que estaba haciendo era antinatural, casi un pecado, pero llegó a la conclusión de que no podía ser tan malo si empleaba sus poderes para algo bueno. Qué tonta. No podía haber estado más equivocada. Esa indulgencia y temeridad le habían costado todo cuanto tenía.

—En fin —continúa apresuradamente para evadir sus pensamientos—. Mi magia no siempre estuvo tan desbocada. Nunca me resultó fácil dominarla, pero… conseguía arreglármelas bien en la mayoría de los casos.

—Entonces, ¿qué le ocurrió? —pregunta el Leszy.

Liska juguetea con la tela de la falda, enrollándosela en un dedo.

—No lo sé.

El Leszy se ríe entre dientes con un sonido aserrado.

—Y, aun así, de alguna manera te las ingeniaste para encerrarla y reducir su naturaleza a la de un animal enajenado que ataca por instinto. Permíteme decirte que es impresionante. En mis setecientos años de vida, nunca he visto magia tan rota.

«Rota». La palabra trepa hasta el pecho de Liska, se hace un hueco en su interior y resuena en ciertos puntos de su cuerpo, que a su vez se muestran de acuerdo con una punzada de dolor. Sin embargo, no puede evitar sentirse aliviada.

—Bueno, ahí tienes la respuesta. No puedo practicar la magia.

—Por el momento —concede el Leszy, aunque es evidente que le molesta—. Pero pronto recuperarás tus poderes. Acuérdate de lo que te digo, zorrillo. No hay nada irreparable, ni siquiera esa aflicción arcana tuya. Encontraré la manera de enmendar tu situación.

¿Y si no se puede hacer nada? Liska no se atreve a preguntárselo. Es mejor dejarle creer que lo de su magia tiene remedio. Lo último que necesita ahora es que el demonio reconsidere el trato y se dé cuenta de que no le va a servir de nada, de que Liska no puede ser lo que él espera de ella. Con suerte, cuando decida rendirse, ya habrá pasado un año entero y, para entonces, tendrá que cumplir su parte del trato.

—Eso es todo por hoy —dice el Leszy al fin. Tiene las manos a la espalda y contempla su escritorio, perdido ya en sus pensamientos—. Puedes marcharte ya.

No hay nada que Liska quiera más en el mundo, pero permanece inmóvil durante un segundo más. No consigue dejar de pensar en la manera en que el Leszy ha hablado de su magia; sus poderes casi parecían hacerle salivar. Siente como si el grillete se cerrase en torno a su muñeca, como si se burlara de ella por haberle vendido un año de su vida a un monstruo y por pensar que su palabra tenía el más mínimo valor. Una pregunta le corroe la mente como un veneno: *¿Qué hago aquí exactamente?*

Liska se ve incapaz de pensar en nada más mientras deambula por la Casa bajo el Serbal, sintiéndose en gran medida como un fantasma que se aparece por sus abandonados pasillos. Contempla el atardecer de color borgoña que desciende sobre la Driada gota a gota, como un reguero de sangre, y deja que su ira se desvanezca con el sol. Le alegra sentir cómo desaparece. La ira es un sentimiento que juega malas pasadas y era lo que solía hacer que su magia se despertara cuando era niña. Hubo un tiempo en que no comprendía el peligro en que la convertía. No hasta que algo sucedió una noche, cuando tenía siete años.

Liska recuerda la escena como si fuera ayer. Acaba de llegar el invierno, voluble y helador, y el viento que ha descendido de las montañas apalea la cabaña, cargado con la primera nevada de la temporada. Sin embargo, la estancia disfruta del agradable calor del horno y huele a la *barszcz* de mamá, una sopa hecha con levadura de centeno y setas silvestres deshidratadas.

Hace demasiado frío como para dormir en la buhardilla, así que Liska se sienta en la cama de sus padres junto a tata, que le cuenta un cuento. Con el tiempo, el rostro de su padre cada vez se va desdibujando más en su memoria, pero todavía recuerda el brillo en sus ojos, que adoptan el color de la miel bajo la luz de un candil consumido. Tata acaba de terminar de contarle su cuento favorito, el de la niña que derrota al basilisco de Gwiazdno, y se prepara para levantarse de la cama, después de arropar a Liska con el desgastado edredón.

—¡Otro más! —le pide mientras le tira de la muñeca—. ¡Solo uno más, por favor!

—Estoy cansado, *słoneczko* —dice tata, soltándose de su agarre—. Yo también tengo que dormir.

—¡Pero mamá todavía no ha vuelto!

—Quizá tarde un rato en volver. El chico de los Prawota tiene fiebre y tu madre ha ido a ver si puede ayudarlo.

—¡Por eso mismo! —exclama Liska—. ¡Te da tiempo a contarme otro cuento más!

—Que no, Liska —dice tata con firmeza.

—¡Que sí!

Liska patalea, pero tata ya no le está prestando atención. Furiosa, busca esa cosa que vive en su pecho. Todavía no entiende muy bien qué es, puesto que hace solo unos meses que ha comenzado a sentirlo. Algo la llama, aletea suavemente y susurra un «úsame» con tono cantarín. Lo usó un par de veces para encender los candiles desde lejos, hasta que mamá se asustó y los obligó a rezar el rosario, temerosa de que quien estuviera detrás de aquello fuese un espíritu de la Driada. En otra ocasión, Liska le pidió que cubriese las ventanas de escarcha en un abrasador día de verano. Se lo enseñó a tata, pensando que se sentiría orgulloso de ella, pero su padre la agarró por los hombros y le hizo prometer que nunca volvería a hacer algo así.

En este momento, todo le da igual. Una mezquindad infantil se ha apoderado de ella y lo único que quiere es que su padre se quede a su lado, así que invoca a esa cosa prohibida. De entre las tablas del suelo, brotan unos zarcillos espinosos que se lanzan hacia arriba para rodear la muñeca de tata. Él grita y Liska se echa hacia atrás, asustada. Cuando se gira hacia ella, los ojos de su padre ya no tienen el color marrón de la miel, sino que la preocupación los ha ensombrecido.

Liska se hace un ovillo, pues el miedo ha reemplazado a la ira.

—Lo siento —susurra—. Lo siento... No era mi intención...

Pero sabe que no es verdad. Es su culpa por haber pedido que ocurriera.

Con un suspiro, tata se agacha ante ella mientras se arranca las espinas de la muñeca. El dolor brilla en sus ojos, pero se lo traga incluso cuando la sangre comienza a gotearle por los dedos. Esconde la mano herida bajo la manga de la camisa y extiende la otra para acariciarle la mejilla a Liska.

—¿No te lo advertí la última vez? —pregunta con voz queda—. Ahora ya ves por qué. Sé que es tentador, pero no vuelvas a hacer nunca algo así, ¿me entiendes?

Su memoria se vuelve borrosa a partir de ahí, pero recuerda haber llorado hasta quedarse dormida en brazos de tata. Después, se despierta con un sobresalto cuando la puerta se abre de un bandazo. Una ráfaga de aire gélido se cuela en la estancia, seguida de las pisadas de mamá. Liska no abre los ojos y finge estar dormida. La puerta se cierra con un traqueteo y sus padres se ponen a hablar en voz baja. Un minuto después, mamá toma una brusca bocanada de aire.

—Esto se nos está yendo de las manos. Tenemos que hacer algo, tenemos que...

—Espera, Dobrawa. ¡Espera! No la despiertes. No pasa nada, solo ha sido un accidente. Sabe que ha hecho mal.

—¿Que ha hecho mal? Esto es mucho peor. ¡Hay zarzas creciendo dentro de casa, Bogdan! He sido una idiota al intentar encontrar una explicación lógica para todo esto. Como no había pasado nada desde lo de la ventana en agosto, pensé que... pensé que a lo mejor fue cosa de algún espíritu estival que hubiese escapado de la Driada durante el solsticio...

—Ya te dije que no había sido ningún espíritu.

—¡No quiero saber nada más! Escarcha en verano, velas que se encienden solas, cientos de pájaros posados ante nuestras ventanas... ¿Cómo va a ser todo eso obra de mi hija?

—Está usando magia —dice tata con firmeza—. Magia de verdad.

—No es magia —intercede mamá bruscamente—. Liska no es ninguna bruja.

—Tal vez no sea una bruja como las que nosotros tenemos en mente. Mi *babcia* vivió en un tiempo en que la magia era más normal y solía decir que, por aquel entonces, la gente no odiaba tanto a las brujas como ahora. Hasta las llamaba por otro nombre, aunque no logro recordarlo.

—Tu abuela contaba muchas historias descabelladas —replica mamá—. Te llenaba la cabeza de pajaritos, igual que estás haciendo tú ahora con nuestra hija. Debe de haberse acercado demasiado al bosque de los espíritus y algo se ha apoderado de ella. No suelo hacerle caso a la *pani* Prawota, pero quizá esta vez... —Mamá se interrumpe—. Da igual.

—¿Qué dijo, Dobrawa? —pregunta tata, preocupado.

—Dijo... Bueno, dijo que ayer vio a una urraca posarse sobre la mano de Liska cuando ella la llamó y que no le hizo falta engatusarla con comida ni nada. Dijo que hablaba con el pájaro como si fueran buenos amigos. Como siempre, fue a contárselo todo a la *pani* Jankowa y estoy segura de que esa cotilla se lo habrá contado ya a medio pueblo. Si los vecinos empiezan a hablar... Ya sabes lo supersticiosos que son. Vivimos en un pueblo que limita con la Driada. Bastaría con pronunciar la palabra «demonio» para hacer que cundiese el pánico.

Se oye el susurro de una tela. Puede que tata haya abrazado a mamá.

—¿Qué sugieres que hagamos?

—La llevaremos mañana a la iglesia a que le hagan un exorcismo.

Tata se queda callado durante un momento.

—No creo que sea tan sencillo.

—No hay otra opción —dice mamá—. ¿Qué vamos a hacer si no?

—Tendremos que enseñarle a controlarla y habrá que ser estrictos con ella. Siempre que sea capaz de mantenerla... en secreto, Liska estará a salvo. Después de lo que ha pasado hoy..., creo que lo entenderá.

Al día siguiente, llevaron a Liska a la capilla y el párroco rezó por ella entre susurros sombríos y amenazantes. Recuerda haber temblado de pies a cabeza, puesto que la tensa atmósfera y las miradas preocupadas de sus padres la aterraban. Al final, el sacerdote se había limitado a sacudir la cabeza, lo cual pareció dejar destrozada a mamá. Fue entonces cuando Liska llegó a la conclusión de que había algo malo en ella y que no podría deshacerse de ello con unas simples plegarias. Lo que albergaba en su interior asustaba a los demás. Aprendió a reprimirlo, a ocultarlo, pero todavía había momentos en los que esa cosa se imponía sobre ella. Momentos que hicieron que las espinas con las que había herido a su padre parecieran insignificantes, incluso inofensivas en comparación.

El recuerdo hace que Liska sienta un nudo en la garganta. Exhala para deshacerse de esa sensación y enterrarla en su interior mientras contempla el crepúsculo. A su alrededor, las velas se van encendiendo mientras que, afuera, las sombras de la Driada se vuelven más largas y amenazadoras y los árboles retorcidos se recortan contra la niebla.

Es repentino. En un abrir y cerrar de ojos, el jardín deja de estar desierto y la criatura se muestra ante ella.

Es el perro de ojos rojos.

Está junto al pozo abandonado, como una sombra que ha tomado forma. Incluso pese a la distancia, pese a estar separados por una ventana y por las paredes de la casa, Liska siente que se le va a salir el corazón del pecho. Esta vez el perro no desaparece, ni siquiera cuando se frota los ojos. Tiene la mirada burdeos clavada en ella y la boca abierta en un grotesco gruñido.

Márchate márchate márchate. El gruñido sobrenatural rechina contra el pecho de Liska, contra sus mismísimos huesos. *Márchate antes de que se despierte.*

—¿Qué estás mirando?

Liska se sobresalta y deja la ventana a su espalda. El Leszy viene hacia ella por el pasillo; sus pisadas son imperceptibles sobre el desgastado suelo de madera.

—El... —Liska vuelve a mirar el jardín, pero el perro ya no está—. ¿No lo has oído?

—¿El qué?

Por supuesto que no lo ha oído. Liska traga saliva, embargada por el miedo.

—¿Tienes...? Quiero decir, ¿alguna vez has tenido un perro, Leszy?

—¿Cómo?

—Un... perro lobo.

El demonio inclina la cabeza hacia un lado.

—Pero ¿de qué diablos estás hablando?

—Acabo de ver un perro ahí fuera. Ya no está, pero...

—Los demonios pueden adoptar muchas formas distintas. —Se da un toquecito en una de sus astas para darle énfasis a sus palabras—. Debes tranquilizarte. Tengo hechizos de protección levantados por toda la finca. Ningún espíritu puede cruzar las barreras sin mi permiso.

—Pero estaba ahí. El perro... vino a verme anoche.

Al oír eso, el demonio se queda quieto.

—Ah, ¿sí? —dice con tranquilidad. Liska sospecha que su intención era que la pregunta sonase indiferente, pero también se percibe cierto recelo en su voz—. Parece ser que algo se me ha escapado. Es cierto que he estado ocupado con otros asuntos durante los últimos dos días. Reforzaré las protecciones solo por ti, zorrillo atolondrado. Sea lo que sea lo que hayas visto, no volverá a molestarte.

Hace una pausa y se inclina hacia delante, hasta que su cabeza queda a la altura de la de Liska. La luz de las velas destaca las grietas de su rostro de calavera.

—Yo soy el único en quien puedes confiar aquí. No lo olvides.

Hay algo en sus palabras que hace que se le ponga la piel de gallina. Como la superficie de un lago en calma que oculta una corriente traicionera, en las profundidades de su voz hay amenazas y enigmas con las que es mejor no jugar.

Liska no puede evitar preguntarse qué ocultará.

Espera a que el Leszy se marche antes de darse la vuelta para mirar por la ventana de nuevo. La oscuridad ha consumido el jardín por completo y no hay ni rastro del perro. Todo es verano y quietud, pero la calma brilla por su ausencia. Hay una pesadez en el aire, una energía en la penumbra, como si el bosque estuviera pendiente de todos y cada uno de sus movimientos.

Liska ahoga un escalofrío y se aparta de la ventana. Durante uno de sus vagabundeos matutinos, ha encontrado una habitación vacía frente a la puerta cerrada con llave que seguramente conduzca al dormitorio del Leszy. Allí es hacia donde se dirige ahora, a la habitación vacía que hay frente a la del demonio. Parece una opción más segura que la de dormir en el saloncito de nuevo.

Las velas se encienden en cuanto abre la puerta e iluminan el dormitorio. Compararlo con su buhardilla y su colchón de paja en Stodoła sería como comparar un pavo real con una paloma vieja. Tiene unas dimensiones que resultan abrumadoras y una elegancia tan triste como la del resto de la casa y cuenta con un papel de pared verde musgo, robustos muebles de madera tallada, un tocador sobre el que descansa un candelabro y un armario contra la pared más alejada de la puerta.

Parece ser una especie de habitación de invitados. Movida por la curiosidad, Liska se acerca al armario y abre las puertas, suponiendo que lo encontrará vacío o quizá convertido en un lugar donde guardar otros trastos.

Sin embargo, descubre un extraño despliegue de ropa de todo tipo. Hay una camisa de lino y un abrigo con forro de piel, un amplio jubón y una estola de piel de zorro. En la parte de abajo se topa con un collar que han dejado allí tirado junto a un par de botas de trabajo desgastadas y unos preciosos zapatos de tacón. Cada pieza pertenece a una época diferente y, lo que es aún más curioso, es que todas son de distintas tallas, por lo que deben de haber tenido distintos dueños. ¿Quiénes serían aquellas personas? A juzgar por la calidad de muchas de las prendas, es imposible que todas fueran de ayudantes como ella. Pero, si eran invitados, ¿por qué dejarían sus pertenencias atrás?

—¿Qué os pasó? —susurra Liska mientras acaricia el ala de seda de una capota.

La advertencia del perro se le viene a la mente: «Márchate antes de que se despierte».

Liska deja el sombrero donde estaba, cierra el armario apresuradamente y acalla sus pensamientos. Es fácil volverse paranoica durante la noche, ver cosas que no están ahí realmente y ponerse en la peor de las situaciones. Puede que el Leszy no sea demasiado amable, pero si el interrogatorio de hace un momento ha demostrado algo es que la necesita.

—Estoy a salvo.

Liska lo afirma como si pudiera obligar a la Casa bajo el Serbal a que la proteja. Además, ¿quién sabe? Tal vez lo consiga. Tal vez el armario, y el tocador, y la cama estén sumidos en un profundo sueño, a la espera de regresar a la vida ante la más mínima señal de peligro. Si las velas son sintientes, ¿por qué no iba a ser ese el caso para el resto de la casa?

Aunque infantiles, esas ocurrencias le hacen compañía a Liska al abrir el arcón que descansa a los pies de la cama para sacar unas sábanas limpias, pero con aroma a moho. Del baúl también sale un camisón adornado con tantos lazos y encaje que debe de valer más que el fondo de armario de Liska y mamá juntos. Al ponérselo, se siente como una ladrona, una impostora que se viste con las ropas de otra mujer.

Una mujer desaparecida.

Cuando Liska apaga las velas y se acurruca en la enorme cama, no puede evitar preguntarse cuántas personas habrán dormido en esta habitación antes que ella.

6

Nada que le pueda interesar a una muchacha de pueblo

Tras una noche de agitada preocupación y nebulosas pesadillas con un perro de ojos rojos, Liska se despierta con la luz del alba y el canto de los pájaros, el cual resulta demasiado inocente y mundano como para oírse en el bosque de los espíritus. Liska enseguida se pone manos a la obra, da comienzo a su rutina y se dirige a la cocina. Cada sombra que se mueve la sobresalta y reza para que el Leszy espere como mínimo hasta después del desayuno para aterrorizarla.

Después de haber pasado el día de ayer explorando, ha llenado la alacena, y contar con semejante variedad de alimentos le causa una gran emoción. En los pueblos fronterizos, la reducida despensa de los campesinos consiste en repollos, patatas y cereales. La carne, la leche y los huevos se reservan para el mercado, aunque algunos los guardan para cuando algún miembro de la familia cae enfermo o para disfrutar de ellos en los días festivos. Pese a los limitados ingredientes, a Liska siempre le ha gustado cocinar y ahora sospecha que su desdeñoso amo está desaprovechando su entusiasmo.

Si cuando cae la noche la Driada es una cacofonía, durante el día es una melodía. Los insectos zumban, la luz del sol se filtra entre los árboles y las ramas tamborilean suavemente contra la ventana de la cocina. El trabajo se convierte en un entretenimiento a medida que amasa y estira una masa sencilla para hacer pan ácimo y fríe unos huevos con ortigas hervidas en una sartén mientras el pan se cuece en el fogón. Para cuando termina, son ya más de las ocho, así que le pide disculpas al Leszy por el retraso cuando le sube el desayuno, pero este no se molesta en contestar.

Después de comerse su ración, Liska recoge la cocina. Ha sobrado una hogaza de pan ácimo, así que le pone un poco de sal, la coloca sobre un platito y la deja junto al fogón. Aunque lo más seguro es que atraiga algún ratón, Liska tiene la esperanza de que el suelo limpio y un par de pequeñas ofrendas sean suficientes para invocar a un duende.

Después, acomete contra los pasillos y el salón y, para cuando llega el mediodía, ha conseguido que las habitaciones del piso inferior de la casa tengan un aspecto menos desolado. Ya no hay telarañas y las ventanas y las cortinas están abiertas. Estaría dispuesta a jurar que la Casa bajo el Serbal tiene mejor color, que las habitaciones parecen más soleadas, como si el edificio hubiese respirado hondo por primera vez en cien años.

Al girar la esquina de uno de los pasillos traseros de la casa, absorta en sus pensamientos, es cuando la ve. Una puerta oscura decorada con estrellas, la misma que vio ayer en la cocina. Liska se detiene en seco, sin aliento, y se frota los ojos, porque en parte espera que desaparezca.

La puerta permanece en su sitio y el pomo en forma de destello resplandece bajo la luz fracturada que se cuela por la rendija de una ventana entreabierta.

—No te muevas —le pide Liska, estudiándola con escepticismo.

Las tablas del suelo se mueven bajo sus pies para animarla a avanzar, como si la casa respondiera. Liska contiene la respiración. La curiosidad vence a la cautela, así que se acerca a la puerta poco a poco, dando pasos cada vez más temerosos.

—¿Zorrillo?

La voz del Leszy viaja sin previo aviso por el pasillo, seguida del sonido de unos pasos que se van haciendo más sonoros a medida que se aproxima. Al oírlo, la puerta se estremece agitadamente y las estrellas de su superficie parpadean una detrás de otra. Casi parece… asustada.

—¡No, espera!

Liska toma una decisión en cuestión de segundos. Se lanza hacia adelante, desesperada por alcanzar el pomo.

Cierra los dedos en torno al aire. La puerta se ha esfumado.

—Conque esto es lo que había sentido.

El Leszy gira la esquina con paso lento y meticuloso. Liska se pone en guardia, pero el demonio no la está mirando a ella, sino que ha inclinado la cabeza hacia el techo en una postura tan exasperada como amenazadora.

—¿Qué crees que estás haciendo?

Liska abre la boca para responder, pero antes de que pueda decir nada, el suelo refunfuña bajo sus pies. Las velas se apagan, las paredes revestidas de madera gruñen indignadas y juraría que las flores del papel de pared comienzan a marchitarse.

—Ya lo intentaste una vez y no te sirvió de nada —continúa el Leszy—. ¿Acaso no has aprendido la lección? ¿Pasas doscientos años dormida y ahora decides ponerte a hacer travesuras? Pero qué criatura más obstinada y senil estás hecha. Vuélvete a dormir y que no se te ocurra intentar algo así otra vez, porque me encargaré de restaurarte y puede que decida que es hora de tirar un par de paredes.

La casa se estremece como un perro asustado, lo cual hace que Liska se ponga hecha una furia. Aunque está a punto de reprocharle su actitud al Leszy, este levanta una de sus esbeltas manos.

—Lo que hay en esa sala no es de tu incumbencia —dice con voz gélida—. No vuelvas a ir en su busca.

Sin una palabra más, se marcha pisando fuerte por donde ha venido.

Liska ahoga un gruñido de frustración y se gira hacia la pared.

—Regresa —susurra, pero la casa reverbera con un silencio aterrado.

La muchacha se muerde el labio e intenta procesar lo que acaba de ver. Parece que la Casa bajo el Serbal está... viva. Y esa puerta... Ya es la segunda vez que ha intentado aparecerse ante ella. ¿Qué habrá al otro lado para que el Leszy no quiera que Liska lo vea?

Pasa un día y luego otro, pero la puerta de medianoche no vuelve a aparecer, sin importar lo mucho que Liska trate de persuadir con sus ruegos a las paredes, las escaleras y las sombras. Al tercer día, se da por vencida y vuelve a concentrar sus esfuerzos en limpiar la casa. En cuanto al Leszy, Liska solo lo ve dos veces al día: cuando sale de casa malhumorado y cuando regresa de peor humor si cabe, después de haber estado haciendo cosas de demonio, ocupado con solo Dios sabe qué retorcidos asuntos.

Es en la mañana de ese tercer día cuando el Leszy arrincona a Liska para dejar ante ella de malas maneras un manojo seco de tomillo junto a un libro de su estudio, abierto por la página de un hechizo reconstituyente.

—Otra vez —se limita a decir.

Así que Liska deja la escoba a un lado y vuelve a intentar lanzar el hechizo. Al igual que pasó la última vez, cuando busca su magia en su interior, no obtiene respuesta. No siente una chispa de poder ni un aleteo, nada salvo el acecho de los recuerdos que se niega a sacar a la luz. No ocurre nada, ni siquiera cuando el Leszy posa una mano sobre su hombro y murmura algo entre dientes, ni siquiera cuando le ofrece un frasquito lleno de un brebaje con un fuerte olor a hierbas para que se lo beba. Al final, lo único que consigue es quedarse con un amargo sabor de boca.

El Leszy la contempla con mirada implacable mientras Liska se enjuaga la boca en el fregadero. Ni su voz ni su comportamiento dan muestras de que le haya hecho sentirse frustrado. Sin embargo, después de que el demonio haya salido de la cocina, Liska encuentra el manojo de tomillo aplastado sobre la encimera, como si hubiese cerrado el puño con fuerza a su alrededor.

Por la tarde, Liska descansa en los escalones del porche, con la escoba apoyada contra las rodillas y la camisa pegada a la espalda por el sudor. El serbal se estira en lo alto y una brisa húmeda se cuela entre sus ramas para mordisquearle la piel a Liska. Alcanza a ver el helecho del Leszy desde donde está sentada; es imponente, pero poco llamativo entre la maleza y resulta aburrido sin la luz que le aporta su flor.

Las leyendas son ciertas. Se imagina a sí misma diciéndole eso a su familia, a Marysieńka. Relataría su aventura como si fuera uno de los cotilleos más recientes de los que vuelan por el pueblo, como las historias de borrachos que se escuchan en las tabernas. La nostalgia despierta en su interior. Recuerda haber representado el mito de la flor del helecho con su prima en incontables ocasiones: recolectaban margaritas para colocarlas entre los hierbajos de hojas amplias y luchaban contra demonios imaginarios antes de formular sus respectivos deseos.

Ojalá pudiese volver a esa época en la que éramos jóvenes y teníamos una imaginación desbordante para contar historias, piensa Liska. Al clavar la mirada en las sombras del bosque en perpetuo movimiento, se refugia en el recuerdo de tiempos mejores.

Liska y Marysieńka están sentadas en el pasto comunal que se extiende bajo el viejo olmo y contemplan el humo que sale de las lejanas chimeneas del pueblo. Ha comenzado la primavera, el aire se entrelaza con los últimos resquicios del invierno, y las dos chicas están envueltas en un chal y un enorme abrigo de lana cada una.

—¿Tú qué crees? ¿Existirá el Leszy de verdad? —reflexiona Marysieńka, que intenta adherirse al sentido común tanto como su mente de nueve años se lo permite.

Ante ellas, su improvisada fogata ha quedado reducida a unas cuantas brasas blancas, y Marysieńka utiliza un palo para sacar las patatas que enterraron entre las ascuas.

—A lo mejor no es más que un cuento para que no nos acerquemos a la Driada —añade.

—Tiene que ser real —decide Liska—. Si existen otros demonios, ¿por qué no él?

—A ver, piensa en la historia que siempre cuenta el *dziadek* sobre la vez en que casi se muere en la Driada.

Es la historia que más le gusta contar a su abuelo. Cuando era pequeño, la cabra de su familia se perdió en el bosque de los espíritus y él tuvo que ir a buscarla. Pese a que había dejado una ofrenda para entrar protegido, algo lo atacó. Su abuelo aseguraba que la criatura tenía cuernos, pero no pudo verla bien en la oscuridad. Regresó con vida por muy poco y nunca volvieron a ver a la cabra.

—El Leszy no lo protegió —continúa Marysieńka—. Se supone que tiene que cuidar de ti si le dejas una ofrenda.

—Es un demonio —dice Liska, que se encoge de hombros—. A saber cuál es su forma de actuar o de pensar. —Le dedica una mirada maliciosa a su prima—. A lo mejor fue el propio Leszy el que atacó al *dziadek*. Hay quien dice que tiene cuernos porque está maldito, ¿sabes?

—¿En serio? —Los ojos marrones de Marysieńka brillan de curiosidad—. ¿En qué consiste la maldición?

—Pues se dice que el Leszy no tiene corazón. —Liska imita el tono juguetón que utiliza tata para contarle cuentos—. Se dice que un árbol crece en su lugar y que este le envuelve los huesos con sus ramas hasta salirle por la cabeza. —Se lleva los pulgares a la sien, imitando las puntas de unas astas.

—Eso es mentira. — Marysieńka alza el mentón—. Para vivir hay que tener corazón, ¿no?

—No si tienes magia —dice Liska—. Pero bueno, no es más que un cuento. A tata se lo contó su *babcia* y todo el mundo sabe que estaba un poco loca.

—Ojalá mi tata me contara historias como el tuyo —se lamenta Marysieńka—. Lo único de lo que habla es de la cosecha y del tiempo, de la cosecha y del tiempo y... ¡ah, sí! De la cosecha también.

Como ya se han enfriado un poco, le pasa una patata a Liska y ella se queda con otra, y a las dos se les manchan las manos de hollín.

—¡La cosecha puede ser un tema interesante! —asegura Liska, que le da un mordisco a la patata.

La piel quemada se parte entre sus dientes y el tierno interior le quema la lengua. Con la boca todavía llena, añade:

—Estoy segura de que el trigo tiene muchísimas propiedades fascinantes que deberíamos conocer para contar con una educación adecuada como buenas señoritas.

Marysieńka pone los ojos en blanco y Liska se pregunta cómo será capaz su prima de hacer que ese gesto parezca tan... bonito. Ella consigue que todo lo que hace parezca bonito. No debe de resultarle difícil con esos cabellos rubios, esas mejillas rosadas y esos ojos tan grandes y castaños.

—Estoy harta de la cosecha —declara Marysieńka—. Algún día me mudaré a la ciudad y no volveré a pensar en eso nunca más.

—¡Pero no puedes marcharte! —exclama Liska—. ¿Qué será de mí entonces?

Marysieńka se relame los dedos.

—¡Tú te vendrás conmigo, por supuesto!

—Pero a mí no me gusta la ciudad —protesta Liska—. Yo estoy a gusto aquí. Además, estoy segura de que a mamá no le haría ninguna gracia. Se queja de todo últimamente. Se enfada si hablo demasiado alto, si me encorvo, si hago demasiadas preguntas...

En el fondo, Liska sabe que mamá lleva razón. Si Liska llama demasiado la atención, alguien podría darse cuenta de que hay algo raro en ella, se daría cuenta de que puede hacer magia. Aun así, eso no hace que la situación sea menos frustrante.

—A veces creo que, si pudiese convertirme a mí misma en una mejor hija con un hechizo, lo haría sin dudarlo.

—¿De qué estáis hablando?

Las dos chicas se dan la vuelta al oír una voz familiar. El hijo del carpintero, Tomasz Prawota, camina hacia ellas, blandiendo un palo largo mientras dirige un grupo de estridentes gansos. *Con ese cuello tan largo y esos bracitos tan delgados, se parece a ellos*, piensa Liska con desagrado. *¡Incluso tiene andares de ganso!*

Tomasz se detiene ante ellas y agita el palo de atrás adelante.

—Mi mamá dice que no deberíamos mencionar la magia, ¿sabéis? Dice que al hacerlo uno se busca que aparezca un *licho*.

Los *licho* son los demonios de la mala suerte. Liska nunca ha visto uno, pero tata a veces los menciona como si echase una maldición.

—Aunque no me sorprende que tú estés hablando de magia. —Fulmina a Liska con la mirada—. Mamá dice que eres rara. Dice que lo más seguro es que lo hayas heredado de tu tata.

Los Prawota y los Radost nunca se han llevado bien. La marcada personalidad de tata, que es un espíritu libre, choca con la mentalidad profundamente conservadora de los Prawota. La *pani* Prawota se caracteriza por su excesiva devoción y con frecuencia regaña a los vecinos por seguir tradiciones paganas, como dejarles ofrendas a los duendes o celebrar el Kupała. Está convencida de que atrae a los demonios. Tata suele decir que es una arpía supersticiosa. A Liska le dan igual sus rencillas. Lo único que quiere es que Tomasz las deje tranquilas.

—Licho... —repite el muchacho mientras una horrible sonrisa se extiende por su rostro—. *Licho*. Liska. ¡Hasta los dos nombres suenan parecidos! No me sorprende que seas tan rara. No deberías ser amiga suya, Maryś, o te lo acabará pegando.

—¿Cómo puedes decir eso? —Es Marysieńka la que se pone de pie de un salto, feroz como el fuego—. ¡A Liska no le pasa nada! ¡Tú eres el raro!

—Yo no soy el que se dedica a hablar con cosas invisibles —dice Tomasz con tono arrogante—. En fin, escucharte es una pérdida de tiempo. Seguro que ya te tiene hechizada.

Con una sonrisa socarrona, Tomasz aprovecha que Marysieńka se ha quedado muda de rabia para volver trotando junto a sus gansos, arrastrando el palo por la tierra tras de sí. Marysieńka se dispone a ir a por él, pero Liska le tira de una de sus mangas.

—Déjalo —dice mientras intenta con todas sus fuerzas no hacerle caso al calor que le inunda el pecho—. No merece la pena.

—¿No te da rabia? —exige saber Marysieńka, que se deja caer en el suelo y cruza los brazos—. ¡Es malo!

Liska se encoge de hombros.

—Es tonto. No se puede hacer que aparezca algo solo por mencionarlo. De ser así, yo ya tendría un dragón de mascota. Y le mandaría que fuese a por Tomasz para quemarle ese culo tan feo que tiene.

Marysieńka se ríe.

—Me encantaría ver eso.

Liska le devuelve la sonrisa, aunque es algo tensa. Se le forma un nudo de preocupación en el pecho a medida que la despreocupación característica de la niñez se desmorona y comprende lo que implican las palabras de Tomasz. La *pani* Prawota sigue sospechando de ella, lo que significa que Liska va a tener que llevar el doble de cuidado de ahora en adelante. Lo mejor será no volver a mencionar la magia nunca más. Ni siquiera en los cuentos.

La escoba cae al suelo con un estrépito cuando se le escapa a Liska de entre los dedos laxos. La muchacha se sacude al darse cuenta de que casi se queda dormida con la cabeza apoyada en una mano, rendida ante las noches que ha pasado prácticamente en vela. La risa de Marysieńka resuena en su mente, pero ahora está distorsionada ya que el recuerdo se le ha escapado, reemplazado por otro:

Ve a Marysieńka, ahora mayor, inmóvil y con los ojos abiertos de par en par, su hermoso rostro desencajado en pleno grito.

Liska se pone en pie de un salto sacudiendo la cabeza. La imagen se le graba en la retina, asola los rincones de su mente mientras se agacha para recoger la escoba. *No fue mi intención*, piensa, en un intento por volver a la realidad.

¿Estás segura de eso?, susurra su mente, implacable. *¿Y qué hay del otro incidente?*

Antes de que pueda sumirse en esos oscuros pensamientos, la puerta principal se abre de golpe. Liska se da la vuelta y ve que el Leszy baja rápidamente los escalones, con la *sukmana* de tonos pálidos desabrochada, mientras se ata un cinto alrededor de la cadera. En realidad, no es un cinto normal, sino la correa de una espada. Nunca había visto una igual: tiene una hebilla de bronce y una vaina tachonada de esmeraldas. La empuñadura de la espada está hecha de ramas entrelazadas que abrazan una brillante gema.

El demonio no se detiene hasta que no levanta la mirada y sus ojos —o, mejor dicho, sus cuencas oculares— se posan en Liska.

—¿Qué haces aquí? —exige saber.

Liska se agarra a la escoba como si fuese un arma.

—Supongo que deambulaba.

—Qué ridiculez. —Con un gruñido, cierra la distancia que los separa—. Entra dentro, cierra la puerta con llave y no salgas hasta que yo haya regresado. —Cuando Liska titubea, grita—: ¡Enseguida!

La urgencia en su voz es suficiente para ponerla en movimiento. Cruza la entrada corriendo y tropezándose y cierra de un portazo antes de echar el pestillo. Espera un rato, con los latidos del corazón tronándole en las orejas, antes de alejarse de la puerta. Pasan los segundos y los minutos, el tiempo se distiende y se congela en el aire. Después de una hora, el Leszy todavía no ha vuelto. Una hora se convierte en dos. Liska intenta encontrar consuelo en las tareas más sencillas, como la de pelar patatas o calentar las sobras de *rosół* del día anterior.

Al final, apenas consigue dar un par de bocados antes de que se le revuelva el estómago.

—¿Dónde estás? —susurra mientras ve cómo cae la noche a través de la ventana.

No sabe qué le preocupa más: lo que ocurra cuando el Leszy regrese o lo que pueda pasar si no lo hace. Da vueltas por el vestíbulo principal mientras se frota la cara, frustrada.

Cuando alza la vista, el perro está ahí, a un par de pasos de distancia. Sus ojos se encuentran y la criatura le muestra los dientes, afilados como cuchillos. Se le eriza el pelaje del lomo. Huele a una muerte brutal, a cenizas y heridas infectadas.

Se está despertando, gruñe.

La cerradura de la puerta se abre sola. Las velas se encienden y se apagan y, en ese segundo infinitesimal de oscuridad, el perro desaparece.

La puerta se abre de par en par, como si el viento la hubiese golpeado. El Leszy ha regresado. Es una silueta tambaleante, astada y de postura derrotada que arrastra su espada tras de sí. Las ramas forman un halo a su alrededor y brotan de su espalda como unas alas hechas de hueso. Cuando atraviesa el umbral, estas caen al suelo y regresan a la oscuridad.

—Leszy —dice Liska con voz ronca, horrorizada.

El demonio gira sobre sus talones y cierra la puerta de golpe. El portazo resuena como un trueno.

Por un instante, el Leszy permanece donde está, con los brazos caídos a ambos lados de su cuerpo, como una marioneta a la que le han cortado los hilos. Entonces, tira la espada a un lado y apoya la frente contra la puerta.

—Leszy —repite Liska, que tiembla como la luz de las velas—, ¿qué ha pasado?

—Nada que le pueda interesar a una muchacha de pueblo —se limita a responder.

Yergue la espalda y se lleva una mano al brazo opuesto.

Está herido. Liska no ve ni rastro de sangre, pero su postura, la cuidadosa forma en que se mantiene en pie, lo delata. Liska sabe reconocer la cojera; ha tratado a tantos caballos y bueyes con esa dolencia que ya nunca se le escapa.

—Leszy —insiste por tercera vez, aunque ahora recurre al tono autoritario que le ha oído usar a su madre, pese a que no se sienta capaz de imponerse.

—Basta. —Habla con voz grave y ronca—. Súbeme comida al estudio y no me importunes.

Cuando pasa a su lado, camina con rigidez y con la espalda recta, pero carece de la fluidez salvaje a la que Liska está acostumbrada. Es evidente que trata de ocultar su dolor, aunque se le da bastante mal. Cuando ya se ha marchado, Liska se fija en que ha dejado un reguero de gotitas rojizas a su paso.

¿Sangre? No, es un líquido demasiado translúcido. Liska se agacha junto a una de las gotitas para tocarla. La sustancia es pegajosa y huele a pino.

Es savia.

7

Cicatrices del deber

—¡Espera!

Liska se levanta, limpiándose la mano con el delantal, y corre tras el Leszy. Aunque no confíe en él, Liska no deja de ser la hija de una sanadora y no soporta ver a alguien herido. Incluso si es una persona horrible y maleducada, además de un desastre con el orden.

Encuentra la puerta que conduce al estudio entornada. Hay más savia en el pomo y en la habitación reina un silencio sepulcral. Liska vacila por un segundo, con el corazón desbocado. ¿Debería dar ese paso? En realidad, no tiene nada que temer llegada a este punto. La muerte está por todas partes. Se topará con ella de una forma u otra, así que ¿por qué no plantarle cara?

Abre la puerta.

El Leszy está tendido boca abajo en el suelo. Está a escasos centímetros de su escritorio, con el cráneo torcido en un ángulo muy poco natural y una mano extendida como si hubiese querido alcanzar algo. Hay ramas muertas a su alrededor. Respira con dificultad y tiene la espalda de la *sukmana* y una de las mangas de la camisa manchadas de savia rojiza.

Liska no se lo piensa dos veces. En este momento, el Leszy no es más que otra criatura herida, así que el instinto toma las riendas de su cuerpo. Cae de rodillas y tira del abrigo del Leszy para tratar, como buenamente puede, de dejarle los amplios hombros al descubierto. Sin embargo, el demonio, que es alto y musculoso, ha quedado inerte y es como un peso muerto.

—Leszy —lo llama.

Le toca el cuello con un dedo y, luego, se lo pellizca. Nada.

—Magnífico —masculla.

Tras un apresurado viaje a la cocina, Liska se cierne sobre el demonio con un cuchillo de carnicero y le desgarra el abrigo por la espalda sin miramientos. Lo que encuentra bajo la prenda hace que contenga el aliento, horrorizada. Tres brutales cortes profundos trazan un camino irregular desde la base de su cuello, pasando por el hombro, hasta la parte superior de uno de sus brazos. Debió de quitarse el abrigo antes de que se desatara la pelea, porque, a diferencia de su *sukmana*, tiene la camisa hecha pedazos, reducida a jirones de lino rasgado. Tiene las heridas cubiertas por una película de savia. ¿Solo cubiertas? No. Ahoga un jadeo cuando ve que la savia brota de las heridas y fluye lentamente por su omóplato.

Es su sangre.

Liska retrocede y sacude la cabeza. Ya tendrá tiempo de hacerle preguntas. Primero tiene que curarle las heridas; son unos cortes atroces, rojos e inflamados y recubiertos de suciedad.

—Dios santo, Leszy —susurra—. ¿Qué te ha hecho esto?

No consigue mover al demonio más de un par de centímetros, así que lo deja donde está y corre a la cocina para poner una olla de agua a hervir. Después se hace con una de las fundas de almohada de su dormitorio, la corta en tiras y la mete también en la olla. El sol ya casi se ha puesto, pero se apresura a salir al jardín igualmente, demasiado acalorada para sentir el frío de la noche.

Su mente trabaja a toda velocidad. Ha visto milenrama silvestre creciendo en el jardín, recuerda haberlo... Sí, ahí está. También hay plátano macho, que favorecerá la curación. ¿Qué más podría resultarle útil? Quizá un poco de miel de la alacena, ajo también... Si lo mezcla todo con las hierbas, podría preparar una cataplasma improvisada, aunque no sabe si servirá de algo para sus heridas. Regresa con todo al estudio, quejándose de los muchísimos escalones que tiene que subir hasta allí.

El Leszy sigue en la misma posición, aunque ha seguido sangrando y se ha puesto más pálido. Cuando se arrodilla a su lado, Liska descubre consternada que las heridas se le están poniendo negras y que el color se extiende por su espalda como la antracnosis sobre las hojas de los fresnos. Es un veneno que no había visto nunca.

Cada cosa a su tiempo, Liska. Respira hondo y se pone manos a la obra. Tiene las heridas sucias por culpa de las garras que las originaron. A medida que las va limpiando, el agua y la savia empapan el suelo de piedra bajo sus rodillas y el líquido del cuenco adopta rápidamente un tono carmesí.

Justo cuando está a punto de terminar, el Leszy se despierta. Tose y después gruñe y se incorpora. Al moverse, la calavera de ciervo con la que se cubre la cabeza se le desencaja de las astas, se suelta y cae al suelo.

Liska se aparta, aturdida, con las manos y la camisa pegajosas por la sangre. Cuando el Leszy se gira para mirarla, Liska se queda sin aire.

Vaya.

Solo es un muchacho.

Bueno, un muchacho con cornamenta.

Por un segundo, la sorpresa la deja petrificada en el sitio, incapaz de apartar la mirada del rostro del Leszy. Tiene la piel pálida, de un tono casi enfermizo, y sus cabellos blancos están empapados de sudor, pero no parece ser más que un par de años mayor que ella. Con esos pómulos altos y esas largas pestañas, podría considerarlo hermoso, pero la mueca cruel que le retuerce los labios y el ceño fruncido reflejan claramente el desdén con el que se comporta día a día. Son sus ojos los que delatan su naturaleza demoniaca. Hay un brillo desencajado en ellos, son tan verdes como las hojas de helecho y están entrecerrados en muestra de desconfianza. Le recuerdan a los de un gato montés.

—¿Qué crees que estás haciendo?

Incluso en esta situación, recurre a un tono burlón y altanero. Que sea un muchacho o no es irrelevante, puesto que sigue siento igual de insufrible.

—Estoy tratando de ayudarte. —Liska se esfuerza por imitar la firmeza con la que habla mamá, pero su voz suena reconfortante e insegura, como si estuviese hablando con un animal herido—. Se... se te está poniendo la espalda negra.

71

Y no miente. Las manchas se siguen extendiendo a medida que habla.

El Leszy blasfema entre dientes.

—Hay un frasquito verde sobre mi escritorio. Tráemelo y vete.

Liska se pone en pie y recorre la mesa con la mirada. Como él ha dicho, entre unos cuantos viales, tinteros y plumas, hay una botellita llena de un fluido de un verde enfermizo. Vuelve con él junto al Leszy, que se ha apoyado contra el escritorio. Su piel desprende un calor febril. Cuando Liska le ofrece el frasquito, se bebe su contenido de un solo trago.

Liska se centra en las heridas de su espalda.

—Vas a necesitar puntos. ¿Tienes hilo a mano?

—Fuera de aquí —dice el Leszy con los dientes apretados—. No necesito tu ayuda.

Está agotada. El demonio es agotador.

—¿Es que eres un contorsionista? Porque no creo que puedas llegar a curarte la espalda tú solo.

El Leszy la encara con un gruñido. Sus miradas chocan, violetas contra pino, el cielo contra un bosque en penumbra. Están en un punto muerto, como dos lobos que miden fuerzas antes de pelear. Entonces, el Leszy exhala profundamente y deja caer los hombros en gesto de derrota.

—Está en el armario que tienes a la izquierda.

Tarda un poco en encontrarlo, pero acaba dando con una cajita de costura. Escoge el hilo más grueso y la aguja más resistente y los desinfecta antes de volver junto al demonio. Cuando atraviesa la piel que rodea la herida más pequeña, el Leszy ahoga un gemido y los músculos de su espalda sufren un espasmo.

Liska se estremece.

—¿Tienes algo que puedas tomarte para el dolor?

—Sigue y ya está —gruñe él—. Necesito que las cierres para que se me curen más rápido. En un par de días, habrán desaparecido.

La chica suspira, retoma su tarea e intenta ignorar los ocasionales espasmos de dolor del demonio, así como su expresión martirizada. Por suerte, la poción parece estar funcionando. A medida que sutura las heridas, las manchas negras se desvanecen hasta desaparecer. El Leszy permanece arrodillado, con la frente apoyada contra los cajones del escritorio y agarrándose tan fuerte a la madera que deja las uñas marcadas en el barniz. Al final, termina perdiendo el conocimiento, se le cierran los ojos y se le queda la cabeza colgando.

Cuando Liska termina de coserle, ya no hay ni rastro de esa extraña ponzoña negra, reemplazada por los puntos irregulares que ella le ha dado. Le dejarán marca, pero no serán las primeras, ni mucho menos. Al evaluar su obra, Liska comienza a fijarse en el resto de las cicatrices perladas que le recorren la piel de los hombros y la espalda. Hay arañazos, surcos e incluso marcas de mordiscos en forma de medialuna: todas trazan el mapa de una historia que seguramente el Leszy nunca le haya contado a nadie. Una parte de ella quiere estudiarlas, estudiarlo a él. No es nada difícil de mirar cuando abandona esa actitud amenazadora o deja de refunfuñar.

—Eres de lo que no hay —le dice al demonio mientras le extiende la cataplasma por las heridas y se las envuelve como puede con sus vendajes improvisados—. ¿Qué has conseguido con esto? Lo único que has hecho es manchar toda la casa de sangre, demonio inútil.

—Tú eres la que no deja de meter las narices en asuntos demoniacos, muchacha inútil —replica él con voz débil.

Liska se sobresalta al no haberse dado cuenta de que se había despertado.

—Yo… —Trata de explicarse, pero flaquea antes de empezar. ¿Por qué le tiene miedo? Apenas es capaz de mantenerse derecho—. ¡Si no me hubiese metido donde no me llaman, tú te habrías desangrado en el suelo!

—Me gustabas más cuando estabas calladita —responde él con un mohín.

—Y tú me caías mejor cuando eras un ciervo.

El Leszy deja escapar un sonido a caballo entre una carcajada y un quejido.

—Listo. —Liska ata el último vendaje. No está muy bien hecho, pero cubrir unas heridas tan grandes no es una tarea sencilla.

Apoya una mano sobre el hombro sano del demonio—. ¿Puedes ponerte en pie?

—Dame un momento —dice.

Ella asiente con la cabeza y se atreve a echarle un rápido vistazo a su rostro. Está pálido y tiene una mirada distante y preocupada.

—¿Qué ha pasado? —le pregunta.

El Leszy responde a regañadientes con un gruñido agotado.

—Cosas del deber.

—¿Del deber?

—Ya sabías quién era cuando nos conocimos, así que estoy seguro de que estás al tanto de mis obligaciones.

—Eres el guardián de la Driada —ofrece Liska sin demasiada convicción.

El Leszy resopla.

—Una cosa es ser guardián y otra, carcelero. Y, como cualquier carcelero, me encargo de mantener el orden entre los presos. La única diferencia es que las criaturas que están a mi cargo son todos los demonios de Orlica atrapados en este maldito bosque.

—Entonces, las heridas…

—Son preciosas, ¿verdad? Cortesía de un *strzygoń*.

Liska alza la vista, sobresaltada. Los *strzygoń* son demonios vengativos que nacen de las almas que han sufrido una muerte trágica. Las leyendas nunca se ponen de acuerdo en lo que a describir su aspecto se refiere, pero, teniendo en cuenta el estado del Leszy tras la pelea, Liska prefiere no tener que ver uno nunca.

—La Driada atraviesa todo Orlica —continúa el Leszy con la mirada perdida—; en algunos puntos, divide el territorio y, en otros, lo separa de Litven. Es imposible viajar sin cruzar el bosque, así que abrí unos cuantos caminos despejados para ello. Siempre los he protegido, al igual que esta casa, pero mi magia no es infalible. Hay veces en que mis hechizos se rompen o se desgastan como la caliza bajo el agua. Y los demonios… son capaces de oler la magia como un sabueso capta un rastro de sangre. Enseguida saben cuándo se rompe un hechizo de protección y, a veces, consiguen atravesar las barreras.

De pronto, Liska se acuerda del perro de ojos rojos. Se pregunta si debería contarle al Leszy que lo ha vuelto a ver, que las protecciones que haya levantado alrededor de la casa deben de estar rotas también. Sin embargo, algo la detiene… Tal vez sea la imprudencia, tal vez sea la cautela. El perro todavía no le ha hecho ningún daño y decírselo al Leszy no sirvió de nada la última vez.

—Pensaba que eras tú quien controlaba el bosque —apunta, en cambio.

—Sí —dice el Leszy—, pero los demonios están atrapados dentro y lo único que quieren es salir de aquí. Hoy atravesaba la Driada una caravana mercante que transportaba especias exóticas hacia Litven desde el puerto de Orlica. Ese *strzygoń* —se señala la espalda— debió de encontrar una brecha en mi magia semanas antes y estaba esperando el momento perfecto para actuar. No siempre son tan difíciles de manejar, pero este era poderoso; tanto que logró hacerse pasar por humano. Fingió ser uno de los comerciantes y me atacó cuando estaba con la guardia baja. En cualquier caso, una vez que mostró su verdadera apariencia, fue sencillo acabar con él. Quienes viajaban en la caravana regresarán a sus respectivos hogares solo con unos pocos cardenales y una historia que nadie creerá.

Liska aparta la mirada, sorprendida y con una opinión un poco más favorable del Leszy después de semejante revelación. Arriesgó su vida para salvar a esos humanos y es evidente que no era la primera vez que lo hacía. «Cosas del deber», había dicho. ¿De verdad puede culparlo por ser tan insensible después de llevar incontables años luchando contra todo tipo de monstruos?

A su lado, el Leszy gruñe y comienza a ponerse de pie a duras penas. Liska se apresura a pasar un brazo bajo uno de los suyos para ofrecerle un punto de apoyo. Cuando le toca la piel, él se sobresalta y retuerce los labios en una mueca que Liska no es capaz de descifrar.

—¿Estás bien? —le pregunta con suavidad.

El rostro del Leszy se blinda y adopta una expresión fría y resuelta.

—Limítate a ayudarme a llegar a mi dormitorio.

El Leszy no deja que Liska cruce la puerta de sus aposentos; abre el pestillo con un gesto de la mano y entra cojeando. Cuando intenta cerrarle la puerta en la cara a Liska, ella se lo impide con el pie.

El Leszy la fulmina con la mirada.

—No eches el pestillo —le dice Liska.

Él arquea las cejas con escepticismo.

—Si te vuelves a desmayar…

—Estaré bien.

—Pero si…

—Te digo que estaré bien. —Vuelve a cerrar la puerta—. Buenas noches, zorrillo.

Con un golpe seco, Liska se queda sola.

Se frota las manos y las levanta, exasperada. ¿Por qué se preocupa por él? Es un demonio. Si tan testarudo es, que se las arregle él solito. Liska regresa a su habitación pisando fuerte, pero se detiene ante su puerta al darse cuenta de que sigue estando cubierta de savia pegajosa. El cansancio se apodera de ella y llega acompañado de una añoranza tan potente como cualquier veneno. De repente, echa de menos la constante seguridad de su vida en Stodoła, el canto de los gallos por la mañana y el aroma de las hierbas medicinales de mamá.

Mamá. Liska le dejó una carta donde le hablaba de lo que tenía pensado hacer antes de escaparse del pueblo, pero sabe que, aun así, su madre estará furiosa. Dobrawa Radost nunca ha tolerado la desobediencia y Liska ha tirado por la borda no solo su vida ya asentada, sino también los planes de futuro que tenía preparados.

Un recuerdo se alza entre sus pensamientos: la mirada de mamá, tan afilada como un punzón y del brumoso azul de la noche que se cuela por las contraventanas cerradas.

—¿Por qué me das esto? —pregunta Liska cuando mamá le pasa un par de monedas por encima de la mesa a la hora de la cena.

Su madre se recuesta en su silla.

—Mañana por la mañana, ensilla a Stara y cabalga hasta Gwiazdno. Radosław, mi primo..., ¿te acuerdas de él? Bueno pues la cuñada de su mujer trabaja como empleada doméstica para una familia adinerada que está buscando una lavandera. Me las he arreglado para conseguirte el trabajo.

—¿De lavandera?

No debería ser una sorpresa; llevaba esperando tener esta conversación desde que oyó a mamá hablar con el padre Paweł. Pero anticipar una bofetada no la hace menos dolorosa y las palabras de su madre son como un mazazo para Liska.

—Sí, eso es —dice mamá con firmeza. Tiene los dedos entrelazados y los nudillos tan blancos como la escarcha—. Radosław no sabe nada acerca de tus habilidades, claro, así que tendrás que ir con cuidado.

—Lo sé —dice Liska débilmente.

Bajo la mesa, se deja marcas en forma de medialuna con las uñas en la palma de las manos.

No suele ir con frecuencia a la ciudad, pero las veces que ha estado allí le ha resultado aterradora: edificios de viviendas abarrotados, calles apestosas y un constante estruendo de trabajadores que no tienen ni un segundo para descansar. Liska no es capaz de imaginarse a sí misma como una más entre ellos, con los nudos en carne viva, la mirada agotada y una miseria de sueldo. Tendrá que vivir siempre alerta, rezando para que su magia no desencadene otra tragedia. Y estará completamente sola.

Por eso, traza un plan. Espera a que los vecinos estén distraídos con las desenfrenadas festividades de la noche del Kupała y se escabulle sin ser vista. Así es como ha acabado aquí: preparándole la cena a un demonio del bosque e intentando mantenerse —y mantenerlo, por lo que parece— con vida.

Un año es un precio justo, se recuerda antes de dirigirse al cuarto de baño para limpiarse la sangre del Leszy.

8

Duendes

A lgo va mal en la cocina.

Es lo primero que nota, aunque todavía le pesan los párpados de sueño, al entrar en la lóbrega estancia acompañada del sonido de la lluvia que empieza a remitir. El paisaje al
otro lado de la ventana está descolorido y caen gotas de las copas empapadas de los árboles. Al haber pasado la noche en vilo
por culpa del envite de las preocupaciones y una tormenta de
violencia similar, tarda un momento antes de fijarse en que todo
lo que hay en la cocina se ha movido.

No demasiado, pero lo suficiente como para hacer que Liska se
cuestione su propia cordura. No, se atrevería a jurar que los vasos
de los estantes están colocados de otra manera y que la antigua y
valiosa vajilla de porcelana de la casa está ordenada en intervalos
tan perfectos que resulta inquietante. Las hierbas medicinales que
Liska dejó por la cocina anoche, presa del pánico, están dispuestas
en ramilletes y penden de las vigas ordenadamente.

El plato que había dejado en el suelo con el pan ácimo está
vacío. Cuando se inclina para recogerlo, algo la observa desde
las sombras del fogón.

Ojillos brillantes, tan negros como el carbón, y una fila de
dientes romos, expectantes.

Es un *skrzat*. Entonces sí que había uno. Liska se endereza y
se aleja rápidamente para no enfadar al pequeño espíritu por mirarlo con demasiada atención. Aunque son criaturas benévolas,
también son temperamentales, y un *skrzat* molesto puede llegar
a ser mucho peor que un *poltergeist*.

Pese al agotamiento, Liska le dedica una suave sonrisa.

—Gracias —le dice cuando deja el plato vacío sobre la encimera. No se da la vuelta, porque siente la mirada del duende sobre ella y no quiere asustarlo.

Por alguna razón, los días tormentosos hacen que parezca que el tiempo pasa más despacio. Liska se mueve por la cocina con aire aletargado y prepara un desayuno rápido de gachas con una infusión mientras las gotas de lluvia marcan un ritmo acuoso contra los cristales de la ventana. Justo cuando se dispone a subirle la comida al Leszy, el demonio entra en la cocina, agachándose para no golpear las vigas del techo con los cuernos.

Lo primero que se le viene a la cabeza es: *Vaya, resulta que al final no se desmayó.*

Lo segundo es: *Madre mía, que Dios se apiade de mí.*

El Leszy no lleva la máscara. Liska no se atrevería a preguntarle por qué no se ha tapado, pero tampoco le apetece intentar descifrar las decisiones del demonio. En cualquier caso, ver su rostro humano a plena luz del día, sin que la adrenalina corra por sus venas y sin temer por la vida del Leszy, es una experiencia totalmente nueva.

Liska no está demasiado familiarizada con los hombres. Mientras Marysieńka soñaba despierta con chicos y disfrutaba de sus atenciones, ella estaba ocupada tratando de mantener su magia en secreto. El matrimonio es inevitable para una muchacha de pueblo, pero Liska nunca se preocupó por ello. Supuso que llegaría de la misma forma que la muerte: poniendo su vida patas arriba cuando menos se lo esperase. Siempre que se casase con un muchacho de Stodoła y se quedase en su pueblo natal, tampoco marcaría una gran diferencia.

Así que no solo está poco familiarizada con ellos, sino que también intenta no hacerles mucho caso. Sin embargo, hay algo en el Leszy que le llama la atención, que le niega el más mínimo respiro. No es atractivo como algunos de los muchachos del pueblo: no tiene un rostro duro de mandíbula cuadrada, ni manos callosas, ni un bigote que se haya dejado crecer con orgullo. El Leszy tiene un aire etéreo, intocable, como el aliento que se convierte en vaho en una mañana fría o como la luna durante un crepúsculo neblinoso. Rostro esbelto, cabellos como el alabastro y una mirada brillante, de un verde perverso. Su belleza es traicionera, como la de una *rusałka*. Es cautivadora y engañosa y no hace más que causar desgracias.

Liska sacude la cabeza y se mira las manos con las que se aferra a una taza de té. Cuando el Leszy permanece en silencio, la muchacha se obliga a volver a mirarlo, con la mente fría esta vez, y lo evalúa con el ojo crítico de una sanadora. Tiene mucho mejor aspecto que anoche y, aunque sigue moviéndose con rigidez, con sumo cuidado, y se le ven los vendajes bajo la camisa suelta, se ha recuperado mucho más rápido de lo que ella esperaba.

—¿Cómo te encuentras? —pregunta Liska, que rompe el nervioso silencio.

El Leszy abre los ojos casi imperceptiblemente, como si no se hubiese esperado que fuera a preguntarle algo así.

—Bien —responde con torpeza, sin su arrogancia característica.

—¿Te... te puedo ayudar en algo?

—¿Uno de esos es para mí? —dice tras posar la mirada en los cuencos de gachas de Liska.

Ella asiente con timidez y empuja uno hacia él.

Él lo estudia concienzudamente, como si fuese la primera vez en cien años que viera una ración de gachas y no recordase qué aspecto deberían tener. Después, toca el cuenco y murmura algo entre dientes, una única palabra en una lengua extraña y cantarina. Con un fogonazo verde, las gachas dejan de humear y el Leszy toma una cuchara y se pone a comer.

Liska inclina la cabeza, sorprendida por el uso tan mundano que le acaba de dar a la magia. No puede evitar sentir cierta envidia. Sus poderes siempre se han comportado como una bestia indomable, pero el Leszy controla los suyos con una meticulosa precisión, como si emplease una dosis de medicina medida al milímetro.

—¿Cómo haces eso?

La pregunta se le escapa de los labios antes de que pueda pensárselo dos veces y se arrepiente enseguida.

El demonio sonríe con suficiencia y lame la cuchara.

—Vaya, vaya. ¿La santurrona de pronto siente curiosidad por la brujería? —Agita la cuchara ante ella—. Ya te lo he dicho. La magia es el arte de manipular las almas.

—Pero eso son unas simples gachas —replica ella, azorada—. ¿Cómo van a tener alma?

Una pequeña sonrisa se dibuja en una de las comisuras de los labios del Leszy.

—Somos *czarownik*, brujos, zorrillo atolondrado. Podemos atravesar el velo de la mortalidad y adentrarnos en el reino de los espíritus. Para nosotros, todo tiene alma. Si toco un objeto, este absorberá parte de mi magia y en su interior nacerá un alma diminuta. Mira esta cuchara, por ejemplo. Ahora que la he tocado, cuenta temporalmente con una porción infinitesimal de mi magia. Le puedo pedir que se desvanezca... —la cuchara desaparece en un abrir y cerrar de ojos— o que se haga visible de nuevo.

La está sosteniendo otra vez y su mano está envuelta en un remolino de luz verde.

A Liska le da un vuelco el corazón.

—¿Eso quiere decir que está... viva?

El Leszy le da vueltas a la cuchara alrededor del pulgar.

—No. Si me marchase y regresase dentro de un rato, esa minúscula chispa de vida se habría apagado. Sin embargo, si la utilizase cada día, si le prestara especial atención..., con el tiempo, podría llegar a convertirse en un ser, hasta cierto punto, racional.

Liska piensa en la Casa bajo el Serbal, en el extraño comportamiento del polvo, en las puertas que desaparecen y en las velas que se encienden solas.

—¿Es lo que pasó con la casa?

—Exactamente, sí —responde.

La muchacha entrelaza las manos, desconcertada. El padre Paweł tenía razón: la magia es antinatural. Antinatural, pero de lo más tentadora. Se siente como una polilla atraída hacia la luz, y no podría estar más agradecida de que se las arreglara para encerrar su magia, porque no se cree capaz de resistirse a ella.

—¿Qué te ocurre? —pregunta el demonio con tono burlón—. Parece que te has tragado un pájaro y está intentando salir volando de tu boca.

—¿No te parece que está mal? —le espeta Liska—. ¿Qué es eso de cambiar cosas que no deberían alterarse y desobedecer las leyes de la naturaleza?

—¿Desobedecer? —Se ríe entre dientes—. Mi querido zorrillo, lo único que hago es guiarlas. Solo puedo actuar sobre las almas que me lo permiten. Yo solo les doy una orden y ellas obedecerán o no, de la manera que más les convenga.

—Antes hablaste en un idioma…

—Era lengua divina, el idioma de las primeras tribus. Tanto el orlicano como el litveniano derivan de él.

Las primeras tribus… Eso ya no es ningún cuento. No solían enseñar mucha historia en el pueblo, pero si había algo de lo que sí se les hablaba a los niños era de la llegada del primer rey de Orlica, así como de su cruzada por unir a todas las tribus paganas. No fue una tarea sencilla; cada grupo veneraba a una deidad distinta y a menudo se enfrentaban entre ellos. Con el tiempo, los conflictos disminuyeron después de que el rey se convirtiera a la fe y la Iglesia echase raíces en Orlica. A lo largo de los años, las tradiciones paganas y sagradas se fueron mezclando, las deidades menores adoptaron los nombres de los santos y los rituales paganos se acabaron incorporando a las fiestas de la Iglesia. Los lazos rojos, los móviles de paja, las ofrendas a los espíritus… Todo eso son restos del pasado pagano de Orlica. Al igual que la magia.

El Leszy reconoce la comprensión en el rostro de Liska.

—El idioma se relaciona con los antiguos dioses, que es otra manera de referirse a los demonios que los paganos veneraban originariamente —explica—. Se dice que ellos fueron quienes les enseñaron a los humanos a usar la magia. Sea cierto o no, su lengua sigue resultando de lo más útil a la hora de lanzar hechizos.

Liska se humedece los labios; aunque le pone los pelos de punta, cada vez siente más curiosidad.

—¿Y puedes controlar… todo lo que quieras?

El Leszy se reclina en su silla con languidez y se coloca las manos detrás de la cabeza.

—Algunas cosas tienen un alma más simple y dispuesta que otras. Los cuatro elementos son los más fáciles de dominar, porque los cambios son parte de su naturaleza. Las criaturas vivas, por lo general, son demasiado complejas. Aun así, dentro de esos límites… Sí, puedo hacer lo que me plazca. —Un brillo malicioso le cruza la mirada—. Pero bueno, zorrillo atolondrado, dime qué quieres tú. Aparte del deseo que selló nuestro trato, claro está.

—¿Qué? —Liska lo mira con suspicacia—. ¿Por qué quieres saber eso?

—Porque estoy en deuda contigo por lo de… ah. Por lo de anoche.

Dios lo libre de admitir que le salvé la vida, piensa Liska, que se resiste a poner los ojos en blanco por muy poco. Sabe muy bien que no debería pedirle nada a un demonio ni tampoco confiar en uno de sus regalos y mucho menos cuando están hechos con magia. No obstante, le apetece buscarle las cosquillas.

—Quiero un huerto —decide—. Con frutas, hortalizas, hierbas aromáticas para todo el invierno.

—Un… —El Leszy frota las sienes—. Cómo no. ¿Qué esperaba? ¿Algo digno de un poderoso demonio? No, claro que no. He arrasado campos de batalla, he desatado tormentas y he creado maravillas solo con mi magia, pero la muchachita quiere que haga crecer unos cuantos repollos. —Con una resignada mueca de arrepentimiento, abandona la posición relajada que había adoptado y cuadra los hombros—. ¿Estás segura de que eso es lo que quieres?

Ella asiente y le sostiene la mirada con tozudez.

—Pues que así sea.

Cierra los ojos lentamente y la exasperada expresión que le contorsionaba el rostro desaparece cuando arruga el ceño en señal de concentración. Cruza las muñecas ante sí y luego deja caer las manos a cada lado de su cuerpo, donde las abre y las cierra como si fueran garras.

La tierra se sacude. Se ondula y se hincha como si estuviese tomando aire, mientras las tablas del suelo gimen y resuellan.

Luego cae con una exhalación que hace que los árboles se estremezcan y que de ellos caigan gotas que repiquetean contra el tejado. Liska se gira hacia la ventana. Es evidente que algo ha cambiado en el exterior, aunque la madreselva que se agolpa contra el cristal le impide ver con claridad.

Le lanza al Leszy una mirada sorprendida y cargada de escepticismo.

Él hace un gesto hacia la puerta.

—Ve a verlo.

Decir que Liska se muestra indecisa sería una forma muy pobre de describir lo que siente. Hasta el momento, nada de lo que haya tenido que ver con el demonio ha sido agradable: la obligó a aceptar un trato, la ignoró sin ningún disimulo, casi la estrangula con sus ramas y luego la empapó de sangre. Se acerca a la puerta prácticamente de puntillas y la abre con la precaución de quien se propone atrapar a un caballo desbocado. Al otro lado, ve los ya conocidos árboles de la Driada, tan amenazadores como siempre, la lejana verja de hierro forjado y...

Y un huerto en el jardín.

Ya no queda ni rastro de las malas hierbas. Es como si nunca hubiesen estado ahí. En su lugar, hay hileras de enormes fresas con frutos como rubíes, arbustos espinosos llenos de grosellas listas para cosechar, hojas de remolacha que sobresalen de la tierra, un bosque de perejil y repollos y mucho, muchísimo más. También hay flores, preciosas rosas rojas que florecen en dispersos, pero abundantes ramilletes. Hasta el aire es diferente y huele a bosque mojado y musgo centenario con toques dulces de polen.

Liska baja los escalones de entrada a toda prisa y da vueltas sobre sí misma para empaparse de cada detalle mientras su falda vuela a su alrededor. Se gira a mirar al Leszy y no puede evitar sonreír. Es la primera vez desde que llegó que su magia la deja impresionada, sin que una subyacente inquietud empañe el momento.

El Leszy, por su parte, hace una exagerada reverencia. Liska se fija en que lleva una *sukmana* idéntica a la que tuvo que cortar en pedacitos, aunque tal vez sea la misma y la haya remendado con magia. La mirada del Leszy, que resplandece bajo la luz atenuada por las copas de los árboles, ha adquirido un brillo peculiar.

—¿Satisfecha? —pregunta.

—Es maravilloso. —Liska da otra vuelta, casi dando saltitos sobre la tierra, que sigue húmeda y blanda por la lluvia—. Y... ¡Vaya! ¿Eso son manzanos? ¿Cómo pueden estar listos para la cosecha? Todavía no es temporada de manzanas.

—Quien dicta las temporadas aquí soy yo. —Levanta la barbilla en un gesto pagado de sí mismo—. Este es el poder de un demonio del bosque, zorrillo atolondrado.

—¿Y por qué no lo habías hecho antes? —pregunta Liska, que ya se ha tranquilizado—. ¿Por qué has dejado que el jardín se echase a perder?

El Leszy se encoge de hombros.

—Nunca me importó cómo estuviese. Lo que me preocupaba era saldar mi deuda y eso es justo lo que he hecho. Dicho esto, me despido por el momento. Disfruta de tus repollos.

Se dispone a regresar al interior de la casa, pero Liska se niega a dejarlo ir así como así.

—¡Espera! —lo llama—. ¿De verdad... de verdad tienes que comer para vivir?

No sabe muy bien por qué le ha preguntado eso, pero necesita saberlo. Si podía crear un huerto sin inmutarse y hacer crecer cualquier alimento, ¿por qué no iba a valerse por sí mismo? ¿Por qué dejaría que su hogar sufriese tal deterioro? No tiene ningún sentido. Nada de lo que ataña al Leszy lo tiene.

—Por supuesto —responde, cruzándose de brazos.

—Pues no parece que tengas ninguna intención de cocinar.

—Y no la tengo. Por eso estás tú aquí.

—Pero ¿qué hacías antes? —Liska piensa en el armario, en las prendas abandonadas—. ¿Hubo alguien... hubo alguien más antes que yo?

El Leszy vacila y su expresión se nubla.

—Sí —admite—. He contado con... otras compañías antes de que llegases tú.

Cuando pronuncia la palabra *compañías* su voz suena forzada, mancillada por una mentira tan opaca que los colores del huerto parecen perder intensidad. La emoción que embargaba a Liska se marchita.

—¿Qué pasó con esas personas?

—Lo mismo que les pasa a todas —dice en tono cortante—. Llevo casi setecientos años atado a mi creación. Llegado a este punto, estoy más familiarizado con la muerte que con la vida. —Se endereza y se tira de las solapas de la *sukmana*—. Ya has indagado lo suficiente por hoy. Yo no te pregunto por tu pasado, así que más te vale no tratar de desenterrar el mío.

Sus últimas palabras destilan un tono amenazador. Esta vez, cuando el Leszy regresa adentro, Liska no lo detiene.

Evalúa su nuevo huerto, pero ya no siente tanta curiosidad como antes. Cuando arranca una fresa y le da un mordisco, descubre que es tan dulce que le revuelve el estómago y no puede evitar preguntarse si el regalo del Leszy es un mero pasatiempo. Tal vez crea que el color y los aromas la mantendrán alejada del misterio que envuelve la casa como las nubes de tormenta.

Unos días más tarde, a Liska se le ocurre una idea.

Está en la cocina, con las cortinas echadas para protegerse del implacable sol. La luz atraviesa hasta las copas más espesas, hace que la vegetación se marchite y anuncia que el verano ha llegado en todo su esplendor, acompañado de los campos dorados, las interminables horas de luz y el creciente zumbido de los insectos.

Liska no le tiene demasiado cariño al verano. En Stodoła, marcaba el comienzo de la temporada del empacado del heno y del riesgo de insolación bajo el sol abrasador del mediodía. Como sanadoras, mamá y Liska pasaban atareadas toda la estación, con los nervios a flor de piel y enzarzadas en frecuentes discusiones. Y no solo eso, la acrecentada incomodidad también volvía más supersticiosos a los vecinos, que no dudaban en culpar a los demonios de los más mínimos infortunios. El padre Paweł se arremangaba bien, se armaba con una Biblia y agua bendita y se dedicaba a exorcizar todo cuanto se le pusiese por delante, desde cabezas de ganado hasta hogares y pasando por los vecinos, independientemente de que estuviesen verdaderamente poseídos o no.

Por si fuera poco, Liska ha pasado los últimos treinta minutos peleándose con un tenedor para devolverlo a su forma original. Ya ha encontrado unos cuantos retorcidos hasta quedar inutilizables en lo que va de mañana, además de unas setas blancas creciendo por todo el fogón. Deja el tenedor a un lado y lanza una mirada asesina hacia un rincón, donde un par de ojos negros como el carbón la observan desde las sombras con irónica satisfacción.

—¿De verdad era necesario? —se lamenta Liska, que señala la cubertería echada a perder—. Eres un duende, así que no necesitas comer.

Otra seta brota del fogón a modo de advertencia. Liska levanta las manos, derrotada.

—Está bien, está bien, lo siento. No se me volverá a olvidar.

El *skrzat* no se mueve y no pronuncia ni una sola palabra, pero se las arregla para dejar claro con su silencio que se siente profundamente insultado, aunque también demuestra una descarada petulancia.

En los últimos días, Liska ha visto al duende una única vez. A diferencia del espíritu que habitaba su casa en Stodoła, este tiene una forma femenina, es una ancianita de rostro burlón y ojillos negros que huele a hollín. No mide mucho más que la palma de Liska y tiene la costumbre de desaparecer si posa la mirada sobre ella. La ha llamado Jaga, en honor a la legendaria Baba Jaga, y, a juzgar por el caos que ha sembrado solo para vengarse de Liska porque se le olvidó dejarle una ofrenda, el nombre ha resultado venirle como anillo al dedo.

—Esto es ridículo —farfulla.

Pese a sus esfuerzos, casi todos los tenedores siguen estando un poco deformados, aunque duda que el Leszy vaya a fijarse en eso. Liska le da vueltas a uno de ellos mientras piensa. ¿De verdad son tan importantes las ofrendas para los espíritus?

—¿Hay algo que pueda darte a ti? —Liska levanta la cabeza hacia el techo para dirigirse a la casa en general.

Desde que el Leszy la amenazó, la Casa bajo el Serbal parece… encerrada en sí misma. Anoche ni siquiera encendió las velas de su dormitorio; Liska tuvo que hacerlo a mano. Pese a todo, la puerta de medianoche no se le va de la cabeza y, dado que la casa se niega a desobedecer de nuevo al Leszy por mucho que Liska se lo pida, tal vez pueda ofrecerle algo para que haga un trato con ella.

Pero ¿qué podría darle a una casa? Desde luego, el pan no servirá de mucho. Es evidente que el edificio está encantado… ¿y si le ofreciera la única cosa que tienen en común, es decir, la magia?

La mera idea hace que se convierta en un manojo de nervios, pero decide que, de intentar recurrir a la magia de nuevo, este sería el momento perfecto. Estando sola, nadie resultaría herido si algo va mal.

Además, el Leszy tampoco está aquí para lanzarle miradas fulminantes a la nuca. El demonio no está en casa. Lo vio salir antes con su espada, siguiendo a una de sus polillas centinelas blancas. Tal vez fuera a enfrentarse a otro demonio o a comprobar uno de sus hechizos protectores. Quién sabe. Nunca se molesta en contarle nada. Lo que importa ahora es que la ha dejado sola y no se interpondrá en su camino.

Lista para actuar, se arma con el cuchillito que ha dejado sobre la encimera —ahora tiene por costumbre llevar uno siempre encima— y se lo guarda en el delantal. Se dirige a la parte de atrás de la casa, a un lugar que el Leszy no suele frecuentar: el viejo salón.

Es una estancia con aire medieval, con candeleros de pared dorados en forma de cisne y muebles de ébano tapizados en color zafiro. Hay una alfombra de piel de oso negro con las fauces abiertas extendida ante la chimenea y las paredes están decoradas con unos desgastados tapices que representan leyendas célebres: el dragón que habita bajo el castillo de Aniołów, la cristalina Szklana Góra, que se alza por encima de las demás montañas envuelta en niebla, o el águila blanca que se presentó ante el primer rey de Orlica, tan resplandeciente como la nieve bajo la luz del atardecer.

Liska cuadra los hombros, se coloca entre dos de los tapices y apoya las manos contra la pared. Siente las muescas de los sorprendentemente cálidos paneles de madera bajo los dedos y casi percibe cómo se hinchan cada vez que la casa toma aire.

Cierra los ojos y busca en su interior para tratar de invocar su magia como solía hacer cuando se comunicaba con los animales. Esta vez, pone mucho más empeño que en el estudio del Leszy y se obliga a abrirse paso a través de las oleadas de pánico y el insoportable peso de los recuerdos que parecen arremolinarse a su alrededor.

No logra alcanzarla. Liska retrocede con los dientes apretados y vuelve a intentarlo una vez y otra más, pero su magia se niega a salir, permanece como un peso muerto en lo más profundo de su pecho. Deja escapar un resoplido frustrado y apoya la cabeza contra la pared. Una serie de agitadas voces le bombardean la mente con sus advertencias y le recuerdan que recurrir a la magia está mal, siempre está mal, horriblemente mal.

Entre ellas, se alza el recuerdo de un abrasador día de agosto. Han pasado un par de semanas desde que el padre Paweł llegó a Stodoła y se ha propuesto enseñarles el catecismo a los niños del pueblo cada domingo. Es un recién llegado y es joven, así que Liska ha acabado buscando su consejo después de que sus compañeros se hayan marchado a casa.

—Tú eres Liska Radost, ¿verdad? —pregunta cuando la encuentra remoloneando por la iglesia—. ¿Te puedo ayudar en algo?

—Me gustaría saber si... por qué... —Liska titubea. ¿Cómo podría formular la pregunta sin desvelar su secreto?—. Por qué algunos somos... diferentes.

—La magia te llama —dice. Ante la expresión horrorizada de Liska, alza una mano conciliadora—. Tu madre vino a verme ayer. Me ha hablado de tu lucha.

—Ah.

Liska aparta la mirada, con las mejillas encendidas. No sabe por qué le causa tanta vergüenza que alguien conozca su problema, pero no puede evitarlo. Al mismo tiempo, se siente aliviada..., aliviada de que el nuevo párroco no la repudie sin más.

—¿Cree usted que Dios me odia, padre? —pregunta.

El hombre le dedica una sonrisa benévola y un poco sorprendida.

—¿Qué te hace pensar eso?

—Pues… ¿por qué si no me iba a castigar con esta maldición?

Se le dulcifica la mirada.

—No es una maldición, pequeña. —Se arrodilla frente a ella y la mira desde abajo—. Solo te está poniendo a prueba. Cada uno tenemos que lidiar con nuestra propia cruz. A ti Dios te dio una carga más pesada solo porque sabe que cuentas con la fortaleza necesaria para sobrellevarla. Tu magia es un reto y tú debes resistir la tentación a toda costa.

—Lo sé —susurra Liska.

Mamá siempre se lo ha dicho y, desde que murió tata, se lo recuerda con más frecuencia si cabe. «Ten cuidado, Liska». «No te metas en problemas, Liska». Ella no le lleva la contraria. En sus manos, la magia no ha hecho más que causar desgracias. Pero no negará que a veces desearía que le diesen una explicación más lógica para lo que le ocurre, un buen razonamiento que no se base solo en el miedo.

—Sigues buscando un porqué —observa el padre Paweł—. Escúchame bien, Liska. La magia va en contra de las leyes de la naturaleza puesto que cambia aquello que debería permanecer inalterable. —Se detiene por un momento, como si estuviese sopesando cuánto debería contarle—. Utilizarla supone recurrir a los espíritus y hacer eso de una forma deliberada se considera un acto de brujería. La Iglesia lo prohíbe porque los espíritus que más dispuestos están a acudir a la llamada suelen ser esbirros del diablo. Además, para muchachas como tú, es mucho más peligrosa.

Liska le escucha con atención, atónita.

—¿Y eso por qué?

—Porque las mujeres sois más susceptibles de dejaros tentar por la oscuridad. —Liska recuerda haberle oído decir algo parecido en uno de sus sermones. Eva y la manzana, el pecado original—. Incluso en la época de los reyes, cuando todavía no se llegaba a comprender los peligros de la brujería, casi todas las personas que practicaban la magia eran hombres. Se da por sentado que la voluntad de las mujeres es demasiado débil y por eso se dejan corromper fácilmente por los demonios. Pierden la cabeza.

Liska piensa en los cuentos que tata le contaba sobre Baba Jaga, la bruja que vivía en una cabaña con patas de gallina y se dedicaba a comer niños y robar corazones. Tal vez había una pizca de verdad en esas historias. Se le revuelve el estómago solo de pensarlo.

—¿Quiere decir que yo también soy malvada?

—No, no. —Le coloca una mano sobre el hombro—. Tú eres una buena chica y sabes que no debes dejarte llevar por tu magia. Si alguna vez te sientes tentada, puedes venir a verme. Estoy aquí para ayudarte, Liska.

La expresión del párroco es amable, pero su mirada brilla con una intensa emoción que casi recuerda al miedo.

Liska nunca olvidará esos ojos.

Se cuelan en sus pensamientos en este mismo instante y clavan su mirada acusadora en ella cuando intenta invocar sus poderes una última vez. Obedece a la advertencia que le dan y aparta las manos de la pared. La culpabilidad la asfixia. Es la primera vez en mucho tiempo que Liska ha querido usar su magia. Pese a todo lo que ha hecho, todavía es una tentación.

—Tendré que probar de otra manera —dice al tiempo que retrocede y saca el cuchillo de la cinturilla del delantal.

Al hacerlo, el cosquilleo de un presentimiento le recorre la nuca y le pone los pelos de punta.

Algo la está observando.

Liska deja caer la mano y se queda quieta.

—¿Qué estás haciendo aquí fuera? —pregunta.

Dios, espero tener razón. Se da la vuelta lentamente, en guardia, y deja escapar un suspiro de alivio. Hay un gato de pelaje gris ceniza sentado sobre el respaldo de uno de los sofás, agitando la cola de lado a lado. Tiene los ojos negros, tan negros como el carbón, y, cuando sonríe, adopta una expresión muy humana, con unos dientes romos igual de humanos.

Trato de mitigar el aburrimiento, dice la criatura que resulta no ser un gato. *¿O acaso prefieres que haga crecer un par de setas más?*

No abre la boca para hablar, pero Liska la oye alto y claro en su mente: es una voz profunda y femenina, que chisporrotea como la leña. Liska nunca había oído a una *skrzat* pronunciar tantas palabras seguidas. Lo normal es que se comuniquen por medio de breves exclamaciones de irritación, pero esta —Jaga— hace gala de una inteligencia fuera de lo común.

¿Qué pasa? ¿Es que nunca has oído hablar a un gato?

Liska sonríe con timidez.

—No esperaba verte aquí, nada más. Pensaba que eras el perro de ojos rojos.

Lleva sin ver al animal desde la noche en que el Leszy salió herido, pero todavía se muestra recelosa.

¿El perro de ojos rojos? Jaga se baja del sillón y cruza la estancia con andares orgullosos. *Sí, creo que he sentido una presencia similar.*

—¿Sabes algo del tema? —pregunta Liska.

De pronto, cae en la cuenta de que le está preguntando a un espíritu felino por un fantasma perruno.

Lo único que he visto son imágenes borrosas desde el plano intermedio, dice la *skrzat*. *Tan intangibles como el humo de una vela. ¿Qué sabes tú?*

—Solo que quiere que me vaya de aquí —dice Liska—. No para de repetirme que me marche antes de que se despierte. Me pregunto a quién se referirá.

Jaga sacude una oreja.

No sabría decirte. Yo solo soy un gato.

—No es verdad.

El duende le enseña los dientes en una expresión tan antinatural y amenazadora que le pone la piel de gallina.

No, no lo es. Bueno, ¿me vas a explicar qué pretendes hacer con ese cuchillo?

Liska contempla la pared con una mirada exasperada.

—Estoy intentando convencer a la casa de que me muestre una puerta.

Eso suena de lo más lógico, comenta Jaga. *Veo que estás dispuesta a apuñalarte por pura desesperación.*

Liska esboza una pequeña sonrisa.

—Más o menos. Esperaba poder ofrecerle mi magia a cambio, pero, como tan amablemente apuntó el Leszy, mis poderes son inútiles. Pero, como también dijo que estaba en mi sangre…

Se clava la punta del cuchillo en la yema del dedo índice y se estremece de dolor. La gota de sangre que brota de la herida brilla con un inmaculado tono carmesí bajo la luz del sol. Pronuncia una rápida plegaria y Liska apoya el dedo en la pared.

Dejar sangre en las paredes, dice Jaga con sequedad. *Menuda idea.*

Liska no responde. Ni siquiera se atreve a respirar, y todo su cuerpo está tenso, a la espera de lo que vaya a ocurrir.

Pasa un segundo. Otro. Un tercero.

La estancia profiere un hondo suspiro a regañadientes. La huella que ha dejado con el dedo se volatiliza, como el agua que se absorbe en la tierra.

Liska cierra los ojos y, cuando vuelve a abrirlos, la puerta de medianoche está ahí, como si nunca se hubiese marchado. Las estrellas que decoran la madera titilan misteriosamente y el pomo en forma de destello resplandece como el oro puro.

La muchacha da un salto triunfal, con el corazón desbocado.

—¿Ves? —le dice a la casa—. Sabía que podrías hacerlo. —Se mete el dedo ensangrentado en la boca y mira al duende que está a su lado—. ¿Vienes?

No me lo perdería por nada del mundo, responde Jaga, que la mira con un brillo travieso en los ojos. *Vamos, entra rápido. No tenemos mucho tiempo.*

Antes de echarse atrás, Liska abre la puerta.

9

Una casa con alma

L o que descubre al otro lado es una estancia que es mitad bosque, mitad maravilla.

El suelo que pisa es de gélido mármol oscuro surcado de vetas doradas. Sería un lugar sofisticado si no fuese por el espeso musgo que recubre las paredes y las flores silvestres que crecen entre las más minúsculas grietas. A su alrededor, unos árboles robustos se alzan con la nobleza digna de un rey, mientras que sus ramas se extienden por todo el lugar para servirle de apoyo a una bóveda de crucería.

La habitación secreta es una biblioteca.

Contra las paredes hay una infinidad de libros, un universo entero de sabiduría, tomos voluminosos y novelitas delgadas acompañadas, a modo de sujetalibros, de calaveras, geodas y tarros llenos de caparazones de escarabajo. La estancia huele a misterio, a papel viejo, a frutas del bosque y a vibrantes cielos de verano.

En medio de la sala hay un columpio almohadillado con cojines de seda, que cuelga del techo por medio de una cuerda gruesa. Aunque no corre el viento, se balancea de atrás adelante con quedos chirridos. Jaga se sube a él de un salto y se afila las uñas con el asiento mientras Liska se adentra en la biblioteca, totalmente estupefacta.

—¿Qué es este lugar? —pregunta.

No es un lugar, responde Jaga. *Es un recuerdo. Un fragmento de la casa que el Leszy dejó sumido en un profundo sueño.*

—Parecía decidido a impedirme entrar por todos los medios. —Una de las luces doradas pasa flotando junto a Liska. Ella intenta tocarla, pero se le escapa de entre los dedos—. Y casi lo consigue. ¿Por qué lo ha hecho? ¿Por qué escondería un lugar tan maravilloso como este?

Encontrarías las respuestas que buscas si dejases de mirarlo todo embobada y te pusieses a investigar, sugiere Jaga.

Aunque suena como si siguiese a su lado, en realidad, la *skrzat* está sentada sobre un estante al otro extremo de la habitación. Liska no tiene ni la más remota idea de cómo habrá llegado hasta allí tan rápido.

—¿Tú no eres un duende? —le dice—. ¿No deberías estar al tanto de todo lo que ocurre en esta casa?

Jaga entrecierra los ojos hasta convertirlos en dos rendijas negras como el mismísimo vacío.

Puede que hubiese un tiempo en que así fuera, pero, cuando el Leszy dejó de cuidar de la casa, de cuidarme a mí, yo me desvanecí. Y se me borró la memoria.

—¿No recuerdas nada antes de que yo te invocara?

Bueno, recuerdo pensar que el Leszy es un vejestorio insufrible.

Liska reprime una sonrisa y estudia la estancia con atención al acercarse a las estanterías. Recorre el lomo de los libros con los dedos, disfrutando de la riqueza y variedad de texturas, que van desde la de las encuadernaciones en piel, terciopelo y seda hasta la de los pergaminos repartidos entre los volúmenes en pilas perfectamente alineadas.

—Todo está limpio —comenta al darse cuenta del detalle—. No se ha echado a perder como el resto de la casa.

Cuando escondes un espacio como este, queda congelado en un sueño atemporal, explica Jaga. *Esta habitación lleva doscientos años en un estado de hibernación, alejada de las leyes del tiempo. Parece ser que la casa se hartó de mantenerla escondida.*

La casa se hartó. A Liska todavía le cuesta hacerse a la idea.

—Darle vida a toda una casa solariega debe de ser algo que solo el poder de un demonio del bosque puede conseguir —reflexiona Liska, que encuentra un tarro lleno de mudas de serpiente y lo sostiene en alto para verlo a la luz.

Un demonio del bosque..., dice Jaga. *Siempre se pone ese titulito, pero la realidad es que es un demonio de pacotilla.*

—¿Por qué dices eso?

La mayoría de los demonios se alimentan de humanos.

Liska deja el tarro con torpeza sobre una estantería y por poco se le cae al suelo, pero lo atrapa justo a tiempo y lo coloca como es debido.

—El Leszy no hace eso, ¿verdad?

No.

—Qué alivio —dice con un suspiro—. Pero... ¿por qué hay demonios que sí comen humanos? ¿Por qué necesitan comer si ya están muertos?

Les da poder.

Jaga se convierte en una nube de humo y se materializa un par de secciones más abajo, hecha un ovillo sobre un tomo feo y voluminoso catalogado como DEMONOLOGÍA.

Es lo que marca la diferencia entre los espíritus y los demonios. Los primeros obtenemos nuestro poder de la comida que recibimos a modo de ofrendas y los demonios lo obtienen de la carne humana. A los espíritus se nos concede poder, mientras que los demonios se lo arrebatan a otros.

—¿Y las almas?

Les pertenecen a los cuerpos.

Un millar de preguntas relacionadas con todo lo que no sabe y lo que le habían contado hasta ahora invaden de inmediato a Liska. Quiere preguntarle más cosas, pero una de las motas de luz del techo parpadea y otra la sigue, como si la Casa bajo el Serbal les pidiera que se dieran prisa. Tras recorrer la biblioteca con la mirada, Liska se dirige a Jaga:

—Venga, echemos un vistazo y salgamos de aquí. Lo último que necesitamos ahora es que el Leszy nos encuentre en una situación comprometida.

Exploran la estancia apresuradamente hasta que llegan a un nicho en la parte de atrás de la habitación, donde se puede ver el serbal a través de una ventana semicircular. El rinconcito alberga un amplio escritorio, una silla tapizada en terciopelo negro y un tarro lleno de plumas para escribir. Junto a este último, hay un candelero de latón con una vela prácticamente consumida, ahogada en un charco de su propia cera. Liska lo examina todo con atención y, luego, abre los cajones. Al descubrirlos vacíos, pasa a revisar la parte de abajo del escritorio, así como sus laterales, pero no encuentra nada.

Ve aparecer una mancha brillante por el rabillo del ojo. Una de las motas doradas de la biblioteca vuela hasta ella y se queda flotando ante los cajones. Liska sigue su luz, se agacha hasta que toca el suelo con la mejilla y profiere un grito ahogado.

Hay un trozo de papel atrapado bajo los cajones. Liska se las arregla para meter una pluma en el reducido espacio y, tras un par de intentos, consigue sacarlo con cuidado.

Liska inspecciona el hallazgo bajo la luz de la mota dorada. Es un pedacito de pergamino viejo con los bordes quemados, de manera que de él se desprenden unos cuantos trocitos diminutos pese a la delicadeza con la que lo sostiene. Hay algo escrito en el pergamino; parece el fragmento de una carta o algo similar y está escrito en una llamativa letra cursiva. La expectación le martillea en el pecho. Con cuidado, Liska se pone en pie, deja el papel sobre el escritorio y se obliga a respirar hondo para calmarse antes de leer lo que pone.

... final, era inevitable y lo sabes bien.
Solo te pido que no me odies por marcharme
así de tu lado. Este fue siempre mi destino.
Espero que tengas una buena vida, mi amor.
Sigue adelante cuando me haya ido.

—Florian

A Liska se le pone la piel de gallina. Levanta la vista, alarmada, y encuentra la mirada de Jaga. La *skrzat* no parece afectada y su aplomo calma los nervios de Liska.

—Florian... —repite mientras acaricia el mensaje con los dedos. El nombre tiene un sabor amargo, como el de los amores perdidos o los corazones rotos—. ¿Significa algo para ti ese nombre, Jaga?

No, dice la *skrzat*, cuyos rasgos felinos se tuercen en una especie de ceño fruncido. *Pero creo que he visto ese pergamino antes. A lo mejor si...*

Se acerca con pasos silenciosos a Liska y toca el papel con la nariz. Un escalofrío le recorre el cuerpo y retrocede con un bufido.

—¿Qué ocurre?

Jaga parpadea un par de veces, aturdida.

Cuando los skrzaty *desaparecemos, perdemos nuestros recuerdos. Pero, a veces, hay detalles como los olores, las sensaciones o las emociones intensas que se quedan con nosotros. También podemos llegar a recordar imágenes.*

Liska observa al pequeño espíritu con precaución, puesto que siente que no debería interrumpirla. Los ojos color obsidiana de Jaga están desenfocados, sumidos en un recuerdo. Se mece de lado a lado y su silueta se desdibuja como el humo.

El Leszy..., dice lentamente, como si recitara un poema. *Está ante su escritorio. Sostiene un extenso pedazo de papel, u-una carta. Se pone de pie y algo cae de la carta, pero él no lo mira.* Cada vez habla más y más deprisa, como si estuviese empezando a olvidar ya lo que vio. *Hay una vela encendida sobre el escritorio y el Leszy acerca el papel a la llama, pero, tan pronto como empieza a arder, parece arrepentirse de su decisión. Tira la carta al suelo e intenta apagar el fuego a pisotones. Cae de rodillas y los pedazos quemados se dispersan por la biblioteca. Está... ¿temblando? Tiene las mejillas húmedas. Diría que está enfadado. No sé identificar las emociones humanas, así que no puedo explicar...*

—Está llorando. —La idea la deja estupefacta. ¿Un demonio llorando? No logra imaginarse los afilados rasgos del Leszy mostrando semejante emoción—. ¿Qué más has visto?

Es... Mira a su alrededor. Intenta recoger los pedazos quemados. Encuentra lo que cayó de la carta y lo acuna entre las manos. Es una flor, creo. Después, se da la vuelta y ve que lo estoy mirando. Me grita para que me marche, así que eso es lo que hago. Ahí se acaba.

—Ahí se acaba... —repite Liska.

Vuelve a leer el mensaje del fragmento con la esperanza de verlo con nuevos ojos y descubrir algún secreto que se le haya podido pasar. La primera frase, ese «Era inevitable y lo sabes bien», resuena en su mente como un tambor. Son unas palabras cargadas de rotundidad y resignación.

—Tiene que haber algo más —dice—. Esta carta..., este lugar..., la casa debe de estar tratando de decirme algo.

Casi puede sentirlo. Desde las luces por encima de su cabeza hasta el mármol bajo sus pies, toda la estancia aguarda en tensión y le ruega que la escuche. Hay una sensación de urgencia, una advertencia inquieta.

—Quienquiera que sea el tal Florian... Tengo que averiguar qué le pasó.

Liska deja el fragmento de pergamino allí donde lo encontró, solo por si acaso. Echa un último vistazo anhelante a la biblioteca y se encamina hacia la salida, rezando para que el Leszy no haya regresado a casa todavía. Jaga le pisa los talones y la puerta de medianoche desaparece tan pronto como la atraviesan. Liska se desploma sobre el diván, abrumada y eufórica ante el descubrimiento que acaban de hacer. La gata se sube a su regazo y le amasa la camisa, aunque se le enganchan las uñas en la tela.

Liska emerge del torrente de pensamientos que embarga su mente y dice:

—Jaga, si encontrásemos otras cosas que te ayudasen a recordar, ¿crees que encontraríamos más detalles acerca de lo que ocurrió?

Es posible, responde el espíritu. *Pero el objeto debería tener alguna conexión emocional con el suceso. No basta con tocar cualquier cosa, como, no sé, una silla, por ejemplo.*

—¿Qué me dices de la flor? La que viste caer de la carta.

Sí que parecía importante, coincide Jaga. *Aunque ignoro qué valor sentimental puede tener una planta. Un plato de comida sería mucho menos patético.*

Liska hace caso omiso de ese último comentario.

—¿Te acuerdas de qué tipo de flor era? Si encuentro alguna similar en el jardín es posible que...

Tiene que ser más concreto. El objeto ha de formar parte del recuerdo.

Liska siente que algo se le escapa, pero no logra averiguar el qué.

—¿Me puedes dar más detalles? De la flor, quiero decir.

Si los gatos tuviesen cejas, Jaga estaría enarcando las suyas.

Es de un azul pálido y tiene seis... No, cinco pétalos. Estaba bastante mustia.

—Una nomeolvides —murmura Liska—. ¿Dónde he...? ¡Claro! —Todo encaja de golpe. Le había llamado la atención, incluso a pesar de que en aquel momento estaba nerviosa—. Sobre el escritorio del Leszy. Hay un orbe... Una esfera de cristal. Creo que la flor que albergaba en su interior era una nomeolvides. ¿Será la misma?

Jaga parece intrigada.

Tal vez.

—Si lo fuera, ¿tendrías que tocarla como pasó con la carta?

Cuanto más me acerque al objeto, mejor.

Liska estira la espalda y considera sus opciones.

—Si pudiésemos colarnos en su estudio mientras el Leszy está fuera...

Imposible, la interrumpe Jaga. *Él es el único que puede abrir esa puerta.*

—A lo mejor podemos convencer a la casa para que nos la abra.

No. Tanto su estudio como su dormitorio cuentan con hechizos de protección adicionales y cerraduras que solo la magia czarownik puede abrir.

Liska ya ha comenzado a urdir un plan, uno que podría ser incluso más temerario que el de adentrarse en la Driada durante la noche del Kupała.

—¿Podrías colarte en el estudio con la puerta abierta?

Es posible, pero, si el Leszy está delante, sentirá mi presencia.

—¿Podrías salir de allí tú sola?

Si la puerta está abierta, sí.

Liska se da un golpecito en la barbilla.

—Creo que se me ha ocurrido algo.

Jaga entrecierra los ojos con el inmenso entusiasmo de un gato al acecho.

¿Qué sugieres?

10

Que viene el perro

Te repito que esto no va a salir bien.

—Siete. —dice Liska, apoyada por el sonido que hace una piedrecita al caer por la escalera de la torre cuando le da una patada sin querer—. Ya lo has dicho siete veces.

No debería haberme comprometido a ayudarte, refunfuña Jaga, que se mete más dentro del bolsillo del delantal de Liska, donde se ha escondido tras adoptar la forma de un ratoncillo negro como la tinta.

Según la *skrzat*, los hechizos de protección del Leszy le impiden materializarse en el estudio, así que tendrá que entrar por su propio pie.

—Anoche parecías entusiasmada con la idea —apunta Liska, que baja la voz cuando llegan al final de la escalera—. ¿Qué te ha hecho cambiar de opinión?

Tu plan, sisea Jaga.

—Saldrá bien, te lo prometo. Ahora calla antes de que te oiga.

Mientras solo hable en tu mente, él no me oirá. Pero ¿cómo vamos a hacerlo salir?

—Muy sencillo. —Liska le ofrece una sonrisa un poco forzada y no demasiado convincente—. Voy a recurrir a mis encantos femeninos.

Entonces, se lanza contra la puerta del estudio y grita a pleno pulmón.

—¡¿Leszy?! —Vierte en su voz tanto pánico como puede—. ¡Leszy!

Para su sorpresa, la puerta se abre de inmediato y una explosión de luz blanca baña el rellano sombrío.

—¿Qué ocurre?

El Leszy se la queda mirando como si lo hubiera interrumpido mientras estaba en mitad de alguna especie de experimento. Lleva la camisa arrugada, con los cordones del cuello sueltos, y tiene una mancha de carbón en el pómulo.

Liska le devuelve la mirada con los ojos desorbitados en una expresión de súplica.

—Creo... He vuelto a ver al perro en el jardín.

Te estás pasando, le advierte Jaga. Sin embargo, la repentina luminosidad ha hecho que a Liska le lloren los ojos y las lágrimas han debido de resultar creíbles, porque el rostro del Leszy se endurece.

—Imposible. ¿Dónde está?

Hace intención de salir del estudio, pero Liska se ha asegurado de quedarse lo más cerca posible de él para obligarlo a rodearla. Cuando lo hace, Liska traga saliva con nerviosismo, extiende la mano y le agarra la camisa al Leszy como una niña asustada. *No apartes la mirada de mí,* reza en silencio. Siente como el peso casi imperceptible de Jaga desaparece de su bolsillo, se escabulle entre sus faldas y se baja de un salto.

—Estaba j-junto a la despensa, entre las sombras. ¡Te juro que vi sus ojos!

Liska aprieta el puño en torno al tejido de su camisa y siente la calidez de la piel del Leszy a través del lino, así como el momento exacto en que su corazón comienza a latir al ritmo del de ella. El Leszy mira su mano y se la suelta con cuidado, esbozando una mueca de disgusto.

—Tranquilízate. Recuerda que estás bajo mi protección aquí en la casa, zorrillo atolondrado.

La veo. La voz de Jaga resuena en la cabeza de Liska, aunque la distancia hace que suene apagada.

Liska se emociona, pero enseguida vuelve a centrarse en el Leszy, que está alisándose la camisa con brusquedad.

—Llévame hasta el lugar donde lo viste.

Detrás de Liska, una de las ramas hechizadas del Leszy extiende las ramitas como si fueran dedos y cierra la puerta con firmeza, de manera que Jaga queda atrapada dentro.

Sin salirse del papel, Liska guía al demonio hasta el revoltijo de ortigas que enmarca la puerta de la despensa, donde un ciruelo larguirucho proyecta sombras temblorosas. El Leszy lo observa durante unos intensos segundos de descontento antes de hacer un gesto como si fuera a cubrirse el rostro con las manos, pero se lo piensa dos veces y se pasa los dedos por los mechones blancos hasta despeinarse.

—Aquí no hay nada. No veo nada, no siento nada. Debes de habértelo imaginado. ¿Has... has estado durmiendo bien estos días?

No, últimamente duerme mal y sabe que se le nota, porque lleva el pelo hecho un desastre y tiene ojeras. Liska lo mira con su mejor mueca sarcástica y dice:

—La verdad es que sí. He tenido un sueño maravilloso cada noche. ¿Quieres que te los cuente?

—Preferiría que no —dice con voz cansada para zanjar el asunto.

Liska descubre, consternada, que el Leszy no regresa a su torre, así que Jaga permanece atrapada en el estudio. El demonio se adentra aún más en el terreno de la finca y deja atrás el serbal para dirigirse hacia la descuidada arboleda que guarda la parte de atrás del muro que rodea la casa. No le da ninguna explicación, pero, a juzgar por el brillo atento en su mirada, parece que está asegurándose de que, efectivamente, Liska se ha imaginado al perro.

Ese animal... La brisa hace que se le meta un mechón de pelo en la boca y se lo aparta de la cara. *Seguro que no se mostraría ni la mitad de paranoico si el perro fuese un espíritu cualquiera.*

El mundo del Leszy se ha convertido en un infinito carrusel de misterios. Demonios, magia, puertas y perros, y muchas, muchísimas cosas más, como la esfera de un reloj marcada con rarezas en vez de números. Tic, tac, las manecillas apuntan a una incógnita. Tic, tac y pasan a la siguiente.

La espera la está matando. Pasan treinta lentos minutos y Liska se entretiene preparando *goulash* con las últimas ofrendas que unos cazadores le dejaron al Leszy: dos liebres frescas. Pasa una hora. Encuentra un tarro de azúcar en la alacena. Pasa otra hora. Recolecta fresas para hacer conservas. Pasa una tercera. Corta las fresas, las echa en una cazuela de hierro, las cubre con una buena capa de azúcar y se mete una en la boca.

Cuando Jaga por fin reaparece, Liska casi se atraganta con la fresa.

Ha faltado poco, jadea la *skrzat*, que se transforma de ratón a gato en medio de una iracunda nube de humo. *Pero parece que la suerte está de nuestro lado, porque me las he arreglado para salir del estudio antes de que se fijara en mí.*

—Gracias a Dios —suspira Liska—. ¿Y has...? ¿Ha funcionado?

Jaga ladea la cabeza; sus ojillos son como el ónice pulido.

Lo recuerdo, dice. *Recuerdo a Florian.*

Deciden dejar la conversación para más tarde, cuando la noche entierre al bosque bajo una ola de oscuridad tan negra como el alquitrán y el intenso viento restriegue su panza por el tejado. Liska finge estar dormida solo para asegurarse de que el Leszy baje la guardia y espera hasta que oye el sonido de la puerta de su dormitorio al cerrarse para regresar de puntillas y en camisón a la salita de estar. Jaga ya está ahí esperándola, una criatura echa de sombras, apenas perceptible, que se confunde con el humo de la leña consumida en la chimenea.

—Cuéntame —le pide Liska, y las paredes de la casa parecen inclinarse hacia adelante, como si también ella se dispusiese a escuchar con atención.

Lo que encontré fue más que un recuerdo.

La figura de Jaga parece incapaz de estarse quieta y pasa de ser una voluta de humo a una silueta humana recortada por la luz del fuego.

Florian... era mi amigo. Eso ya es raro de por sí, porque la gente no me suele gustar, pero él era una excepción. Era cálido y alegre, como una llama. Vivió aquí en la casa durante mucho tiempo. En el recuerdo, yo le había seguido a la biblioteca cuando colocó la carta junto a la flor sobre el escritorio. Era de noche y yo le pedía que no se marchara, aunque no sé muy bien por qué. Recuerdo que lo último que me dijo cuando dejó la nomeolvides fue: «Lo siento, duendecillo, pero no soporto quedarme aquí por más tiempo».

A él ya nunca volví a verlo. Pero tengo un último recuerdo de la flor después de que el Leszy la encontrara. Yo estaba en la habitación de la torre y él la tenía en las manos, ya dentro de ese orbe de cristal. Le estaba regañando por haber permitido que la casa se cayese a pedazos. Le dije: «No puedes llorarlo para siempre».

Él se estremeció como si se hubiera pinchado con algo. «Mis manos están manchadas de su sangre», me respondió.

Liska se cubre la boca con las manos.

«Y ya no puedes hacer nada por remediarlo», repliqué. Enseguida se puso hecho una furia. Cuando se dio la vuelta, tenía un puñado de sal en la mano. Me la tiró encima y yo me quemé. A partir de ahí, no recuerdo nada más... Nada de nada.

—Te desterró —susurra Liska.

Esa es una de las muchas cosas que los niños de Stodoła aprenden: la sal ayuda a desterrar a cualquier espíritu indeseado. La *pani* Prawota le tiró una vez un puñado de sal a Liska cuando sacaba a Stara a pastar a primera hora de la mañana, sin nadie alrededor.

—Te desterró por Florian. Porque murió. Lo siento en el alma, Jaga.

La *skrzat* parece sorprendida.

¿Que lo sientes? Qué elección más curiosa la de pedir disculpas por los pecados de otra persona. Su humeante silueta flota por la habitación hasta que toma forma de gato a los pies de Liska. *No aceptaré tu disculpa a cambio de la suya. Tú me libraste del destierro y me alimentaste, me has permitido vivir más de lo que cualquier criatura muerta debería. Pero él... él es peligroso.*

—Eso ya lo sé —coincide Liska con una risa tensa—. Pero no... ¿Crees de verdad que el Leszy mató a Florian?

No lo sé, pero tienes que mantener la mente fría, niña. Deja a Liska atrapada dentro de una seria mirada. *Esta vez me las he arreglado para escapar antes de que el Leszy me encontrara, pero no tardará en darse cuenta de lo que estás haciendo. Y, cuando eso ocurra..., cuando se dé cuenta de que está perdiendo el control de la casa... No hay nada que ese muchacho odie más que perder el control. Me da miedo pensar en lo que sea capaz de hacer.*

El nudo de nervios que Liska siente en el pecho se tensa, pero sostiene la mirada de Jaga de igual manera.

—Te prometo que tendré cuidado. Tengo el presentimiento de que... de que, si logro descubrir lo que ocurrió esa noche, si averiguo cómo murió Florian, entonces sabré qué planea hacer conmigo el Leszy.

Jaga inclina la cabeza.

Está bien. Te ayudaré siempre que pueda, tanto por Florian como por ti. Pero no debes confiar en él, niña. No olvides nunca lo... Se interrumpe con un bufido. *Viene hacia aquí.*

El duende se deshace en una nube de humo justo cuando se empiezan a oír las pisadas del Leszy. Liska entra en pánico, se hace un ovillo sobre la alfombra de piel de oso y entierra la cabeza entre los brazos para fingir haberse quedado dormida junto al fuego. A través del hueco que se abre entre sus manos, ve al demonio entrar apresuradamente en la salita. Cuando la luz le ilumina el rostro, Liska juraría que ve un cierto nerviosismo en su expresión, pero, cuando la ve tumbada en el suelo, su rostro recupera su característico estoicismo.

—Aquí estás, zorrillo atolondrado. Necesito que me acompañes.

Liska levanta la cabeza y finge parpadear con ojos somnolientos. En vez de esperar a que le responda, el Leszy se da la vuelta para marcharse de nuevo y, entonces, se detiene. Con un movimiento lento y preciso se gira hacia la chimenea y levanta la barbilla, como un sabueso al oler a su presa.

A Liska le da un vuelco el corazón cuando la mirada atenta del demonio se clava en la voluta de humo apenas visible en la que se ha convertido Jaga.

—Vaya, pero si es mi duendecillo rebelde. Parece que sí que había sentido algo después de todo.

Jaga bufa y escupe hollín.

El Leszy deja escapar entre dientes una amenazadora carcajada carente de humor.

—¿Por qué no me sorprende que la hayas vuelto a invocar? —pregunta, girándose hacia Liska.

Ella le sostiene la mirada, aunque se muestra nerviosa.

—Tiene nombre.

—Ah, ¿sí?

Liska clava los ojos en la *skrzat*.

—Se llama Jaga.

Una sombra de diversión juguetea en los labios del Leszy.

—Te juro que cada día me sorprendes más. —Le lanza una última mirada a Jaga con una ceja enarcada y luego se da la vuelta para pedirle a Liska que se acerque—. No perdamos más el tiempo, zorrillo atolondrado. Tú y yo tenemos que encargarnos de un asunto.

Liska se levanta del suelo con nerviosismo, sigue al demonio y se detiene ante el umbral de la puerta para despedirse de Jaga. Sin embargo, cuando mira por encima del hombro, el duende se ha esfumado. Lo único que queda en la salita son sombras retorcidas y un fuego a punto de extinguirse, además de un millar de preguntas que penden en la oscuridad.

Cuando Liska lo alcanza, el Leszy ya está en el vestíbulo poniéndose su *sukmana*. La vaina con incrustaciones de esmeraldas sobresale por la parte de abajo del largo abrigo y hace gala de un brillo letal en la oscuridad. Al verla, Liska titubea.

—¿A dónde vamos?

—Necesito que examines un cadáver.

La muchacha frena en seco.

—¿Cómo dices?

El Leszy hace una pausa y se gira hacia ella a una velocidad casi inhumana. Cuando se fija en la expresión alarmada de Liska, se detiene y adopta una actitud más calmada.

—Vaya, me temo que estoy teniendo muy poco tacto. —Encuentra su mirada con delicadeza—. Mis centinelas han encontrado un cadáver junto a la linde del bosque. Era un campesino y parece otra víctima del ataque de un *strzygoń*. Tengo la esperanza de que puedas decirme de dónde es o que incluso lo puedas identificar.

—¿Y cómo voy a hacer eso?

—Murió este fin de semana, así que va vestido con su *strój* de domingo. Cada pueblo tiene su propio atuendo típico, ¿no es así?

—Sí, pero...

—Sabrás reconocer algunos.

—Tal vez. Pero solo de los pueblos que se encuentran cerca del mío.

—Con eso basta. Tendrás que venir al bosque conmigo. ¿Te parece?

Formula la pregunta final con tono inseguro. Liska duda, desconcertada, puesto que no solo parece estar pidiéndole permiso, sino también su opinión. Podría contar con los dedos de una mano las veces que alguien ha mostrado semejante consideración. Sin embargo, el recelo, así como el reciente descubrimiento de la muerte de Florian, la frenan. Nunca había desconfiado tanto del Leszy, pero, si se muestra suspicaz ahora, el demonio se dará cuenta de que algo va mal, de que no es la pueblerina ingenua que cree que es.

Aun así, no puede pasar por alto que hay cierta urgencia en la voz del Leszy y que su mirada, por lo general firme, parece estar empezando a desmoronarse. En realidad, es muy poco probable que consiga identificar al campesino, pero el hallazgo del cadáver ha dejado al Leszy lo suficientemente afectado como para pedir ayuda y Liska no puede ignorar ese detalle. No está en su naturaleza.

Asiente lentamente con la cabeza.

—Bien —dice él. Descuelga una capa vieja del perchero y se la pasa a Liska—. Tendremos que darnos prisa o los lobos lo encontrarán primero.

Lobos. Con la maldad que alberga, se le hace extraño pensar que la Driada también da cobijo a la fauna característica de un bosque. Si oye los cantos de los pájaros cada mañana y ha visto varias ardillas de pelaje rojizo correteando a toda velocidad por los árboles, ¿por qué no habría lobos también? Hace tiempo, habría entrado en pánico solo con pensar en un lobo. Ahora, su presencia casi la reconforta. *Bueno,* le gustaría decir, *solo son lobos. Gracias al cielo que no es un* strzygoń *o una* rusałka.

La máscara de la calavera de ciervo descansa contra el perchero. El Leszy la recoge y le hace una señal a Liska para que lo siga cuando sale de la casa. Mientras Liska remolonea bajo el cálido brillo de la luz del edificio, el demonio se cubre con el cráneo y apoya la mano sobre la empuñadura de su espada. Una tenue luz verde baila alrededor de las cuencas oculares y las grietas de la máscara, así como sobre los hombros del Leszy. Las siluetas incorpóreas de las ramas se retuercen por el suelo junto a su sombra. Igual que ocurrió cuando se conocieron, el Leszy comienza a cambiar.

Aunque esta vez el proceso es mucho más rápido, sigue siendo igual de macabro. Su cuerpo se pudre, se marchita y se desintegra y, entonces, se dobla y adopta una nueva forma cervuna. Recupera los músculos y la piel en un abrir y cerrar de ojos, y el ciervo de pelaje blanco perla se alza ante ella, en contraste con la negrura de la oscuridad. El único rastro que queda de los rasgos humanos del Leszy son esos ojos de depredador tan verdes como los pinos, que chocan con el delicado hocico y la sutil inclinación de su cabeza.

—Aprisa —dice al tiempo que dobla las patas delanteras para arrodillarse. Cuando Liska titubea, sorprendida ante el movimiento, el Leszy pone los ojos en blanco—. Venga, monta.

Liska sube con torpeza al lomo del ciervo, se estremece cuando casi se resbala y se agarra de manera instintiva a su pelaje.

—Perdón —murmura antes de permitirse esbozar una tenue sonrisa—. ¿No has pensado en ponerte una silla de montar?

El Leszy resopla. Se levanta con un poderoso impulso y se pone en marcha sin avisar.

Atraviesan el jardín con un par de zancadas y la verja torcida se abre ante ellos con un lamento estridente. Se adentran al galope en la Driada y las pezuñas del Leszy resuenan al impactar con los adoquines al ritmo de un corazón desbocado.

Liska pega todo el cuerpo al lomo del demonio, con la capa ondeando a su espalda y el pulso retumbándole en los oídos. Aunque montó a Stara sin silla muchas veces durante su infancia, sentarse a horcajadas sobre el Leszy transformado en ciervo es una experiencia totalmente distinta. No galopa, sino que avanza dando brincos seguros y poderosos para pasar por encima de los troncos caídos y esquivar los matorrales de zarzamora.

Se mueven a una velocidad sobrenatural y el azote del viento no tarda en hacer que a Liska le lloren los ojos. Después de frotárselos con la manga, ve que van directos hacia un enorme roble, tan grueso que haría falta recurrir a la mitad de los vecinos de Stodoła para formar un círculo a su alrededor.

—¡Leszy! —grita Liska, pero él no se detiene.

Ante ellos, el tronco se ondula y se parte en dos. La corteza se hace a un lado como una puerta y revela un enorme agujero a través del cual se ve un bosque desconocido.

El Leszy agacha la cabeza y atraviesa el portal de un salto.

11

Un pasaje hacia los muertos

Aparecen en una parte de la Driada que Liska no reconoce. La noche es menos asfixiante aquí y la luna es una delgada sonrisa en medio de un cielo salpicado de estrellas. Alrededor de Liska y el Leszy se alzan pinos y cipreses puntiagudos como agujas y la brisa se entrelaza con el aroma de la savia y el frío olor a agua de lago, parecido al del pescado. Liska reconoce esos olores. Deben de estar a unas cuatro horas de viaje en carreta desde Stodoła, cerca de las montañas. Una de sus tías vive en un pueblo cerca de donde se encuentran.

El Leszy reduce el paso hasta detenerse con suavidad y permite que Liska se baje torpemente de su lomo. La muchacha se agarra a su costado mientras intenta recuperar el aliento.

—¿Impresionada? —pregunta, divertido.

—Creo que estoy sufriendo una conmoción.

—Suelo tener ese efecto en las mujeres —dice con indiferencia—. En cualquier persona, en realidad.

Se quita el brazo de Liska de encima con una sacudida y pasa por encima de una rama caída. Un manto de agujas de pino amortigua el sonido de sus pasos. En cuanto Liska se recupera lo suficiente como para seguirlo, pregunta:

—¿Cómo has hecho… todo eso?

—Con magia, evidentemente. Requiere más energía de lo que me gustaría, pero, esta noche, era esencial actuar con rapidez.

—¿Y puedes ir a cualquier lado? ¿Puedes viajar adonde quieras?

—Se podría decir que sí. Puedo abrir portales en el bosque que conduzcan a cualquier rincón de Orlica.

—Portales, claro —murmura Liska, que echa un vistazo por encima del hombro al punto por donde han salido.

Donde antes había un roble, ahora hay un delgado abeto de ramas caídas. Del agujero —es decir, del portal— que han atravesado, ya no queda ni rastro.

—¿No lo sabías? —pregunta en Leszy con un tono tan burlón como enigmático—. Cualquier cosa puede convertirse en una puerta si sabes cómo abrirla.

Eso hace que Liska piense en la biblioteca secreta, en Florian. Deja que el Leszy encabece la marcha y se queda atrás mientras piensa en todo lo que ha descubierto a lo largo del día para intentar decidir qué hacer en adelante. Cuando el Leszy se detiene en seco, Liska casi se choca con él.

—Es aquí —anuncia el demonio, sombrío. Atrás quedó el ambiente distendido.

Retoma la marcha, y Liska lo observa con nerviosismo cuando baja por una pequeña pendiente en dirección a un pino torcido. Una de sus polillas centinela vuela tras él y, aunque las brillantes alas de la criatura le permiten ver con claridad, Liska tarda un momento en comprender —en aceptar— lo que está viendo.

Hay un cuerpo desplomado entre las raíces del árbol. La sangre ennegrecida que lo baña pinta un retrato de brutalidad: le han arrancado la piel como a una manzana, le han abierto la caja torácica para dejar al descubierto las carnosas entrañas y sus resbaladizos intestinos están extendidos como una cuerda, esparcidos por el suelo del bosque.

No es el primer contacto de Liska con la muerte, pero nunca había presenciado un asesinato tan violento, tan injusto. El miedo la rodea con su férreo agarre y se siente incapaz de reprimir un jadeo angustiado.

—¿Y bien? —El Leszy se acerca al cadáver y mira a Liska con expectación—. Sé que no es una escena agradable, zorrillo atolondrado, pero no me digas que no te lo advertí.

—Soy consciente de ello.

Liska traga saliva y se obliga a ponerse en movimiento. Baja hasta su acompañante mirando bien por donde pisa, pero la tierra se suelta y se desliza hasta la zona hundida que rodea el pino. Sus raíces brotan del suelo trazando arcos y recuerdan a una celda, mientras que el campesino muerto parece el convicto que se apoya contra los barrotes de su prisión.

Liska aparta la mirada de la truculenta escena para centrarse en el rostro y la vestimenta del fallecido. Es —era— un hombre de mediana edad, con una protuberante barriga y la piel dorada por el sol. Las mejillas hundidas y el espeso bigote hacen que sea imposible distinguirlo de cualquier otro campesino. Aunque a él no lo reconoce, sí que sabe identificar las ropas que lleva. Su *strój* no es muy distinto al de los hombres de Stodoła, pero los pequeños detalles que lo decoran indican que es de una procedencia y manufactura diferentes. La piel de oveja blanca de la que está hecho su abrigo es típica de los pueblos de las zonas de montaña, pero lo que llama la atención de Liska es el intrincado bordado que decora los bolsillos de sus pantalones, parecidos a los que llevaba su tío la última vez que lo vio. Se le revuelve el estómago.

—¿Lo reconoces? —insiste el Leszy. Habla con una voz suave, casi amable, nada típica de él.

Liska se da cuenta de que le tiemblan las manos.

—Creo que es de Żabki. E-es el pueblo de mi tía.

—Żabki... ¿A qué distancia está de la Driada?

—Creo... creo que está a una hora de viaje en carreta. —Se le revuelve el estómago—. Los habitantes de ese pueblo no tienen motivos de peso para acercarse tanto al bosque. Sus tierras de pastoreo están muy lejos de aquí y comercian exclusivamente con el mercado del sur.

—Exacto —coincide el Leszy, que la mira con expectación—. ¿Cómo ha acabado aquí entonces?

Parece que trata de dejar que Liska llegue a sus propias conclusiones, pero ella se niega a cooperar. Las implicaciones de la escena hacen que le entren ganas de vomitar. Entre la postura desmadejada del cadáver y las llamativas laceraciones que muestra, dignas de un depredador...

—Algo lo arrastró hasta aquí, ¿no es así? —susurra—. Esa cosa lo trajo desde Żabki. ¿Por qué?

—No tengo la menor idea —murmura el Leszy, pensativo, antes de repetir con voz frustrada—: Ni la menor idea.

Ya no disimula el desasosiego que tiñe su voz. Sale a la superficie como un cardenal y colorea sus facciones incluso a pesar de tener el rostro de un ciervo. Su mirada está cargada de esa misma emoción al dar un pisotón inquieto. Liska olvida por un instante que es un demonio y no un animal nervioso y apoya una mano sobre su costado para tranquilizarlo.

El Leszy se pone rígido, pero deja escapar un tembloroso aliento.

—No permitiré que esto siga así. He de encontrar la manera de reforzar los hechizos de protección para tener un mayor control visual, para estar al tanto de todo lo que pase en la Driada.

Un millar de preguntas sobre los hechizos de protección, los demonios y los ataques —tanto el del propio Leszy como el de este hombre— se agolpan en los labios de Liska. Se las guarda para más tarde, para cuando la muerte no impregne el aire que respiran y se encuentren más tranquilos.

Decide, en cambio, acariciar el suave pelaje del Leszy.

—Estás afectado —dice sin pensar con una exhalación, tan pronto como cae en la cuenta.

El Leszy ríe con amargura.

—Pues claro que me afecta, zorrillo. ¿Te sorprende? Quién iba a decir que alguien como yo, un cruel y monstruoso demonio, se preocuparía por el mundo de los humanos.

Liska aparta la mano de su costado y lo mira a los ojos.

—¿Por qué?

—Porque alguien debe velar por ellos. —Se le dilatan los ollares—. Antaño yo también fui humano y si creé este bosque fue para protegerlos. Tal vez te parezca una criatura cruel, pero hago todo cuanto está en mi mano para mantener el orden en la Driada. Sin mí, los demonios habrían invadido los territorios de los humanos hace ya mucho tiempo.

No me sorprende que no se preocupe por su propio bienestar o por el estado de la casa, piensa Liska. *Emplea hasta la última gota de energía en velar por la Driada y llora por aquellas almas a las que no pudo proteger.*

Igual que el cuerpo absorbe una espina y la enquista si esta no se arranca a tiempo, la tristeza del Leszy ha pasado a formar parte de su ser. Sacarla a la luz como está haciendo ahora debe de ser un sufrimiento para él.

—No ha sido culpa tuya, Leszy —lo consuela—. Es imposible estar al tanto de todo.

—Pero es mi obligación —replica con una carcajada carente de humor—. Solo yo controlo la Driada. Cuando se me escapa el más mínimo detalle o bajo la guardia, esto es lo que ocurre. Los espíritus encuentran lagunas, fisuras en mis hechizos de protección, y aprovechan para escapar. —Aparta la mirada. Tiene una expresión sombría—. Esta es mi creación y, por consiguiente, yo soy el único culpable de lo que ocurra en ella.

Liska desearía protestar, pero, a juzgar por el desconsuelo que inunda los ojos del demonio y la obstinación en su voz, asume que solo conseguirá que se flagele todavía más. Lo mejor será dejarlo estar, así que se inclina sobre el cadáver, conteniendo la respiración para no oler el hedor de las vísceras, y le cierra los ojos.

Justo entonces es cuando la mano del campesino sale disparada y agarra a Liska por la muñeca.

La chica grita sobresaltada y retrocede, pero el hombre —el muerto— es más rápido. Se levanta de un salto y se abalanza sobre ella, consiguiendo que ambos caigan al suelo resbaladizo. Liska se las arregla para inmovilizarle una de las muñecas. Los dedos del campesino se han alargado hasta convertirse en unas despiadadas garras y por las venas de su antebrazo bombea sangre negra. La criatura gruñe, baña a Liska con una lluvia de saliva y le muestra dos filas de dientes. Con una fuerza sobrenatural, el hombre le rodea los hombros con sus uñas afiladas, la empuja contra la tierra y lanza dentelladas al aire, a centímetros de su yugular. Liska intenta zafarse de él en vano, porque es demasiado fuerte, demasiado...

De pronto, el peso desaparece. La criatura se eleva por los aires y, a través de las lágrimas, Liska ve que unas ramas le envuelven los hombros, las piernas y las rodillas y lo arrastran hasta la parte más alta del terreno. Allí lo espera el Leszy blandiendo su espada. La mano que tiene libre está extendida, envuelta en las ramas de los árboles que se alzan a su espalda. Sin perder un segundo, atraviesa el pecho del cadáver con su arma.

El monstruo profiere un horrendo alarido. No deja de forcejear mientras el pecho se le empapa de sangre negra. La expresión del Leszy permanece impasible incluso cuando la criatura le engancha una de las mangas de la camisa con las garras y se la deja hecha pedazos.

—Qué maleducado —dice el Leszy.

Las ramas liberan a la criatura y esta se desploma de rodillas. Al mismo tiempo, el Leszy rodea la empuñadura de la espada con ambas manos y dibuja un arco con ella.

El arma atraviesa el cuello del campesino con el crujido de las vértebras al partirse. Antes de que la cabeza cercenada toque el suelo, el cuerpo de la criatura se disuelve y se convierte en un líquido negro como el alquitrán que chisporrotea sobre el suelo del bosque.

Así, la pelea llega a su fin. No queda rastro del campesino muerto.

Liska se sienta con la espalda apoyada contra las raíces del árbol mientras la adrenalina la hace temblar de pies a cabeza.

—¿Q-qué ha...?

El Leszy levanta la espada hasta que se la coloca a la altura de los ojos y contempla con mirada desapasionada la sustancia viscosa y negruzca que todavía gotea de la hoja. Un chasqueo de los dedos, un fogonazo verde y la espada queda limpia. Tras envainarla, baja la pendiente de un salto, aterriza junto a Liska con gracilidad y se arrodilla a su lado.

—¿Estás herida?

—No..., creo que...

Liska trata de recuperar el aliento, aunque solo consigue tomar una respiración entrecortada, y se sacude las hojas y el musgo de la falda frenéticamente antes de alzar la cabeza para mirar al demonio.

Enseguida se arrepiente.

El rostro del Leszy está mucho más cerca de lo que pensaba, a escasos centímetros de ella y sus ojos, verdes como la salvia, brillan como una luz en la oscuridad. Tiene el ceño fruncido y los labios ligeramente entreabiertos, y la alargada sombra de sus pestañas le dibuja surcos de tinta sobre los pómulos.

Cuando sus miradas se encuentran, Liska siente que el mundo se tambalea.

—¿Zorrillo? —El Leszy frunce aún más el ceño.

Liska se aparta con una sacudida y se da un doloroso golpe en la rabadilla con una de las raíces del árbol.

—Estoy bien —dice demasiado rápido. Nota un extraño calor en las mejillas y el corazón desbocado, aunque por una nueva emoción—. ¿Ves?

Se agarra a las raíces que hay detrás de ella en un intento por ponerse de pie, pero le tiemblan tanto las piernas que no tarda en volver a resbalarse con la sangre que empapa la tierra.

El Leszy la sujeta antes de que caiga al suelo con una exasperada mirada. Levanta a Liska en volandas con la misma delicadeza que emplearía un granjero a la hora de levantar un saco de patatas y la ayuda a subir. Después, se trasforma de nuevo en ciervo.

Liska se sacude las hojas de la falda, bamboleándose.

—¿Qué… qué era eso? —exclama cuando por fin se recupera lo suficiente como para formular una pregunta como Dios manda—. Ha ocurrido todo tan rápido que ni siquiera mi magia tuvo oportunidad de reaccionar.

—Era un *strzygoń* —explica el Leszy—. Era un neófito, así que no se había desarrollado del todo.

Liska se estremece. Recuerda el tamaño de las heridas de la espalda del Leszy, mucho más gruesas que las que le habrían dejado unas garras como las del neófito.

—Santo cielo —susurra al tiempo que se gira para contemplar el árbol y no pensar en lo que un adulto le habría podido llegar a hacer.

En ese momento, algo llama su atención: un trozo de tela semienterrado ocupa el lugar donde había estado el cadáver. Liska se detiene por un instante y decide ir a ver qué es.

—¿A dónde vas, zorrillo? —la llama el Leszy, pero ella lo ignora.

Las ramitas y la tierra suelta hacen que se resbale un par de veces, pero por fin alcanza el objeto. Es un gorro de lana, desgarrado y manchado de sangre. A Liska se le hace un nudo en la garganta. En cierta manera, resulta injusto que eso sea lo único que quede de un hombre que una vez tuvo pulso, que tenía una familia, un hogar y una vida.

—Deberíamos llevarlo a su pueblo —dice, refiriéndose al gorro.

—¿Y eso de qué servirá? —pregunta el Leszy—. No lo va a devolver a la vida.

—Pero seguro que alguien lo está buscando. —Liska trata de no pensar en mamá y en cómo debe de estar sintiéndose tras su desaparición—. Aunque ya no haya nada que hacer por él, podemos ofrecerle a su familia una manera de pasar página.

Por un instante, parece que el Leszy va a responder con otra réplica mordaz, pero, con una inclinación de cabeza, dice:

—Está bien. Pero lo haremos sin que nos vean.

El Leszy deja que Liska vuelva a subirse a su lomo y parte al trote. La noche permanece sumida en un silencio afligido cuando salen de la Driada y se adentran en las montañas cubiertas por un manto de flores silvestres. No tardan más de una hora en llegar, pero el viaje parece durar una eternidad y el silencio es lo suficientemente asfixiante como para llenar dos horas enteras. Cuando por fin divisan el resplandeciente lago y las ventanas iluminadas por la luz de las velas de Żabki, el Leszy se tropieza.

—¿Qué te ocurre? —pregunta Liska, preocupada.

—Estamos demasiado lejos de la Driada —dice él con voz tensa—. Mi poder está ligado al bosque, así que, cuanto más me alejo de él, más me debilito.

Antes de que Liska tenga oportunidad de decir nada, un grito repentino vuela por las colinas. Otro lo sigue inmediatamente después, así como un coro de voces que repiten un nombre una y otra vez.

—Es una partida de búsqueda —comprende Liska—. Dejaremos el gorro aquí y, con un poco de suerte, no tardarán en encontrarlo.

El Leszy se arrodilla para permitir que Liska baje al suelo y deje el gorro sobre la hierba. La muchacha reza una breve plegaria por el alma del hombre, vuelve a subirse al lomo del Leszy y apoya la cabeza contra su cuello.

El rápido viaje de regreso se vuelve borroso, la noche se desdibuja hasta quedar reducida a una mezcla de tinta y luz de luna. El cansancio invade a Liska al ritmo monótono de las pezuñas del Leszy: y un, dos, tres y un, dos, tres. Avanzan más despacio esta vez; el Leszy respira con dificultad, y el vaivén regular de sus pasos consigue que a Liska se le cierren los párpados. Aunque lucha por no quedarse dormida, la tristeza y el cansancio le ganan la partida.

Liska se despierta en su cama con la turbia luz que se filtra por el bosque al amanecer. Todavía lleva la ropa de la noche anterior, a excepción de la capa, y siente las piernas rígidas y doloridas de sujetarse al lomo del Leszy durante el viaje. Tarda un momento en darse cuenta de que no recuerda haber llegado a casa o de haber subido a su dormitorio y eso solo puede significar una cosa. El Leszy cargó con ella hasta aquí. Hasta su cama.

—Ay, Dios mío. —Liska entierra el rostro entre las manos y sus rizos forman una cortina a su alrededor mientras se regodea en su propia humillación—. Ay, Dios mío, ¿por qué?

Y, por supuesto —¡por supuestísimo!—, el Leszy decide dejar de ser un misántropo justamente hoy. Se encuentra al demonio en la cocina, dándole vueltas al contenido de una cazuela sobre el fogón, con la camisa arremangada hasta los codos. El Leszy le lanza una mirada sorprendida cuando entra y arquea las cejas en una expresión que casi lo hace parecer culpable, como si lo hubiese atrapado cometiendo algún delito.

—Vaya, pensé que despertarías mucho más tarde.

Liska se frota la nuca.

—Ya, bueno. —De pronto, consciente de lo despeinada que está, se echa los rizos hacia atrás apresuradamente—. Yo… Tú… Ah —balbucea como una tonta.

—Sí —responde él con la misma falta de elocuencia.

—Gracias.

—Hum.

El Leszy retoma su tarea ante el fogón. Liska termina de recogerse el pelo, se sienta en una de las sillas que hay ante la mesa de la cocina y recorre distraídamente una marca en la madera con los dedos. Todavía tiene que poner en orden sus pensamientos tras lo de la noche anterior y no consigue sacarse el rostro contorsionado del *strzygoń* de la cabeza. Cuando el Leszy le deja un cuenco humeante y una cuchara en la mesa, Liska se sobresalta. El demonio le dedica una mirada inquisitiva y ella le quita hierro al asunto con un gesto de la mano.

—No es nada. Y, hum, gracias. Otra vez.

Estudia el contenido del cuenco. Es una ración de gachas que huele a manzana y canela y tiene tanta hambre que ni se detiene a cuestionar las dotes culinarias del demonio. Engulle varias cucharadas antes de lanzarle un rápido vistazo y, para su sorpresa, aunque saben demasiado dulces, no están nada mal.

—En cuanto a lo de la otra noche...

El Leszy baja la mirada.

—No hay nada más que hablar. Es agua pasada.

Liska frunce el ceño. ¿Cómo puede ser capaz de pasar página tan deprisa? La frustración corre por sus venas, poderosa y abrasadora.

—¡No es verdad! Ya es la segunda vez en lo que va de mes que un espíritu atraviesa tus hechizos de protección.

—Lo sé, gracias por recordármelo.

La chica esboza una mueca de dolor.

—No. No, eso no es lo que quería decir... ¿No te preocupa? No sabría decir cuál es la situación de otros pueblos, pero en Stodoła no se ve un demonio fuera del bosque desde hace dos generaciones como mínimo. Sé que te importa. Ayer pude comprobarlo. Sabes que algo va mal.

—Sí. —admite tras un instante de duda—. Algo va mal. Y tú eres la culpable.

A Liska se le hiela la sangre.

—¿Cómo dices?

—Permíteme contarte la historia de una muchacha humilde que se adentró en el bosque de los demonios en la noche del solsticio de verano, pasó por donde ningún humano debería pasar y encontró cosas que ningún humano debería ver jamás. Los espíritus han estado nerviosos desde que llegaste, zorrillo atolondrado. Has alterado el equilibrio de la Driada, has debilitado mis hechizos de protección y has despertado a demonios que llevaban años dormidos.

Liska se hunde en su silla al sentir el peso de las palabras del Leszy como una carga física. ¿Cómo no iba a ser culpa suya? No es ninguna sorpresa. Parece que está destinada a arruinar todo lo que toca, sin importar cuánto se esfuerce por hacer las cosas bien.

—Ya basta, zorrillo —dice el Leszy con brusquedad. La mira con un casi imperceptible ceño fruncido, como si tratase de descifrar un mensaje ilegible—. Soy el guardián de la Driada y tú nunca habrías entrado en el bosque aquella noche si yo no lo hubiese permitido. Me habría bastado con haberme transformado en una criatura monstruosa y haberte perseguido hasta que salieses corriendo. Me lo habría pasado en grande.

Ese último comentario es una provocación, un intento por hacer que Liska le responda, pero ella está pensando en otras cosas. Piensa en el campesino muerto, el brillo de la espada del Leszy y el gorro ensangrentado que dejaron en el campo de flores silvestres. Piensa en Florian y en las palabras del Leszy: «Mis manos están manchadas de su sangre».

Liska toma aire. ¿De verdad le va a dar al demonio lo que quiere? ¿Correrá ese riesgo después de lo que ha descubierto? No tiene otra opción. Mamá es más importante. Stodoła es más importante. Y tanto su pueblo como su madre corren peligro porque ha alterado al bosque de los espíritus.

Se obliga a levantar la cabeza para buscar la mirada del Leszy y sostenérsela con firmeza.

—¿No querías que trabajase para ti? —pregunta—. Muy bien. Entréname.

—Tu magia…

—Dijiste que encontrarías la manera de liberarla. Si eso te ayuda a devolver el bosque a la normalidad, entonces, adelante.

El Leszy sonríe de forma casi imperceptible y Liska no sabría decir si lo que siente es alivio o satisfacción.

—Que así sea. Seguiré adelante con mi investigación y, con tu ayuda, estoy seguro de que muy pronto encontraré una solución. Mientras tanto, tengo otras maneras de formarte, pero no serán… tan agradables.

—¿En serio? —Le lanza una mirada fulminante—. ¿Alguna vez en tu vida has pronunciado una sola frase que no sea críptica y amenazadora?

El Leszy sonríe con suficiencia y sus dientes blancos resplandecen bajo la luz de la mañana.

—Reúnete conmigo junto al pozo dentro de media hora.

12

El regreso del perro de ojos rojos

L iska ya está junto al pozo de piedra cuando el Leszy le lanza un cuchillo.

—Atrápalo —le dice.

Liska lo esquiva y el cuchillo cae a sus pies. La chica se apresura a recogerlo con torpeza de entre la áspera hierba. Cuando está a punto de reprender al demonio, las palabras mueren en sus labios al estudiar la daga. Las motas de luz solar que atraviesan las copas de los árboles bailan sobre la hoja e iluminan los sinuosos grabados florales que decoran el metal. Se le entrecorta la respiración involuntariamente.

—Es preciosa.

—Un arma ingeniosa para un zorrillo atolondrado —comenta el Leszy.

Al llevar los antebrazos de venas marcadas al descubierto y el cabello largo recogido, su apariencia esbelta transmite una destreza y porte formidables.

Liska aparta la mirada rápidamente y la posa sobre la daga al tiempo que rodea la empuñadura con dedos inseguros. Es de madreperla y está tallada con la forma de una cierva de brillantes ojos turquesa. Se adapta a su mano sorprendentemente bien y, aunque es contundente, no resulta pesada.

—¿De dónde has sacado algo así?

—Me lo regaló el rey Bolesław el Fuerte tras la batalla que se libró en la falda de Różana Góra —explica el Leszy sin pestañear.

A Liska casi se le desencaja la mandíbula.

—¡¿Perdón?! —Lo dice como si cualquiera hubiese conocido a un rey cuatro siglos atrás en una de las batallas más importantes de la historia de Orlica—. ¡¿Tú estuviste allí?!

—Como muchos otros *czarownik*.

—Pero... pero dijiste que no podías alejarte de la Driada.

—No exactamente. No es agradable, eso desde luego, y mis poderes se debilitan con cada segundo que paso fuera del bosque, pero ser un demonio me ha otorgado ciertas ventajas..., entre las que se incluye una magia tan poderosa como para alterar el curso de una guerra.

El Leszy extiende los dedos y una ramita brota de la manga de su camisa y se enrosca alrededor de su brazo.

A Liska le da un vuelco el corazón. Se imagina un campo de batalla donde los caballeros no luchan contra el bando contrario, sino que se enfrentan a unas enormes ramas que los apalean. El Leszy se abre camino entre los combatientes, con un mandoble en ristre, rodeado de hombres aterradores de sonrisa perversa y manos resplandecientes.

—¿Qué les pasó a los otros *czarownik*? —pregunta Liska.

La rama que rodea la muñeca del Leszy se levanta de su palma con movimientos sinuosos, como si estuviese olfateando el aire.

—La mayoría de mis... de nuestros semejantes murieron en la guerra y el resto, al enfrentarse los unos contra otros. Su insaciable ambición y trifulcas insignificantes les granjearon una... pésima reputación. Se batían con frecuencia en duelos mágicos y quienes acababan saliendo heridos eran los ciudadanos de a pie.

—Entonces la magia sí que es peligrosa —interviene Liska—. La Iglesia no miente.

—No —replica él con brusquedad—. Lo que pasa es que la Iglesia es inteligente. En aquella época, se estaba librando una lucha de poder. Los *czarownik* asesoraban al rey y al consejo, pero la Iglesia gozaba de la confianza del pueblo. En cuanto tuvieron la oportunidad, se aprovecharon del miedo de los ciudadanos por medio de sermones en los que hablaban de los peligros de la magia. La definían como algo inmoral y antinatural. Con el tiempo, consiguieron que los últimos brujos que

124

quedamos abandonáramos nuestros hogares o nos viésemos obligados a ocultar nuestra verdadera identidad.

Liska desearía hacerle más preguntas, pero el Leszy levanta una mano.

—Creo que ya he saciado bastante tu curiosidad por hoy. ¿De verdad piensas que te dejaré remolonear hasta que caiga la noche? Ayer un *strzygoń* casi te desgarra la garganta y preferiría no tener que volver a rescatarte.

El Leszy comienza a caminar de un lado para otro y sus zancadas lentas y burlonas hacen que Liska se acuerde de su primer encuentro frente a la flor del helecho.

—Los demonios son más difíciles de matar que los humanos —explica—. Mientras que los humanos están hechos de carne, sangre y tendones, los demonios provienen del plano intermedio. No están ni vivos ni muertos, así que obedecen a unas reglas muy distintas, sujetas a los sucesos traumáticos que los condujeron a la muerte e hicieron que una parte de su alma permaneciese en el mundo terrenal.

Liska se sorprende al descubrir que entiende lo que le está diciendo. No difiere mucho de las supersticiones que vuelan por su pueblo: las *kikimora* son las almas de los niños pequeños que murieron sin estar bautizados, los *strzygoń* son demonios que buscan venganza y las *rusałka* son las almas de las mujeres ahogadas. Incluso hay quien considera que los *skrzaty* son almas que se han quedado atrás, antiguos inquilinos de la casa que habitan.

—¿Y cuáles son esas reglas? —pregunta Liska, nerviosa—. ¿Cómo matas a una criatura que ya está muerta?

El Leszy señala la daga que la chica sostiene en su mano.

—No te he dado eso porque me apeteciese hacerte un regalo. Un herrero *czarownik* la forjó y engastó la hoja con hechizos. Solo así se obtiene un arma capaz de matar a un demonio. Cualquier otra no hará más que enfadarlos.

Liska sujeta la empuñadura con forma de cierva de la daga con más fuerza, hasta que se le ponen los nudillos blancos.

—Y haz el favor de no poner esa cara, que parece que vas a salir huyendo entre alaridos. —El Leszy se cruza de brazos—.

Con esa expresión que estás poniendo, tal vez consigas matar a tus enemigos de risa.

Con un resoplido, Liska intenta aparentar un mínimo de valentía, pero, a juzgar por la discreta carcajada que se le escapa al Leszy, fracasa estrepitosamente.

—Sigamos —continúa el demonio—. Si sabes con qué tipo de espíritu estás tratando y cuál fue su origen, entonces podrás deducir cómo acabar con él. Las *rusałka*, por ejemplo, son invencibles siempre que permanezcan en las aguas que habitan, así que tendrás que alejarlas de allí. En el caso de un *strzygoń*, como has podido comprobar, lo que hay que hacer es partirle la columna, a ser posible, cortándole la cabeza. Como son los enemigos más comunes que encontrarás en la Driada, empezaremos con ellos.

La anima a acercarse, descruza los brazos y separa las piernas.

—Los *strzygoń* son rápidos. El que viste era un neófito, así que imagina la velocidad a la que se mueve uno más experimentado. Su debilidad, lo que nos va a dar ventaja, es que tienen los huesos frágiles y delgados. Lo más importante es mantenerse lejos del alcance de sus garras y franquear sus defensas. Las dagas como la que te he dado se usan para apuñalar, no para cortar, así que debes apuntarles a la base del cráneo, aquí, a las cervicales.

El Leszy se mueve de improviso, como un águila o un lobo que se lanza a por su presa. A Liska ni siquiera le da tiempo a pestañear antes de que le rodee el cuello con una mano y coloque la otra a escasos milímetros de su pecho.

—Muerta.

Liska toma una temblorosa bocanada de aire y baja las manos, después de haberlas levantado de manera instintiva.

—Y así el zorrillo atolondrado se convierte en un conejito todavía menos espabilado. Tienes suerte de que no sea tu enemigo. —Le señala los pies—. Separa las piernas y coloca un pie delante del otro. Eso es. Mantén esa postura. Cuanto más los juntes, más fácil me resultará derribarte. No te pongas rígida, muévete deprisa y con soltura. La rapidez podría salvarte la vida.

Le da un golpecito con el dedo al filo de la daga. De ella brotan unas chispas verdes y el metal parece derretirse. Cuando vuelve a solidificarse, el filo ha quedado romo.

—No creo que vayas a hacerme daño —dice con tranquilidad—, pero, a este paso, acabarás empalándote tú sola con ella.

Durante la siguiente media hora, continúan practicando: el Leszy se abalanza sobre Liska desde todos los ángulos y ella se escabulle con torpeza mientras aprende a mantenerse lejos de su alcance. Una vez que queda satisfecho, le enseña a bloquear un ataque. Le muestra qué parte del brazo usar, cómo inmovilizarle los brazos a la espalda a los enemigos y cómo derribar sus defensas para cortarles el cuello. A Liska no se le da muy bien. Se estremece cada vez que el Leszy se mueve, se tropieza con el detrito del jardín y duda antes de atacar. Al final, acaba alzando las manos en señal de derrota.

—No puedo hacerlo, Leszy. No sirve de nada.

—Soy un demonio de setecientos años —responde él, que se aparta los mechones empapados de sudor del rostro—. Nadie en su sano juicio se creería capaz de estar a mi altura. Si te soy sincero, se te da mucho mejor de lo que esperaba.

Liska no responde; el cumplido cala y muere en su interior. Se deja caer al suelo, apoya los brazos sobre las rodillas y recupera el aliento mientras la tierra húmeda le empapa las faldas.

Cuando vuelve a mirar al Leszy, este está demasiado ocupado desenrollando la tira de cuero con la que se había sujetado el pelo, con el ceño fruncido en gesto de concentración. La tela húmeda de la camisa se le pega al cuerpo y le marca los músculos esbeltos y gráciles. Levanta un poco más los brazos y la prenda se le suelta de la cinturilla de los pantalones, de manera que una franja de piel pálida, así como las duras líneas de su abdomen quedan al descubierto.

Liska siente una punzada en la parte baja del vientre. Demasiado tarde, se da cuenta de que el demonio le está hablando y ella lo ha estado mirando fijamente sin pronunciar una sola palabra.

—¿Cómo? —pregunta tontamente.

—He dicho que ya hemos acabado por hoy —repite el Leszy, extrañado.

Cuando Liska no se mueve, él le quita la daga de la mano inerte y le da un golpecito. Después de que el filo emita un fogonazo, se la devuelve.

—Intenta resistir el impulso de clavármela mientras duermo —añade. Recoge la *sukmana* que había dejado tirada junto al pozo y se la coloca sobre los hombros como si fuera una capa—. Reúnete aquí conmigo mañana a la misma hora.

—¡Espera! —exclama Liska. Una chispa de frustración se enciende en su interior ante la repentina despedida del Leszy y la estúpida atracción que siente por él—. Quédate conmigo.

El Leszy se detiene en seco.

—¿Cómo dices?

—Quédate —repite—. Siempre te marchas así, como si tuvieses miedo de quemarte si pasas más tiempo de la cuenta conmigo.

El demonio se tensa y Liska se pregunta si habrá estado a punto de dar en el clavo, pero no tiene forma de averiguarlo. Con él es imposible. La única reacción que obtiene es una extraña oscilación en sus intensos ojos verdes, como la sombra de un animal que acecha en una arboleda.

—Lo siento —dice por fin con rigidez antes de darse la vuelta.

Liska no vuelve a verlo ese día.

Con el atardecer, la Driada adopta una tonalidad violeta y los árboles se saturan con los colores de la lavanda y las ciruelas. La luz de la luna que viaja desde el cielo en penumbra se cuela por las ventanas y las sombras se derraman como la tinta por los pasillos. Cuando Liska se dirige hacia su dormitorio, se encuentra con una peculiar estampa: un delgado arbolito ha crecido ante la escalera y sostiene un libro entre la maraña de ramas frondosas.

El árbol se mece de un lado a otro cuando Liska se acerca a él. Ahora ya sabe reconocer cuándo algo es obra de la magia del Leszy gracias al aroma a chispas y pino y a los destellos de luz esmeralda que enmarcan las delgadísimas hojas del árbol. Con cuidado, saca el libro de entre las ramas. Lo reconoce: es el libro donde aparecía el hechizo de regeneración, el que el Leszy le pidió leer. *Czarología*, reza la portada en desgastadas letras doradas. *Un estudio de lo arcano.*

Es un libro de magia. Una parte de ella quiere tirarlo al fuego de la chimenea y otra quiere abrirlo y devorarlo de principio a fin. Habiendo decidido no hacer ni una cosa ni la otra, se mete el pesado volumen bajo el brazo y se encamina hacia su dormitorio.

Jaga aparece en el pasamanos de la escalera y lo recorre manteniendo el equilibro para seguirle el ritmo a Liska.

Primero accedes a ayudar a ese peligro con cuernos y ahora aceptas sus regalos, refunfuña. *¿Qué ha pasado con lo de ser precavida?*

Liska se coloca mejor el libro bajo el brazo, puesto que todavía le duelen todos los músculos tras el entrenamiento.

—Que quiera ayudarlo no significa que confíe en él. Soy consciente de su naturaleza.

¿Y qué pasa con tu magia? Pensaba que querías deshacerte de ella.

—Y así es —dice Liska—, pero cometí un error, Jaga. Alteré el equilibrio de la Driada y he perturbado a los demonios. No dejan de escaparse y ni siquiera el Leszy parece ser capaz de mantenerlos a todos a raya. Si consigo dominar mi magia, podré ayudarle a corregir la situación.

Jaga baja al suelo de un salto y sigue a Liska por el pasillo.

Y ¿después?

—Mi deseo sigue siendo el mismo —asegura sin vacilar—. Cuando todo haya acabado, dejaré mi magia atrás y regresaré a casa. Pero primero tengo que asegurarme de tener un hogar al que volver.

Jaga bosteza y muestra más muelas de las que ningún gato debería tener.

Haz lo que quieras. Yo solo soy un duende, así que no le encuentro el sentido a todos esos planes y maquinaciones. Aun así, te voy a pedir que intentes mantenerte con vida. No quiero morirme de hambre.

Liska sonríe y abre la puerta.

—Lo intentaré. Buenas noches, Jaga.

Jaga, repite la *skrzat* con un cariñoso parpadeo. *Qué agradable es tener un nombre.*

Con eso, sacude la cola y se aleja silenciosamente por el pasillo, dejando a Liska reconfortada y un poco perpleja tras la conversación.

El dormitorio de Liska está débilmente iluminado cuando entra y los candelabros aumentan la intensidad de su luz para darle la bienvenida antes de adoptar un tenue y agradable resplandor. Liska coloca el *Czarología* sobre la mesilla de noche y se da la vuelta para ponerse el camisón que ha dejado doblado bajo las almohadas.

Es entonces cuando se da cuenta de que no está sola.

Plic. Plic. Plic.

A Liska se le pone la piel de gallina. Se abraza el camisón contra el pecho y, temblando, se gira hacia el sonido con la esperanza de que no haya sido más que un producto de su imaginación.

Pero no es así. Un par de ojos rojos brillan en uno de los rincones donde la luz de los candelabros no llega a iluminar las sombras. Reconoce esos ojos. Con pasos medidos, el perro fantasma emerge de la oscuridad y le muestra los dientes en una retorcida sonrisa. Sus uñas repiquetean contra el suelo de madera y el aliento le huele a descomposición. De cerca, su cuerpo demacrado le llega a la altura del pecho y Liska se da cuenta de lo enorme que es. La saliva resplandeciente, que le brota de entre los belfos desgarrados, se le acumula sobre los dientes y cae en forma de espesas gotas que recuerdan a la sangre.

Plic. Plic. Plic.

Está cerca, demasiado cerca. Un paso más y podrá despedazar a Liska.

—Pero no lo harás, ¿verdad? —comprende.

¿Cómo si no habría entrado en la casa? El Leszy le había prometido que reforzaría los hechizos de protección, pero, después de eso, ya había vuelto a ver al perro la noche en que el Leszy volvió herido. Y aquí está la criatura una vez más, semanas después, como un emisario de pesadilla. Es casi como si… como si la casa le estuviera dejando entrar.

Márchate márchate márchate. Márchate antes de que se despierte.

—No puedo —le dice Liska—. ¿No ves que tengo que hacer esto? No puedo volver a casa hasta que me haya deshecho de mi magia.

Los ojos del perro brillan como dos lunas llenas. Tiene una mirada inteligente, cargada de una comprensión sobrenatural, y flaquea al oír sus palabras. Se le eriza el pelaje, le enseña los dientes y suena casi... casi como si se sintiera frustrado. Sin dejar de gruñir, se da la vuelta sobre las patas traseras y salta hacia la ventana. Liska se prepara para ver cómo el cristal se rompe ante el impacto, pero el perro se funde con las sombras y reaparece al otro lado, en el jardín. Se encamina hacia el pozo, hacia el mismo lugar donde Liska lo vio por segunda vez. Allí, alza una pata y golpea el suelo. Cuando vuelve a mirar a Liska, parece expectante.

—Lo entiendo —susurra Liska.

No sabe si el perro la habrá oído, pero se desvanece en cuanto las palabras abandonan sus labios.

13

Una tumba en el jardín

L iska se levanta al amanecer y sale a buscar una pala. Encuentra una en el trastero, oxidada por el paso del tiempo y mellada en varios puntos. Se las arregla bastante bien con ella para trabajar la tierra suelta del jardín, aunque el mango de madera amenaza con dejarle las manos llenas de astillas en cuanto se pone a cavar.

A cavar en el lugar que le indicó el perro de ojos rojos anoche.

Pasa un buen rato antes de que golpee algo quebradizo con un ruido seco de la pala. Liska se queda inmóvil. Pese a que esperaba encontrar algo, un escalofrío le recorre el cuerpo. Se arma de valor antes de arrodillarse sobre la hierba bañada de rocío e inspirar hondas bocanadas de aire frío para placar su malestar. Sin prisa, aparta la fragante tierra con las manos hasta que lo encuentra.

El brillo blanco de los huesos.

Liska toma aire para tranquilizarse, pero se le forma un nudo de expectación en el pecho. Aparta otro montón de tierra y atisba la silueta de una calavera. Un poco más, consigue desenterrarla y junto a ella sale una cascada de piedrecitas y una lombriz que se retuerce. Libera al animalito antes de colocarse la calavera sobre el regazo, que le mancha todo el delantal de tierra. Al cráneo se le cae un diente y Liska se lo vuelve a poner en su sitio. La quebradiza superficie de hueso le araña los dedos.

Parece la calavera de un lobo, pero Liska sabe que no lo es. El hueso nasal es más largo, el lóbulo frontal es demasiado delgado y todos esos dientes amarillos le resultan más que familiares.

Es el cráneo del perro fantasma de ojos rojos.

Casi parece vibrar entre sus manos. No logra apartar la vista de las cuencas oculares llenas de tierra, como si esperase encontrar un mensaje en su interior. Hay más huesos enterrados junto al cráneo —los que conforman el resto del cadáver del perro—, pero los deja como están. No ejercen sobre ella la atracción que ejerce la calavera.

Deja el macabro hallazgo a un lado y empieza a llenar el agujero de tierra otra vez mientras la neblina del amanecer se arremolina a su alrededor como una mortaja. Los árboles están envueltos en sombras y, sobre ellos, las nubes desgarran la rosada piel del cielo, del cual brota un torrente dorado de luz solar. Es la hora, decide Liska. La hora de plantarle cara al Leszy.

No le da tiempo. Ha recorrido medio camino cuando se topan el uno con el otro, demonio y muchacha. Sus miradas se encuentran desde extremos opuestos del jardín. La verja de hierro emite un chirrido cuando el Leszy la abre y provoca otro estruendo al cerrarla a su espalda. Lleva la espada con él y trae las botas de cuero llenas de barro. Cuando ve que Liska sostiene la calavera, permanece impasible. Recorre el sendero empedrado con tranquilidad y, antes de que el demonio llegue a la altura de Liska, un remolino de magia baila entre sus ropas y se deshace de la suciedad del bosque.

—¿Llegará el día en que te encuentre haciendo algo que no sea del todo incomprensible? —pregunta.

Liska lo mira fijamente, luchando por encontrar la voz. Ha pasado toda la noche reflexionando sobre el mensaje del perro, preocupada por lo que encontraría en el lugar que el fantasma había señalado y lo que haría después. Ahora que el momento ha llegado, se siente pequeña, como una ladrona a la que han cazado con las manos en la masa.

—¿Te resulta incomprensible? —pregunta por fin. Su voz flota sin energía por el aire neblinoso—. Me dijiste que no habías tenido ningún perro.

Apoya una mano sobre la empuñadura del mandoble y hace que a Liska se le acelere el pulso y se le forme un nudo de pavor en el pecho.

—Y así es —responde.

—Entonces dime de dónde ha salido esto.

El Leszy le ofrece un medio encogimiento de hombros.

—Estamos en el bosque de los espíritus, zorrillo atolondrado. Ese no es el único cadáver enterrado bajo estos árboles.

—Pero ninguno más ha decidido atormentarme —dice Liska—. Te lo ruego. Sé que hay algo que no me estás contando. El perro apareció en mi dormitorio anoche. Me mostró dónde debía cavar exactamente.

—¿Y tú confiaste en él?

—¡Me fio más de él que de ti!

Algo cambia en la actitud del Leszy. Se da la vuelta para tratar de ocultarlo, pero Liska ve la expresión dolida que le cruza el rostro, así como el resentimiento que la reemplaza. Aun así, no puede parar. Está harta del secretismo, de tener miedo y, sobre todo, de sentirse como una intrusa.

—Abrí la puerta de la biblioteca. —La confesión abandona sus labios tan atropelladamente que se queda sin aliento—. Encontré un fragmento de la carta de Florian. Sé que murió por tu culpa.

Aunque no lo oye jadear, ve el estremecimiento que le recorre el pecho cuando pronuncia esas palabras.

—Maldita casa endemoniada —dice—. Maldita chica endemoniada. Qué criatura más intrépida estás hecha, ¿eh? Deseosa de dejar que una bestia te devore con tal de estudiar sus entrañas. —Se ríe con la crueldad del hielo que se resquebraja al pisar un lago helado—. Parece que me equivoqué con tu apodo. Zorrillo, zorrillo astuto de encantos inexplicables. Has sido enviada para castigarme, ¿no es así?

Se cierne sobre Liska y la ira parece cuadruplicar su tamaño. Antes de que la joven pueda tan siquiera dar un paso atrás, le arrebata el cráneo del perro.

—Y todo por un poco de sentimentalismo. En fin, he aprendido la lección.

La aparta de su camino con un empujón y se dirige a la tumba, donde, pese a sus esfuerzos, Liska apenas ha conseguido disimular la tierra removida. El Leszy sostiene la calavera encima del agujero mientras la niebla se arremolina a su alrededor.

—¡Espera! —Liska corre tras él—. ¿Qué vas a hacer?

—Algo que debería haber hecho hace mucho tiempo.

De pronto, la magia baila por su brazo extendido, se le enrosca en la punta de los dedos y se zambulle en las fauces de la calavera. El Leszy le echa un vistazo por encima del hombro a Liska, que no puede hacer nada salvo mirar, con el pulso acelerado.

—Que esto te sirva de lección —dice con frialdad—. Todo espíritu está anclado a algo. Los *skrzaty* están ligados a las casas; las *rusałka*, a los ríos, y los humanos, a su propio cuerpo. Destruye su ancla y desterrarás al espíritu.

Vuelve a posar la mirada sobre la tumba y pronuncia algo en lengua divina.

La calavera se prende.

Se enciende como una cerilla de llama verde esmeralda y emite tanto calor que Liska lo siente desde donde se encuentra. El hedor a hueso y tierra calcinados lo inunda todo como una miasma. El Leszy se alza imponente en el epicentro de todo ello, mientras el fuego verde se refleja en sus ojos.

—¿Por qué lo has hecho? —grita Liska con voz ronca y lágrimas en los ojos por culpa del humo—. No iba a hacerme daño. Lo único que quería era que encontrase su cráneo.

—¿Estás segura? Los espíritus son impredecibles. Se vuelven malvados cuando menos te lo esperas y planean venganzas inimaginables. Este ha conseguido atravesar mis hechizos porque la casa todavía lo considera un aliado, pero no tenemos forma de saber qué planea.

—Entonces ¿por qué no quemaste antes su cuerpo?

Cuando la mira, Liska no ve sus ojos. El Leszy no es más que una oscura silueta recortada contra la furia de las llamas.

—Te lo pido por favor, Leszy —ruega—. Lo único que quiero es entender lo que pasa. Estoy harta de tener miedo.

—La información que buscas solo empeorará las cosas.

—Me da igual —dice Liska, con la voz ahogada por el humo—. Explícame por qué tu pasado no deja de atormentarme. Dime por qué no paro de tener pesadillas. No puedo seguir adelante si no me lo cuentas. Esto me supera.

El Leszy mira hacia otro lado con un gruñido. Sube los hombros y, luego, los vuelve a bajar. Es una concesión o, tal vez, una rendición.

—El perro se llamaba Mrok. —Sobre el siseo de las llamas, su tono es lúgubre—. Era del aprendiz que vivió conmigo hace doscientos años. Era de Florian.

Liska abre los ojos, sorprendida.

—Era tu aprendiz. Si era así, ¿por qué murió? ¿Qué ocurrió aquella noche?

—Florian y yo nos peleamos —explica el Leszy—. Cuando pasó lo peor, parecía estar bien, pero supongo que solo intentaba ocultarme la decisión que había tomado: iba a marcharse. Me escribió aquella carta y partió con Mrok mientras yo dormía. Era un brujo poderoso y sabía moverse por la Driada. Sin embargo, hay veces en que el bosque se te adelanta. Aquella noche, los espíritus estaban fuera de sí y la Driada seguía bien despierta. Algo se lo llevó.

Liska apenas parpadea.

—¿Qué quieres decir con eso?

—Que cayó presa del bosque. Solo lo sé porque Mrok regresó apenas con vida, con el cuerpo hecho pedazos y lleno de heridas. Traté de curarlo, pero… —Al Leszy se le rompe la voz inesperadamente. Se cubre el rostro con una mano mientras lucha por recomponerse—. Cometí un error con Florian. Sufrió las consecuencias de que yo bajara la guardia. Aquel idiota siempre tenía que hacer las cosas a su manera.

En su voz se oye un matiz cuidadoso y maleable, como la arcilla que pierde la rigidez cuando la trabajan unas manos cálidas. Liska recuerda la carta, el cariño con el que Florian había escrito «mi amor».

—¿Lo amabas? —le pregunta con delicadeza.

—Sí —escupe la palabra con cierto desagrado, como si le supiese amarga—. Aunque no sé si algo de lo que sienta un demonio se denominaría «amor».

Se queda callado, con la vista clavada en las llamas que devoran las últimas brasas y comienzan a apagarse. Cuando ya no queda nada más que un montoncito de ceniza, el Leszy retrocede con rigidez y le da la espalda a Liska.

—El único cuerpo que pude enterrar fue el del perro. Por eso no me deshice de él. El bosque no me dejó nada más, así que yo, como un tonto, traté de aferrarme a lo único que me quedaba de Florian.

—Leszy. —Liska intenta tocarle el brazo, pero él le aparta la mano de un manotazo.

—No te compadezcas de mí. —Se gira con tanto ímpetu que su *sukmana* vuela tras él—. Espero que hayas quedado satisfecha, zorrillo atolondrado.

La niebla parece espesarse. Se traga al Leszy cuando este deja a Liska atrás, levantando una nube de cenizas a su paso. El estrépito de la verja del jardín al cerrarse de golpe sacude los cimientos de la casa como un terremoto y espanta a un cuervo, que sale volando despavorido del serbal. El silencio es inmediato y se ve perturbado únicamente por los lejanos graznidos del cuervo.

Liska se derrumba sobre los talones, esconde la cabeza entre los brazos y reprime un sollozo. Una solitaria lágrima se desliza por su mejilla y cae al suelo, resplandeciente. Sin embargo, cuando cae, no aterriza sobre la tierra, sino sobre la superficie marfileña de un colmillo, semioculto entre la hierba.

Liska se incorpora. Es del perro, de Mrok. Se debió de desprender de la calavera cuando el Leszy se la arrebató. Liska lo recoge y lo sostiene con cuidado en la palma de la mano. Tras considerarlo un momento, se lo guarda en el bolsillo del delantal.

Al hacerlo, vuelve a oír la advertencia de Mrok.

Márchate márchate márchate. Márchate antes de que se despierte.

La versión del Leszy no resuelve todas las incógnitas. Es como un retrato sin rostro, carente del detalle decisivo para alterar su identidad. No consigue olvidar la angustia que le transmitió la casa aquella noche en la biblioteca. Sintió que era una clara advertencia, como si estuviese en peligro.

Sin embargo, tampoco pareció que el Leszy estuviera mintiendo. Su rabia y sufrimiento eran demasiado crudos, como la sangre de un rojo cereza que brota de las heridas recién abiertas antes de limpiarlas. Liska reconoce ese dolor porque ella misma lo ha sentido. Sabe que no es fácil de fingir. Además, después de ver cómo la emoción abrasaba al Leszy, ha recordado que ese desconsuelo también está presente en ella misma: es un montoncito de brasas que, de vez en cuando, todavía le queman por dentro, resistiéndose a apagarse pese a lo mucho que intente extinguirlas.

Liska y el Leszy no se parecen en nada, pero tienen dos cosas en común: la magia y la pena.

Liska ahoga otro sollozo, otra oleada de lágrimas. Por un instante, desearía que la situación fuese distinta. Desearía poder confiar en el Leszy, poder consolarlo y sentir que forma parte de este mundo de magia, casas con vida propia y bosques eternos. Pero él es un demonio, ella porta un grillete y siente el peso del colmillo de Mrok en el delantal, como un recordatorio de todo lo que hay por descubrir.

Las manecillas del reloj de las rarezas siguen su camino. Es hora de pasar al siguiente misterio.

14

Un demonio desarmado

El lúgubre amanecer engulle al día cuando este llega a su fin. El Leszy no regresa y Liska descubre que se siente cada vez más y más preocupada pese a la tempestuosa partida del demonio.

La chica oculta el colmillo de Mrok dentro del jarrón vacío de bronce que hay en el vestíbulo y, aunque le pone nerviosa y no está del todo convencida de que dejarlo ahí cerca sea una buena idea, decide decorar el recipiente con un ramillete de paniculata que ha dejado secar.

Cuando queda a su gusto, cambia el peso de un pie a otro, inquieta. La preocupación es su fantasma personal y la atormenta a lo largo de la noche. Ahora que el aroma del *bigos* que está preparando —un guiso compuesto de setas, carne y sustancioso repollo— inunda la casa, se da cuenta de que ni siquiera cocinar la ayuda a distraerse, y eso que es su método habitual de escape.

Su única esperanza es el libro que le dejó el Leszy, cuya cubierta desgastada parece burlarse de ella desde el sofá donde lo ha dejado. En Stodoła, los niños que jugaban a ser brujos enseguida recibían una regañina. «La magia es un pecado» les decían. «Podríais atraer a los espíritus malignos, incluso si solo estáis fingiendo usarla». Su madre, el padre Paweł y hasta los otros niños repetían ese mismo sermón miles de veces. Aunque todavía hoy tiene ese mensaje grabado a fuego en el cerebro, haber pasado tantos días en la Driada lo ha amortiguado.

Recorre la cubierta con los dedos y nota la encuadernación de piel desgastada fría y arrugada al tacto.

Czarología: un estudio de lo arcano.

—No es más que un libro —razona mientras pasa las páginas amarillentas con manos temblorosas y estudia la letra apretada y pulcra.

Se acurruca contra la seda del sofá y los bordados de la tela se le enganchan en la blusa cuando apoya el libro contra las rodillas. Un párrafo en concreto le llama la atención:

«La magia, a nivel fundamental, supone una mayor agudeza de los sentidos. Las personas nacidas con poderes son capaces de ver cosas que otras no ven y, por tanto, son capaces de manipular cosas que otras no pueden. Lo que sienten es el *międzyświat*, es decir, el plano intermedio».

—El plano intermedio —repite Liska—. Tú has usado esas palabras antes, Jaga. ¿Qué es exactamente?

Jaga, que está hecha un ovillo sobre uno de los reposabrazos, abre un ojo y ronronea con suavidad.

Es el territorio de los espíritus, el lugar entre la vida y la muerte. Yo formo parte de él, por eso domino una magia que ni siquiera los czarownik *manejan. Te sorprendería descubrir lo que se puede hacer cuando no estás atada a las leyes del mundo corpóreo.*

—Creo que solía sentir ese... ese plano intermedio, Jaga. Sentía... las posibilidades a mi alrededor. Sabía que podía invocar el fuego o la escarcha si así lo quería. Si tocaba a un animal, era capaz de sumergirme en su mente y leer sus pensamientos.

¿Lo echas de menos?

Liska finge estar demasiado absorta en el libro como para responder. No quiere admitir la terrible verdad: a veces sí que lo echa de menos e incluso teme pensar en qué será de ella cuando se haya librado de la magia de una vez por todas.

Apenas ha leído un par de párrafos cuando oye el sonido de la puerta principal, que se abre y se cierra con un golpe seco. Liska se ve embargada por un torrente de emociones al oír que los pasos del Leszy lo siguen inmediatamente después. Lo primero que siente es alivio, seguido del pánico y de una agitación que, si bien no llega a ser tan intensa como la rabia, hace que se sienta a punto de estallar. Entre ellas se encuentra ese sexto sentido que nunca logra acallar, el que ha desarrollado al cuidar de otras criaturas en su papel como sanadora.

Debería ir a ver cómo está, piensa al ponerse de pie. *Aunque sea solo para asegurarme de que no se haya hecho daño como la última vez.*

Encuentra al Leszy en el vestíbulo, dejando un recargado baúl decorado con símbolos religiosos en el suelo. Liska debe de haber entrado sin hacer el más mínimo ruido cuando él estaba distraído, porque el demonio se sobresalta al percatarse de su presencia.

—Zorrillo —la saluda con firmeza.

—Demonio —dice ella a su vez, nerviosa.

Ambos se quedan en silencio y el espacio entre ellos se carga y echa chispas. Se avecina tormenta y Liska casi espera oír el estrépito de un trueno.

—¿Qué...? —Intenta relajar el ambiente—.¿Qué hay en el baúl?

—Ofrendas —explica él, desganado—. Es algún tipo de vino exótico del sur. Lo dejó una litveniana rica que viajaba hacia Orlica.

—¿Por qué?

El Leszy se quita la *sukmana*.

—A saber. Podría haber partido por temas políticos, por un matrimonio o por ambos motivos. Solo sé que su encantador regalo se sumará a la colección de trastos que abarrota mis despensas.

Liska lo mira, boquiabierta.

—Si no quieres sus ofrendas, ¿por qué se las pides?

—Yo no les pido nada. —Hace hincapié en cada palabra sacudiendo las gotas de lluvia que se le han quedado en la *sukmana*.

Debe de haber llovido allí donde estuviera, porque el cielo está despejado.

—Pero las leyendas...

—Dicen que soy un *dziadek* viejo y arrugado con una barba hecha de hojas. —Entrecierra los ojos—. ¿Todavía crees que les exijo una ofrenda? No seas ridícula. ¿De qué me sirve tener la despensa llena cuando puedo crear lo que me venga en gana a partir del suelo que piso?

Cuando se da la vuelta para colgar la *sukmana* del perchero, el cabello suelto le cae sobre el rostro. Liska se frota los brazos al sentir esa extraña tensión que hace que le hormiguee la piel como la electricidad estática.

—Siento mucho lo de ayer, Leszy —murmura—. Y lo de Florian.

El Leszy baja las manos y aparta la mirada, apretando los dientes. La luz de las velas se refleja sobre su cornamenta y consigue que su superficie mellada resplandezca.

—Si te he ocultado tantas cosas ha sido porque no quería que tuvieses miedo —responde con voz pausada—. Por eso y porque... —se interrumpe—. No es fácil.

Liska juguetea con una de sus trenzas.

—Lo sé —lo tranquiliza, intentando no pensar en las horribles decisiones que ella misma tuvo que tomar para asegurarse de que sus secretos permanecieran a buen recaudo.

El silencio cae nuevamente sobre ellos. Una de las polillas centinela del Leszy cruza volando la estancia, se posa sobre el hombro de Liska y abre las alas para descansar. Ella le ofrece una mano extendida, agradecida por la distracción.

—Hola, bonita —la saluda con tono cantarín al tiempo que le lanza una mirada vacilante al Leszy. Como está demasiado ocupado inspeccionando su espada, la anima a que se le suba al dedo—. ¿Cómo estás?

—Ya basta de holgazanear —gruñe el Leszy—. Hay mucho que hacer.

—¿Me hablas a mí?

—A Mariusz.

—¿Le has puesto nombre a la polilla?

—A todas ellas. Aunque no son seres del todo racionales, actúan por voluntad propia, así que necesitaba tener una manera de... Por favor, deja de mirarme así. Tú eres la que le dio a la *skrzat* el nombre de una bruja que devora corazones.

Liska no puede evitar sonreír y el demonio, a su vez, le devuelve el fantasma de sonrisa, tímida y completamente inesperada. Como si los nubarrones se disiparan, el ambiente se relaja y Liska vuelve a respirar más tranquila.

—Te subestimé cuando te vi por primera vez en la noche del Kupała —confiesa el Leszy—. Pensaba que serías una chica inofensiva, que te mantendrías al margen y harías lo que te ordenase. Imagina mi sorpresa cuando conseguiste que mi casa y el duende que la habita se unieran a ti en lo que solo se puede describir como un motín.

—Esa nunca fue mi… —Liska comienza a excusarse, pero el Leszy sacude la cabeza.

—Te lo digo como un cumplido. Peleábamos en mi terreno y, aun así, tú me desarmaste. Me he dado cuenta de que lo haces con frecuencia. La verdad es que es bastante molesto.

Un repentino arrebato de frustración se adueña de Liska.

—¿Cómo tienes la poca vergüenza de decir que yo he sido una molestia cuando fuiste tú el que me encerró en una casa que tiene vida propia?

—Fue por tu propia seguridad —dice tranquilamente—. Y por la de muchas otras personas. Si te hubiese llevado de vuelta a Orlica, habría corrido el riesgo de que le contases a todo el mundo lo que encontraste aquí. Lo entiendes, ¿verdad? Los tuyos se lo habrían pasado de maravilla armándose con sus horcas y dándole caza a un demonio del bosque, pero la situación habría acabado muy mal tanto para ellos como para mí, créeme. Además, hiciste un trato, zorrillo atolondrado.

—¡Tú me obligaste a ello! No creo que se pueda considerar un contrato vinculante.

—Aceptaste por voluntad propia.

—Dijiste que me comerían los demonios —sentencia.

—Si conseguiste llegar hasta aquí, ¿por qué asumes que no habrías sido capaz de volver a salir del bosque?

—¿Crees que habría sobrevivido?

El Leszy da un paso hacia ella con un brillo diabólico en los ojos.

—Nunca lo sabremos.

Liska refrena el impulso de asestarle una bofetada.

—¡Eres insufrible!

—No lo negaré. —Una sonrisilla le curva una de las comisuras de la boca—. Y no creo que para ti suponga demasiado problema.

—Para ser alguien que ha llamado Mariusz a su polilla mascota, estás muy pagado de ti mismo.

El Leszy enarca una ceja. Liska se cruza de brazos.

—Eres un encanto —dice con cierta fascinación—. No sabes lo que daría por echar un vistazo dentro de esa cabecita tuya y… —se interrumpe y, de pronto, se le ilumina la mirada.

—¿Qué pasa? —pregunta Liska.

—Ya sé cómo reparar tu magia.

Se da la vuelta y se encamina hacia la escalera.

Cuando Liska lo alcanza, el Leszy ya está en su estudio, donde garabatea furiosamente en un volumen gastado. Ha llegado la hora dorada; el sol brilla entre las ramas del serbal y se refleja en los múltiples instrumentos de bronce del Leszy. Liska se sienta sobre una pila de libros y espera a que el demonio se percate de su presencia. Cuando por fin se da la vuelta, tiene el viejo diario abierto de par en par entre las manos.

—Cuando antes se declaraba a un *czarownik* culpable de utilizar su magia para hacer el mal, se le arrebataban los poderes como castigo. —El Leszy le dedica una mirada burlona—. Quizá esto te sorprenda, pero, por mucho que diga la Iglesia, no somos un hatajo de hechiceros sin valores.

Liska no responde. Su propia opinión acerca de la magia se inclina como una balanza dependiendo del día. A veces le resulta fascinante y, otras, la rehúye al recordar lo que le enseñaron cuando era pequeña.

—Yo pensaba que no te podías apropiar de los poderes de otra persona.

—Así es —coincide—, pero se los puedes bloquear si tu magia es más poderosa. Sería como colocar algo en una repisa para dejarlo fuera del alcance de otros. La persona que recibe el castigo no tendría acceso a su magia hasta que el *czarownik* que lanzó el hechizo lo revierta.

—¿Crees que alguien ha bloqueado mis poderes? —pregunta Liska—. Creo que lo sabría si ese fuera el caso.

—No exactamente. —Se detiene ante ella, pensativo—. Creo que lo hiciste tú misma. Era mi primera hipótesis, pero todo lo que he visto no ha hecho más que confirmar mis sospechas. Ya fuera por usarla de forma desmedida o por reprimirla, hiciste que tus poderes se desequilibraran. Por eso, tu mente optó por bloquearlos como mecanismo de defensa. Es posible que ni siquiera seas consciente del momento en que ocurrió; podría haber sido un proceso gradual o...

Por un segundo, la voz del Leszy queda amortiguada bajo una avalancha de recuerdos que exigen la atención de Liska. Siente que se pone rígida y lucha por evitar ver lo que yace en su interior. Solo le ha hecho falta oír esas palabras para identificar el momento exacto en que su magia se rompió y, si el Leszy le pide que lo comparta con él, no sabe si...

—¿Zorrillo? —Le ha apoyado una mano sobre el hombro y Liska no recuerda haber sentido el contacto—. Tienes mala cara. Podemos dejarlo para mañana si es necesario.

—No. —Liska sacude la cabeza violentamente—. Cuanto más nos demoremos, más posibilidades hay de que los demonios escapen del bosque. —Tanto ella como el Leszy han estado ya al borde de la muerte una vez—. ¿Qué solución hay?

—A ver. —Deja el diario a un lado y le da una palmadita a la cubierta decorada con constelaciones—. El problema de tu dolencia es que no existe un contrahechizo, porque nunca te hechizaron en primer lugar. He estado leyendo documentos antiguos en busca de algún otro caso similar, pero parece que tu situación es... única.

Liska se mueve, inquieta, y se deja caer un poco más sobre la pila de libros, que se tambalea y por poco se derrumba. Se pone en pie, aunque le flaquean las rodillas.

—Entonces, ¿qué propones?

—Esto. —Saca un pedazo de tiza blanca de la nada y comienza a trazar un círculo en el suelo de madera—. Es un hechizo para la lectura del alma. En realidad, es un truquito insignificante. Tú misma lo has utilizado sin saberlo cuando hablabas con los animales. Solo sirve para leer emociones superficiales, pero se me acaba de ocurrir que quizá pueda modificarlo y... —Termina de dibujar el círculo y le añade líneas que apuntan hacia su centro—. La verdad es que tendrás que confiar en mí, porque me estoy basando en algo puramente teórico. En cualquier caso, si he acertado (y yo no suelo equivocarme), debería poder adentrarme en tu alma.

—Adentrarte en mi... alma —repite Liska—. ¿Y qué se supone que vas a conseguir con eso?

—La magia forma parte del alma y viceversa —explica el Leszy con paciencia mientras garabatea unas palabras imposibles de leer alrededor del círculo—. Ahí es donde la buscaré. Imagina que es como... como bucear en un lago para recuperar un objeto sumergido. Siempre que no te cierres a mí, podré regresar a la superficie.

—¿Y qué pasa si algo sale mal?

El Leszy se incorpora y deja la tiza.

—En el mejor de los casos, me devolverás forzosamente a mi cuerpo. En el peor, nuestra magia (es decir, nuestras almas) podrían llegar a enredarse y eso supondría una catástrofe que preferiría evitar.

Liska traga saliva.

—Entiendo. Y... ¿qué... tendría que hacer... para no cerrarme?

—Mantener la calma. No luchar contra mí... aunque solo sea por una vez. —Guía a Liska hasta el centro del círculo, donde las líneas se entrecruzan y, cuando ve la confusión en su rostro, añade—: Lidiar con un alma humana es complicado. Todo esto solo son herramientas adicionales para canalizar el hechizo.

Flexiona los dedos y su magia verde parpadea entre ellos, enroscándose con elegancia alrededor de su brazo.

—Tendré que tocarte. Si quieres echarte atrás, este es el momento de hacerlo.

Liska sabe que debería gritarle que no quiere continuar, que debería salir corriendo tan rápido como sus piernas se lo permitan. Eso es lo que la Liska del pasado habría hecho. Pero la Liska del presente... hará lo que sea necesario para enmendar la situación.

Incluso si eso implica confiar —por ahora, aunque sea solo por esta vez— en un demonio.

—No pasa nada —dice con voz débil, pero con la cabeza bien alta—. Puedo hacerlo.

El Leszy le ofrece una sonrisa casi imperceptible, iluminada por el brillo de su magia.

—No te preocupes, zorrillo atolondrado —dice—. Sé actuar con delicadeza cuando me lo propongo.

Sin más preámbulo, toma el rostro de Liska entre las manos.

15

Recuerdos

—Relájate —le pide en un susurro cuando Liska se tensa de manera instintiva.

Aunque no la ve, siente la magia como un cosquilleo que brota desde la punta de los dedos del Leszy y trepa por su propia piel como la hiedra por un enrejado. Intenta dejarse llevar, pero el pálido y antinatural color de sus manos es un recordatorio constante de su naturaleza: demonio, demonio, demonio.

El Leszy comienza a pronunciar el hechizo en un susurro y la grave musicalidad de la lengua divina se convierte en un eco que perdura un tiempo después de que haya abandonado sus labios. Teje un tapiz de magia, una red que se extiende por la piel de Liska y cada vez se hace más fuerte. Casi puede olerla, como el ozono que una tormenta genera en mitad del bosque. Percibe el chisporroteo del aire a su alrededor. Casi espera oír el crujido lejano de los árboles a medida que la sensación se hace más intensa, a medida que se sumerge a más y más profundidad y la consume por completo.

Su cuerpo desaparece y se vuelve ingrávida, abstracta. A su alrededor fluyen cenefas de cosmos de color violeta intenso y azul medianoche, tachonados de recuerdos tan luminosos como las estrellas. Las carcajadas graves de tata, los manojos de hierbas que mamá preparaba para ponerlos a secar, las risitas de Marysieńka cuando Liska la ayudaba a subirse al lomo de Stara. Tomasz y la sonrisa cruel que se dibujaba en sus labios cuando la llamaba «*licho*», Tomasz sosteniendo la mano de Marysieńka, Marysieńka mirándola con ojos desorbitados...

No, no, ahí no. ¡Basta!

—¡Relájate, Liska! ¡Liska! —La voz del Leszy la devuelve a la realidad. Su rostro está a escasos centímetros del de ella y la observa con total atención—. Tienes que tranquilizarte. No voy a hacerte ningún daño.

—Esos eran mis recuerdos —dice Liska con voz rota.

El lugar al que había ido... Nadie entra ahí. Ni siquiera Liska.

—El alma y la mente están entrelazadas —explica el Leszy—. Intentaré mantenerme alejado de tus pensamientos, pero tú debes hacer lo mismo; de lo contrario, los llevarás hacia mí.

Hacia él. Por poco lo ve... todo. Liska entrelaza los dedos para intentar ocultar lo mucho que le tiemblan las manos, pero al Leszy no se le escapa su nerviosismo.

Todavía le acuna el rostro entre las manos. Se aleja de ella e inspira hondo.

—Muy bien. Sé que no será un gran consuelo, pero llevo setecientos años viviendo por y para la magia, zorrillo. Si hay algo en lo que puedes confiar sin miedo, es en mi poder. No dejaré que sufras ningún daño.

Liska estudia al Leszy, presa de la duda. Bajo la tenue luz crepuscular, atisba un brillo de seriedad en sus ojos, así como la incierta curvatura en las comisuras de los labios que suaviza sus facciones y le otorga algo parecido a una expresión sincera. Por primera vez desde que se conocen, Liska siente que está diciendo la verdad.

Por eso, se obliga a respirar con tranquilidad y a cuadrar los hombros para deshacerse de parte de la tensión que la agarrota.

—De acuerdo —dice—. Está bien. Vuelve a intentarlo.

—¿Estás segura?

—Sí.

Esta vez, Liska cierra los ojos cuando el demonio la toca. En cuanto le coloca una mano sobre la mejilla y la otra sobre el brazo, su magia se cuela en su interior para buscar algo, algo concreto. Una vez más, el cuerpo de la chica se desdibuja y se adentra en un mundo que es, en parte, una galaxia y, en parte, su propia memoria. Una vez más, los recuerdos se abalanzan sobre ella, irresistibles. Ve a mamá con tata esta vez y ambos se ríen mientras bailan juntos. Ahí está la tía de Liska, que deja que Marysieńka y ella compartan un vaso de leche fresca mientras una vaca muge a su espalda. Llega otro recuerdo más vívido. Tata está reparando el techo del granero cuando el *pan* Prawota entra hecho una furia, señalando con el dedo y gritando, gritando tan alto que se le marcan las venas del cuello de una forma grotesca. Liska se esconde tras una bala de heno, asustada por el alboroto.

—¿Sabía que la niña de los Młynarczyk se ha caído y se ha roto una pierna?

—Claro —responde tata con calma—. Mi mujer fue quien se la entablilló.

—Fue todo culpa de su hija —refunfuña el pan Prawota—. La niña dice que estaban jugando a ser piratas. ¡Piratas! ¿De dónde saca esas ideas tan ridículas?

Tata se gira hacia el *pan* Prawota, baja el martillo y le sonríe educadamente.

—De mí. No es más que un cuento.

—Que no es más que un cuento, dice —replica el pan Prawota con tono burlón. Es más alto que tata y su cuello es tan largo como el de una cigüeña—. Un delirio, eso es lo que es. ¿Acaso cree que su familia puede hacer lo que le venga en gana solo porque su mujer sea una sanadora? —Se acerca más a tata en un intento por amedrentarlo con su postura—. Su hija no es normal y, se lo advierto, si no le enseña usted a comportarse como es debido, la próxima vez tendré que darle una lección yo mismo.

—Incluso la *pani* Młynarczyk entiende que fueron cosas de niños y que el único objeto de su resentimiento debería ser la verdadera culpable: la rama que se rompió bajo el peso de su hija. En cualquier caso, como su hijo no estaba allí, *panie* Prawota, me temo que el tema no le incumbe en absoluto.

El *pan* Prawota se pone rojo de ira.

—¡¿Cómo se atreve?!

—No, ¿cómo se atreve usted? —replica tata.

Hablan altísimo, a voz en grito, y la discusión cada vez se vuelve más acalorada. Liska sabe que se pelean por su culpa y desearía, desearía, desearía con todas sus fuerzas poder hacer algo para detenerlos. A medida que los gritos se intensifican, también lo hace su miedo, que se manifiesta como el batir de unas alas aterrorizadas en su pecho. Cierra los ojos con fuerza y le pide a Dios que haga que paren. Y así lo hacen cuando se oye un sonoro chasquido sobre su cabeza y el techo...

—¡No!

Liska se lanza hacia atrás y sale apresuradamente del recuerdo. Es consciente del accidente que tiene lugar a continuación. Sabe que aquella fue la última vez que vio a su padre con vida. Aun así, su mente no le da ninguna tregua y se ve asaltada por otro recuerdo, el de Marysieńka al desplomarse en el suelo, el de la tumba, y la cruz, y la bandada de mariposas que aparece cuando Liska se da cuenta de que lo saben, lo saben y ahora ella les ha demostrado que tenían razón...

Fue sin querer, le gustaría gritar, pero los recuerdos son un juicio en el que se la condena, un espejo que devuelve la imagen de una verdad a la que se niega a hacer frente. Cierra los ojos con más fuerza, pero es en vano; no siente los ojos, no puede cerrarlos, y está rodeada de mariposas azules, del color de las violetas, del color de los ojos de mamá y de los de Liska, del color de los pecados.

De pronto, un respiro. Las ramas se agolpan a su alrededor, se alzan desde abajo para bloquearle la visión y crecen unas sobre otras para crear una jaula, no, un escudo que mantiene a las mariposas alejadas de ella. Liska se agarra a las ramas, las sujeta con fuerza, se refugia tras el follaje y...

—¡Liska! ¡Maldita sea, Liska! ¡Suéltalas!

Pero no sabe cómo hacerlo. No tiene manos, así que ¿cómo va a soltarse?

Dolor. Liska jadea. ¿Dónde lo ha sentido? En la...

En la mano...

Las ramas se enroscan a su alrededor y sale despedida de golpe, de vuelta a su cuerpo, de vuelta a la realidad. Los recuerdos han desaparecido.

Los recuerdos han desaparecido y ella está en el suelo.

Los recuerdos han desaparecido y un muchacho de cabellos blancos se cierne sobre ella con una daga ensangrentada. Debe de ser suya, porque él no tiene sangre. Lo que corre por sus venas es savia.

Es un demonio.

—Leszy —jadea.

—Perdóname, Liska.

Tira la daga ensangrentada y sostiene la muñeca de Liska con la palma de la mano hacia arriba. La sangre brota de entre sus dedos. Un corte que palpita con un dolor sordo le atraviesa la palma. Las líneas del círculo de tiza que la rodeaban han quedado emborronadas hasta resultar irreconocibles.

—Perdóname —repite el Leszy, que presiona su propia mano sobre la de ella. Tiene la mirada desencajada, tanto que Liska cree que podría adentrarse en sus ojos y encontrar un bosque entero—. No tuve otra opción. Casi consigues que... Ambos nos podríamos haber perdido. —Se ríe entre dientes, perplejo—. Nunca había visto nada igual en mis setecientos años de existencia. Es una pena que... —No termina la frase—. No importa. ¿Serás capaz de incorporarte?

Liska lo mira sin reaccionar. Poco a poco, recupera el control de su cuerpo. Siente las sacudidas de su pecho, el tronar de su corazón y el creciente dolor de cabeza que acompaña a las punzadas de la herida de la mano.

—Me has cortado —dice al incorporarse sobre los codos, aturdida y temblorosa.

No tiene fuerzas para mostrarse sorprendida cuando el Leszy le pasa un brazo por los hombros para soportar la mayor parte de su peso.

—Sí, lo siento. No sabía qué más hacer para traerte de vuelta. He de admitir que creo que nunca había tardado tan poco tiempo en romper una promesa.

Toma la mano ensangrentada de Liska entre las suyas una vez más y le coloca la palma hacia arriba con cuidado. Pasa el pulgar por encima de la herida y la piel de Liska se estremece antes de que un dolor agudo vuele por su brazo. Sobresaltada, aparta la mano de un tirón y, tan pronto como el Leszy la suelta, la extraña sensación desaparece... al igual que el dolor. Liska se mira la mano por un lado y por otro, incapaz de creer lo que ve. La herida se ha cerrado, ha quedado reducida a una costra enrojecida.

—¿Me has... me has curado? —pregunta y él inclina la cabeza—. ¿La magia puede hacer eso?

—Solo cuando se trata de heridas pequeñas —explica—. Cualquier dolencia más complicada requeriría cantidades ingentes de energía. Incluso al *czarownik* más poderoso le costaría curar algo como, por ejemplo, una puñalada.

Habla con la seguridad de quien ha tratado de curar una herida como la que menciona. Quizá lo haya hecho en algún punto de su eterna existencia.

—Gracias —dice Liska débilmente.

La expresión del demonio se vuelve afilada.

—No me lo agradezcas. Al fin y al cabo, ha sido culpa mía.

Liska niega con la cabeza.

—Casi lo habías logrado. Fui yo quien entró en pánico. Habría funcionado de no haber sido por... —¿Cómo explicárselo? ¿Cómo describir la sensación de seguridad que le había transmitido su magia, la forma en que habría deseado cubrirse con ella como si fuera una armadura? Sacude la cabeza—. ¿Cuánto... cuánto has visto?

—Lo mismo que tú —responde.

No demasiado. Aunque ha sido más de lo que cualquier otra persona ha llegado a ver jamás. Cierra el puño alrededor de la tela de su delantal y se prepara para lo inevitable: para que el demonio la cuestione o la rechace.

No hace ni una cosa ni la otra. Permanece en silencio y la observa como si fuese un potrillo que da sus primeros pasos. Liska se recompone y le dedica una sonrisa avergonzada.

—Supongo que podemos declararlo un intento fallido.

—Aún no —dice—. No hay prisa.

No da más explicaciones y Liska no lo presiona. Está demasiado cansada para exigirle respuestas.

16

Pétalos de camomila

Liska sale de la torre con paso tembloroso y regresa a la sala de estar. Se derrumba lentamente sobre la alfombra de piel de oso, contempla el hogar apagado con rostro sombrío mientras se frota la nueva cicatriz de la palma y fantasea con que la chimenea se la trague entera. Pasado un tiempo, el Leszy baja a buscarla, seguido de Jaga. La *skrzat* se sube de un salto al regazo de Liska y el Leszy se marcha para regresar al poco con una humeante taza de un líquido que huele a camomila. Lo deja en el suelo junto a Liska, se arrodilla ante ella y extiende las manos para tocarla. Ella se aparta con un estremecimiento, pero el Leszy solo le roza la frente con los dedos mientras estudia cada centímetro de su rostro.

Liska ladea la cabeza.

—¿Qué haces?

—Quiero asegurarme de que mi zorrillo atolondrado se encuentra tan bien como asegura.

Aparta la mano de Liska, pero continúa evaluando su aspecto; la estudia como un tasador de joyas que intenta determinar el valor de un diamante excepcional. Al final, aparta la mano —aunque sea un demonio horrible, tiene unas manos preciosas— y le coloca detrás de la oreja un rizo que se le ha escapado de una de las trenzas.

—¿Cuándo te pasó esto? —pregunta.

Tarda unos segundos en comprender que se refiere al mechón blanco y otro más en darse cuenta de que ha preguntado cuándo y no dónde. Solo entonces comprende que hay una relación entre su rizo decolorado y la nívea blancura de los cabellos del Leszy, vetustos, invernales e incongruentes frente al aspecto de un muchacho que rondará los veinte años.

—Mi magia se descontroló —se limita a decir.

No está dispuesta a contarle nada más, puesto que no quiere ahondar en sus recuerdos. El Leszy parece percibir su incomodidad, porque se echa hacia atrás.

—Me lo imaginaba —murmura—. Debiste de utilizar una cantidad de magia desmedida para que se cobrara un precio tan alto. ¿Fue entonces cuando perdiste la capacidad de invocar tus poderes a tu antojo?

Se siente incapaz de asentir con la cabeza. El corazón le martillea en el pecho, y levanta la taza de té que el demonio le ha dejado en el suelo para distraerse. Por suerte, el Leszy no insiste más. Se incorpora, se coloca las mangas de la camisa y se da la vuelta para marcharse.

—Espera —se oye a sí misma decir—. No te vayas.

¿Por qué no?, se queja Jaga, que abre un poco un ojo.

Liska se sorprende —y la *skrzat* bufa, decepcionada— al ver que el Leszy le hace caso. La muchacha, que siente una extraña timidez, centra su atención en la taza y el solitario pétalo de camomila que flota en la superficie de la infusión. El Leszy se sienta con elegancia a su lado, estirando las largas piernas y cruzándolas a la altura de los tobillos.

—Sobre lo del recuerdo… —empieza a decirle—. Liska, aquello no fue culpa tuya.

—Para…, por favor. —Liska suelta una temblorosa bocanada de aire y hace que la superficie del té se ondule—. No trates de absolverme.

La culpabilidad hace que su mente se infecte como una herida sin curar, la drena y le produce un dolor de cabeza que le martillea en el cráneo.

—¿Sabes una cosa? Creo que no había sido consciente de la realidad hasta hoy. Una parte de mí siempre lo supo, pero no quise… no quise verlo. Y mi madre… Dios, lo mantuvo en secreto todos estos años. Sabía que maté a mi propio padre y me lo ocultó.

—Se muerde el labio para que deje de temblar—. Fue culpa de mi magia… Fue culpa mía. Debería haber tenido más cuidado, Leszy.

Mis padres me advirtieron de que no la usara, pero ocurrió tantas veces…, tantísimas… Cuando me asustaba o no sabía qué hacer yo…

—Recurriste a ella de forma instintiva —termina el Leszy por ella—. Es muy normal, zorrillo. Estallidos de poder como el tuyo eran los que antaño permitían a los *czarownik* identificar posibles aprendices. No es culpa tuya que hoy en día nadie sepa qué hacer con las personas como tú.

Cuando Liska no responde, adopta una expresión pensativa. Se pone de rodillas y coloca la mano a unos centímetros de la parte inferior de la chimenea vacía mientras murmura en lengua divina. Se enciende una chispa y el Leszy se aparta del hogar.

—¿Qué te parece si te enseño a controlarla? —pregunta con delicadeza—. ¿Seguirías queriendo deshacerte de ella?

—¿Cómo no iba a quererlo? —responde Liska—. Es peligrosa. Y yo también. Llevo desde que era niña esforzándome por ocultarla, pero siempre ha habido problemas. Además, Stodoła es un pueblo pequeño. El hombre al que viste, el *pan* Prawota, es nuestro vecino. Su familia y él comenzaron a sospechar que yo era… diferente cuando era muy pequeña y me vigilaron día y noche para encontrar pruebas con las que desenmascararme. Mi padre intentó protegerme, pero, tras su muerte…

Su voz se apaga. Tras su muerte, Liska tuvo que defenderse de los rumores sola. Y para ello adoptó la imagen de la perfecta muchacha orlicana: dócil, devota y siempre dispuesta a ayudar. Tenía que ser la última persona a la que alguien acusaría de brujería.

—Aunque pudiese controlarla, no correría el riesgo de que me descubriesen, Leszy. No hay lugar para la magia en el mundo mortal y mucho menos en un pueblo como el mío. Tendría que seguir escondiendo mis poderes y… es agotador.

El Leszy parece perplejo.

—Pero ¿por qué querrías volver?

Liska también lo mira desconcertada.

—¿Y por qué no? Es mi hogar. Mi familia, mi pueblo, ese es… es el lugar al que pertenezco. Me he dejado la piel para hacerme un hueco allí. Si… s-si renuncio a ello, ¿qué otra alternativa me queda? —Traga saliva—. Si no encajo allí, ¿entonces cuál es mi sitio?

Ese es el quid de la cuestión, ¿no es así? Siempre ha sido Liska, la muchacha de Stodoła que cuidaba del ganado y era hija de una sanadora. Sin su hogar que defina su identidad, no le queda nada. Nada salvo su magia y la culpa que acarrea.

—Comprendo. —El Leszy baja la voz y habla con más suavidad que nunca—. No te haces una idea de lo mucho que te entiendo. Ese anhelo por el hogar, por la seguridad que solo una comunidad es capaz de brindar... Hubo un tiempo en que habría dado lo que fuera por conseguirlo. Ojalá pudiese decir que me fue bien. No obstante, tú eres mucho más sensata que yo a tu edad, así que tal vez tu deseo esté mejor planteado que el mío.

Liska da un sorbo de té ahora que ya se ha enfriado un poco, incapaz de mirarlo directamente y asumir que el Leszy lo sabe, lo sabe todo.

—No tengo otra opción —susurra.

El demonio profiere un sonido desde lo más profundo de la garganta, como si no estuviese del todo de acuerdo.

—Deberías intentar dormir un poco. Te sentirás mejor por la mañana.

Por una vez, le doy la razón, comenta Jaga. Liska se da cuenta de que el duendecillo y el demonio intercambian una mirada de hostilidad.

—Ahora mismo voy —promete.

Deja la taza en el suelo, entierra ambas manos en el pelaje de Jaga e inspira profundamente para aliviar la tensión que le comprime el pecho.

El Leszy se queda con ella hasta que se termina el té y reúne la fuerza de voluntad necesaria para ponerse en pie. Liska le da las buenas noches e intenta ignorar el cosquilleo que le provoca su mirada preocupada en la nuca, así como el sonido de sus silenciosas pisadas mientras recorre tras ella el camino hasta su dormitorio. A medida que sus pasos se van apagando, se da cuenta de que está intentando cuidar de ella.

No sabría decir cómo le hace sentir eso.

17

Onegdaj

Al día siguiente, Liska se despierta con una sorprendente cantidad de energía, de esa que la deja a una con el cuerpo hecho un manojo de nervios, incapaz de permanecer quieta o de concentrarse en algo. Por eso, es un verdadero alivio que el Leszy entre como un huracán en la cocina y le pregunte si se encuentra en condiciones de unirse a él en una sesión de entrenamiento de combate.

Más tarde, descubre que se ha prestado a tomar parte en una despiadada sucesión de inacabables ejercicios. Primero practican sin la daga; luego, con ella, pero cada lección es más extenuante que la anterior. Sin embargo, el esfuerzo físico la ayuda a mantener la mente lejos de lo ocurrido la noche anterior y eso le viene de maravilla.

—¿Qué sentido tiene todo esto? —jadea Liska, que se deja caer al suelo en cuanto el Leszy propone un descanso—. Si los espíritus no son invencibles, ¿no sería más lógico matarlos a todos en vez de encerrarlos en la Driada?

—Ojalá fuera tan simple. —El Leszy se pone en cuclillas ante ella y su cornamenta refleja un tenue rayo de sol que se fragmenta en delgados haces de luz—. El problema es que el territorio de Orlica destaca por su potentísima carga mágica. Nadie sabe muy bien por qué, pero las leyendas dicen que es el resultado de la bendición que los antiguos dioses le otorgaron a las tribus que los veneraban.

Liska se acerca más al Leszy y se seca una gota de sudor que le corre por la frente.

—La conexión de Orlica con la magia significa que a los espíritus y demonios les resulta mucho más sencillo anclarse al plano intermedio en vez de cruzar al otro lado. Como bien sabes, les gusta sembrar el caos, así que creé la Dríada con la intención de que actuara como una especie de sifón que atrapase a los espíritus entre las ramas de estos árboles antes de que tuviesen oportunidad de materializarse en otros puntos de Orlica. Mi magia no es infalible, claro está, así que las criaturas más poderosas se resisten a someterse. Muchas veces, salgo de la finca en respuesta a una llamada de socorro, para deshacerme de los espíritus insurrectos.

Liska estira la espalda.

—¿Quién te llama? ¿Hay gente que sabe que eres real?

—Por supuesto. Tengo personas de confianza, sacerdotes, nobles y hermanos *czarownik* que saben cómo ponerse en contacto conmigo. Y no solo en Orlica, sino también en Litven, aunque el territorio litveniano no goza de la misma potencia mágica. —Hace una pausa—. No te mentía cuando te dije que he dedicado mi vida entera a la protección del mundo humano, Liska Radost. Es la única razón por la que sigo respirando.

De pronto, Liska comprende todo lo que conlleva haber vivido tantísimos años como el Leszy. Inclina la cabeza y lo estudia con unos nuevos ojos capaces de percibir el resplandor que las épocas pasadas, las historias y las vidas que ha llevado han dejado en él. Este demonio, este muchacho, ha peleado en guerras que tuvieron lugar hace cientos de años y ha conocido a reyes de la antigüedad. Setecientos años. Ese es el tiempo que ha pasado siendo el guardián de Orlica, acompañando al país mientras este se enfrentaba a invasiones y revueltas, dinastías y derrotas. Aun así, hay momentos en los que parece tan joven que a Liska no le costaría verlo como alguien unos años mayor que ella.

El Leszy imita su postura e inclina la cabeza en actitud burlona.

—¿Qué ocurre?

Algo la inunda, se siente desbordada por un calorcillo que recuerda al del hidromiel, una emoción demasiado cargada de melancolía como para definirla como una ola de gratitud. Liska se inclina hacia adelante y toca la mano de dedos largos y pálidos que el Leszy tiene apoyada sobre la rodilla.

Él se estremece, se le entrecorta la respiración, como si le hubiese caído un rayo al entrar en contacto con ella y esperase echar a arder. Cuando Liska levanta la mirada, el Leszy la observa perplejo, con esos resplandecientes ojos abiertos de par en par.

—No sabía que hubieses tenido que pasar por tanto con tal de protegernos —susurra Liska.

—Es mi deber —contesta él.

—Gracias. —Sostiene la mano del demonio hasta que este relaja los hombros, hasta que comprende que Liska habla en serio—. De corazón.

La mira como si Liska hubiese absuelto a un hombre condenado. No permite que el momento se alargue demasiado. Enseguida aparta la mano, se pone en pie apresuradamente y se arremanga más la camisa.

—Bueno, se acabó el descanso —dice con voz tensa—. Dado que tus encantos no servirán de nada a la hora de enfrentarte a un *strzygoń,* voy a enseñarte un par de técnicas de combate.

Cuando dan por terminado el entrenamiento, ya es más de mediodía y han dejado el prado como pisoteado por una estampida. Liska, empapada de sudor, se deja caer de rodillas ante un cubo que han llenado en el pozo, se refresca con un poco de agua y sigue con la mirada la trayectoria de las gotitas que le caen desde los rizos a la hierba.

El Leszy se detiene ante ella, con tanta energía como para enfrentarse a un ejército entero.

—¿Te echo una mano?

Con un suspiro, Liska extiende un brazo dolorido y el Leszy toma su mano, tan pequeña en comparación con la suya que casi desaparece entre sus largos dedos. La ayuda a ponerse en pie sin esfuerzo.

—Deberías ponerle nombre —le dice el Leszy cuando le suelta la mano y señala la daga que tiene sujeta a un costado, dentro de su nueva vaina. Otro obsequio más del demonio.

—¿Un nombre? —repite.

—Se dice que los nombres hacen que las armas de plata sean más poderosas.

Piensa en la espada de él, con el pomo de esmeralda.

—¿Cómo se llama la tuya?

—Wyrok —responde.

«Sentencia». Le viene como anillo al dedo, desde luego.

Liska acaricia la empuñadura de la daga y traza el hocico tallado de la cierva con los dedos. El nombre se le viene a la mente en un suspiro, como un deseo.

—Onegdaj.

Significa «pasado», significa «un tiempo anterior». Una época a la que le gustaría regresar, pero que, al mismo tiempo, desearía poder cambiar. Es lo que la atormenta y lo que la ha convertido en quien es hoy en día. Es el lugar al que pertenece.

El pasado: un arma, su protector.

Cuando mira al Leszy, este tiene una mirada ausente, como ensombrecida por un recuerdo de hace siglos.

Tras añadir los entrenamientos a la rutina de Liska, los días de verano se convierten en destellos que llegan con un repentino fogonazo y se marchan con la misma celeridad. Le resulta difícil asimilar que haya pasado ya más de un mes en la Driada. Ha llegado agosto, dorado y sofocante, y ha sumido el mundo en un estado de somnolencia. Uno de esos días es cuando el Leszy la encuentra desayunando y deja una lista de palabras escritas en lengua divina delante de los huevos que está comiendo.

—Apréndete tantas como puedas —le pide—. Una vez que hayas recuperado tu magia, la controlarás mejor si puedes formular hechizos.

Son palabras sencillas con las que dar órdenes como «crece», «arde», «protégeme». Liska aprende el idioma con facilidad, puesto que no difiere demasiado del orlicano. Al principio, siente la mirada fulminante de mamá en la espalda, que la regaña por memorizar palabras de una lengua pagana. No obstante, enseguida se descubre susurrando lo aprendido por los pasillos y el jardín, enamorada de sus fluidas vocales, así como de la facilidad con la que bailan en su lengua, tan familiares como una canción infantil.

Entre los estudios y el entrenamiento, lamenta no tener apenas tiempo de cocinar y así se lo transmite una noche al Leszy, que le quita hierro al asunto con una mirada despreocupada. Acaban de terminar una sesión de entrenamiento y la noche anuncia su llegada a la Driada con los cantos de los grillos y algún que otro aullido lejano.

—Ya sabes que yo me conformo con poco —dice el Leszy—. Antes de que tú llegases, me alimentaba con las ofrendas que me iban llegando. A veces, me dejaban un banquete entero y, otras, una hogaza de pan. El cuerpo de un demonio no es nada exigente.

Liska lanza una mirada en dirección a la Casa bajo el Serbal, que se alza por encima de su cabeza en toda su gloria con su capa de madreselva, su torre torcida y su pintura descascarillada.

—Aunque tengas razón, lo único que sobró ayer fueron unas patatas y esa, hum…, sopa tuya tan peculiar.

Le dedica al Leszy una mirada cargada de significado. Había insistido en preparar la cena la noche anterior y, aunque Liska nunca ha visitado la costa, está segura de que el agua de mar debe tener un sabor idéntico al de su brebaje.

—De verdad, Leszy, esperaba mucho más de ti después de haber tenido setecientos años para perfeccionar tus dotes culinarias.

—Como comprenderás, he estado ocupado —replica con mala cara, casi enfadado.

—Es que setecientos años dan para mucho —insiste ella—. Estoy segura de que tiene que haber algún libro de recetas en la biblioteca.

Se estremece al darse cuenta de su error. Siempre intenta no mencionar ni la biblioteca ni a Florian.

Si al Leszy le ha molestado el comentario, no lo demuestra.

—De acuerdo. Vale. Puede que tuviese prisa y echase más sal de la cuenta. Puede que esté tan acostumbrado a velar por el bosque y solo por el bosque que he olvidado cómo cuidar de cualquier otro ser vivo.

Liska se detiene, sorprendida ante su confesión. El rostro del Leszy vuelve a tener ese brillo sincero que siempre oculta tan pronto como sale a la luz. Hace que Liska sienta un extraño calorcillo en el pecho. Enfunda a Onegdaj, se suelta el bajo de la falda para dejar que le caiga a la altura de los tobillos y se recoge un par de mechones de pelo sueltos. Cuando alza la cabeza, ve que el Leszy la está observando. Sus miradas se entrechocan como espadas, pero el demonio enseguida desvía la vista.

Qué raro. Liska se encamina hacia la casa, serpenteando entre las malas hierbas hasta que llega al camino de adoquines. Antes de entrar, se da la vuelta y evalúa el jardín: los árboles están cargados de frutas y las flores, abarrotadas de frenéticas abejas.

—¿Sobrevivirán al invierno? —le pregunta al Leszy, que la ha seguido sin apenas hacer ningún ruido.

Capta su aroma antes de oírlo. Huele a pino, a hierbas amargas y a la gélida intensidad de una tormenta a punto de desatarse.

—No —responde—. Ojalá estuviese en mi mano impedirlo, pero algunas criaturas deben morir para crecer más fuertes. No puedo ir en contra de las leyes de la naturaleza y es mejor así. Será un crudo invierno entre tantos otros.

—He preparado conservas —lo tranquiliza Liska.

—No habrían hecho falta —resopla.

La muchacha gira sobre sus talones.

—Habla por ti. Yo no me conformo tan fácilmente.

Su intención es darle un golpecito juguetón en el brazo, pero su mano acaba sobre los firmes músculos del pecho del demonio. ¡Paf! Le da un vuelco el corazón y la mente se le queda en blanco.

El Leszy se congela por un segundo, pero enseguida se aleja y traga saliva mientras se distrae abrochándose la *sukmana*.

—Voy a ir al mercado mañana —dice apresuradamente—. Puedes venir si quieres.

—¿Al mercado? —Liska le lanza una mirada cargada de significado a su cornamenta—. ¿En Orlica?

—Los vecinos de Wałkowo ya se han acostumbrado a mis visitas —explica—. Al menos, eso parece, porque ya no gritan en cuanto me ven aparecer.

Dicho esto, entra a la casa. Pese a que sigue teniendo el corazón desbocado, Liska arquea las cejas ante su retirada. Espera hasta que haya desaparecido de la vista para entrar en la cocina, donde sacia su apetito con un cuenco de sopa demasiado salada antes de escaparse a la salita de estar. Allí, entierra la nariz en un capítulo de *Czarología* e ignora el calor que todavía siente en las mejillas.

Estás colorada, canturrea Jaga cuando aparece entre los brazos de Liska y le tapa la página que estaba leyendo.

La muchacha apoya el libro sobre las rodillas y se pasa las manos por la cara.

—No es nada —se apresura a decir—. Es que estoy cansada.

Te está empezando a gustar, ¿no es así?, pregunta la *skrzat* con mirada acusadora. No le hace falta preguntar a quién se refiere.

Liska echa la cabeza hacia atrás, deseando fundirse con el techo tachonado de estrellas.

—Es un demonio de setecientos años, Jaga. No soy tan tonta.

Tan pronto como las palabras abandonan su boca, siente una acusadora punzada en el corazón. *Mentirosa.* Por supuesto que le gusta; siempre ha sido una muchacha dispuesta a confiar en los demás, dispuesta a amar, a buscar afecto, sin importar cuántas veces salga mal parada.

—Además —añade a la defensiva—, en cualquier caso, solo se preocupa por mí porque quiere aprovecharse de mi magia.

Jaga sacude una oreja.

Disfruta de tu presencia, eso desde luego, pero ese es un placer egoísta. Yo misma confundí una vez su actitud con la amistad y acabó desterrándome por culpa de una rabieta.

—Lo sé —suspira Liska—. Te prometo que sigo teniendo cuidado.

Abre el libro de nuevo, pero el viaje a Orlica de mañana ha hecho que pierda la concentración.

—Tendré que revisar la despensa para ver si necesitamos reponer algo —comenta para sus adentros.

Una parte de ella no cabe en sí de lo emocionada que está por volver al mundo humano. Otra, está muerta de miedo.

«¿Por qué querrías volver?», vuelve a preguntar la suave voz del Leszy, haciendo que un escalofrío le recorra la espalda. Liska se aprieta un nudillo contra los labios hasta hacerse daño, recupera el control de sus traicioneros pensamientos y se obliga a concentrarse en la lectura.

El tiempo vuela. Llega la medianoche, con las lejanas campanadas del reloj del salón y la pesadez en los párpados como heraldos. Con un suspiro, señala la página del *Czarología* por la que se llega con un tallo seco de lavanda, cierra el libro y acaricia la cubierta desgastada.

En ese preciso momento, el bosque grita.

Todas las velas se apagan a la vez. En el exterior, la luz de la luna baña la copa de los árboles de la Driada, que se sacuden, se inclinan hasta que su corteza choca entre chirridos. En un abrir y cerrar de ojos, el alboroto cesa de golpe y las velas vuelven a encenderse. Sin embargo, su luz es débil, como si la casa se encogiese de miedo ante algo.

Liska se pone en pie con Onegdaj en la mano.

—¿Qué ha sido eso?

Jaga se ha quedado inmóvil.

Algo no va bien en el bosque.

Liska sale corriendo de la habitación. Tarda escasos segundos en llegar a la escalera, donde por poco se choca con el Leszy, que también baja a toda prisa.

—Ve a tu dormitorio y cierra la puerta con llave.

Nunca había visto el miedo tan claramente dibujado en las facciones del demonio.

—¿Qué está pasando?

—Algo ha atravesado mis hechizos de protección. —Lleva la espada en una mano y la máscara de ciervo en la otra—. Algo grande.

Una de sus polillas centinela entra disparada por la rendija de una de las ventanas de la entrada, aterriza sobre el pecho del

Leszy y se fusiona con su piel. El cuerpo de su amo se estremece. Se le marcan el esternón y las costillas durante una fracción de segundo cuando la resplandeciente criatura entra en él.

Los ojos del Leszy se vuelven blancos como la bruma, pero recuperan su color verde enseguida.

—Wałkowo —dice.

Wałkowo. La ciudad que mencionó antes.

—¿Qué ha ocurrido?

—No lo sé —responde con voz ronca—. No siento nada más allá del bosque. Pero le di esa polilla a una vieja amiga mía para que le mandase venir a buscarme en caso de emergencia. Si está aquí…

Se interrumpe, pero Liska ya se está preparando. Se ata las botas y va a por una capa.

—¿Qué estás haciendo? —exige saber el Leszy.

—Te acompaño.

—Ni en broma.

—Me ha criado la mejor sanadora de toda la zona fronteriza —explica Liska para que entre en razón—. Si alguien está herido, puedo ayudar.

—No —replica él con firmeza—. No te pondré en peligro sin saber a qué nos enfrentamos.

La determinación de Liska se ve alimentada por el recuerdo de la última vez que el Leszy se marchó así, cuando se quedó esperándolo sin saber qué le ocurriría, cuando el pánico se apoderó de ella al verlo llegar herido. No volverá a dejarla atrás.

—¿No se supone que debo servirte? —Arrastra los dedos por la áspera lana de la capa—. No seré de ninguna utilidad si me quedo aquí. Acompañarte podría servirme como una oportunidad para aprender.

El Leszy aprieta los labios, y sus ojos parecen arder mientras la fulmina con la mirada.

—Está bien —cede por fin, haciéndose a un lado a regañadientes—. Pero tendrás que hacer todo lo que yo te ordene, ¿queda claro? Sin rechistar.

Ella asiente con la cabeza y el Leszy no vuelve a protestar cuando sale tras él a la noche fría e incierta, cubriéndose los hombros con la capa. Tardan cuatro instantes en llegar a Wałkowo. Uno, el Leszy se convierte en ciervo. Dos, Liska se sube a su lomo. Tres, vuelan por el bosque a velocidad vertiginosa. Cuatro, se abre un pasaje en el tronco de un árbol y a través de él se ve un pueblo, se ve el caos.

18

La maniobra de la Driada

El portal del Leszy los escupe a través de un árbol de la plaza de Wałkowo, un mercado pequeño y sucio, abarrotado de escaparates con las contraventanas torcidas. Liska siente cómo el Leszy se transforma en un confuso amasijo de putrefacción y extremidades retorcidas, la toma en sus brazos y la deja en el suelo. Ahora tiene forma humana, aunque no se ha quitado la calavera. Vuelve a ser un espectro de piel pálida.

Los recibe un coro de gritos.

Son las vecinas del pueblo. Hay muchísimas personas a su alrededor corriendo de acá para allá a toda prisa, exclamando preocupadas. Algunas van armadas con hoces o rifles, otras cargan con niños que lloran y la mayoría han salido de sus casas sin haber tenido tiempo de quitarse la ropa de dormir. No hay ni un solo hombre. Resulta evidente que se acaban de despertar, puesto que conforman un remolino de camisones blancos, zapatillas y rostros somnolientos. Tan pronto como ven al Leszy, su actitud se vuelve hermética y vacilante y un escándalo de voces se extiende entre la multitud. Liska incluso oye a una mujer susurrar:

—El hombre pálido está aquí. ¿Eso qué significa?

—¡Silencio!

Una mujer mayor se abre paso a empujones para llegar hasta ellos. Al igual que los libros más antiguos de la biblioteca del Leszy, con la piel arrugada como el papel viejo y los ojos de un blanco lechoso como la cola de encuadernación, la mujer es la mismísima imagen del paso del tiempo. Contempla al Leszy con mirada firme, aunque abre ligeramente los ojos por una fracción de segundo al ver a Liska.

—Guarden silencio, señoras —insiste al tiempo que se apoya sobre el rifle que está sosteniendo—. Ha venido a ayudar.

—¿Qué ocurre, Kazimiera? —El Leszy recorre la multitud con una mirada de súbita comprensión—. ¿Y dónde están todos los hombres?

—Se han ido —solloza una mujer rubia poco mayor que Liska haciéndose oír por encima de los alaridos del bebé que tiene en brazos—. Se levantaron todos a la vez de la cama. No conseguimos detenerlos y...

Como si hubiese estado esperando el momento idóneo, una melodía llega hasta sus oídos desde las afueras de la ciudad. Es un coro de voces femeninas que tejen un tapiz de notas seductoras y suaves caricias. Liska reconoce ese sonido. Una voz similar trató de hacerla caer en una trampa hace semanas, mientras buscaba la flor del helecho.

—Una *rusałka* —susurra.

El Leszy se pone rígido al oírla, pero se dirige a la anciana con voz clara y firme:

—¿Dónde están ahora, Kazimiera?

—Cruzaron el portón hace escasos minutos —responde la mujer—. No tenemos mucho tiempo. La Driada está a un tiro de piedra de aquí. Intentamos detenerlos, pero eran demasiado fuertes. ¿Hay alguna manera de hacer que vuelvan?

El Leszy sacude la cabeza.

—Una vez que han entrado en trance, la única forma que hay de liberarlos es matar a la *rusałka* que los hechizó. —Con un rápido tirón, desenvaina a Wyrok, cuya hoja brilla bajo la luz de los candiles—. Yo me encargaré de ello.

—Iré contigo —dice Kazimiera—. Todavía me queda energía para una última batalla.

Habla con orgullo, como si retase al Leszy a llevarle la contraria. Cuando el demonio profiere un sonido afirmativo, Liska lo mira, sorprendida. Kazimiera debe de tener como mínimo setenta años. ¿Cómo sobrevivirá a un enfrentamiento con los demonios?

Está claro que el Leszy no comparte la preocupación de Liska. Echa a andar por el camino de tierra con Kazimiera a su lado. Liska los sigue de cerca, unos pasos por delante del empuje de las demás mujeres. Muchas rezan y sus susurros vuelan por la ciudad y ahogan la canción de la *rusałka*.

Wałkowo resulta ser una ciudad mucho más grande de lo que aparenta, rodeada por una alta muralla que cuenta con un portón de madera gruesa. Cuando este se abre con un bostezo, se encuentran con los campos de cultivo y las suaves colinas que hay al otro lado, interrumpidas por la masa de árboles negra como la tinta de la Driada. La carretera principal, que es lo suficientemente amplia como para permitir el paso de las carretas, cruza el portón y baja por una suave pendiente hasta un camino que atraviesa el bosque como un túnel.

Por allí caminan los hombres de Wałkowo.

Sus lejanas y funestas siluetas se encuentran a escasos metros del bosque. Se mueven de una forma que resulta terriblemente inquietante: están sumidos en una especie de trance y se tambalean como si los estuviesen arrastrando con una cuerda, con la cabeza bailándoles de un lado a otro y los brazos extendidos.

Entre los árboles, aguardan una decena de *rusałka*. Resplandecen con una espeluznante palidez, se cubren los senos con sus largos cabellos plateados y se aferran, expectantes, a los troncos de los árboles con unas extremidades exageradamente largas. Liska parpadea y es capaz de ver que, tras esa belleza sobrenatural, se asoma su verdadera forma: sonrisas de macabra amplitud, ojos vidriosos y piel flácida.

Le da un vuelco el corazón.

—Son preciosas —murmura una mujer a la izquierda de Liska al tiempo que da un paso al frente.

—Cerrad el portón cuando salgamos —interviene el Leszy al oírla—. Liska, quédate con ellas.

—Pero…

—¡Hazme caso!

Sale corriendo camino abajo junto a Kazimiera, que corrige su postura encorvada y se deshace de unos cuantos de los años que pesan sobre sus hombros. Las ramas se agrupan alrededor del Leszy y, justo cuando el portón está a punto de cerrarse con un crujido, Liska juraría ver cómo Kazimiera hace aparecer de la nada una espada incluso más amplia que Wyrok.

¡Bang! El portón se cierra de golpe y le impide ver nada más. Alrededor de Liska, las mujeres de Wałkowo se mueven de acá para allá, incapaces de estarse quietas. Miran a Liska atentamente, sin saber muy bien qué pensar de ella.

Liska se abraza el torso. Al otro lado del portón, se vuelve a oír la melodía de las *rusałka,* pero, esta vez, otra voz, aguda y suplicante, se alza por encima de la primera. Es la voz de un niño.

—¡Mi hijo está ahí fuera! —exclama la mujer rubia de antes, pese a que sigue teniendo al bebé en brazos.

—No —interviene Liska apresuradamente. Recuerda cómo la *rusałka* de la Driada imitó la voz de su madre—. Lo tienes entre tus brazos. Mira. ¡Mira!

Da un paso adelante para agarrar a la mujer por los hombros y obligarla a que la mire a los ojos. Juntas, bajan la vista hasta el pequeño.

—Está a salvo —susurra la mujer, aliviada.

—Eso es —responde Liska con suavidad, dando un paso atrás.

Un poderoso impulso, un deseo de ayudar, de proteger, nace en su interior con más intensidad que nunca, amplificado por el número de mujeres que la rodean.

—¡Escuchad! —exclama—. ¡Están intentando hechizaros a vosotras también! Si veis que alguna va hacia el portón, detenedla, alejadla de allí y atadla si hace falta.

Pero no será suficiente. Las *rusałka* se aprovechan de los deseos de la gente, de sus miedos.

—¡Seguid rezando! —grita—. ¡Concentraos en las palabras y en nada más!

Toma la iniciativa y comienza a recitar los primeros versos del rosario. Una a una, las demás no tardan en unirse a ella. Dejan de moverse y el llanto de los niños se convierte en algún que otro sollozo ocasional a medida que la aterrada oración se eleva como un cántico.

Desde la distancia, al otro lado del portón, llegan una sucesión de alaridos consternados, y un par de voces abandonan el coro monstruoso. Oyen el impacto de una espada. Un grito que a Liska le resulta familiar. ¿Será el Leszy?

Antes de tener oportunidad de considerarlo, una sonora carcajada vuela por los tejados.

Las plegarias van muriendo en los labios de las mujeres de Wałkowo. Se oye otra risa y todas se sumen en un horrorizado silencio. La sigue otra, y otra, y otra más, como lobos que se van uniendo a un aullido; carcajadas carentes de humor, muertas de hambre. Un hambre voraz, sobrenatural.

La voz que se ríe más cerca de ellas suena justo sobre sus cabezas.

A Liska se le entrecorta la respiración. Sostiene a Onegdaj en alto y se gira hacia el sonido.

Hay un *strzygoń* agazapado sobre uno de los tejados.

Este no es un neófito, sino que está del todo desarrollado. Sus torcidas extremidades están cubiertas por una tensa capa de piel curtida y negra, sus rodillas huesudas e invertidas terminan en unos pies arqueados y de sus manos, similares a las garras de un búho, gotea un veneno negro como la tinta que cae a los adoquines del suelo. Tiene los ojos demasiado grandes y blancos, con las pupilas como alfileres, y una boca retorcida que muestra dos filas de dientes humanos. A lo largo de su espalda, cuenta con una hilera de plumas desiguales que parecen espinas y se ondulan cuando cuadra los hombros.

Liska no ve nada más allá de ella y la criatura.

El *strzygoń* se lanza en picado.

A pesar de estar presa del pánico, Liska consigue recordar las lecciones del Leszy. Se hace a un lado de manera instintiva y esquiva a duras penas el sibilante ataque que el *strzygoń* asesta con las garras. Al aterrizar, queda agazapado en el suelo, se gira a una velocidad sobrehumana y se lanza a por el cuello de Liska. Lo que sucede a continuación es una concatenación de pequeños milagros. Liska lo esquiva, lanzándose a un lado. Milagro. Liska agarra la huesuda muñeca del *strzygoń* y la aleja de su cuerpo. Milagro. Liska entierra a Onegdaj en el cuello de la criatura. Milagro. Sus vértebras ceden ante la hoja de la daga. Milagro.

Ahí acaba su suerte. Liska apenas tiene tiempo de apartarse del cuerpo del *strzygoń* que se desintegra cuando una nueva ola de carcajadas la recibe, mucho más cerca esta vez. La adrenalina bombea con insistencia en sus oídos cuando alza la cabeza.

Hay decenas de demonios agazapados sobre los tejados.

Las mujeres comienzan a gritar. Los *strzygoń* saltan desde los edificios y ni las hoces ni los disparos ni las plegarias los disuaden. Vuelan, se lanzan en picado con las garras por delante y trazan arcos de sangre. A Liska se le hace un nudo en el estómago. Son como terneros yendo de cabeza al matadero, acorraladas dentro de la muralla de la ciudad. La Driada las ha engañado, ha alejado al Leszy y a Kazimiera y ahora se va a desatar una carnicería.

Todas estas personas van a morir y Liska es su única esperanza.

Eso es todo cuanto necesita para pasar a la acción. Se recoge las faldas y se abalanza a toda velocidad sobre el demonio más próximo, que le está clavando las garras en el hombro a una mujer. La magia encerrada en el pecho de Liska despierta y se lanza contra sus costillas para exigir ser liberada. Cada golpe bombea un torrente de energía por sus venas.

Las garras del *strzygoń* van directas hacia ella, pero se las cercena con un corte de Onegdaj antes de clavarle la daga en el cuello y girarse para ir en busca del siguiente monstruo sin que al primero le dé tiempo a desintegrarse. Salta delante de un niño que grita, lo aparta de un empujón y le asesta una patada al *strzygoń* que cargaba directo hacia el pequeño. La criatura trata de desgarrarle el abdomen a Liska, pero ella le inmoviliza la muñeca con un brazo y aprovecha para apuñalarlo con Onegdaj en el pecho. Cuando el monstruo se dobla de dolor con un alarido, Liska le entierra el arma en la nuca hasta la empuñadura. Esta vez, el demonio se disuelve poco a poco, con Onegdaj clavada en una de sus vértebras. Cuando Liska libera la daga, el *strzygoń* le lanza un último zarpazo desesperado.

El tiempo parece ralentizarse. Liska retrocede, pero es demasiado tarde: las garras de la criatura alcanzan su objetivo y marcan su hombro y su clavícula con tres brutales incisiones.

El estallido de dolor es tan intenso que hace que se desplome sobre las rodillas.

—¡Levántate! —grita alguien.

Es la mujer rubia, que la agarra del brazo y tira de ella para ponerla en pie con una sola mano, ya que en la otra sostiene una hoz.

Liska se tambalea y por poco vuelve a derrumbarse cuando otra vecina la ayuda a sostenerse. Ante ellas, una mujer grita el nombre de su pequeña, atrapada en una marea de personas asustadas. La mujer rubia se pone delante de Liska cuando otro *strzygoń* ataca y lo empala con su hoz justo cuando la criatura se abalanza sobre ellas. Sin embargo, no es suficiente para acabar con el monstruo y la madera se astilla cuando el *strzygoń* se libera de las púas de la herramienta, listo para volver a atacar.

El dolor hace que Liska se mueva despacio, demasiado despacio. La mujer rubia grita, pero se interrumpe con un borboteo cuando las garras del demonio le desgarran el cuello. Se desploma a los pies de Liska y se convulsiona una única vez mientras la sangre brota a borbotones de la herida. Su mirada se apaga, su cabeza cae y yace muerta, muerta, muerta.

Liska no ha estado a la altura.

Sus esfuerzos no han sido suficientes.

Va a morir, pero aceptó su destino meses antes, cuando se adentró en la Driada en busca de una leyenda. A estas mujeres no les han dado esa opción. El destino simplemente decidió que el bosque se cobraría su vida y así ha sido. No hay nada que Liska pueda hacer.

No. Todavía queda un último recurso, pero no debería confiar en él, no puede.

Las mariposas. Esas criaturas desesperadas que le golpean las entrañas y ahogan las punzadas de dolor que siente en la clavícula. Con un jadeo de frustración, Liska se abraza el pecho. En un primer momento, se debate contra la caótica magia que se desborda por su piel, pero se detiene. Quizá ese caos sea justo lo que necesita ahora mismo. Tal vez sea suficiente para detener a los *strzygoń* y, como mínimo, servirá como distracción.

¿Te acuerdas de lo que hiciste la última vez?, susurra su mente. *Si la liberas, te convertirás de verdad en un monstruo.*

—Pues que así sea —gruñe entre dientes mientras la sangre le corre por el brazo—. Seré un monstruo.

Siente que se rompe en mil pedazos. Una pálida luz azul brota de su pecho, de su corazón. Fluye por sus venas, dibuja la silueta de sus huesos contra la piel y la envuelve en un halo de luz brillante. Y de su pecho, con un rotundo estruendo, brota una explosión de mariposas.

Miles de ellas, una avalancha de alas, luminosidad y poder, azul como las flores silvestres, los arroyos poco profundos y los gélidos cielos de primavera. Son criaturas de una delicadeza extrema, pero también siervas de la destrucción.

«Para los *czarownik*, todo tiene alma».

La consciencia de Liska se expande. A través de sus poderes, es capaz de sentir el flujo de poder que lo atraviesa todo, que liga cuerpos y almas con el tamborileo de una magia inmaculada. El plano intermedio… está en todas partes y, por primera vez en su vida, lo entiende. En la tierra, bajo sus pies, hay almas, semillas y raíces que puede manipular para hacerlas crecer. Pero cuando trata de entrar en contacto con ellas, estas se resisten con la tozudez de una montaña. Aunque ahí… ¡Sí! Percibe el pozo del pueblo. El agua que contiene la llama. Es una criatura sencilla, un ente dormido, vasto como el océano.

«La magia es el arte de manipular las almas, de pedirle a los objetos que se conviertan en otros».

Las mariposas se lanzan en picado al interior del pozo. Liska siente que una parte de ella la abandona cuando va a buscar el agua con su magia y se le entrecorta la respiración por el esfuerzo. En respuesta, algo se despierta y se sacude bajo su contacto. Es el agua, que está lista para recibir sus órdenes. En la superficie, la batalla sigue en pleno apogeo.

Sin embargo, el agua no es ningún arma. Es un líquido, no algo sólido. La tiene bajo su control, pero ¿cómo podría usarla?

«Yo solo les doy una orden».

Liska mueve las manos de manera instintiva, como si fuese a moldear un hechizo. Imagina que unas flechas atraviesan a los *strzygoń* y que estos caen uno a uno antes de pronunciar una orden en lengua divina.

—*Conviértete en mi arma.*

Un géiser emerge del pozo. Sus aguas cristalinas se retuercen, braman con un brillo diamantino y se solidifican, creando zarcillos de hielo que se enroscan y restallan por la plaza como los tentáculos de una bestia marina. Acaban en puntas afiladas y letales que buscan un único objetivo: los *strzygoń*.

Los zarcillos de hielo atraviesan el cuerpo de los demonios donde pueden. En el cuello, el pecho, el cráneo. Ahora que Liska ha formulado su hechizo, este queda fuera de su control y el agua acata su orden como mejor sabe. La devastación que siembra es hermosa a su manera, un caos resplandeciente que llega a su fin tan rápido como se desata. En cuanto todos los demonios yacen en el suelo y la magia se agota, los zarcillos de hielo se hacen añicos y caen con un chapoteo. El agua vuelve a ser agua.

Liska se desploma contra el muro que tiene a su espalda y respira con demasiada dificultad, desprovista de la energía que requieren sus hambrientos pulmones. Ante ella, las estrechas calles de Wałkowo están plagadas de cadáveres y la sangre mancha las paredes como oscura miel. Ha conseguido abatir a los *strzygoń*, que se disuelven entre gritos y convulsiones.

Hay un niño en mitad del caos que no debe de tener más de once o doce años. Está llorando. Liska quiere llamarlo para que vaya con ella, pero está demasiado débil y el muchacho enseguida se desvanece en la oscuridad. El portón está abierto —¿cuándo ha ocurrido eso?— y Kazimiera aparece al lado de Liska con un brillo de preocupación en sus ojos blanquecinos.

—¡Eliasz! —exclama—. Está aquí.

Liska lo ve todo a través del velo del dolor. Cada minuto amenaza con hacer que se adentre más en los dominios de la inconsciencia. Cuando el Leszy llega hasta ellas, es como si la luna emergiera de entre las nubes en la turbia medianoche. Sostiene a Wyrok en la mano, manchada de goteante sangre negra de demonio. Al ver a Liska, envaina la espada y se arrodilla a su

lado. Se quita la calavera de ciervo que le cubre el rostro y evalúa a Liska con ojos agotados.

—Liska —dice, apremiante—. Liska, ¿qué has hecho?

—Lo siento. —Se disculpa de forma automática; su voz se
desdibuja como el humo en cuanto habla—. Solo intentaba
ayudar.

—Y eso has hecho —interviene Kazimiera, que mira a su alrededor—. Lo has hecho bien, niña. Ahora, quédate quieta.

La anciana tira de la capa de Liska y la aparta para dejar al
descubierto los arañazos del *strzygoń*. Las heridas son profundas, grotescas, y de ellas brota una sangre espesa como el siro-
pe. La piel que queda a su alrededor se ha vuelto de un negro
ponzoñoso.

El Leszy abre mucho los ojos, y el sonoro jadeo que escapa
de sus labios resuena como una sentencia. *Herida de muerte*, piensa Liska con un distante tono divertido. Qué irónico que al final
haya sido un demonio quien la mate.

—¿Crees que la poción la ayudará? —pregunta Kazimiera
con tono urgente.

—No. No funcionará con ella. Mi cuerpo está más cerca del
de un espíritu que del de un humano. Yo puedo hacerle frente al
veneno con mi magia, pero los mortales… —Pese a la oscuridad
que le nubla la visión, Liska ve que traga saliva—. Los mortales
no tienen nada que hacer. A no ser que… —Se yergue súbita-
mente—. A no ser que lo transfiriese a mi propio cuerpo.

—Eso es imposible —lo interrumpe Kazimiera—. El veneno
corrompe el alma y el cuerpo al mismo tiempo. Nadie puede manipular el alma de otra persona.

—Tengo que intentarlo —dice con tono crispado—. No me lo
perdonaría si no lo hago.

Le acaricia la mejilla y Liska siente sus dedos como si fueran
llamas, como si fueran esquirlas de hielo, como la luz al final de
una noche eterna.

—No te duermas, zorrillo. Necesito que me dejes entrar,
como hicimos con el hechizo para la lectura del alma, ¿de
acuerdo?

Kazimiera lo agarra del brazo.

—Es imposible, Eliasz. ¡Eliasz!

El Leszy se la quita de encima sin apartar la mirada de la de Liska.

—¿De acuerdo?

Hasta mover la cabeza para asentir le resulta doloroso. Siente el cuerpo como un peso muerto cuando el Leszy la toma en brazos mientras ignora las protestas de Kazimiera. Acuna el rostro de Liska entre las manos y, cuando su magia se extiende por su piel, su contacto errático resulta casi un alivio. La joven siente que su cuerpo se le escapa entre los dedos y pierde rápidamente la consciencia. Los recuerdos vuelan por su mente, pero esta vez el Leszy los esquiva. Su poder se adentra más en la mente de Liska en pos de algo, algo concreto. Por un brevísimo instante, una diminuta eternidad, la magia de ambos se convierte en una y sus almas se entrelazan.

Cuando el Leszy encuentra lo que busca —una oscuridad que se extiende desde el hombro de Liska y devora la luz de sus pensamientos y la fuerza de sus extremidades—, da un fuerte tirón.

19

El bosque no puede quedarse
sin un guardián

El dolor es como un fuego descontrolado. Prende y entra en erupción como una llamarada al rojo vivo que abrasa los brazos y piernas de Liska. Remite igual de rápido cuando la magia del Leszy se desata como un aguacero para apagarlo. El problema es que el dolor, a diferencia de una llama, no se extingue. Sabe que el Leszy lo ha absorbido. Lo oye gruñir de agonía y siente que se aferra a ella sin pretenderlo, aunque su contacto es delicado, ancla a Liska a la realidad y la devuelve a la vida al sacarla de las profundidades de la venenosa oscuridad.

La consciencia de Liska es un bloque de hielo y se le resbala de entre los dedos una y otra vez. Entra y sale de la conmoción mientras su cuerpo intenta sucumbir a las tinieblas, pese a que su mente se aferra a la realidad. Siente un dolor de mil demonios en el hombro y, por encima de su cabeza, oye unas voces apagadas:

—Ha… ha funcionado. —Es Kazimiera la que habla, perpleja—. ¿Qué es lo que has hecho, Eliasz? ¿Cómo has…? Madre de Dios, ¿qué significa esto?

—Significa que vivirá —responde el Leszy con un sorprendido alivio.

Se quedan en silencio y le suelta el hombro a Liska para buscar algo a tientas. Lo oye dar un trago —seguramente esté bebiendo una de sus pociones— y, luego, siente cómo se mueve bajo su peso.

—Para —espeta Kazimiera—. He notado la enorme cantidad de energía que has tenido que gastar para hacer lo que sea que acabas de hacer. Como utilices una sola gota más, caerás rendido.

—Puedo soportarlo, Kazimiera.

—Lo único que serás capaz de soportar ahora es una buena siesta —lo regaña la anciana—. Además, ambos sabemos que aquí la sanadora más poderosa soy yo. No comprendo por qué te pones tan a la defensiva.

—Solo estoy siendo pragmático.

—Claro y supongo que es justo ese pragmatismo lo que está haciendo que te tiemblen las manos.

Un silencio.

—Está bien. Hazlo, pero date prisa. No soporto los lloriqueos del vulgo.

En la voz del Leszy, se aprecia una cierta tirantez, una profunda pena que lucha por librarse de su sarcástica fachada.

—Alejémosla primero de todo este caos —dice Kazimiera—. Ven. Mi casa no está muy lejos de aquí.

Liska no opone resistencia alguna cuando el Leszy la levanta del suelo como si no pesara nada. Está tan desorientada que ni siquiera puede sostener el peso de su cabeza, que cae una y otra vez contra el pecho fresco y tonificado del Leszy. Todavía huele a la batalla, a hierro y a sudor, y, aunque es casi imperceptible, al aroma a tierra de la Driada. Liska se aferra a ese olor, se empapa de él y se deja llevar hasta que la oscuridad la encuentra.

Un recuerdo: Marysieńka se acerca corriendo a ella tras la misa del domingo, entrelaza su brazo con el suyo y la arrastra hacia el muro de piedra que rodea San Jerzy, la humilde capilla del pueblo. Pasan por delante de un grupo de vecinas que chismorrean alegremente, reunidas como una bandada de coloridas aves con sus faldas de flores, sus pañoletas de intensos colores y sus collares de cuentas rojas. Liska se choca con la mujer del molinero y se gira para disculparse con un sentido «¡Lo siento mucho!» antes de que Marysieńka la obligue a atravesar la verja de hierro en dirección a la plaza del pueblo con un empujón.

—Por Dios, Maryś, ¿qué te pasa? —exclama Liska.

Esa energía desmedida no es rara en ella, pero a su prima nunca le tiemblan tanto las manos.

—Tengo que contarte algo —dice—. Mi madre estaba difundiendo la noticia por todo el patio de la iglesia, pero quería que lo supieras por mí.

—Pues dime —le pide Liska, muerta de curiosidad.

—Estoy prometida.

Liska se atraganta con una bocanada de aire gélido.

—¿En serio?

La verdad es que no debería sentirse sorprendida. Tienen diecisiete años, las dos están en edad de contraer matrimonio y ya han estado cuchicheando acerca de los pretendientes que, a juzgar por las miradas coquetas que les han lanzado en plena misa y las flores que les han regalado torpemente junto al pozo de Stodoła, sospechan que tienen. Pero nunca habían sido más que cotilleos inocentes. Con esto... con esto la situación se hace demasiado real.

—¿Y no me dijiste nada? —exclama Liska—. ¿Con quién? —Cuando Marysieńka aparta la mirada, una muestra de timidez nada propio de ella, vuelve a exclamar—: ¡Maryś!

—C-con Tomasz —escupe su prima sin apartar la mirada de sus botines de tacón, incapaz de mirar a Liska a los ojos—. Con Tomasz Prawota.

A Liska le da un vuelco el corazón. Escudriña concienzudamente el rostro serio de Marysieńka para asegurarse de que no le esté gastando una broma pesada, pero no tiene suerte.

—Maryś...

—Lo sé —dice su prima—. Sé lo que estás pensando. Por eso no te dije que me estaba cortejando. Pasó... pasó todo muy deprisa. Pero te juro que no es tan malo como aparenta una vez que lo conoces. Además, su familia tiene muchas tierras y... y, ya que tendré que acabar casándome con alguien de todas maneras, prefiero hacerlo con un chico que me ofrezca estabilidad y...

—Pero… —Liska levanta la cabeza intentando obligar a Marysieńka, que es más alta que ella, a mirarla a los ojos—. ¿Y qué pasa con la ciudad?

—¿A qué te refieres? —pregunta con brusquedad.

—¡Era tu sueño! Salir del pueblo a vivir una aventura. Si tomas esta decisión…

—¿Te crees que no lo sé? —Un fuego brilla en la mirada de Marysieńka y Liska se da cuenta de que su prima está tan afligida como ella—. Pero ya está todo organizado y, en cualquier caso, no podría haberme permitido mudarme a la ciudad sin un marido que me mantenga. ¿Crees que alguien estaría dispuesto a darle trabajo a una mujer que llega sola desde la frontera con los bolsillos vacíos? —Marysieńka sacude la cabeza y las trenzas que lleva atadas con dos lazos acompañan el movimiento—. No, Liska, esta es mi única opción. A lo mejor, un día, consigo convencer a Tomasz de que se mude a la ciudad conmigo, pero, hasta entonces…, no puedo hacer más. —Le ofrece una sonrisa de disculpa a Liska—. Pero, bueno, ha madurado mucho desde que éramos pequeños. Ahora es encantador.

—Te creeré cuando lo vea, Maryś. Tú no has visto las miradas asesinas que tanto él como su madre me han estado lanzando en la iglesia hace un momento. Fue como si esperasen que me fueran a crecer unos cuernos en la cabeza.

Marysieńka se cruza de brazos en actitud defensiva.

—¡Eso es solo porque se lo ha inculcado su familia! La *pani* y el *pan* Prawota son los dos muy tercos y nunca dejan que Tomasz les lleve la contraria. Pero yo haré que cambie de parecer, Liska, ya verás. Conmigo siempre es un verdadero encanto.

En lo más profundo del espacio vacío que tiene bajo las costillas, Liska sabe que Marysieńka le ha contado dos mentiras. Aun así, quiere que su prima sea feliz. Quiere creer que todo saldrá bien.

Ese es su primer error.

Cuando Liska vuelve a despertar, está tumbada sobre un colchón de paja, en una cabaña poco amueblada de una sola habitación.

Kazimiera, bañada por una extraña luz dorada, se cierne sobre ella y le cubre las heridas con las manos extendidas. Liska se estremece con un jadeo. Siente como si su piel hubiese cobrado vida y se retorciese bajo su contacto, enviando punzadas de dolor a lo largo de su brazo.

—Ya sé que no es una sensación agradable —dice la anciana—, pero ya casi he terminado. Intenta permanecer quieta un poquito más.

—Es usted una bruja —consigue decir Liska con voz ronca mientras se le acelera el pulso.

—Sí —resopla Kazimiera—. He sacrificado a cuatro hombres vírgenes para curar tus heridas. ¿Qué le has estado enseñando a la pobre chica, Eliasz?

—Se crio en un pueblo pequeño —interviene el Leszy arrastrando las palabras desde algún rincón de la cabaña que Liska no alcanza a ver—. Son bastante supersticiosos.

—N-no... —Liska se esfuerza por explicarse mejor, pero otro pinchazo de dolor le recorre el brazo. Se da cuenta de que es una sensación similar a la del hechizo de curación del Leszy, aunque multiplicada por diez—. Lo que quiero decir es que eres una *czarownik*. Una mujer *czarownik*. Me habían dicho que... que las mujeres que usan la magia se vuelven locas.

Pese a todo lo que ha aprendido, no deja de darle vueltas a ese detalle del sermón del padre Paweł. Ver a Kazimiera recurrir a la magia con tanta facilidad le da... esperanza. Es una prueba de que existe la posibilidad, por muy remota que sea, de que algún día ella también consiga controlar sus poderes.

Kazimiera, sin embargo, pone mala cara.

—En este mundo todo cambia, salvo las costumbres de los hombres —dice con la voz cargada de veneno—. Cuando tuve acceso a mis poderes por primera vez, a mí me dijeron lo mismo. ¿Sabes por qué? —No espera a que responda—: Porque la magia que se manifiesta en las mujeres es, por naturaleza, más potente que la de los hombres. Sí, también nos hace más susceptibles a perder el control cuando somos pequeñas, pero, al alcanzar nuestro máximo potencial..., somos imparables. Los hombres nunca habrían permanecido al mando de habernos permitido prosperar. Por eso, difundieron rumores falsos y se negaron a dejarnos ser sus aprendices, y así hemos acabado. —Chasquea la lengua—. Debería haberme hecho con el trono de Orlica y haber puesto fin a estas tonterías yo misma. Estoy segura de que habría conseguido evitar un par de guerras por el camino.

—Veo que el paso de los siglos no te ha hecho perder el gusto por el melodrama —comenta el Leszy.

Kazimiera le lanza una mirada que podría haber marchitado la Driada entera.

—Siglos —interviene Liska, que intenta reconducir la conversación—. ¿Cómo ha vivido tanto tiempo, *pani*?

—Gracias a la magia, querida niña —responde—. Existen hechizos y rituales capaces de mantenernos con vida siempre y cuando no recibamos una herida mortal. Si eres quien yo creo, los aprenderás a su debido tiempo. —Vuelve a mirar al Leszy—. Es tu aprendiz, ¿verdad?

—Es mi ayudante —replica el demonio con aspereza—. Hicimos un trato.

—Ayudante. ¡Bah! —Kazimiera agita una mano—. No me creo que hayas desafiado las leyes de la magia por una mera ayudante, Eliasz Kowal.

¿Desafiar las leyes de la magia? Liska apenas se acuerda de nada después de haberse derrumbado, pero recuerda el tono de resignación en la voz de Kazimiera cuando dijo: «Es imposible». El Leszy le salvó la vida al hacer algo que la anciana consideraba imposible. Cómo no. El demonio siempre va un paso por delante de los demás, siempre oculta algún secreto. Si salvó a Liska fue porque quiere hacerse con sus poderes, nada más.

Aun así, no logra evitar sentir una chispa en su interior.

—Eliasz —repite para probar la sensación de su nombre en los labios. Fluye como la seda por su lengua, como la lluvia que cae sobre las hojas de los árboles—. ¿Es ese tu verdadero nombre, Leszy?

—Uno de muchos —confirma Kazimiera, divertida—. Eliasz Kowal, el Guardián Blanco, señor del bosque de los espíritus y blablablá. Ha tenido muchos títulos y cada uno de ellos es más extravagante que el anterior.

El Leszy resopla con desdén.

Kazimiera baja las manos y estira la espalda.

—Ya está, niña. No puedo hacer más. —Evalúa su trabajo y aprieta los labios, disgustada—. Me temo que la cicatriz se niega a desaparecer.

Liska se arma de valor para mirar la herida. En algún momento, Kazimiera debió de quitarle la capa y las prendas de exterior, porque solo lleva la falda y la delicada camisa de lino, destrozada gracias a las garras del *strzygoń*. Le han lavado la piel para ver mejor la herida, o lo que queda de ella: tres cicatrices en relieve le cruzan el hombro y la clavícula, aunque la más larga le llega hasta el esternón. Son grotescas, y el instinto le pide que se las cubra, preocupada por que los vecinos decidan que es fea.

El Leszy se acerca a ella. Él también le mira las cicatrices, pero su rostro no muestra ni rastro de repulsión. En realidad, casi parece... fascinado. Antes de que ninguno de los dos pueda decir algo, Kazimiera se limpia las manos en el delantal.

—Tengo que ir a ver cómo se encuentran los demás. Alguien ha salido a caballo para ir a buscar a un médico a la ciudad más cercana, pero tardará un día como mínimo en regresar.

—Yo puedo ayudar —se apresura a decir Liska, que se incorpora sobre los codos—. Mi madre es sanadora y sé apañármelas con los ungüentos.

Al levantarse, se ve embestida por una ola de nauseas que pone el mundo patas arriba. De no ser por el Leszy, por poco se habría caído de la cama.

—Tú no te vas a mover de aquí, zorrillo.

—Y tú tampoco, Eliasz —interviene Kazimiera—. Me conozco muy bien esa tendencia tuya a convertirte en un mártir. Lo que ambos necesitáis es descansar y recuperar fuerzas, así que nada de magia. —Se echa un desgastado chal de flores sobre los hombros—. Y ni se os ocurra rechistar.

Sale de la choza envuelta en un remolino de las borlas del chal y cierra de un portazo. Al quedarse solos, el ambiente entre Liska y el Leszy se vuelve tenso, cargado de preguntas silenciosas y acompañado del chisporroteo de la savia que se calienta en la chimenea encendida. Al otro lado de las contraventanas torcidas de la casita, el amanecer desgarra el cielo con sus garras plateadas, mientras que la brisa mece un *pająk* —un móvil decorativo hecho con flores de papel y paja— de adelante atrás sobre la mesa.

Es Liska quien habla primero para romper el silencio.

—¿Qué ocurrió ahí fuera, Leszy?

La pregunta parece restarle años de vida.

—Ha sido una especie de maniobra. —Se sienta en el suelo a los pies de la cama de Liska, con una rodilla contra el pecho y la otra pierna extendida—. Los demonios están... cooperando. Las *rusałka* atrajeron a los hombres para que salieran del pueblo mientras los *strzygoń* salían furtivamente del bosque para atacar a las vecinas vulnerables que quedaron atrás. Encontré la grieta por la que atravesaron mis hechizos de protección.

Echa la cabeza hacia atrás y los mechones blancos que se le escapan de la improvisada coleta le caen sobre la frente. Liska siente el extraño impulso de apartárselos de los ojos, pero cierra los puños sobre el regazo para resistir la tentación.

—Han pasado... unos cuantos siglos desde la última vez que sucedió algo así. Pero... no, este ataque ha sido peor. Mucho peor que el anterior. Había tantísimos demonios... Kazimiera y yo apenas pudimos contenerlos. Y tú... —Debe de estar prácticamente delirando de cansancio porque sus facciones se suavizan cuando la mira—. Nos salvaste, zorrillo atolondrado.

Liska se frota las cicatrices del hombro.

—Ni siquiera sé qué es lo que hice.

—Por lo que me contaron las mujeres, convertiste el agua del pozo en otra cosa. Algunas dicen que eran flechas, mientras que otras aseguran que eran zarcillos. Independientemente de eso, no fue un estallido de magia fortuito. —Se gira hasta quedar de rodillas, con el rostro inclinado hacia arriba—. Nunca me había topado con una criatura tan absurda e impetuosa como tú —murmura—, pero lo conseguiste. Liberaste tu magia.

—No sé —responde ella, que se mira las manos.

Por primera vez desde que lanzó el hechizo, analiza su interior y busca ese poder que solía sentir como un aleteo en el pecho.

El que se desvaneció después de... lo que hizo. Lo que encuentra es un inmenso y desolador vacío. Fuera lo que fuese lo que liberó durante la batalla, ha vuelto a retirarse.

—F-funcionó, Leszy —dice, abatida—. La tuve bajo mi control por un instante, estoy segura de ello. Pero ahora... ya no la siento. Vuelve a estar como antes.

Se forma una arruga entre las cejas del Leszy, pero, si está preocupado, lo disimula bien.

—No te inquietes. Si la has recuperado una vez, podrás hacerlo de nuevo. Está claro que solo necesitas el empujoncito adecuado.

—¿Y si ese empujoncito resulta ser la muerte? —susurra—. ¿Y si solo sirvo para destruir?

Se sorprende al oírlo reír entre dientes.

—Venga ya. ¿Te das cuenta de que sacas a las arañas de casa porque no te ves capaz de matarlas? ¿De que habrías intentado hacerte amiga de un perro fantasma si yo no lo hubiese desterrado? No me hagas reír.

De alguna manera, se las arregla para consolarla con sus burlas. Por un instante efímero, mucho más breve que el tiempo que tarda en caer una gota de lluvia o en oírse el trino de un pájaro, se siente reconocida. Darse cuenta de que es posible que el Leszy la conozca mejor que nadie le resulta perturbador. La conoce mejor que mamá, mejor que tata, mejor incluso que Marysieńka.

El recuerdo de su hogar hace que se le venga una repentina pregunta a la cabeza: ¿y si se enteran en Stodoła de lo que ha pasado aquí? ¿Y si se enteran de que la vieron colaborar con un demonio?

—¿Qué ocurre? —pregunta el Leszy.

Liska le transmite sus preocupaciones, pero él sacude la cabeza para tranquilizarla.

—El tuyo no sería el primer suceso extraordinario que se da en este pueblo. Está tan próximo a la Driada que suele ser un alto en el camino para quienes atraviesan el bosque, así que los vecinos están familiarizados con ataques demoniacos, posesiones y todo tipo de extrañas demostraciones mágicas.

—Y contigo —añade Liska al recordar la forma en que las mujeres reaccionaron a la llegada del Leszy—. Te llamaron «el hombre pálido».

—Para ellos soy un presagio, aunque no sé muy bien de qué, ya que solo vengo al mercado para abastecerme de huevos y queso.

—Está claro que eres el mal augurio que anuncia el déficit de huevos y leche.

—Desde luego —responde el Leszy, impasible—. En cualquier caso, Kazimiera es una mujer respetada en Wałkowo. Hará todo cuanto esté en su mano por assegurarse de que lo ocurrido esta noche no salga de aquí.

Liska piensa en la anciana *czarownik*, en el poder dorado que irradiaba y en la espada que se materializó en su mano.

—¿Por qué no te ayuda ella a cuidar de la Driada? —pregunta—. Me refiero a Kazimiera.

El Leszy aparta la mirada.

—Porque no es lo suficientemente poderosa. Nadie lo es. Creé ese bosque con mi magia, con mi alma, y una parte de mí reside en cada árbol y cada helecho. Nadie más puede moverse por la Driada o comunicarse con ella como yo. —Se frota distraído una mancha de sangre en la mejilla—. Por mucho que entrene a mis aprendices, ellos nunca contarán con esa conexión. Mi existencia comienza y acaba en la Driada, y así será para el resto de la eternidad. El bosque no puede quedarse sin un guardián.

Inspira entrecortadamente y se inclina para recoger la máscara de calavera que había dejado contra la pared. Cuando se apoya sobre la cama para tratar de ponerse en pie, Liska se fija en el brillo de las heridas recién curadas que le cubren los antebrazos.

—Tú no eres un demonio.

No sabría señalar el momento exacto en el que se da cuenta de ello. Tal vez lo supo desde el principio o quizá el Leszy tuvo que llegar a salvarle la vida para verlo.

—Necesitas alimentarte y descansar y no eres invencible. No eres un demonio, Leszy.

Deposita suavemente la calavera sobre la cama y ceja su empeño por incorporarse.

—No al uso, no —admite—. Para convertirse en demonio, primero hay que morir y yo no lo he hecho. Una parte de mí sigue siendo mortal, aunque sospecho que es bastante pequeña.

Liska aprieta los labios mientras lo estudia: cabellos desprovistos de color, astas melladas. «¿Cómo acabaste así?», desearía preguntar, aunque sabe que no le responderá. Al menos, de momento. Es posible que nunca lo haga, pero existen otras maneras de desentrañar tales misterios.

Centra su atención en la máscara y extiende la mano hacia ella. El Leszy no la detiene y, cuando posa los dedos sobre el hueso, Liska descubre para su sorpresa que la fría superficie vibra, cargada de magia.

—Entonces ¿por qué llevas esto? —pregunta Liska—. ¿Por qué finges no tener nada que ver con el mundo humano?

El Leszy cierra los ojos y deja de luchar contra el cansancio, que se apodera de sus facciones.

—Si parezco un monstruo, nadie se sorprenderá cuando actúe como tal —dice con brusquedad.

A Liska se le forma un nudo en la garganta. Sin saber del todo qué pretende, aparta la mano de la calavera para acariciarle el rostro, siguiendo la sangre que le mancha la mandíbula. Como está arrodillado, su rostro queda a la altura del de ella, lo que le permite apreciar las motitas doradas que hay en las profundidades de sus verdes iris, así como el diminuto lunar que tiene bajo el ojo derecho. Verlo así casi la deja muda y tiene que obligarse a poner sus cuerdas vocales a funcionar.

—No creo que seas un monstruo.

Una sonrisa amarga comienza a dibujarse en los labios del Leszy, pero Liska le toca una de las comisuras de la boca con el pulgar.

—Lo digo en serio, Eliasz —insiste.

—*Oj*, Liseczka.

Sus palabras escapan con un suspiro que Liska siente en la mejilla. El Leszy acerca el rostro al de ella, tanto que casi se tocan la frente. Tiene los labios ligeramente entreabiertos, delineados por la tenue luz. Liska solo tendría que inclinarse, levantar un poco la barbilla y...

—¿Qué estoy haciendo? —se pregunta el Leszy.

Se aparta con brusquedad y se pone de pie. Tiene las pupilas dilatadas y sus ojos están cargados de emociones que Liska no alcanza a identificar. El Leszy se pasa una mano por el pelo y se atusa la *sukmana*.

—Creo que ya es hora de que me marche —dice, cortante—. Me despido de ti por un tiempo, Liska Radost.

20

Antiguos dioses

—Espera, ¿qué? —tartamudea Liska—. ¿Adónde vas?

El Leszy tiene una expresión hermética, resuelta.

—Me dispongo a recorrer el perímetro de la Driada y comprobar yo mismo todos los hechizos de protección. Tengo que asegurarme de que jamás vuelva a darse otro incidente como el de hoy.

—¡Entonces déjame acompañarte! —exclama Liska—. Ahora que ya tengo algo de experiencia, puedo...

—No.

Esa única palabra resuena como el martillazo de un juez. *No.* Parte una de las puntas de sus cuernos con una fuerza desmedida, acompañada de un chasquido similar al de un hueso al romperse. Hechiza el pedacito en un susurro y lo coloca en la mesilla de noche.

—Esto abrirá un portal que te conducirá hasta la Driada. Toca el árbol de la plaza con él mientras piensas en la Casa bajo el Serbal y te dejará ante la verja de entrada. Yo volveré en una semana.

El Leszy se pone la máscara. Enseguida, recoge a Wyrok, se encamina hacia la puerta y sale a la calle, agachándose para cruzar el umbral. Una brutal ráfaga de viento cierra tras él.

Liska se tambalea al borde de la cama, febril y desorientada. ¿Está loca? ¿Cómo ha podido pensar tan siquiera en besarlo? Es un *czarownik* de setecientos años. ¡Tiene cuernos! ¡Apenas es humano! Aun así, siente un intenso dolor en el pecho, no solo por las heridas, sino por el reciente deseo que ha nacido en su interior. No puede dejarla atrás así. Necesita saber qué significan el uno para el otro, asegurarse de que no ha imaginado la dulzura de su voz o el anhelo en su mirada.

Afuera, el día ha salido victorioso en su propia batalla, lóbrego, magullado y oliendo a miedo. Liska se resbala al cojear en dirección al mercado por las calles de Wałkowo, pegajosas por la sangre y corroídas por los restos de los *strzygoń*. El viento aúlla un réquiem y ahoga los sollozos de los vecinos que se encargan de los últimos cuerpos que quedan en la calle. La mayoría no le presta atención a Liska, pero unos cuantos se giran al verla pasar y le dan las gracias con la voz rota en un susurro.

No tarda demasiado en encontrar al Leszy. Su cornamenta se alza por encima de la multitud mientras se abre camino en dirección al árbol del portal por el que llegaron al pueblo: un arce medio seco con las ramas nudosas y desnudas. A su alrededor, hay varias tiendas destrozadas, con los delicados toldos desgarrados, las ventanas rotas y los rótulos manchados de sangre o torcidos. A Liska se le forma un nudo en la garganta, pero, antes de que pueda avisar al Leszy de que lo ha seguido, otra persona se acerca a él. Es Kazimiera, que avanza con una furiosa firmeza y se lleva las manos a las caderas cuando se detiene. Le dice algo al Leszy en voz baja. Sea cual sea la respuesta de él parece alterar a la anciana porque le espeta:

—Tu cuerpo está agotado, Eliasz, y tu alma, también. Partir ahora sería peligroso.

—Lo peligroso es que me quede aquí —replica el Leszy—. Lo del ataque no fue ninguna anomalía aislada, Kazimiera. Están cooperando. Los demonios no son capaces de hacer algo así, no por sí solos. Ha tenido que ser cosa de Weles. Estoy seguro de ello. Se ha aprovechado de que el bosque ha estado alterado desde la llegada de la chica. —Se coloca bien a Wyrok en el costado y apoya una mano sobre el pomo—. En cualquier caso, coordinar un ataque de tal magnitud ha debido de costarle una buena parte de su energía. Con un poco de suerte, tardará semanas en recuperarse. He de hacer esto ahora, mientras está débil. —Da un paso hacia la otra *czarownik*—. Cuida de ella.

—¿Que cuide de…? —Kazimiera entrecierra los ojos lecho-sos—. Ah. Ya veo lo que ocurre aquí. ¿Es que no has aprendido todavía que huir de los problemas nunca soluciona nada?

—Si la memoria no me falla, creo que fui yo quien te dijo eso a ti —puntualiza el Leszy—. No te extralimites, querida.

—¡Entonces deja de comportarte como un necio!

—Eso es justo lo que está provocando a Weles. No cometeré el mismo error que cometí con Florian.

—No es el mismo caso —asegura Kazimiera—. Ella es dife-rente.

—Eso da igual. —El Leszy baja la voz hasta que a Liska le resulta casi imposible discernir sus palabras y habla con tono cortante y amenazador—. ¿De verdad crees que a Weles le im-porta? Es un niño petulante que se ha despertado solo para dejar todos sus juguetes por ahí y entretenerse viendo cómo yo se los recojo. No me quedaré tranquilo hasta que haya puesto fin a este asunto.

Kazimiera aprieta los labios.

—Llegará un momento en que tendrás que hacerle frente a ese demonio tuyo, Eliasz.

Él deja escapar una amarga carcajada.

—Cuando ese día llegue, será mi fin y la Driada caerá con-migo. Júzgame cuanto te plazca, Kazimiera, pero no dejaré que una muchacha intrépida de mirada dulce eche a perder setecien-tos años de estabilidad.

Dicho esto, el Leszy planta la mano sobre el tronco del arce, que se abre como una boca para revelar un bosquecillo de delga-dos árboles jóvenes y matorrales de hojas rojas. Antes de que Liska pueda llamarlo, el Leszy atraviesa el portal y desaparece.

Una triste apatía embarga a Liska al haberse quedado sola. Parece ser que el Leszy siente algo por ella, pero está decidido a enterrar sus sentimientos. Pues que así sea. Eso facilitará las co-sas. Solo tendrá que sobrevivir hasta que haya pasado un año y regresará a casa. Pero vaya si duele. Por un instante, estando tan cerca del Leszy, se había sentido… segura. Como si hubiese visto otro camino, una ruta alternativa, un camino que le permitiese encontrar su lugar en la Casa bajo el Serbal.

Pero es una quimera. El Leszy guarda demasiados secretos, nunca se conforma y se preocupa solo por su deber. Ha dejado muy claro que, para él, Liska no es más que una «muchacha intrépida de mirada dulce», una mera distracción. Y, por si fuera poco, ahora aparece ese otro demonio misterioso, el tal Weles, para complicar las cosas. ¿Cuánto poder debe de tener para haber sido capaz de desatar semejante tragedia como la de anoche?

Antes de que sus pensamientos se descontrolen todavía más, Liska reconoce una figura familiar que se tambalea calle abajo. Es el niño harapiento y larguirucho que vio ayer, con los cabellos pajizos sucios y la mirada conmocionada y perdida. Liska se detiene a estudiar al pequeño y vuelve a mirar a Kazimiera, pero, para su sorpresa, se ha esfumado, así que intercepta a un hombre vestido con un chaleco de borreguillo y de aspecto importante.

—Disculpe, *panie*, ¿conoce usted a ese niño? —pregunta, señalándolo.

El hombre sacude la cabeza sin prestar mucha atención y sin apenas mirarla a la cara.

—¡Que el *licho* me lleve por mentiroso si te digo que reconozco a todos los niños del pueblo!

—Solo quiero averiguar dónde está su familia.

Si es que están vivos. No quiere pronunciar la segunda parte en voz alta.

El hombre pasa junto a ella y, cuando se gira, su mirada está ensombrecida por la pena.

—Si está solo, creo que ya tienes la respuesta.

Liska entrelaza las manos contra su pecho mientras ve cómo el pequeño se deja caer junto al toldo destrozado de una panadería y clava la vista en la tierra con el rostro inexpresivo. Hay algo en él que no termina de encajar, aunque no sabría decir el qué. Se le encoje el corazón. No es más que un niño... No puede dejarlo solo.

Cuando se acerca a él, este se retrocede, asustado como un potrillo. Parece tener unos once años, aunque su aspecto demacrado hace que parezca más mayor. Liska se agacha ante él y se obliga a esbozar una amable sonrisa que siente fuera de lugar, aunque tiene la esperanza de que resulte más convincente de lo que parece.

—Hola —le saluda con delicadeza—, ¿cómo te llamas?

El niño no responde. Mantiene los labios apretados con gesto obstinado y la mirada gacha. Bajo la capa de mugre, su rostro está espolvoreado de pecas.

—¿Sabrías decirme dónde están tus padres? —prueba.

De nuevo, permanece en silencio. Levanta la vista del suelo por un segundo, pero la vuelve a bajar, como si temiese que Liska se fuese a convertir en un *strzygoń* en cualquier momento.

—¿Tienes algún lugar adonde ir?

Esta vez, sacude la cabeza en un gesto tan imperceptible que casi ni lo ve.

—¿Qué te parece si vienes conmigo entonces? —Le ofrece su mano—. Te conseguiremos algo de comer.

El niño toma aliento bruscamente. Cuando alza la vista, Liska se fija en que sus ojos son del color marrón rojizo de la caoba. Extiende la mano a toda prisa y se agarra a los dedos extendidos de Liska como si fuera un salvavidas.

Esta vez, cuando la chica sonríe, siente que lo hace mejor, que casi parece natural.

—Pues vamos. Conozco a alguien que nos ayudará.

Liska llama a la puerta de la cabaña de Kazimiera tímidamente, pero no espera a que la anciana responda para meter al pequeño dentro. Cuanto antes consiga sacarlo de esas calles asoladas por la tragedia, mejor. Para su sorpresa, la *czarownik* está en casa, poniendo una tetera al fuego. Levanta la cabeza cuando entran y se frota el hombro con cautela.

—Vaya. Me preguntaba a dónde habrías ido. —Parece querer decir algo más, pero el niño que se aferra a la mano de Liska capta su atención—. ¿Y este quién es?

—Esperaba que usted lo supiera —dice Liska—. Lo encontré deambulando por la calle. No quiere hablar conmigo.

Kazimiera se acerca mientras estudia al pequeño. Está tan encorvada que no es mucho más alta que él, y Liska no es capaz de reconciliar su estatura o su edad con la *czarownik* que vio blandiendo una espada anoche.

—Parece uno de los peones de la granja del *wójt*. Lo más seguro es que sea huérfano. La gente de por aquí suele acogerlos y les dan de comer a cambio de que trabajen para ellos. —Posa una de sus estropeadas manos sobre el hombro del chico—. Pareces estar muerto de hambre. No tengo mucho que ofrecer, pero tengo pan y unas pocas sobras de la *grochówka* que preparé anoche. Ven, siéntate. Sentaos los dos.

Los conduce hasta la mesa y se pone a trabajar en la cocina. Chasquea los dedos y la olla de sopa comienza a hervir. Los vuelve a chasquear y hace aparecer una hogaza redonda de pan entre sus propias manos.

En circunstancias normales, Liska se habría quedado impresionada, pero está demasiado preocupada como para fijarse en tal proeza.

—¿Kazimiera? —pregunta con la voz ronca por el cansancio.

—¿Sí?

Liska vacila, consciente de que está a punto de admitir que ha escuchado la conversación que tuvo con el Leszy a escondidas.

—Le oí hablar con el Leszy en el mercado.

—¿Cuánto oíste?

—Casi todo.

Para su sorpresa, Kazimiera se ríe.

—Bien. Supongo que te lo ha estado ocultando todo, ¿no es así? Lo hace a menudo. Cree que contarle sus problemas a los demás lo hace vulnerable. Imagino que tendrás muchas preguntas.

Liska se mira las manos, entrelazadas sobre el regazo. Es una postura formal, de deferencia, tal y como mamá le enseñó.

—En realidad, solo tengo una. ¿Quién es Weles?

Kazimiera le dedica una sonrisa de complicidad mientras sirve la espesa *grochówka* en unos cuencos. Hace que la estancia huela a guisantes, *kiełbasa* y hojas de laurel. Deja los tres recipientes sobre la mesa y corta una contundente rebanada de pan para cada uno antes de sentarse frente a Liska.

—Te contaré una historia —comienza y su voz se hace más profunda.

Sus ojos lechosos adquieren un brillo misterioso, pero la teatralidad del momento se va al garete cuando el niño huérfano se pone a sorber ruidosamente cada cucharada de sopa que se lleva a la boca.

—Hubo una vez un niño nacido con el único y maravilloso don de la magia. Cuando todavía era muy pequeño, su humilde familia lo envió a estudiar con un *czarownik* que estaba convencido de que el niño era un prodigio. Incluso por aquel entonces, ya quedábamos tan solo unos pocos. Nacían, como mucho, cinco *czarownik* cada cien años, así que ser elegido era todo un honor para un niño como él.

»Por desgracia, el destino tenía otros planes. A medida que fue creciendo, la magia del niño no progresó y su conexión con el plano intermedio se mantuvo muy débil. Su maestro no tardó en prescindir de él y tomó a otro aprendiz bajo su tutela. Aun así, el pequeño no se rindió. Estudió día y noche y devoró todos y cada uno de los pergaminos que se cruzaban en su camino. Se obsesionó con el estudio de las almas y descubrió la razón por la que su magia era tan débil pese a sus esfuerzos. Sus iguales no permanecieron ajenos a sus conocimientos. Se hicieron con sus pergaminos y sus notas y los utilizaron para llevar a cabo los experimentos que él no podía probar por culpa de su magia. Se alegraba de poder ayudar, pero los otros *czarownik* no tenían ningún interés en él, sino en su trabajo... Un trabajo que le acabaron robando para llevarse ellos el mérito.

»Mientras tanto, en Orlica se estaba librando una guerra. Cada vez aparecían más y más demonios; las *rusałka* ahogaban a los incautos hasta en los estanques más pequeños y los *strzygoń* salían a cazar por los callejones de las ciudades. Los espíritus sembraban el caos y ni siquiera el rey podía detenerlos. Solo los *czarownik* y sus espadas hechizadas eran capaces de matar a los demonios, pero, al ser tan pocos, enseguida se vieron sobrepasados. El chico vio su oportunidad. Llevaba un tiempo buscando maneras de incrementar su poder y acabó por encontrar la solución en un texto antiguo. Un ritual pagano pensado para invocar a uno de los antiguos dioses y ofrecerle un trato. Esa misma noche, acudió a un viejo altar en mitad de un bosque todavía más viejo y llevó a cabo el ritual. Nadie sabe qué ocurrió allí, lo que le ofreció al demonio o lo que sacrificó, pero, cuando regresó... había cambiado.

Liska se imagina al Leszy emergiendo de entre la espesura del bosque, coronado con una cornamenta y con los ojos verdes, borracho de poder.

—Al día siguiente, se adentró en campo abierto e invocó un inmenso bosque. Era una magia nunca vista: los árboles emergían de la tierra cada vez que tomaba aire. Crecían y crecían, y su magia se amplificaba con cada árbol que hacía aparecer. Y, cuando estuvo listo, atrajo a todos y cada uno de los demonios y espíritus que plagaban el país hasta ese preciso bosque.

»El hechizo casi lo mata. Se le puso el pelo blanco del esfuerzo y todo. Permaneció en coma una semana, pero, cuando despertó, descubrió que su plan había funcionado. Era el salvador de Orlica; reconocían su valor por primera vez. Los demás *czarownik* lo buscaron para alabar su obra y lo trataron como a un igual. Pero el precio que había pagado era demasiado alto: había quedado ligado al bosque que había creado. Si se alejaba demasiado, sus poderes menguaban. Y, si estos se debilitaban, también lo hacían los hechizos de protección que había levantado en el bosque, de manera que los espíritus volvían a quedar libres. El muchacho tuvo que tomar una decisión. Podía disfrutar de esa vida soñada junto a sus hermanos *czarownik* o abrazar el poder que tantos sacrificios le había supuesto para encargarse de una tarea que nadie más podría soportar.

—Y escogió el camino del deber.

Kazimiera resopla.

—No seas ingenua. Nunca se ha preocupado tanto por el bien común. Escogió el poder. Si no podía hacer que los demás lo aceptaran, se pondría por encima de ellos. Por aquel entonces era arrogante: exigía regalos y riquezas a los viajeros y se construyó una enorme casa en medio del bosque para celebrar banquetes y fiestas. Era un manipulador y recurría a la amenaza de su poder para conseguir lo que quería. Durante mucho tiempo, no fue un buen hombre. Sin embargo, el paso de los años lo cambió, al igual que su papel como guardián. Lo que una vez fue arrogancia se transformó en indiferencia y la astucia se convirtió en escepticismo. La Driada lo desgastó, le dio forma hasta que por fin cedió.

—¿Cómo sabe usted todo eso, *pani*? —pregunta Liska en un susurro sobrecogido.

El rostro de Kazimiera adopta una expresión nostálgica.

—Cuando todavía era humano, tuvo una aprendiz. Una chica poderosa, rechazada por el resto de los *czarownik* por no ser un hombre. —Se mira las manos con una sonrisa afectuosa en los labios—. Él me enseñó todo lo que sé. Me hizo lo suficientemente poderosa como para conseguir un lugar en el consejo, junto a nuestros compañeros. Sin embargo, tras crear la Driada, se distanció. Al no saber muy bien en qué se había convertido, se perdió en sí mismo. La última vez que me visitó como es debido fue hace doscientos años, para presentarme a Flor... —Se interrumpe y mira a Liska, consciente de que ha hablado más de la cuenta.

—Florian —termina Liska—. Sé quién es.

La anciana asiente con la cabeza.

—Hizo que Eliasz mejorara. Le devolvió la chispa y templó su genio. Es una pena que el tiempo que pasaron juntos acabase siendo tan breve.

—¿Cómo de breve?

—Fueron tres años.

Liska reprime un escalofrío. Tres años frente a los setecientos años de vida del Leszy.

—Con quien hizo el trato fue con uno de esos antiguos dioses, ¿no es así? Fue el causante de la muerte de Florian y del ataque de ayer.

Kazimiera parece agraviada.

—Weles... sentía mucha envidia de Florian. Considera que Eliasz es de su propiedad y siempre está luchando por controlarlo. Eliasz tiene maneras de contenerlo, pero no siempre son suficientes para mantener la furia de uno de los antiguos dioses a raya. Sobre todo, si siente que le han faltado al respeto.

De pronto, la sopa le sabe a ceniza.

—Y... sobre lo de anoche...

—No pienses en eso ahora —se apresura a decir la anciana—. No te hará ningún bien.

Pero no puede evitarlo. Liska aparta el cuenco de sopa y se levanta, abrazándose a sí misma. No le sorprende que la conexión que se ha estado forjando entre ellos asuste al Leszy. Tenía miedo de que Weles quisiese atacar de nuevo... e hizo bien.

—Dijiste que yo era diferente —susurra, aferrándose a un único rayo de esperanza—. ¿En qué sentido?

—Estás ligada al bosque. No sé muy bien cómo o por qué, pero puedo sentirlo igual que con Eliasz. Es posible que tengas un mayor control sobre la Driada de lo que Florian tuvo jamás. Te... te respeta.

—Pero ¿por qué? No soy fuerte y no tengo acceso a mi magia. N-no tengo ningún poder en absoluto.

—Puede que en el exterior no. Pero aquí... —Kazimiera le da un golpecito en el pecho, justo sobre el corazón— eres mucho más poderosa de lo que imaginas.

Si supiese lo que he hecho, no diría eso, querría gritar Liska, pero mantiene la boca cerrada y lucha por contener las lágrimas.

Kazimiera malinterpreta la reacción de Liska y cruza los brazos.

—Bueno, creo que he hablado más de la cuenta. Como no duermas un poco, empezarás a delirar. Yo me encargaré de tu joven amigo. —Apoya una mano sobre el hombro del niño—. No te preocupes.

Liska querría protestar. Debería hacerlo. Pero se siente totalmente... sobrepasada. Sus pensamientos son una bandada de cuervos, un revoltijo de plumas negras como la tinta que revolotea descontrolado. Ni siquiera se calman cuando se tumba en la cama y las garras del sueño, como las de una *rusałka*, la arrastran a las profundidades.

En sueños, la mujer rubia se desangra a sus pies; la sangre brota y brota de su garganta hasta que se forma un lago del color del burdeos cuyas aguas se arremolinan alrededor de los tobillos de Liska. Sumerge el rostro en la sangre y, cuando vuelve a salir a la superficie, se encuentra a Marysieńka observándola, con la boca abierta en pleno grito.

Liska ahoga un sollozo e intenta darse la vuelta, pero sus pies se niegan a moverse. Ante ella, el Leszy emerge de un bosque seco, con la mirada hueca y perdida y los brazos laxos a ambos lados del cuerpo. Le falta la cornamenta. Por encima de él, se alza un monstruo hecho de árboles muertos y entrañas, envuelto en un harapiento manto de líquenes que cae hasta el suelo. Sus ojos son dos agujeros en un rostro descarnado. Tiene la mandíbula inferior arrancada y una fila de espinas en vez de dientes en la encía superior. En cada mano huesuda, sostiene una rama acabada en una afilada punta letal.

Con una sonrisa pletórica, el monstruo levanta las ramas y se las clava en la cabeza al Leszy, que grita mientras le brota un torrente de savia de las heridas.

Después, la criatura va a por Liska.

21

Maksio

El sueño la consume incluso estando despierta; la deja agarrotada y hecha un manojo de nervios mientras se prepara para volver a la Dríada. El extraño niño, sentado sobre un taburete junto a la lumbre, sigue todos y cada uno de los movimientos de Liska como un ave de presa. La observa con atención cuando se guarda la punta de asta del Leszy en el bolsillo y se ata la vaina de Onegdaj a la cintura. Cuando por fin se gira para mirarlo, clava sus enormes ojos marrones en los de ella, lo que resulta perturbador.

—Tú te quedarás aquí —le dice Liska con suavidad—. Kazimiera cuidará de ti.

Al niño se le llenan los ojos de lágrimas casi de inmediato. Se levanta de un salto del taburete, agarra a Liska de la mano y profiere un sonido de protesta.

—Es lo mejor para ti —insiste sin dar su brazo a torcer—. Voy a ir a la Dríada y ese no es lugar para nadie; mucho menos para un niño.

Trata de soltarse, pero el niño le aprieta la mano con más fuerza y tira de ella, insistente.

Liska se coloca un mechón rebelde que se le ha escapado de la pañoleta prestada de Kazimiera mientras considera sus opciones. El niño no se ha separado de ella desde que lo encontró, ni siquiera cuando se echó a dormir un rato. No sabría decir si él habrá descansado también mientras tanto. Llevarlo con ella a la casa viviente del Leszy en el bosque de los espíritus no parece ser la decisión más responsable, pero el muchacho ya tiene edad como para saber lo que quiere y no había tenido un momento de tanta lucidez como este desde que lo encontró.

—Escúchame —dice para razonar con él—. Si vienes conmigo, no podrás marcharte de allí hasta que el Leszy vuelva. Tendrás que vivir en una casona vieja y destartalada y no podrás salir de noche porque hay monstruos merodeando por el bosque. Todo es antiquísimo allí. La biblioteca viene y va; las velas se encienden solas, y en la lumbre vive una *skrzat* de dudosas intenciones. Da bastante miedo.

Nada de lo que le dice parece importarle. Tras un instante, el niño suelta a Liska y mira en dirección a la puerta. Tiene los dientes apretados en señal de determinación.

Liska suspira, derrotada, y le revuelve el pelo. Es una pésima idea, pero tiene la sensación de que, por mucho que lo intentara, no podría obligarlo a quedarse.

—Está bien. Aunque todavía no sé cómo llamarte.

El niño no responde. Abre las manos y se encoge de hombros.

—Maksio —sugiere Liska—. ¿Te gusta? Te llamaré así hasta que estés preparado para decirme cuál es tu verdadero nombre.

El niño le dedica una sonrisa casi imperceptible con un brillo entusiasmado en la mirada. Liska no puede evitar devolvérsela al sentir que una chispa de camaradería le derrite el maltrecho corazón.

Le estrecha la mano al pequeño.

—Entonces es hora de partir.

El aire es helador cuando regresan al mercado, y Liska imagina cómo el otoño corta los hilos del verano antes de tiempo con unas tijeras de podar. Un remolino de hojas pasa junto a Liska cuando se acerca al viejo arce con un emocionado Maksio a su lado. Kazimiera los sigue de cerca, usando una rama nudosa a modo de bastón.

—¿Estás segura de querer volver? —pregunta la anciana, que alza la voz para hacerse oír por encima del intenso viento—. Todavía estás a tiempo de volver a casa.

Volver a casa. Parece un cuento infantil, algo familiar, pero olvidado tiempo atrás. Sí, Liska podría volver a casa, darle dinero al primer viajero con carreta que aparezca y pedirle que la lleve al siguiente pueblo, y al siguiente, y al siguiente, así hasta llegar a Stodoła. Su único recibimiento consistiría en el decepcionado ceño fruncido de mamá y la mirada vigilante de los Prawota, que seguirían esperando la oportunidad perfecta para tildarla de bruja. No, no puede volver así. Ahora es más peligrosa que nunca. Lo que hizo ayer fue prueba de ello.

Liska cierra los ojos con fuerza para contener las lágrimas que le arranca el viento punzante.

—Hice un trato, Kazimiera. —Se toca el grillete que le rodea la muñeca—. ¿Qué tipo de persona sería si no cumplo con mi parte?

—Alguien con dos dedos de frente —replica Kazimiera con amargura—. No te merece, Liska Radost.

—Ni yo a él —responde Liska—, pero las relaciones humanas nunca son equitativas. Damos y tomamos; la balanza nunca deja de inclinarse. Así es la vida. Yo soy todo cuanto tiene y viceversa. No tiene sentido llevar la cuenta.

El fantasma de una sonrisa se dibuja en el rostro de la anciana.

—Pues ándate con cuidado, mi niña. Tanto con él como con el bosque.

Aparta la mirada con un brillo melancólico en los ojos. El viento sacude sus cabellos plateados bajo la pañoleta.

—Nada dura para siempre. Mi tiempo en este mundo se agota. Mi magia se ha debilitado tanto que ya no evita que envejezca. Mi historia llega a su fin, Liska. Es muy posible que seas la última de las nuestras.

Liska traga saliva para tratar de aliviar el nudo que siente en la garganta, incapaz de mirar a Kazimiera. Quizá sea el último hilo conductor de la magia en Orlica y su intención es dejarla ir. Sus ojos vuelan sin rumbo hasta que Maksio, que la está mirando, llama su atención. La observa con una expresión curiosa, perspicaz. Es la misma mirada que ha visto en el rostro del Leszy cuando algo que le resulta especialmente intrigante lo lleva a desarrollar nuevas teorías e ideas. No sabe cómo interpretarla, pero Liska le ofrece una sonrisa tranquilizadora.

—¿Listo?

Maksio asiente. Si tiene miedo, no lo demuestra.

Liska echa un vistazo por encima del hombro y levanta una mano para despedirse. Kazimiera le devuelve el gesto y un hilo de magia dorada baila entre sus dedos. Se pregunta si volverán a verse. Por si acaso, memoriza la imagen de Kazimiera: una mujer poderosa que le planta cara a las fuerzas del tiempo pese a su edad. Luego, cuadra los hombros, saca el fragmento de asta que le dio el Leszy y lo presiona contra el arce seco.

Tan pronto como entra en contacto con él, el tronco lleno de manchas se ondula y se expande hasta que un portal se abre con un bostezo ante ellos. Al otro lado, se ve la verja de la Casa bajo el Serbal; el coronamiento oxidado y los barrotes torcidos quedan casi al alcance de su mano.

Liska abre la verja para Maksio según atraviesan el portal, dejando atrás la tierra empapada de sangre de Wałkowo para aterrizar en el camino de la finca. En los arbustos que los rodean, los espinosos zarcillos de las rosas rojas que florecen aquí y allá se extienden por los adoquines. Han empezado a marchitarse, pero es un proceso lento y hermoso; las puntas de las hojas se rizan a medida que se vuelven marrones y el viento va llevándose los pétalos uno a uno. Maksio se detiene mientras admira la morada del Leszy con los ojos abiertos como platos.

—¿Qué te parece? —pregunta Liska.

En vez de responder, el niño le suelta la mano y echa a correr. Pisa los adoquines de uno en uno y salta sobre las setas que crecen entre las grietas de la piedra, sumido en su propio juego particular. Cuando llega al centro del jardín, allí donde florece la flor del helecho, se detiene y mira a su alrededor sin saber por dónde seguir.

—¿Quieres unas fresas? —Liska señala la zona del jardín donde el último de los regalos que el Leszy le hizo a regañadientes sigue dando fruta—. También hay manzanas y moras en el bosque. Escoge lo que quieras. —Observa la Dríada envuelta en sombras y se da cuenta de que la niebla empieza a arrastrarse por la tierra cubierta de musgo—. Solo hay una regla. —Se detiene frente a Maksio para reclamar su atención y hablarle con toda la firmeza que es capaz de transmitir—. Nunca debes cruzar la verja, ¿vale? Y no puedes salir de casa de noche. El bosque está plagado de los monstruos de los que te hablé. Pero te prometo que en la casa siempre estarás a salvo. Además, mientras haya luz, puedes salir al jardín siempre que quieras. ¿Te ha quedado todo claro?

Maksio asiente con fervor, dando saltos en el sitio, y juntos se acercan a la Casa bajo el Serbal. La puerta se abre con un sonoro crujido de bienvenida antes de que Liska llegue a tocarla. Se relaja al oír ese sonido tan familiar. Apenas ha pasado un día entero fuera, pero siente como si hubiese transcurrido una década.

Apenas ha pasado un día, pero ese tiempo le dará pesadillas para toda la eternidad.

Mientras el sol se pone, Liska centra toda su atención en Maksio, decidida a mantener sus pensamientos alejados de Wałkowo y el Leszy. La casa cuenta con un ala reservada para el servicio, y es allí precisamente donde instala al niño una vez que ha encontrado un edredón y unas sábanas viejas pero limpias y ha pasado el plumero lo mejor que ha podido. Atraca su propio armario para conseguirle algo de ropa y le lleva las prendas que considera de su talla.

—Mi dormitorio es el de la puerta blanca que hay al fondo del pasillo, a la izquierda —le dice cuando el niño apoya una mano vacilante sobre el colchón. Liska se da cuenta de que tal vez nunca haya dormido en una cama en condiciones. Por un instante, se muestra precavido, pero después abre la boca en un bostezo de par en par, se sube a la cama con la ropa sucia todavía puesta y le dedica una sonrisa radiante a Liska. Ella se ríe entre dientes, encantada de verlo sonreír.

—Bueno, pues buenas noches. Si quieres, le puedes pedir a las velas que se apaguen, pero también las puedes dejar encendidas. Y lo mismo con la chimenea. —Liska se levanta y se atusa las faldas. El gesto hace que le duela el hombro—. Ven a buscarme si necesitas cualquier cosa.

De camino a su habitación, una nube de humo y el brillo de unos dientes blancos alertan a Liska de la presencia de Jaga.

Tengo un par de preguntas, dice el espíritu sin molestarse en saludarla. *Uno: ¿por qué parece que te ha pasado un buey por encima? Y dos: ¿por qué has traído a casa a un niño extraño que también parece haber sufrido el mismo destino que tú?*

Liska traga saliva.

—Hubo un ataque en Wałkowo. Las *rusałka* y los *strzygoń* nos...

Se interrumpe al sentir que se le llenan los ojos de lágrimas sin previo aviso. ¿Por dónde empezar? El caos de la batalla, la muerte de la mujer rubia, la partida del Leszy, el antiguo dios... De pronto siente que se queda sin aire y que el pasillo se constriñe a su alrededor. Se tambalea y, al chocar con la pared, se ve embestida por una ola de dolor en el hombro que hace que le flaqueen las piernas y acabe sentada sobre el frío suelo de madera.

¿Liska? Jaga se asoma de entre las sombras para estudiarla. En las paredes, la llama de las velas que hay en los candeleros tiemblan, se hacen más intensas y adoptan el mismo color azul violáceo que la magia de Liska. Al ver los volátiles efectos de sus propios poderes, entierra el rostro entre las manos.

Cielo santo, dice Jaga. Se oye un crujido lejano y una ráfaga de viento nocturno vuela por el pasillo, proveniente, lo más seguro, de la ventana del rellano. Entonces, algo pesado se acomoda sobre el regazo de Liska. Jaga se ha transformado en un peludo perro ovejero del mismo color que su forma felina, gris como el hollín.

Liska deja escapar una temblorosa respiración y entierra las manos en el rizado pelaje de Jaga.

—¿Cómo...?

Me alimento bien, dice el duende con voz satisfecha.

Ni Liska ni Jaga comentan nada más, pues todas las preguntas y explicaciones han quedado olvidadas. Se quedan allí sentadas durante un buen rato, hasta que la llama de las velas recupera el tono amarillo de siempre y Liska vuelve a respirar con normalidad. Solo entonces la joven se levanta y se encamina hacia su dormitorio.

Jaga pasa la noche con ella, hecha un ovillo a sus pies. Cuando las inevitables pesadillas llegan, Liska se abraza a ella mientras tiembla.

Para cuando amanece, la *skrzat* ha vuelto a desaparecer.

Una semana sin el Leszy es toda una bendición. Una semana sin el Leszy es toda una agonía. Los últimos momentos con él, su seco adiós y el desalentador intercambio del demonio con Kazimiera atormentan a Liska. «No dejaré que una muchacha intrépida de mirada dulce eche a perder setecientos años de estabilidad».

Pues que así sea, decide. Que el extraño vínculo que se ha desarrollado entre ellos se desvanezca. Si ya ha hecho que un demonio mayor descargue su ira sobre un asentamiento humano, ¿cuánto tardará Stodoła en estar en peligro? No, no pondrá en riesgo su hogar. Tiene que estar preparada para protegerlo de lo que haga falta.

Se le agota el tiempo para liberar su magia.

A través de la ventana de la cocina, ve cómo un arrendajo de vientre pardo echa a volar desde uno de los ciruelos. Ha terminado de guardar las frutas y setas secas que ha preparado para los meses de invierno. Maksio, que hasta ese momento había estado ayudando a Liska en silencio con la tarea, se propone hacer salir a Jaga del fogón donde duerme cueste lo que cueste.

Liska ignora las quejas de la *skrzat*, abre el *Czarología* y encuentra hechizos que ha leído miles de veces, pero que nunca ha sido capaz de lanzar. Al final, escoge el hechizo de regeneración que el Leszy le hizo probar hace semanas. Sobre la mesa, hay unas manzanas un poco pasadas dentro del cuenco de porcelana decorado con estampados en intensos colores que recuerdan a la técnica del *wycinanki*. Liska toma la que más arrugada está, la coloca ante ella y se concentra.

El efecto es casi inmediato. Su magia emerge hasta la superficie de su piel dibujando espirales, impaciente. La sensación es tremendamente familiar, tremendamente íntima. Al igual que en

Wałkowo, al igual que cuando tata murió, al igual que en el granero de los Prawota... La bilis le quema la garganta. Lucha por contener los recuerdos, pero todo cuanto ve son zarcillos de hielo, tejados que se vienen abajo y violencia. Todo acaba siempre en violencia. ¿Cómo va a darle rienda suelta? *Céntrate, Liska.* Clava la mirada en la manzana. *Céntrate.*

El plano intermedio la envuelve en menos de lo que se tarda en chasquear los dedos y el alma de la manzana aparece ante ella como una tenue chispa incolora que se apaga a medida que se descompone. Según el *Czarología*, lo único que tiene que hacer es visualizar su renacimiento y dar una orden. Sencillo. Tomar aire y soltarlo. Imagina una flor que se abre.

—*Sana* —ordena leyendo el texto de *Czarología*.

Sin embargo, cuando el hechizo abandona sus labios, recuerda la devastación de Wałkowo. Pierde la concentración y se le revuelve el estómago, pero ya es demasiado tarde. La magia brota de su interior y envuelve la manzana en una explosión de luz azul. Cuando se disipa, no queda ni rastro de la fruta, salvo el corazón medio podrido, reducido al grosor de una aguja.

Liska deja caer la cabeza entre los brazos, cierra los ojos con fuerza y reprime un gruñido frustrado. Un aullido felino de sorpresa la saca de su desesperación cuando Maksio se rinde y termina forzando a Jaga a salir del fogón para abrazarla contra su pecho. El niño sonríe triunfante y Jaga, tensa entre sus brazos, tolera su cariño con la dignidad maltrecha.

La escena es tan ridícula que Liska se echa a reír y el nudo que sentía en el pecho se alivia. Recompone su determinación hecha añicos, toma la manzana podrida, abre la ventana de un tirón y la tira al jardín.

Durante los días siguientes, Liska sigue probando a lanzar hechizos sencillos, obligándose a seguir pese a las náuseas y al martilleo de su corazón. Se esfuerza por ignorar el rechazo que le genera su propia magia, una sensación que parece acrecentarse con cada intento. Ahora que ya la ha liberado una vez, parece que le resulta más fácil acceder a ella, pero sigue detonándose en estallidos salvajes y descontrolados. La mayoría de las veces, Liska se echa atrás antes de pronunciar el hechizo, tan abrumada que se ve incapaz de seguir adelante. La frustración hace que sus poderes despierten en dos ocasiones y en ambas la situación se tuerce. En uno de los intentos, un plato se convierte en polvo en vez de cambiar de color y, en otro, congela el fogón en vez de encenderlo. El hielo tarda un día entero en deshacerse. Al final de la semana, comienza a dudar por completo de sus habilidades.

El Leszy, fiel a su palabra, regresa exactamente siete días después de su partida. Es noche cerrada, la Driada se recupera de una fuerte tormenta y Liska y Maksio están jugando al ajedrez en la mesa de la cocina mientras Jaga los observa y ofrece algún que otro consejo ocasional, aunque resultan bastante inútiles, porque los juegos de mesa parecen quedar fuera de los límites del entendimiento de los espíritus. El sonido de la puerta principal al abrirse y cerrarse apenas se oye, ahogado por las alegres carcajadas de Maksio cuando gana otra partida más. Un segundo más tarde, el Leszy entra en la cocina.

Parece agotado. Tiene la mirada ensombrecida, presenta unas prominentes ojeras y lleva el cabello húmedo peinado hacia atrás por el agua de lluvia. Debe de habérselo cortado durante su viaje, porque ahora enmarca su rostro en ondulados mechones cortos e irregulares. La *sukmana* que lleva puesta está empapada y va dejando por el suelo un camino de gotitas que caen desde el dobladillo, que le llega por debajo de las rodillas.

Aunque no sabe por qué, Liska se siente eufórica al verlo.

—¡Leszy! —exclama.

—Buenas noches —saluda con un tono ligeramente perplejo. Parpadea con ojos cansados y su mirada se desenfoca por un momento antes de fijarse en Maksio—. ¿Qué…?

Liska esboza una sonrisa alentadora.

—Este es Maksio. Es de Wałkowo.

—¿De…? Espero que sea una broma. —A Liska se le hace un nudo en la garganta al oír la hueca consternación en la voz del Leszy—. No me creo que… Liska, ¿has traído a un niño aquí?

—Se pasa una mano por el rostro, desesperado—. ¿En qué estabas pensando? ¿No te das cuenta de lo peligroso que...?

—Sí, lo sé. —Liska se da cuenta de que está imitando el tono bajo y beligerante del Leszy—. Lo sé de sobra, pero no tenía a dónde ir.

—¿Y qué hay de su familia?

—No tiene. Kazimiera cree que es un huérfano al que contrataron para trabajar en el campo.

—Existen los orfanatos...

—¡Esta casa es una opción mejor!

—Liska. —Alza las manos con una calma exasperante—. Liska, sabes que no se puede quedar.

Ella desvía la mirada intencionadamente y le da a Maksio un empujoncito en el brazo.

—¿Te importaría ir a tu habitación? El Leszy y yo tenemos que hablar a solas.

El niño la mira con desesperación y se aferra a la manga de su camisa.

—Todo saldrá bien —le promete—. Acabará entrando en razón, ya lo verás.

Maksio deja a regañadientes el peón que tenía en la mano y se baja de la silla. Jaga salta de la mesa y trota silenciosamente tras él en dirección al pasillo. Liska y el Leszy esperan a que sus pasos dejen de oírse. La tensión entre ellos casi podría cortarse con un cuchillo. Cuando el Leszy rompe el silencio, es implacable.

—Lo llevaré de vuelta a Wałkowo mañana.

—No. —Liska se levanta y hace que las piezas tiemblen sobre el tablero—. Ya lo has visto, Leszy. Quiere quedarse aquí.

—Eso no importa. Es un niño. No tiene ni la más remota idea de dónde se ha metido y no me haré responsable de...

«De otra vida». El final de la frase, que se sobreentiende, restalla en el aire.

—Es por el antiguo dios, ¿no es así? Weles. Kazimiera me habló de él. —La expresión del Leszy no cambia. Si le molesta que la anciana se lo haya contado, no lo demuestra—. Me dijo que hiciste un pacto con él para crear la Driada y que ahora te da miedo que nos haga daño.

—No sabes de lo que hablas.

—No porque me lo hayas contado tú, eso desde luego —le espeta Liska—. Pero no importa. Tan pronto como recupere mi magia, lo venceremos.

El Leszy sacude la cabeza.

—No hables en plural, Liska. No va a poder ser. —Una expresión de tristeza cruza por su rostro—. Lo siento. Me llevaré al niño mañana. Intentaré encontrarle un buen hogar donde...

—He dicho que no.

La magia comienza a bullir tras sus costillas.

—Tú no tienes nada que decir al respecto, querido zorrillo. Ni en este asunto ni en lo que respecta a mi casa.

Liska se clava las uñas en las palmas.

—¿Tu casa? —Su magia extiende las alas—. ¿*Tu* casa?

En su mente, nota cómo el espíritu del edificio se agita en el plano intermedio, como una criatura cálida y benevolente, primitiva y lánguida. Liska trata de alcanzarlo de manera instintiva y, antes de darse cuenta de lo que hace, su magia fluye a través del suelo de madera y entra en contacto con la inmensa presencia que nota bajo los pies.

La Casa bajo el Serbal ruge.

22

La chica que sangró bajo la luna

Los armarios de la cocina se abren y se cierran dando portazos. Las velas titilan y el fogón escupe unas altísimas llamas azules. Sobre la mesa, las piezas de ajedrez explotan y quedan reducidas a astillas. Las tacitas de porcelana que hay sobre los estantes se rompen una a una y suenan como si alguien estuviese tocando la escala musical con unas campanillas.

—Liska —dice el Leszy con voz cautelosa.

Otra taza explota.

—¡Liska! —Cruza la estancia y aparta la mesa de su camino para agarrar a la chica por los hombros—. Detente.

Liska se tambalea hacia atrás, agarrándose el pecho. Lucha por recuperar el aliento y frunce el ceño del esfuerzo al interrumpir el flujo de su magia. Le cuesta tanta energía que apenas logra seguir en pie. Cuando recupera el equilibrio, todo cuanto ve es una carnicería: cristales en el suelo, astillas sobre la mesa y quemaduras en el fogón. La boca le sabe a bilis. Gira sobre sus talones, se abalanza sobre el fregadero y vomita.

Cuando termina, se limpia la boca con la manga y se apoya con ambas manos sobre los laterales del fregadero mientras deja volar la mirada desenfocada por la ventana. Se siente incapaz de mirar al Leszy, pero no necesita hacerlo. Sabe que la está observando con pena, miedo o una combinación de las dos.

—Liska. —Habla con tono amable, desamparado—. Sé que lo hiciste con buena intención, Liska. Es que… ni te imaginas lo mucho que me ha robado el bosque. Me lo ha arrebatado todo. No quiero arriesgar más vidas de las necesarias. Yo… —Su voz se apaga y se transforma en un suspiro agotado—. Muy bien, puede quedarse. Pero ante el más mínimo indicio de peligro, lo llevaré de vuelta a Orlica. ¿Ha quedado claro?

En cierto sentido, esa concesión hace que Liska se sienta peor.

—No, tenías razón. Corre peligro conmigo aquí. No hay más que ver lo que acabo de hacer.

—Necesitas practicar.

—Ya he practicado. Una y otra y otra vez, y no sirve de nada. —Liska se da la vuelta hacia él tan rápidamente que el Leszy parece sobresaltarse—. Además, ¿acaso importa? Mi intención era usar la magia para ayudarte a reinstaurar el orden en el bosque. Pero los ataques de los demonios, Weles..., todo es por mi culpa. ¿Por qué no me la quitas y nos dejamos de tonterías? —Se clava los dedos en el pecho, sobre el corazón, como si pudiese arrancárselo de cuajo—. Hazle un favor al mundo y sácame esta cosa de dentro.

El Leszy aprieta los labios.

—Eso no...

—Por favor.

La desesperación hace que se comporte de forma irracional y amplifica todas y cada una de sus emociones como la mecha de una lampara de aceite. Liska le agarra de la camisa y, durante una décima de segundo, siente la tentación de presionar el rostro contra su pecho y buscar el consuelo de su contacto.

—Por favor —repite.

Las manos del Leszy se crispan, como si quisiera acercarla más a él, pero sus esbeltos dedos le rodean la muñeca y la obligan a soltarle la camisa.

—Liska...

Un sollozo brota de entre los labios de la joven. Aparta al Leszy de un empujón y se da la vuelta. Los ojos se le llenan de lágrimas, se le nubla la visión, y la vergüenza hace que le ardan las mejillas.

Se apresura a salir de la cocina antes de echarse a llorar. No mira hacia dónde va en ningún momento. Los tablones de madera oscura y pulida del suelo pasan a toda velocidad bajo sus pies.

De alguna manera, de algún modo, se descubre ante la puerta decorada con estrellas de la librería, que se abre antes de llegar a tocarla siquiera. Se adentra en el bosque encantado apresuradamente, deseando poder ahogarse en la piscina de luz de luna que cae en cascada desde los enormes ventanales.

La puerta se cierra con un chasquido a su espalda. Con la respiración acelerada, Liska se hace un ovillo sobre la silla colgante, se abraza las rodillas contra el pecho y lucha por tragarse otra oleada de lágrimas. La desesperanza se afila las garras con su esternón y le comprime el pecho hasta que Liska ya no es capaz de identificar cuál es el origen de ese sentimiento. Solo la consume; se extiende como un fuego forestal que convierte en cenizas la vegetación que encuentra a su paso.

La puerta de la biblioteca se abre con un chirrido. Liska ya no está sola. Levanta la barbilla con brusquedad y se seca las lágrimas apresuradamente, esperando ver a Jaga de nuevo. Pero no, es el Leszy, que entra en silencio y cierra la puerta a su espalda. Con una apariencia fantasmal bajo la luz desaturada, su rostro muestra una expresión que a duras penas oculta el anhelo que siente cuando recorre la biblioteca con la mirada, embelesado como un mendigo al que le han dado limosna.

—Este era el lugar favorito de Florian —susurra—. Después de que muriera, entrar aquí se me hacía insoportable. Adoraba los libros, ¿sabes? Sobre todo, los cuentos de hadas. Aunque no te pareces mucho a él, eso es algo que tenéis en común.

Cuando Liska no responde, el Leszy se acerca a ella y se sienta con cautela en el otro extremo de la silla colgante.

—Aunque no lo creas, no siempre tuve tantas dificultades para expresarme —continúa—. La verdad, querido zorrillo, es que soy un cobarde sin remedio. Lo único que quiero es hacerme la vida más fácil, pero no tuve en cuenta ni tus sentimientos ni los del niño. He venido a disculparme y a ofrecerte otro trato.

Una nueva lágrima cae por la mejilla de Liska. Se la seca enseguida y la cristalina gota brilla en la punta de su dedo.

El Leszy aparta la mirada con torpeza.

—Creo que ya sé qué le ocurrió a tu magia y imagino que tú también tienes tus sospechas. Tiene que ver con el mechón blanco de tu cabello. —Lo señala—. No había querido preguntar hasta ahora, porque pensaba que podría liberar tu magia sin tener que recurrir a ello, pero he fracasado. Y eso es algo que odio con toda mi alma. Así que he aquí el trato: cuéntame que pasó el día en que tu magia desapareció y yo intentaré liberarla una última vez. Si no lo consigo, te concederé tu deseo.

—Yo... —Liska apoya la barbilla sobre las rodillas.

Nunca le ha hablado a nadie de... lo que ocurrió aquel día. Tiene miedo de lo que pasará si deja salir los recuerdos de su mente. Sus pecados son demonios que exigen un sacrificio de sangre y es consciente de que, si los invoca, deberá desangrarse.

Por eso, saca un cuchillo y va directa a por su propio corazón.

—Maté a un hombre, Leszy —susurra.

La culpabilidad la atraviesa como una puñalada en el pecho, atroz y profana. No sufre una muerte súbita, no, sino lenta y meticulosa. El cuchillo se entierra en su carne centímetro a centímetro. La despelleja, deja sus pulmones, su corazón y el brillo de sus costillas al descubierto, mostrando la fealdad que oculta. Las mariposas también están ahí, con las alas ennegrecidas como unos pétalos marchitos: son las armas del crimen, pero no quienes lo han perpetrado. No, la criminal es ella; siempre lo ha sido.

Se propuso sembrar la muerte y la muerte es justo lo que brotó de la tierra.

Ahora, cosecha las consecuencias de sus actos.

—Todo empezó con él —dice con voz queda—. Tomasz Prawota, el marido de mi prima.

23

Trébol rojo

Los recuerdos marchan por su mente como un ejército y conquistan a Liska sin que oponga ninguna resistencia. Lo único que tiene que hacer para volver a Stodoła es cerrar los ojos. Ha pasado una semana desde la boda de Marysieńka y ha ido a visitarla a su casa. Se han sentado a la mesa para compartir una *szarlotka*, una tarta de manzana recién hecha, mientras una tetera humea perezosamente y Marysieńka le cuenta un chismorreo que ha oído en la taberna. La puerta se abre y aparece Tomasz, con su cuello largo y su rostro menudo de bigote poco poblado y expresión alterada.

—¿Qué hace ella aquí, Maryś? —exige saber. Se refiere a Liska como si fuese un ratón al que ha cazado robándoles la cosecha y Marysieńka estuviese a punto de dejarla marchar—. Ya hemos hablado de esto.

—Y yo ya te he dicho que es mi prima, mi amiga, y que es más importante que las supersticiones de tu familia.

Los ojos de Tomasz se encienden y se le crispan las manos a los costados. Liska deja sobre la mesa la taza que estaba sosteniendo al sentir que se va a desatar una discusión.

—Lo siento —se apresura a decir—. No pretendía importunaros. En cualquier caso, yo ya me iba.

Se pone en pie, se despide de Marysieńka con un gesto de la mano y sale de la habitación. No se detiene hasta que atraviesa la puerta principal, donde el viento hace que la falda se agite alrededor de sus tobillos. Debería marcharse, lo sabe, pero no puede evitarlo. La curiosidad le gana la partida. Se detiene junto al lateral de la casa, donde una de las ventanas está entreabierta, se agazapa contra la pared y agudiza el oído.

—Puedes hablar con ella todo cuanto quieras, Maryś, pero, por el amor de Dios, no la traigas a casa. —La voz aflautada del iracundo Tomasz suena brusca—. Su presencia mancillará nuestro hogar.

—Tomasz, por favor. Tu madre te ha metido sus supersticiones en la cabeza. Conozco a Liska mejor que nadie y te puedo asegurar que es una chica amable y buena y, seguramente, la persona más normal de todos nosotros. Cualquiera que la conozca te dirá lo mismo.

—Pero yo lo vi, Maryś. —Liska siente como si se le hubiese lanzado el corazón contra la tráquea y le impidiese respirar—. Fue cuando éramos pequeños. Mi madre estaba resfriada y la *pani* Radost pasó por casa para traer medicina. Vino con Liska para que la viese trabajar. Cuando llegó, se fijó en que nuestro viejo perro pastor cojeaba. Ese estúpido animal llevaba así una semana y padre estaba decidiendo si sacrificarlo o no. Liska lo estuvo siguiendo por el granero, así que fui tras ella para decirle que lo dejara tranquilo. Fue entonces cuando lo vi, Maryś. Le estaba tocando la frente al perro y estaba envuelta en una luz azul.

—«Una luz azul». ¿Te das cuenta de cómo suena eso, Tomasz?

Pero dice la verdad. Liska se acuerda de ese perro. Recuerda que se había arrancado una uña al perseguir a una liebre y que la herida se le había infectado. Quiso ayudar al animalillo, pero mamá la interrumpió, le dijo que no tenían tiempo y llevó a su consternada hija de vuelta a casa prácticamente a rastras. Liska no sabía que la había visto. No tenía ni idea. Y, en cuanto al perro…, nunca supo qué fue de él.

—La vi con mis propios ojos, Maryś —insiste Tomasz.

—No eras más que un niño —dice Marysieńka, tratando de razonar con él—. Podría haber sido cualquier cosa.

—Escúchame, mujer —dice Tomasz con tono grave y cargado de autoridad—. No me lo imaginé. Si no me crees a mí, entonces hazle caso a mi madre. Ha sentido una presencia malvada en tu prima y, antes o después, su naturaleza acabará saliendo a la luz.

—Tomasz, por favor —implora ella, desesperada—. Ya basta. Entiendo que vieras algo, pero yo confío en mi prima.

Si tú supieras, mi querida Marysieńka, piensa Liska, apenada.

Pese a que Marysieńka la defiende, ese día, algo cambia entre ellas. Es como si el terreno se hubiese desplazado y, de pronto, estuviesen en lados opuestos de un abismo que no saben cómo cruzar. Cuando antes era todo un peligro que se encontrasen por la calle, puesto que acababan charlando durante horas y dejando de lado las tareas que deberían estar haciendo, ahora Marysieńka se limita a saludar a Liska con una tenue sonrisa y un «Que tengas un buen día» antes de seguir con su camino. Liska empieza a preocuparse, pero no consigue quedarse a solas nunca con su prima, ni siquiera para preguntarle si se encuentra bien.

Cuando vuelven a verse, es Marysieńka la que va a buscar a Liska. Sale corriendo tras ella al finalizar la misa del domingo y, con las prisas, atropella al pobre anciano Jankowa.

—¡Lo siento! —exclama por encima del hombro antes de agarrar a Liska de la muñeca y tirar de ella hacia el lateral de la capilla hasta detenerse bajo la sombra de un árbol con un jadeo—. ¡Gracias a Dios! Pensé que nunca podría escapar de él.

Liska frunce el ceño y entrelaza el brazo con el de Marysieńka, como siempre ha hecho.

—¿De qué hablas?

—Tomasz ha estado intentando evitar que nos veamos. Parece pensar que hay demonios acechando desde cada rincón de este pueblo. Sé que es porque se preocupa por mí, pero…

—Menuda ridiculez —protesta Liska—. No eres su esclava, eres su mujer.

—Soy su esposa —coincide Marysieńka con un cansancio que se refleja en sus ojos marrones—, y eso significa que debo ser obediente. Pero… necesitaba verte, Liska. Tomasz me saca de quicio a veces. Si voy a algún lado y no regreso a casa enseguida, se enfada conmigo. Si trabajo demasiado, se enfada conmigo. Si no como lo suficiente, se enfada conmigo.

A Liska le da un vuelco el estómago.

—Espero que no te haya puesto la mano encima.

La expresión cansada de Marysieńka se convierte en una de espanto.

—No. No es en ese sentido, Liska. No es mala persona. Solo se enfada porque se preocupa. Casi nunca levanta la voz cuando se pone así, pero veo el enojo en sus ojos.

Liska estrecha las manos de su prima entre las suyas.

—Escúchame, Maryś, si pasa cualquier cosa...

—¡Ahí estás!

Tomasz se acerca a ellas hecho una furia antes de que Liska pueda terminar de hablar. La apagada luz del sol acentúa sus ojeras, así como los perfiles de su ceño fruncido.

—Aléjate de ella —le gruñe a Liska.

—Te lo ruego, Tomasz. — Marysieńka pasa un brazo por delante de Liska en ademán protector—. No empieces otra vez.

Los ojos de su prima brillan con fiereza, igual que cuando se encontraron con él en el pasto cuando eran niñas.

—Está confabulando con el diablo. —La saliva se le acumula como la espuma en las comisuras de la boca—. Está intentando corromperte.

—Te repito que no me lo creo.

—¿Quieres hacer el favor de atender a razones, mujer?

—¿Qué razones? —exclama Marysieńka—. Lo que te ocurre es que tienes envidia de que quiera pasar algo de tiempo con ella en vez de contigo.

—Serás...

Tomasz levanta una mano para darle una bofetada a Marysieńka. Ella retrocede con un estremecimiento, pero él no baja la mano. Tiene la mandíbula tensa y fulmina con la mirada a Liska, como si quisiera decir «Mira lo que casi he hecho por tu culpa». Al final, suspira y baja la mano.

—Soy consciente de que es tu amiga —dice, más calmado. Agarra a Marysieńka por los hombros y la aleja de Liska antes de añadir—: Tal vez tengas razón. A lo mejor soy yo quien está haciendo algo mal. Te prometo que solo trato de protegerte, Maryś.

Marysieńka lo tranquiliza, pero él no le está prestando atención. Tomasz no aparta la mirada del rostro de Liska mientras permanece en su campo de visión, y Liska comprende que se ha ganado un enemigo.

Por eso, cuando Tomasz Prawota llama a su puerta dos semanas después, Liska casi se desmaya del susto.

—¿Buenos días? —se las arregla para decir mientras se pasa las manos por el delantal con nerviosismo.

—Buenos días. —El marido de su prima cambia el peso de su cuerpo de una pierna a otra—. Yo... es decir, Marysieńka y yo... necesitamos tu ayuda.

Los sudores fríos no tardan en llegar.

—Mi... ayuda.

—Nuestra vaca se ha puesto enferma —explica.

—Ah —responde ella.

Aunque Tomasz Prawota la odie, no puede negar que es una muchacha útil. Así, al medio día, Liska acaba en el granero de los Prawota, donde guardan a su rolliza vaca lechera. La paja cruje bajo sus pies y desprende el hedor del estiércol mientras Liska examina al animal.

—Sí que parece estar un poco hinchada —comenta al fijarse en el abdomen abultado de la vaca, que la mira con cautela sin dejar de rumiar.

La película de espesa baba blanca que cae de sus labios es lo que más preocupa a Tomasz.

—¿Qué le ocurre? —exige saber el hombre, con voz temblorosa por la genuina preocupación.

Liska comprende su desasosiego. El ganado supone una gran inversión y perder a una buena vaca lechera es un varapalo que pocos se pueden permitir.

—No pondría la mano en el fuego, pero parece que ha sufrido una intoxicación. ¿Le habéis dado de comer algo nuevo o fuera de lo común últimamente?

—Marysieńka se encarga de la vaca con más frecuencia que yo, así que ella sabrá darte una respuesta —dice Tomasz—. Ahora está preparando la cena, pero iré a preguntárselo.

Se da la vuelta y sale del granero, dejando a Liska a solas con la vaca.

—Hola —la saluda, mucho más tranquila ahora que Tomasz se ha marchado. El animal parece tranquilo, así que le acaricia el flanco, pero se gana una mirada de irritación—. Ojalá pudieses decirme qué te ocurre. Entonces podría solucionar tu problema rápidamente y marcharme de aquí enseguida. No soporto a ese hombre, ¿y tú?

La magia se expande en su interior y le roza el contorno de la caja torácica en gesto alentador. La llama como siempre ha hecho: Úsame, úsame, úsame.

Liska echa un vistazo por encima del hombro hacia la puerta del granero. Tomasz se ha ido. Está sola. Ha hecho esto un millón de veces. No se verá más que un rápido destello de luz azul, que podrá ocultar casi por completo si ahueca la palma de las manos en el ángulo correcto. Además, la probabilidad de que Tomasz descubra qué es exactamente lo que ha hecho enfermar a la vaca son bastante bajas. Si se ha envenenado mientras pastaba, lo que haya ingerido quizá siga allí y podría afectar al resto del ganado. No, esta será la solución más sencilla, más segura.

Liska apoya la mano sobre la cabeza de la vaca y libera su magia. Como siempre, lo primero que experimenta es un descontrolado torrente de emociones que se pisotean las unas a las otras como las rocas que caen por una ladera. Ya ha hecho esto las veces suficientes como para saber cómo encontrar lo que busca, atrapando la emoción más potente y aferrarse a ella. Por lo general, le llega como una única sensación: miedo o dolor. Esta vez, por el contrario, viene seguida de un breve recuerdo.

El animal se emociona al ver que Tomasz le deja un buen montón de trébol en el comedero. Entre las flores de pétalos rosados, algunas de las hojas tienen motitas negras, pero se las come igualmente.

Trébol en mal estado, comprende Liska. Eso explicaría el babeo. Por suerte no es mortal, pero Tomasz debería haber sabido que…

Claro.

Cuando Liska se da cuenta de lo que pasa, ya es demasiado tarde. La puerta se abre de golpe y Tomasz irrumpe en el granero. La vaca se sobresalta y retrocede hasta un rincón cuando el hombre se acerca a Liska hecho una furia.

—Lo sabía —escupe. Sostiene un crucifijo en una mano y, con la otra, agarra a Liska por el pecho de la camisa—. ¡Bruja!

—¡Espera, Tomasz!

Marysieńka trata de correr hacia él, pero la vaca lanza una coz, presa de los nervios, y la obliga a detenerse. Liska retrocede mientras Tomasz avanza hacia ella.

—¿Me crees ahora? —le pregunta entre dientes a Marysieńka—. ¿Me crees ahora que lo has visto con tus propios ojos?

—¡No sabemos qué es lo que hemos visto! —razona ella, aunque parece dudar de sus propias palabras.

Cuando la mirada de Marysieńka encuentra la de su prima, parece asustada. A Liska le martillea el corazón en el pecho. Está arrinconada contra el comedero, no tiene escapatoria y Tomasz se cierne sobre ella como la mismísima muerte.

—¿Lo has hecho a propósito? —susurra Liska, que clava los dedos en el comedero.

Le sorprende más que Tomasz haya envenenado a su propio animal para desenmascarar a Liska que el hecho de que le haya tendido una trampa.

—He hecho lo que tenía que hacer —espeta él—. Ahora, no te resistas. No me lances una maldición y no hagas ninguna tontería. Ven conmigo a ver al *wójt* sin armar un alboroto y dejaremos que la ley decida de qué eres culpable y si…

Su voz se desvanece. Todo se desvanece ante la sensación de pánico que la inunda, ante los estremecedores tambores de guerra de su corazón, que retumban al ritmo de un «lo sabe lo sabe lo sabe». Se acabó, no puede respirar, se acabó. Con Marysieńka como testigo, si Tomasz revela su secreto, podrían echarla del pueblo o, lo que es peor, podrían encarcelarla. Y, de no ser así, si el *wójt* muestra milagrosamente clemencia, acabará siendo una paria de igual manera. Nadie volverá a mirarla con los mismos ojos; nadie volverá a confiar en ella.

Solo hay una cosa que pueda hacer. Se valdrá de la maldición que ha yacido hecha un ovillo en su interior desde que nació y liberará la magia que siempre ha reprimido.

Úsame úsame úsame, susurra con voz seductora.

Liska ha quedado presa del pánico. La derrite, la quema, no le permite ver otra salida.

Lo sabe, lo sabe, lo sabe. Úsame, úsame, úsame.

Su mente va en su busca y se aferra a algo grande. Una luz azul brota de su pecho.

—*Detenlo* —ruega.

—Había un árbol ante el granero. —La voz de Liska es apenas un susurro—. Un tilo enorme y viejo. Por lo que me contaron, llevaba allí cientos de años. Cayó sobre el granero y mató... Y maté... maté a Tomasz Prawota.

Ahora lo ve con claridad: Marysieńka grita y esquiva el árbol que cae y derriba el muro del granero por muy poco. Tomasz está tirado entre los escombros, con sangre en la sien. Marysieńka clava la mirada en las mariposas espectrales que perfilan las manos de Liska y una mueca aterrorizada contorsiona sus hermosas facciones.

—Bruja —susurra, aturdida.

Entonces, Marysieńka corre al lado de Tomasz y apoya una oreja sobre su pecho. Por fin cae en la cuenta —cae en la cuenta de que su marido ha muerto— y se desmaya.

El recuerdo se rompe en pedazos tras esa imagen. Un fragmento muestra a mamá, que llega al granero para ayudar a Marysieńka. En otro, Liska ve el furioso rostro de su madre cuando la agarra del brazo y la mete en casa de malas maneras:

—¿Qué has hecho? —exige saber.

Cuando Liska no consigue contestar, mamá baja la voz:

—Maryś se acuerda de todo, Liska, incluso de tu magia. Tienes suerte de que llegara en el momento justo. Conseguí convencer a sus padres de que estaba delirando por haberse golpeado la cabeza.

Liska se retuerce las manos, incapaz de encontrar los ojos gélidos de su madre.

—¿Estará bien?

—Ella sí. En cuanto a ti, solo nos queda rezar.

Al contarle todo eso al Leszy, Liska se siente como si estuviese bajo el agua, como si su voz sonase amortiguada y lejana. No deja de intentar reprimir las lágrimas, pero no dejan de caer, y Liska se pregunta si llegarán a ahogarla. Cuando acaba de hablar, el Leszy carraspea con delicadeza.

—Lo siento —dice.

—¿Por qué? No es como lo que pasó con mi padre. No hay nada ni nadie más a quien echarle la culpa. —Liska se retuerce las manos—. Yo quise que ocurriese, Leszy. ¿No te das cuenta de que soy un monstruo?

—Pasaste toda una vida bajo presión y cada vez iba a más. Incluso la persona más fuerte del mundo habría cedido después de tantos años.

A Liska se le entrecorta la respiración. ¿Cómo puede estar tan tranquilo?

—¡Pero ha muerto gente!

—Sí —coincide—, pero así es la esencia de la vida. Algunas criaturas mueren y otras nuevas llegan al mundo. —Se saca una baya de serbal seca del bolsillo y juguetea con ella mientras habla—. Tu magia forma parte de ti y también de tu esencia. Que te deshagas de ella no cambiará el pasado y no supondrá ningún alivio.

Liska sabe que la está mirando, que espera una respuesta, pero no aparta la mirada de la baya que el Leszy tiene en la mano. Se está desmoronando, se agrieta con la fragilidad de la porcelana, y, si habla ahora, terminará por romperse.

—Tenemos la costumbre de alterar nuestra forma de ser, de recortar fragmentos de nuestra esencia aquí y allá para encajar en un molde que no está pensado para nosotros. Yo… —lanza la baya

225

y la vuelve a atrapar— yo también he pasado por eso. Sin embargo, si algo he aprendido al convertirme en el guardián de la Dríada, es que, cuando el mundo no te ha dejado un hueco, debes armarte con un martillo y un cincel para hacértelo tú por tu cuenta.

Liska se abraza a sí misma.

—Soy demasiado cobarde para hacer algo así.

—Eres mucho más valiente de lo que piensas, Liska —dice el Leszy—. Muchísimo más. De hecho, es algo que me saca de quicio. Mira lo que me has hecho. Has derribado mis defensas pese a lo mucho que me he esforzado por resistirme a tus implacables encantos.

El Leszy se da cuenta de que casi, por muy poco, consigue sacarle una sonrisa. Le apoya un nudillo con suavidad bajo la barbilla y se la levanta hasta que sus ojos se encuentran. Las palabras que pronuncia a continuación son como unos puntos de sutura: no bastan para curar una herida, pero sí para que esta comience a sanar.

—No eres un monstruo, Liska Radost. Eres como la luz del sol y le das la vida a todo lo que tocas.

Liska sacude la cabeza en una muda negación que ya no tiene ningún valor. El nudo que siente en el pecho amenaza con desatar otro torrente de lágrimas cuando se descubre extendiendo el brazo para tomar la mano del Leszy y estrechársela con fuerza en un intento por encontrar un punto de apoyo. Él tolera el gesto por un momento, pero luego gira la mano sobre la de ella y le ofrece la baya de serbal.

—Y, ahora, sigamos con mi parte del trato —dice con jovialidad—. Creo que ya sabes qué hacer.

Tiene razón. Un delicado poder que no ha sentido en meses aletea en su pecho y llena ese vacío que sentía tras las costillas. Para su sorpresa, el regreso de su magia la tranquiliza, como si Liska se hubiese estado resquebrajando poco a poco y un día se hubiese despertado con todas las fisuras reparadas.

—¿Cómo lo has sabido? —susurra al tiempo que se lleva una mano al pecho.

—Ya te lo dije: el alma y la mente están interconectadas. A veces, reprimir parte de una de ellas implica cohibir aspectos de la otra.

Durante todo este tiempo, había estado intentando no pensar en lo que ocurrió aquel día, acallando cualquier pensamiento que tuviese que ver con los errores de su pasado o con Marysieńka. Y, con ellos, había reprimido la única cosa que ella consideraba culpable de su dolor.

¿De verdad será tan sencillo?

Sostiene la baya de serbal con interés y levanta los dedos para que ruede hasta el centro de su palma. El hechizo de regeneración que aparecía en *Czarología* se le viene a la mente, como si hubiese estado esperando a que llegase este momento. La magia le sacude los huesos con impaciencia, demasiada impaciencia. Se le acelera la respiración. Piensa en el corazón de la manzana, consumido y descompuesto sobre la mesa. Piensa en las espinas que envolvieron la muñeca de tata. Piensa en los zarcillos de hielo que azotaron la plaza de Wałkowo. Piensa…

El Leszy presiona los labios contra su sien.

La conmoción ahoga los pensamientos de Liska. Mira al Leszy sorprendida. Sus narices casi se tocan y los penetrantes ojos verdes de él sostienen la mirada de ella con una confianza inquebrantable. Una sonrisa relajada, una sonrisa segura, le curva las comisuras de la boca. El Leszy no tiene miedo.

Liska no tiene nada que temer.

Inspira hondo, se llena los pulmones de aire hasta que le duelen y exhala el hechizo:

—*Sana.*

Una luz azul le envuelve las manos como un halo, dibuja las espirales de un hipnotizante caleidoscopio y adopta la forma de las alas de una mariposa. Liska contiene el aliento mientras la piel de la baya se vuelve tersa y recupera el color rojo. Pasa un segundo. Luego, otro. El fruto no se descompone. La magia de Liska comienza a desvanecerse. Se ve invadida por una oleada de alivio, acompañada de una inesperada chispa de orgullo.

Lo ha conseguido. Ha lanzado el hechizo por voluntad propia y ha salido bien.

Ha lanzado un hechizo y no ha acabado en desastre.

—Me siento… genial —dice, sorprendida—. Ya no me acordaba de lo bien que podía llegar a sentirme usándola.

—La magia forma parte de ti —le recuerda él—. No es algo malo.

El Leszy esboza una sonrisa sincera que hace que se le marquen un par de hoyuelos en las mejillas. Liska entrelaza las manos para resistir el impulso de tocárselos. Todavía le cosquillean las palmas por el hechizo.

—¿Y ahora qué? —pregunta, sintiendo que su mundo se pone patas arriba.

El Leszy se echa hacia atrás y su sonrisa se vuelve voraz. Sobre ellos, las luces que bailan por la biblioteca emiten un brillo cálido, se mueven por las estanterías y se cuelan entre las ramas.

—Ahora, mi querido zorrillo atolondrado —dice el demonio del bosque—, es cuando empezamos a divertirnos.

24

La aprendiz del Leszy

A
l final resulta que los demonios tienen un concepto de la diversión bastante distorsionado.

El entrenamiento de Liska da comienzo a la mañana siguiente. Empiezan por lo fácil, con hechizos básicos para revivir flores, conjurar la luz o hacer que Onegdaj acuda a ella desde otra habitación. Aunque les lleva su tiempo, en cuanto aprende a dominarlos con cierta soltura, el Leszy la saca a la Driada por primera vez.

No se alejan demasiado de la casa; recorren el camino adoquinado hasta el árbol a través del que viajaron a Wałkowo y, allí, el Leszy le explica que solo los árboles de más edad tienen un alma lo suficientemente fuerte como para abrir un portal. Le enseña el hechizo a Liska y, después, la supervisa con los brazos cruzados mientras ella intenta replicarlo una y otra vez. Regresa a casa sin haber tenido éxito, pero una recién descubierta determinación arde en su interior.

Durante las siguientes semanas, recorren gran parte de la Driada y el Leszy le muestra todos los caminos que ha protegido con hechizos, así como los puntos de referencia que utiliza para orientarse. Al principio, los árboles retorcidos, la espesa niebla que intenta alcanzarlos con dedos amortajados, los caminos que conducen a ninguna parte y los erráticos y exasperantes laberintos de zarzas a Liska le resultan aterradores. Sin embargo, a medida que se sumerge en las profundidades del bosque y va descubriendo sus patrones de comportamiento y sus trucos, el miedo se transforma en un cauteloso respeto mutuo.

Traza un mapa de la cambiante espesura en su cabeza: allí está el bosquecillo de árboles con ojos humanos, la resplandeciente cascada que parte el río de la Driada en dos y, un poco más allá, los pinos gemelos donde se topó con una *rusałka* por primera vez. Aprende a reconocer las carcajadas de los *strzygoń* cuando salen a cazar y los rugidos guturales de los *bies*, de cuernos retorcidos y patas terminadas en pezuñas, así como el aullido de los *licho* —los de verdad, de un solo ojo, como en las leyendas— mientras se mueven por el bosque.

A medida que pasan las semanas, el otoño afianza su control sobre el mundo y Liska se descubre abrazando su nuevo rol como aprendiz del Leszy.

A diferencia de Liska, Maksio se adapta a la vida en el bosque de los espíritus con facilidad. Aunque todavía no habla —y Liska decide no presionarlo—, pasar tiempo en la casa solariega parece animarlo. Está en todos lados y en ninguno a la vez, pero casi siempre donde no debería: se dedica a cazar arañas y almacenarlas en tarros, a colarse en la alacena para robar mermelada de frambuesa y a jugar en los charcos del jardín cuando llueve. Tiene una curiosidad insaciable y a Liska no le sorprende en absoluto que el Leszy decida enseñarle a leer y escribir, algo que Maksio aprende con impresionante rapidez.

—Esos dos se parecen tanto que me pone los pelos de punta —le comenta Liska a Jaga una noche en que Maksio escribe un párrafo del *Czarología* de memoria y se lo enseña al Leszy con gesto orgulloso—. No sé si debería alegrarme o preocuparme.

Deberías preocuparte, responde Jaga. *Sin duda*.

Pero no importa lo alegres que sean los días, puesto que, para Liska, las noches siempre son implacables. Las pesadillas aguardan en la oscuridad, caen unas sobre otras como piezas de dominó. A veces revive la muerte de Tomasz y, otras, la masacre de Wałkowo. A veces corre por una versión infinita de la Driada, huyendo de un enemigo invisible. Se despierta empapada de sudor, con un grito en los labios, rezando por que nadie descubra que ha estado dando vueltas entre las sábanas.

La de hoy es una de esas noches.

El sueño transcurre en un caluroso día de verano y Liska está de pie ante una tumba. No acudió al funeral de Tomasz; no estaba invitada. Por eso, ha ido a visitar el abultado montículo de tierra y la cruz de madera que conforman su tumba más tarde, para empapar el silencioso suelo con sus lágrimas de culpabilidad y arrepentimiento.

Una sombra se cierne sobre Liska. Estaba tan ensimismada que no ha oído los pasos de Marysieńka al acercarse. Vestida de negro y recortada por la luz dorada del sol, su prima le recuerda a la mítica *południca*: un demonio que se disfraza de mujer hermosa para salir a dar caza a los granjeros en el campo al mediodía. Sin embargo, a diferencia de la *południca*, ella no blande una hoz, sino su pena, tan letal como cualquier espada, que le mancha el rostro como la sangre.

—Maryś… —La voz de Liska se va apagando al verse incapaz de encontrar las palabras que busca.

—Sé lo que eres —dice Marysieńka en voz baja—. Lo recuerdo. Tu madre dice que fue un delirio, pero yo sé que miente. Los Prawota también sospechan de ti. Se lo están contando a todo el mundo y dicen que eres una bruja.

Liska se aferra a su chal con una mano. Está muerta de miedo.

—¿Les has contado lo que sabes?

—No. Es el último favor que voy a hacerte por todos nuestros años de amistad. —Marysieńka se detiene y Liska percibe la ira que bulle en el interior de su prima hasta que casi explota—: No me puedo creer que Tomasz tuviese razón sobre ti. Me tuviste engañada toda la vida. Fingías ser normal, pero tu magia siempre estuvo ahí y la has estado usando. ¿Qué forma tengo yo de saber que no me has hechizado de alguna manera? ¿Cómo puedo estar segura de que nuestra amistad fue real?

Su voz deja ver lo inmensamente traicionada que se siente, aunque la emoción se ve compensada por el tembloroso filo del miedo. Mira en todas direcciones con tal de no posar la vista en Liska, y las lágrimas que inundan sus ojos brillan bajo el sol.

—Ahora todo tiene sentido. Si sabes tanto acerca de los demonios no es gracias a las leyendas. Has estado hablando con ellos, ¿no es así?

Liska se mira las manos. No puede negarlo, no cuando ha estado hablando con los duendes y luchando por ocultar los estallidos de magia que se le escapaban sin querer desde que era pequeña.

—Intenté evitarlo, Maryś, te lo juro, pero...

—Pero no pudiste contenerte, ¿verdad? Por supuesto que no. —Se ríe con amargura—. Tienes que marcharte de aquí, Liska. No hay lugar para las personas como tú entre la gente como nosotros y menos estando tan cerca del bosque de los espíritus. Márchate *y regresa al lugar que te corresponde.* —De pronto, su voz se transforma en un rugido gutural—. *Aquí es donde debes estar.*

Liska se da la vuelta, pero es demasiado tarde. Unas garras la sujetan por la mandíbula y la obligan a girar la cabeza hasta quedar cara a cara con los dientes de un *strzygoń*. De un tirón, la criatura la envuelve en un abrazo y la sostiene contra su cuerpo, que apesta a muerte y putrefacción. La estrecha entre sus brazos más, y más, y más, y...

—¡Liska!

Se incorpora de un salto y por poco se da un golpe en la frente con la barbilla del Leszy. Este retrocede y se apoya en el cabecero de la cama antes de extender un brazo para agarrarla del hombro y estabilizarla. Liska casi lo aparta de un empujón, consciente del aspecto que debe de tener: con el camisón pegado a la piel empapada de sudor y la respiración entrecortada.

—Dios —jadea Liska.

—No exactamente —dice el Leszy, que la observa con atención—, pero me parece mejor eso a que grites al verme.

Si no siguiese temblando, Liska habría puesto los ojos en blanco. Se dice a sí misma que Marysieńka no se transformó en un *strzygoń* aquel día. Simplemente se alejó de ella, atravesó el cementerio y echó la vista atrás una única vez al oír a Liska sollozar.

Liska se frota la cara para tratar de tranquilizarse.

—Espero no haber despertado a Maksio.

Es un consuelo para ella ver que el Leszy sacude la cabeza.

—Creo que no.

Todavía la está agarrando del hombro y, con el pulgar, traza rítmicas caricias de adelante atrás. El Leszy se da cuenta de lo que está haciendo justo al mismo tiempo que Liska y aparta la mano para colocarse a los pies de la cama.

—¿Estabas teniendo una pesadilla?

Liska se muerde el labio.

—Han empeorado.

—Teniendo en cuenta lo que viste en Wałkowo, no me sorprende. —Hace una pausa al recordar algo—. Tengo un brebaje que podría ayudar. Puedo traerte un poco para el resto de la noche. —Liska debe de estar mirándolo con escepticismo, porque añade—: Es básicamente una mezcla de hierbas a la que le he añadido de propina un hechizo sencillo para conciliar el sueño. Te puedo prometer que cumple su función.

—Gracias —dice Liska, que reflexiona sobre la información que el Leszy le ha revelado inconscientemente con sus palabras.

¿Por qué dispondría de un remedio como ese si no fuese para aliviar sus propias pesadillas? No sabe de qué se sorprende. Quizá sea porque el Leszy ha actuado con templanza, incluso ante el vivo rostro del miedo.

Liska se atreve a mirarlo; sus orgullosas facciones resplandecen con un brillo dorado bajo el fuego y la luz de la luna se cuela entre las copas de los árboles de la Driada para juguetear con sus cabellos. El Leszy le devuelve la mirada y arquea las cejas. Tal vez se haya dado cuenta de que le ha desvelado una rara debilidad o quizá se haya percatado del mismo detalle que ha horrorizado a Liska y le ha coloreado las mejillas. Es de noche, están juntos en una misma habitación y en la cama sobre la que están sentados hay espacio suficiente para los dos.

Por suerte, antes de que ninguno tenga oportunidad de decir —o hacer— alguna tontería, una polilla centinela entra en la habitación y reclama la atención del Leszy. Al igual que en otras ocasiones, la delicada criatura se funde con su piel y hace que al Leszy se le pongan los ojos blancos. Cuando sus iris recuperan su color normal, se pone de pie de un salto.

—¿Qué ocurre? —pregunta Liska mientras se incorpora.

—Hay problemas —responde el Leszy. Su mano resplandece con un estallido de magia que se expande hasta que la calavera de ciervo se materializa sobre su palma—. He de irme.

Se da la vuelta y sale a toda prisa de la habitación.

Liska se pone en pie con torpeza. Se le mete el pelo en los ojos y le tiemblan los dedos, pero, milagrosamente, se las arregla para ponerse la falda y una camisa y se ata el *gorset* tras haber echado a correr. Maksio se asoma por la puerta de su dormitorio, sobresaltado por el escándalo, pero Liska le hace una señal para que no salga.

En el exterior, el cielo de medianoche cubre el mundo con un manto de un intensísimo azul que los árboles de la Driada rasgan como si fueran garras. La mercúrica luz de la luna brilla entre las copas de los árboles, mientras que la niebla que se arremolina por el jardín se aparta de los pies de Liska con cada zancada.

Casi ha perdido de vista al Leszy. Ha vuelto a transformarse en ciervo y su pelaje contrasta con la intensidad de la noche, como una errante pincelada blanca obra de la torpeza de un artista. Parece estar a punto de salir al galope, pero Liska lo llama.

—¡Leszy!

Él no se detiene, pero sus ojos brillan con un salvaje fervor cuando la mira por encima del hombro.

—Si vas a acompañarme, más te vale seguirme el ritmo.

Liska por poco se tropieza, sorprendida por que no le haya ordenado regresar a la casa.

—¿Qué ha pasado esta vez?

—Una caravana de artistas llegada desde Litven. Lo más seguro es que fueran de camino al festival de otoño de Aniołów. —Hace una breve pausa y baja la cabeza para que Liska se suba a su lomo con torpeza—. Hoy hay luna llena, así que los *ogniki* están más activos de lo normal.

Ogniki, espíritus que se manifiestan en forma de luces brillantes. Recibió múltiples advertencias sobre esas criaturas cuando era niña. Nacen de las almas de los hombres que se pierden en los bosques y les encanta hacer que otros se extravíen para que sufran el mismo destino.

El Leszy acelera el paso mientras habla y se encamina hacia el árbol del portal mientras este comienza a abrirse perezosamente.

—Uno de ellos, sin duda, un idiota, se adentró en el bosque para orinar y quedó presa del hechizo de los *ogniki*. No lo matarán, pero lo conducirán hasta algo que sí que lo hará.

—¿Y qué hacemos?

—Fácil —dice, al tiempo que atraviesa el portal de un salto—. Habrá que ponerse en lo peor, pero sin perder la esperanza.

Da una sacudida hacia adelante y por poco hace que Liska salga despedida de su lomo. Con una retahíla de creativas groserías, se sube a un montículo de tierra tan húmedo que suena como si le succionara las pezuñas con cada paso que da. El olor que desprenden los alrededores —como a agua estancada, madera podrida y algo que recuerda mucho a las entrañas de pescado— es nauseabundo.

Están en una ciénaga. Se extiende a izquierda y derecha, resplandeciente e irregular bajo la legañosa luna. Los árboles salen del agua y se doblan sobre sí mismos como personas contraídas de dolor. La maleza de la abarrotada ciénaga crece a su alrededor, se engancha en la falda de Liska y araña los flancos del Leszy. Un tronco caído y en proceso de descomposición les corta el paso y, ante él, hay…

—Huesos —susurra Liska—. Hay huesos ahí delante, Leszy…

—Parecen de jabalí —dice, tranquilo—. No pierdas la calma. Estamos en territorio de los *utopiec*. Parece que los *ogniki* se sentían especialmente traviesos esta noche.

Tan pronto como pronuncia esas palabras, un inconfundible grito humano desgarra la noche.

El Leszy gruñe.

—Yyyy tenía razón.

—¿En qué? —exclama Liska cuando el Leszy se sube al tronco caído, salta a una roca y pasa a otra parcela de tierra seca para mantenerse alejado del agua a toda costa. Liska juraría haber visto un par de vigilantes ojos saltones bajo la delgada neblina de la superficie del pantano.

Antes de poder comprobarlo, se oye un ruido más adelante que capta su atención: chapoteos y jadeos seguidos de otro alarido desesperado. Provienen de un hombre que se revuelve con el agua hasta la cintura. Es corpulento y fuerte, con un rostro como el de un mastín que intimidaría a Liska si no estuviese retorcido en una mueca de pánico.

Al acercarse a él, la chica se fija en que una manita, no mucho más grande que la de un niño, emerge del lodo. Tiene la piel gris y cubierta de purulentos forúnculos y araña al hombre con las uñas rotas al tirar de su cabeza para sumergirlo. Otra mano sale disparada del agua para agarrarlo por el hombro; una tercera se cierra en torno a una de sus muñecas; una cuarta le clava los dedos en el brazo; una quinta… Liska profiere un grito ahogado. Hay demasiadas. Del lodo y la inmundicia salen cientos de manos. Las aguas se agitan con ellas, iluminadas por el despliegue de diminutas llamas blancas que vuelan más arriba: los *ogniki*. Brillan emocionados y es evidente que están disfrutando de la terrible escena.

—*Utopiec* —explica el Leszy, que anima a Liska a bajarse de su lomo—. Son otro tipo de demonios nacidos de almas ahogadas. Son molestos, pero, siempre y cuando te mantengas fuera del agua, no son muy poderosos. —Recobra su forma humana, se quita la *sukmana* y se la lanza a Liska—. Ten cuidado.

Liska atrapa el abrigo justo cuando el Leszy desenvaina a Wyrok, que resplandece como el mercurio bajo la luz de la luna, y se sumerge en el pantano.

El agua se aparta del camino de la espada, deja al descubierto el fangoso y resbaladizo fondo y abre un camino hasta el litveniano atrapado. Allí donde el suelo queda expuesto, los *utopiec* sisean y se retiran para zambullirse de nuevo en el agua. A medida que avanzan, Liska alcanza a distinguir breves destellos de piel marchita y rostros con la boca abierta para chillar, de un aspecto tan infantil que le pone los pelos de punta.

El Leszy se adentra con calma en el pantano, donde el barro le cubre casi por completo las pantorrillas. Vadea hacia el litveniano, que ha caído de rodillas y divide su atención entre el demonio que se aproxima a él y la superficie del agua, donde los *utopiec* lo observan con resentimiento.

El Leszy se detiene ante el hombre. En comparación con su silueta musculosa, el demonio parece esbelto y delicado, pese a que su majestuoso porte no deja de irradiar un aura sobrenatural salvajemente amenazadora. El litveniano se encoje, se santigua y gruñe algo que suena como una maldición. Después, se pone de pie a duras penas y carga contra el Leszy.

Este se prepara para el envite, pero el hombre es dos veces más grande que él y el barro no es un terreno de lo más estable. Con el corazón en un puño, Liska ve cómo los dos hombres chocan, forcejean y caen al agua. Los *utopiec* que estaban al acecho se abalanzan sobre ellos con los huesudos brazos extendidos, los agarran del pelo y la ropa y los arrastran bajo la superficie.

—¡Leszy! —grita Liska.

Corre a por él, pero el camino que Wyrok había abierto se ha vuelto a inundar. Se enfrenta a un cenagal negro como la tinta y sus aguas se agitan bajo los miles de *utopiec* que se han lanzado a por los dos hombres caídos. Uno de los demonios se fija en Liska. Se gira hacia ella, se relame los labios con una lengua podrida y ataca.

Liska maldice y se aleja de la orilla con un tropiezo. La criatura profiere un alarido decepcionado y la salpica de agua fétida antes de volver a sumergirse.

Continúa retrocediendo, rígida por el miedo. Si no saca al Leszy pronto del agua, no le cabe duda de que esas criaturas lo ahogarán. Sin embargo, si entra ahí, lo único que conseguirá es sufrir el mismo destino. Debe de haber algún hechizo, algo que le permita liberarlo. Pero ¿el qué?

Su magia se despierta en ese preciso instante, se expande por su cuerpo con tanto entusiasmo que la siente en la garganta. El plano intermedio se despliega a su alrededor como un paisaje estrellado, cubierto de almas resplandecientes. La Driada emite brillantes pulsaciones y teje una cegadora red de vida a través de las enormes raíces, las vastas copas de los árboles y las miles de criaturas que crecen en el bosque.

Liska se centra en el alma más brillante y próxima a ella. Es la de un roble encorvado, que cuenta con un tronco tan grueso que harían falta cinco personas para rodearlo. Extiende su magia hacia ella y se imagina las manos de tata sacándola del arroyo de Stodoła, aquel en el que se cayó cuando era niña.

—Por favor —susurra Liska antes de continuar en lengua divina—: Tráemelos.

Con un gruñido, el árbol se endereza y se sacude, desatando una lluvia de hojas. Extiende las ramas con rigidez en dirección a la refriega y va a buscar al Leszy cuando este sale a la superficie. Sin embargo, los *utopiec* son más listos de lo que Liska habría esperado. En cuanto las ramas quedan a su alcance, las criaturas saltan y las despedazan con su fuerza sobrenatural. El árbol retrocede como si estuviese dolorido, y Liska siente su ira como si fuera la suya propia.

—Intentémoslo de nuevo —dice y le envía una nueva descarga de magia.

El árbol comienza a brillar con una luz azul, de manera que cada una de las grietas de su corteza queda perfilada como una vena. Liska siente cómo el roble lo reconsidera y evalúa la situación. Acto seguido, se sacude y empieza a curvarse.

Liska, maravillada, ve cómo se inclina, se agacha y se estira hasta crear un puente entre ella y los dos hombres en apuros. Sin dudarlo, cruza apresuradamente el tronco mientras invoca a Onegdaj. La daga aparece en su mano con un destello azul y la utiliza para atacar a cualquier *utopiec* que se le acerque más de la cuenta.

—¡Leszy! —vuelve a gritar cuando se asoma a la zona donde lo vio emerger por última vez.

El demonio sale a la superficie con el litveniano bajo el brazo, que aprovecha para escupir el agua que ha tragado. Al mismo tiempo, otro *utopiec* le clava las uñas en el tobillo a Liska y comienza a arrastrarla hacia atrás. Milagrosamente, se las arregla para agarrar al Leszy y ayudarlo a subir al otro hombre al improvisado puente. Tan pronto como se pone en pie, el Leszy toma la mano de Liska, se pasa el brazo del litveniano por los hombros y le asesta una patada al *utopiec* que todavía se aferra a la pierna de la chica. Los tres corren por el puente, tropezándose con las criaturas que siguen tratando de alcanzarlos. Cuando por fin llegan a tierra firme, se desploman mientras luchan por recuperar el aliento, cubiertos de barro de pies a cabeza. El roble vuelve a erguirse. La durísima experiencia parece haberlo dejado tan cansado como a ellos.

El Leszy es el que menos tarda en recuperarse; se sienta y escupe una buena cantidad de negra agua pantanosa.

—¿Cómo has hecho eso?

—¿El qué? —tose Liska.

—Ese era un árbol de la Driada. A mí casi nunca me obedecen y eso que fui yo quien los creó.

Las uñas romas de los *utopiec* le han dejado marcas enrojecidas en el rostro y el cuello y tiene la camisa casi rasgada en dos, hecha jirones en torno al pecho pálido y firme. Liska tiene que poner todo su empeño en no quedarse embobada.

—Se lo pedí por favor —explica mientras se limpia las manos con la falda.

—Que se lo pidió por favor dice... —El demonio deja escapar un sonido que está a medio camino entre una carcajada y un resoplido—. Me sacas de quicio, chiflada imparable.

—Lo mismo digo, demonio del averno. —Liska le lanza una mirada al litveniano, que los observa petrificado por el miedo—. ¿Qué hacemos con él?

—No creo que sea tan tonto como para volver a atacarme.

El Leszy lo fulmina con la mirada y ruge algo en litveniano con tono seco. El hombre asiente fervientemente y entrelaza las manos en un gesto con el que podría estar mostrando su gratitud o suplicando clemencia.

Una vez que todos se han recuperado, lo llevan de regreso al sendero del que se alejó. Allí, el Leszy lo empuja con firmeza para que cruce la linde del bosque y salga al camino de tierra donde se da de bruces con sus alterados compañeros. El demonio no se queda a ver el reencuentro. Se limita a girar sobre sus talones antes de transformarse en ciervo y regresar por donde han venido. Liska se queda atrás por un momento, embargada por una cálida satisfacción al escuchar los aliviados comentarios de la *troupe* litveniana, así como el estruendo de la caravana cuando retoma la marcha.

Cuando los pierde de vista, Liska se arremanga la falda rígida por el barro y corre tras el Leszy.

Casi han llegado al árbol del portal cuando Liska oye el borboteo del agua en movimiento. La sorpresa hace que se olvide del cansancio. Mira a su alrededor y reconoce vagamente el paisaje, puesto que ya había pasado por aquí durante una de sus expediciones con el Leszy. El río de la Driada está cerca. Los ríos llevan agua limpia y el agua limpia invita a darse un chapuzón. Ahora mismo, no hay nada que a Liska le apetezca más en el mundo que un buen baño.

—Enseguida vuelvo —le dice al Leszy.

El bosque está más iluminado ante ella, lo que significa que debe de haber un claro. Un montículo de rocas cubiertas de musgo le bloquea el paso, pero lo trepa con impaciencia para seguir el sonido del río. Se mueve con más torpeza de lo normal. Haber lanzado ese hechizo la ha dejado agotada. Su magia se ha recostado contra su diafragma y, de intentar usarla, está segura de que se desmayaría.

De pronto, pisa una piedrecita que cede bajo su peso y se suelta. Liska jadea y agita los brazos en todas direcciones en un vano intento por mantener el equilibrio.

El Leszy, que ha vuelto a adoptar su forma humana, la sujeta por la espalda y la ayuda a incorporarse.

—¿Qué demonios estás haciendo, zorrillo?

Liska se aparta con una sacudida, sorprendida ante la calidez de sus manos.

—Solo quiero asearme un poco. Te prometo que no tardaré nada.

Acalorada, termina de atravesar el montículo y continúa avanzando entre los árboles.

Tiene que reprimir un jadeo ahogado. El claro es mucho más bonito de lo que esperaba, tanto que casi resulta sospechoso. Sobre su cabeza, el cielo está decorado por una corona de delgados abedules cuyas ramas se apartan como las cortinas de un teatro para mostrar un concierto de estrellas. Unas cuantas hojas doradas corretean por el suelo y tropiezan con los suaves helechos y las setas altas, de amplios sombreros rojos con motas blancas.

Una cascada domina el claro, como una criatura esbelta que murmura sin cesar, y sus aguas resplandecen bajo un rayo de luz de luna al caer en un profundo estanque, estrechándose hasta formar un arroyo. El estanque está delimitado por unas piedras que se mantienen en su sitio gracias a las raíces de un sauce llorón, salpicado de musgo y flores de cinco pétalos que brillan como pintadas con la luz de las estrellas.

Liska, embargada por un repentino entusiasmo, se deshace de las empapadas prendas de abrigo, deseosa de quitarse toda la cenagosa suciedad que pueda. Cuando se tira al agua, deja escapar un suspiro de alivio al notar que el hedor que se le había pegado a las ropas comienza a disiparse.

Mientras tanto, la confusión del Leszy, que se ha quedado inmóvil tras ella, es casi tangible. Él ya se ha aseado y sus ropas no presentan ni una sola arruga, como si hubiese pasado la noche admirando el paisaje en vez de haber estado luchando contra las criaturas de pesadilla que habitan en la zona pantanosa del bosque.

—¿Sabes que existe un hechizo para eso, zorrillo? —pregunta con delicadeza.

Liska se sacude la falda empapada.

—He gastado toda mi magia.

—Vaya, y ¿por qué no has empezado por ahí? Podría haberte ahorrado todo este numerito.

Liska frunce los labios. No se le había ocurrido pedir ayuda, pero, siendo sincera, no cree que haya ni un solo hechizo en el mundo capaz de hacer que se sienta tan limpia como en este momento.

—Ahórratelo —dice, al tiempo que recoge la ropa.

Se siente un poco mejor, pese a que le pica la piel por seguir teniendo la camisa interior y las enaguas sucias. Intenta no mirar al Leszy cuando se pone de pie. Si un hombre la hubiese visto así en Stodoła, se habría considerado un escándalo, algo casi pecaminoso.

Pero el Leszy es un demonio. Bueno, más o menos. Seguro que él no cuenta.

Parece que su cuerpo no está de acuerdo. Se le encogen los dedos de los pies al ser plenamente consciente de su mirada, que pesa sobre ella como si le hubiese colocado una mano en la nuca. Es cautelosa, pero también implacable, cargada de deseo. Liska conoce muy bien esa sensación. Ella misma lleva semanas ignorándola, pero ahora sus emociones responden a las del Leszy con la misma intensidad.

Tal vez sea cosa de la adrenalina que le queda tras la pelea, pero siente una extraña vibración en su interior, igual que cuando Marysieńka y ella le robaron una botella de *wódka* a su padre y tomaron un trago cada una antes de que las atraparan. El Leszy es un demonio y lo de ahora es una tentación, es peligroso. Sin embargo, también lo eran la ciénaga llena de *utopiec* y el bosque de los espíritus en la noche del Kupała. Liska quiere vivir un instante, un solo instante, en el que dejarse llevar, vivir sin preocuparse por el futuro o el pasado.

Inspira hondo. Se arma de valor. Y, entonces, se acerca hasta el demonio, le agarra de la mano y tira de él hacia el estanque.

—Ven conmigo.

Para su sorpresa, el Leszy se resiste.

—No podemos. Ya sabes que no…

—¿Qué es lo que no podemos hacer? ¿Descansar por un segundo? —Lo mira y lo reta a llevarle la contraria—. El bosque está tranquilo, Leszy. Los demonios llevan semanas sin atravesar tus hechizos de protección. Además, me tienes aquí para ayudarte a luchar contra Weles. Ya no tienes que hacer esto solo.

El Leszy aprieta la mandíbula.

—No sé…

—Pues vale —dice con tono animado—. Si tanto miedo te da un poquitín de agua, entonces me bañaré sola.

—No me da miedo —asegura él entre dientes—. Actúo con cabeza.

—¡Pues menuda novedad!

—¿Es así como se comportan las muchachas devotas de vuestro pueblo? —razona—. ¿Acaso no es el recato una exigencia de la fe?

—También nos prohíbe relacionarnos con demonios —señala Liska, que se mueve por el estanque con los dientes apretados por el frío—. ¡Pero lo entiendo! Todos tenemos nuestros miedos.

A su espalda, oye cómo el Leszy se quita la ropa y murmura algo sobre campesinas rebeldes que no atienden a razones. Liska sonríe con satisfacción. Parece ser que la manera más rápida de conseguir que un demonio te obedezca es cuestionar su coraje.

Cuando se atreve a echar un vistazo por encima del hombro, se le para el corazón. El Leszy se ha dado la vuelta y sostiene su camisa entre las manos. Tiene la espalda al descubierto, imponente, esbelta y surcada por las cicatrices que ha ido acumulando a lo largo de setecientos años. Una tenue luz baila por su cornamenta, entre sus suaves cabellos y sobre sus omoplatos. Es etéreo, angelical.

—¿Ya estás contenta? —La voz del Leszy se ha vuelto más profunda, aterciopelada y juguetona.

—No me puedo quejar —responde, con la esperanza de que la oscuridad oculte el rubor que se extiende por sus mejillas.

Por el rabillo del ojo, ve cómo el Leszy se adentra en el estanque, con los dedos iluminados por la magia. Un instante después, Liska se da cuenta de que ha dejado de tiritar. El agua se calienta poco a poco hasta que alcanza una agradable temperatura y su superficie comienza a humear.

—¡La has calentado! —exclama.

Él se encoge de hombros y le ofrece una media sonrisa.

—No iba a permitir que mi zorrillo atolondrado se resfriase.

Liska le devuelve la sonrisa, lista para lanzarle una réplica, pero es justo entonces cuando se da cuenta de lo cerca que están, de lo pequeño que es el estanque. Todas las respuestas ingeniosas desaparecen de su mente. El demonio se queda inmóvil como una estatua, y, a juzgar por su expresión, está pensando lo mismo que ella. Lo que están haciendo está mal, está bien, es un momento íntimo; su rostro es como un libro abierto.

El Leszy es el primero en dar un paso atrás. La punta de sus orejas está más roja de lo normal. Se agacha, ahueca las manos para recoger un poco de agua y se moja la cara. Liska no puede evitar observar, ensimismada, cómo las gotas corren por sus pómulos y caen desde la punta de sus cabellos.

Sus ojos se encuentran. Liska aparta la vista, avergonzada, y nada hacia la cascada, con la camisa interior flotando a su alrededor. Se mete bajo el agua que cae y se muerde los labios al notar lo fría que está, puesto que el hechizo del Leszy solo ha calentado el estanque. Se deshace las trenzas y deja los lazos empapados con los que se las había recogido sobre unas rocas.

De pronto se siente inmensamente cohibida. Sabe que no es ninguna belleza, pero tampoco es una chica poco agraciada. Es del montón: de estatura y peso promedio, con unas caderas que «bastarán para engendrar niños», según el viejo *pan* Jankowa. Ella siempre estuvo contenta con su aspecto. Hacía que se sintiera normal. Sin embargo, ahora desearía parecerse un poco al Leszy. Desearía ser hermosa, etérea, tener un aspecto que hiciera que el corazón del demonio diera tantos vuelcos como el suyo.

Con un quedo resoplido, Liska se aleja de la cascada. Se aparta los pesados rizos de la nuca y se quita el mechón blanco de los ojos. Se frota los hombros, el rostro. No quiere darse la vuelta, porque siente la mirada del Leszy clavada en ella.

—¿Liska? —Suena extrañamente ronco—. Tu pelo…

—Está hecho un desastre, ya lo sé.

Nota los nudos apelmazados por el barro y las hojas caídas al peinarse con las manos.

—¿Me permites…?

Tiene los brazos cansados por la pelea de antes y ya empiezan a dolerle al levantarlos para desenredarse el pelo, así que los baja con nerviosismo. Le ofrece un silencioso gesto de permiso.

El Leszy perturba la superficie del estanque al acercarse a ella. Le pasa los dedos por el pelo con delicadísima reverencia y, pese a la calidez del agua, desata un escalofrío por su piel. Su corazón se detiene, da un vuelco. Recupera el ritmo y vuelve a tropezar. Inundada por el placer, se permite cerrar los ojos y sucumbir a la sensación.

—Tienes un pelo precioso —comenta el Leszy.

Ha terminado de desenredarlo y ahora se limita a juguetear con él, pasándole los dedos entre los mechones y acariciándole el cuero cabelludo con las uñas. Dios, es una sensación maravillosa. Cuando se detiene, Liska tiene que morderse la lengua con todas sus fuerzas para no pedirle que continúe.

—Dame un segundo —murmura el Leszy.

Liska echa un vistazo por encima del hombro cuando el demonio se da la vuelta por un breve instante. Cuando se gira de nuevo, sostiene algo en la palma de la mano: es una de las resplandecientes flores que crecían en la orilla de roca. Sus pétalos aterciopelados desprenden luz de luna.

Se la coloca detrás de la oreja.

—He de decir, querido zorrillo, que te mereces a alguien mucho mejor que yo, pero... —Le acaricia la parte superior de la oreja y no aparta los dedos—. Pero, pero, pero soy una criatura egoísta y no quiero dejarte ir.

—Eliasz...

Es lo único que Liska es capaz de decir. Su corazón late desbocado y retumba de deseo. El Leszy está cerca, demasiado cerca. Ya habían estado en una posición parecida antes, pero esta vez... Aunque sea de noche, la luna llena ilumina el agua y ambos están en ropa interior. Pese a que Liska intenta no pensar en ello, siempre ha contado con una excelente imaginación y las líneas del cuerpo del Leszy no se lo están poniendo fácil. Por no hablar de los elegantes músculos de su pecho, al alcance de la mano, o del carnoso aspecto de sus labios cuando se los humedece.

—No vuelvas a tu pueblo, Liska. —El Leszy le sostiene la mirada, implacable—. Quédate aquí conmigo. Quédate y tendrás todo el poder y la magia que desees. Quédate conmigo y podrás ser quien tú quieras ser.

Oj, debería dudar. Sería la respuesta más lógica. Pero se siente incapaz de hacerlo. Es demasiado tarde. En cierto sentido, su corazón también se ha convertido en un bosque. Ahora que la Driada corre por sus venas, le ha cogido cariño, pese a sus trucos, su oscuridad y sus monstruos.

—De acuerdo —susurra, aunque se siente culpable al pensar en dejar su hogar atrás—. Está bien, Eliasz. Me quedaré. No obstante, si esto es un trato, quiero algo a cambio.

—¿Y qué es lo que deseas?

Liska toma su rostro entre las manos, entierra los dedos en sus suaves cabellos y lo besa.

El Leszy jadea y, por un momento, Liska teme haber cometido un terrible error. Pasa un instante, una milésima de segundo, y el Leszy le devuelve el beso. Comienza siendo un delicado roce, pero enseguida se intensifica y el demonio no tarda en recorrerle la espalda con esas elegantes manos suyas para atraerla contra su cuerpo. Liska hace lo propio y acaricia los firmes músculos del cuerpo del demonio, permitiéndose explorar cada una de sus cicatrices con los dedos. El Leszy la embarga con su sabor, su olor, sus caricias. El agua del estanque se arremolina violentamente a su alrededor. Cada centímetro de su piel está en contacto con la de él.

El Leszy retrocede y Liska siente su cálido aliento entrecortado contra la mejilla.

—¿Estás bien?

Dos sencillas palabras. «¿Estás bien?». Sí, no podría estar mejor. Pero, por Dios, no, se encuentra fatal. El momento es embriagador, y terrible, y maravilloso al mismo tiempo.

Liska asiente, con la mirada encendida.

—Que Dios se apiade de mi alma —murmura el Leszy—. Vas a ser mi perdición.

Tira de ella contra su cuerpo con fiereza y le deposita un beso en la base del cuello, en la mandíbula y en la boca. Liska atrapa su labio inferior entre los dientes. El Leszy deja escapar un sonido gutural, a caballo entre un ronroneo y un gruñido, y tensa la mano en torno a su cintura. Aúpa a Liska con soltura a la orilla rocosa cubierta de musgo mientras él se queda en el agua. Cuando alza la cabeza para mirarla con ojos entornados, en ellos hay un brillo de adoración, de devoción desnuda y sin adulterar.

Liska se inclina hacia adelante. Le agarra de los cuernos, rugosos al tacto, y le echa la cabeza hacia atrás para profundizar aún más el beso. Los labios del Leszy son como el satén contra los suyos. Liska nota cómo el demonio traza un sendero por sus muslos y le va subiendo la camisa. El placer la abrasa hasta que casi resulta insoportable. Arde, sueña, se siente más despierta que nunca.

A su alrededor, las flores blancas resplandecen y se mecen con la brisa. El aire se calienta a medida que la magia restalla y las partículas de luz —azul violácea y verde como el helecho— brotan de la piel de ambos y flotan hacia el cielo. Liska pasa los dedos por el cuello del Leszy, animándolo a salir del agua y cerrar la distancia entre ellos. Sube poco a poco tras ella y Liska siente sus poderosos músculos bajo sus manos, así como las gotas de agua que le trazan riachuelos resplandecientes por la piel. Liska encuentra la cinturilla de los pantalones del demonio, cierra los dedos en torno a ella y...

En las profundidades del bosque, se oye el chasquido de una rama.

El hechizo se rompe. Se separan y giran la cabeza al unísono hacia el sonido.

Liska nota los desbocados latidos del corazón del Leszy bajo su palma, así como la rigidez de sus músculos cuando la rodea con un brazo en gesto protector. Cuando no ocurre nada, el Leszy se aparta de ella e inclina la cabeza con un suspiro de disculpa. Sobre ellos, las motas de magia parpadean y explotan hasta apagarse una a una.

Liska esboza una sonrisa triste y apoya una mano sobre la nuca del Leszy.

—Ya casi ha amanecido. Jaga estará preocupada.

—Esa bestia solo se preocupa por su próximo almuerzo —refunfuña el Leszy. Vuelve a meterse en el agua, toma la mano de Liska y deposita un meticuloso y prolongado beso en su palma—. Vayámonos pues, zorrillo atolondrado. Hora de volver a casa.

25
El castigo de Weles

Para cuando Liska y el Leszy regresan a la Casa bajo el Serbal, ya casi ha amanecido y el rocío resplandece como diamantes esparcidos sobre la maleza. Liska por fin empieza a asimilar lo ocurrido. Se siente incapaz de mirar al Leszy a la cara, puesto que su mente vuelve al estanque una y otra vez. Desearía no haberlo besado. Desearía que no los hubieran interrumpido.

Se pregunta si será apropiado admitir que ha besado a un demonio cuando tenga que confesarse en la iglesia.

Al final, se detiene en los escalones de la entrada e intenta serenarse. Levanta una mano distraídamente para colocarse un mechón de pelo detrás de la oreja y encuentra los suaves pétalos de la flor de luz estelar.

Por poco se le escapa entre los dedos. Se lanza con torpeza tras ella, pero el Leszy se le adelanta, la atrapa antes de que caiga al suelo y la deposita con delicadeza entre las manos de Liska. Los recuerdos de su aliento contra la mejilla o de sus manos en la parte baja de la espalda al sacarla del agua se transforman en sensaciones fantasma que le recorren la piel. Se le calientan las orejas y baja la mirada.

—Fue algo puntual —dice el Leszy con voz queda.

—Lo sé —responde ella, que juguetea con la flor—. Pero me gustaría… me gustaría saber cómo definir esto. Lo que hay entre nosotros.

Él desvía la mirada y la brisa le alborota los cabellos.

—Hay cosas a las que es mejor no darles nombre.

Liska siente una alicaída punzada en el corazón, pero trata de ignorarla. El Leszy tiene razón, se dice a sí misma. Sea lo que sea lo que compartieron en aquel claro no saldrá de allí y permanecerá indefinido para toda la eternidad. Aun así, las consecuencias son indiscutibles. En un desliz, Liska ha aceptado sin pensar todas las exigencias del Leszy. Se ha comprometido con la magia que aprendió a temer y ha dejado de lado la seguridad que siempre ha ansiado en favor de una indómita incertidumbre. Por un lado, ha perdido y, por otro, ha ganado. Ha escogido la Casa bajo el Serbal frente a Stodoła y, aunque le entristece pensar en lo que ha dejado atrás, no se arrepiente de haber tomado esa decisión.

Se pregunta si un escultor se sentirá de la misma manera cuando talla un bloque de piedra para convertirlo en una estatua, puesto que nunca podrá devolverlo a su forma original.

En un intento por ocultarle al Leszy su dilema interno, Liska le da la espalda y deja vagar la mirada por el jardín hasta la lejana verja y el bosque envuelto en sombras más allá del muro que rodea la finca. Le da vueltas a la flor distraídamente. Nada se mueve en la Driada: ni los animales ni los espíritus, ni siquiera el viento.

—Qué tranquilo está todo —comenta al caer en la cuenta.

El Leszy coincide con un murmullo tras ella.

—Siempre es así antes de amanecer. —Roza el hombro de ella con el suyo al colocarse a su lado para apoyarse en la barandilla del porche—. ¿Verdad que parece un lugar distinto? Esta hora es como un momento atrapado en el tiempo que no pertenece ni al día ni a la noche.

Como si el cielo hubiese oído sus palabras, las capas más oscuras de color se van retirando como un velo, mientras que, en lo alto, la luna es un cirio encendido en la noche. La quietud cala en los huesos de Liska. *El Leszy tiene razón*, reflexiona. Por una brevísima fracción de segundo, la Driada es un mundo completamente diferente al suyo. Es un lugar de paso donde mora la oscuridad, a la espera de que regrese la luz.

Inspira hondo y se llena los pulmones del agradable aire que precede al amanecer. El Leszy la mira, atento, antes de extender una mano para acariciarle la mandíbula con ternura.

—Será mejor que duermas un poco, Liseczka —murmura—. Ha sido una noche larga.

Ella coincide con un ruidito y, cuando el Leszy da un paso atrás, la suave luz de las velas que iluminan el interior de la casa hace que, en su retiro, su sombra alcance los adoquines del sendero. La puerta se cierra con un crujido después de que haya entrado en la casa, dejando a Liska a solas con el bosque dormido.

Con un suspiro de satisfacción, se agacha para desatarse las botas, pero algo la detiene a mitad de camino. Se le pone de punta el vello de la nuca y un sudor frío le recorre la espalda. No necesita darse la vuelta para saber que algo la está observando.

Una silueta familiar merodea por la verja de hierro forjado y la observa con atenta mirada carmesí.

—¿Mrok? —susurra Liska.

El perro da un paso adelante y apoya uno de sus flancos contra la verja mientras sus ojos resplandecen como dos faroles. Cuando no ocurre nada, gruñe, se retira y vuelve a intentarlo. Y otra, y otra, y otra vez, con creciente agitación. Liska comprende no es capaz de atravesar la verja, como si los hechizos de protección del Leszy se lo estuvieran impidiendo.

De pronto, el perro se queda inmóvil. Se le ponen las orejas tiesas y se encabrita como un caballo asustado.

La puerta de la casa se abre de golpe. Liska se sobresalta y, al girarse instintivamente hacia ella, encuentra a Maksio en el umbral.

—M-Maksio —tartamudea—. Me has asustado.

Se muestra arrepentido por un segundo, pero enseguida gesticula con impaciencia para que entre. Liska vacila. Se vuelve a escudriñar el bosque, pero está desierto otra vez, tan silencioso y gigantesco como una catedral. Los árboles de la Driada vigilan los alrededores con solemnidad, decorados como si fueran iconos por los primeros rayos del sol naciente.

Liska se devana los sesos al pasar adentro. El perro de Florian ha regresado para atormentarla después de varias semanas sin aparecer, pero ¿por qué? Había estado casi segura de que volvería a verlo al haberse guardado su colmillo, pero, entre el asedio de Wałkowo y su entrenamiento, se había olvidado de él. Había asumido que quemar el resto de sus huesos bastaría para desterrarlo. Sin embargo, ha reaparecido justo cuando Liska había comenzado a bajar la guardia. ¿Qué demonios querrá de ella?

Maksio le toca el brazo y le da un susto de muerte. Tiene los dedos helados. Liska intenta no parecer nerviosa mientras lo sigue, pero no consigue evitar que su corazón lata desbocado. Se clava las uñas en la palma de las manos para obligar a centrar su atención en Maksio, que le ha preparado el desayuno con la ayuda de Jaga: un plato de *racuchy*. Al estar hechas por unas manos inexpertas, las redondeadas tortitas están rotas y tienen un aspecto irregular, pero el dulce aroma a manzana que desprenden hace que le rujan las tripas.

—Es muy pronto —comenta con tono sorprendido, mirando a Maksio—. ¿No pudiste volver a conciliar el sueño después de que nos fuéramos?

El niño se encoge de hombros y hace un gesto con las manos, como si abriera un libro.

—Ah, te quedaste despierto leyendo otra vez —dice Liska amargamente—. ¿Por qué no me sorprende?

Maksio agita la mano para desestimar la reprimenda de Liska y pone los brazos en jarras mientras dedica una mirada cargada de significado a la puerta. «¿Por qué habéis tardado tanto?».

—Pues… —Liska se frota el rostro para tratar de ocultar el color que se extiende por sus mejillas—. Tuvimos que dar un rodeo.

Me dejas anonadada, comenta Jaga desde el fogón. *Qué forma más curiosa tienes de andar con cuidado, niña. Un nabo mustio habría sido una mejor opción.*

Maksio parece confuso y está claro que, por suerte, no se está enterando de nada. Liska abre la boca, indignada, pero antes de tener oportunidad de defenderse, el Leszy aparece en la cocina.

—Vaya, mira qué bien. Me había parecido oler comida.

—Las ha hecho Maksio —explica Liska.

Se plantea contarle lo de Mrok, pero, al final, decide no hacerlo. El perro parece no poder entrar en la finca, así que es

251

posible que haber quemado sus huesos lo debilitara de alguna manera. Sea cual sea el caso, para contárselo, también tendría que admitir que se guardó el colmillo de Mrok y preferiría ahorrarse ese detalle mientras no sea absolutamente necesario.

El Leszy se acerca a la mesa y se mete una *racuchy* en la boca antes de revolverle el pelo a Maksio. Cuando se gira para marcharse, se encoge de dolor y un músculo se le tensa en la mandíbula.

Liska frunce el ceño.

—¿Leszy?

—¿Sí?

—¿Te encuentras bien?

—Mejor que nunca —responde guiñándole un ojo—. Ahora, si me perdonáis, voy a subir a descansar un poco. No me despertéis salvo que ocurra algo imposible, como que caiga oro del cielo o que Jaga por fin se comporte como una criatura civilizada.

Liska lo sigue con la mirada cuando sale de la cocina, dudando de su despreocupado comportamiento. ¿Se podría achacar ese gesto de dolor al cansancio? Antes de que pueda seguir dándole vueltas al asunto, Maksio le tira de la manga para que se siente y, orgulloso de sí mismo, le deja un plato de *racuchy* delante, acompañado de una ácida rodaja de *twaróg*. Liska da un primer bocado solo para contentarlo, pero continúa comiendo en cuanto su estómago recuerda lo hambriento que está.

Se ha comido la mitad de su ración cuando un escalofrío sacude la Casa bajo el Serbal. Es casi imperceptible, tan suave que ni siquiera Jaga parece notarlo. Sin embargo, ahora que Liska está familiarizada con el lenguaje de la casa, con los crujidos del suelo, los susurros de las cortinas y los destellos de las velas, sabe enseguida que algo no va bien.

Uno de los tablones del suelo se levanta bajo sus pies y le da un urgente golpecito. Liska deja el tenedor sobre la mesa, se levanta y le da las gracias a Maksio por el desayuno.

Mantiene a raya el pánico que la inunda hasta que pierde de vista a Maksio y Jaga.

Entonces, echa a correr a toda velocidad hacia la única habitación de la casa en la que todavía no ha entrado: el dormitorio del Leszy, la puerta doble de ébano con los pomos tallados a modo de falanges. Siempre está cerrada con llave y hoy no es una excepción. Cuando intenta girar los pomos, la urgencia de la casa aumenta y las velas de los candelabros que cuelgan de las paredes parpadean.

Liska llama a la puerta.

—¿Leszy?

No obtiene respuesta, así que lo vuelve a intentar, pero es en vano. Se mordisquea el labio y pide ayuda a la casa. Pese a estar agotada, aúna hasta la última gota de magia de la que dispone y visualiza el portón de una muralla levantándose rápidamente.

—Ábrete.

Algo chasquea en el interior del cerrojo.

Liska agarra los pomos y empuja. Las puertas se abren sin emitir un solo sonido y eso le pone los pelos de punta. La Casa bajo el Serbal, con sus quejumbrosas escaleras y sus chirriantes goznes, nunca ha sido un lugar silencioso. Este… este lugar parece muerto, solitario. Lo que encuentra al otro lado del umbral no hace sino intensificar esa sensación: hay un estrecho pasillo de piedra, oscuro como boca de lobo y tan lúgubre como una tumba. Al fondo, hay un arco iluminado por una tenue luz. Liska se estremece y se frota los brazos. ¿Qué es este sitio?

De pronto, oye una voz familiar.

—Maldito seas, Weles. —El gruñido del Leszy reverbera desde la distancia—. Si este es el precio que he de pagar, pues que así sea. No renunciaré a lo único que… ¡Ah!

Su grito de dolor atenaza a Liska. Echa a correr de nuevo y atraviesa el pasillo en un par de zancadas antes de irrumpir en la estancia que hay al otro lado. Apenas tiene tiempo de fijarse en la decoración del dormitorio —estanterías llenas de libros, macetas y paredes cubiertas de notas manuscritas— antes de que sus ojos se posen en el Leszy, que está de pie junto a una cama rodeada por un dosel de terciopelo, apoyado sobre la mesilla de noche y encorvado como si se estuviese protegiendo contra un ataque. Está pálido y, al acercarse, Liska se da cuenta de que tiene sangre en los labios.

—¡Leszy!

Tiene los ojos cerrados con fuerza en una mueca de sufrimiento, pero al oír su nombre, los abre de golpe.

—¿Cómo has...? —Su pregunta se ve interrumpida por otro gemido de dolor—. Sal de aquí, zorrillo.

—Sabes muy bien que no pienso marcharme.

Se coloca junto a él, le agarra del brazo y lo ayuda a sentarse al borde de la cama. Él trata de oponer resistencia, pero Liska le da un manotazo y apoya la palma de la mano contra su frente. Está perlada de sudor y desprende más calor de lo normal.

—¿Qué te ocurre? ¿Estás enfermo?

En vez de contestar, el Leszy se deja caer hacia adelante, extiende una mano hacia la mesilla y tira un vaso al suelo con una torpeza muy poco propia de él al intentar alcanzar el cajón. Liska lo ayuda y lo abre de un tirón. En el interior hay siete frasquitos idénticos llenos de un líquido cerúleo y una botella grande con la palabra *sueño* escrita en lengua divina.

—¿Cuál necesitas?

—El que sea.

Liska escoge uno de los viales, le quita el tapón de corcho y se lo pone al Leszy en la mano. Temiendo que se le pueda caer, lo ayuda a llevárselo a los labios y sus dedos se rozan mientras bebe. Cuando se lo termina, el Leszy apoya los codos sobre las rodillas y se presiona la nuca. Se le ha pegado el pelo a la sien por el sudor. Liska le apoya una mano en la espalda para tranquilizarlo casi por instinto.

—Ya pasó —le dice, aunque no está segura de que así sea.

De pronto, siente un movimiento bajo la palma de la mano. Se oye un estallido carnoso y el Leszy grita de dolor y se dobla sobre sí mismo mientras una mancha de savia se extiende por su camisa.

—¡Leszy!

Aterrorizada, Liska no se lo piensa dos veces antes de levantarle la camisa.

—Liska, no...

Pero es demasiado tarde. Ya lo ha visto.

26

Se dice que el Leszy no tiene corazón

Hay algo reptando bajo su piel. No, reptar no es la palabra adecuada. Está creciendo. Forma una delgada tela de araña hacia la superficie, como un árbol joven que busca la luz, dibujando crestas a lo largo de su columna vertebral. Y, allí, de donde brota la sangre, una rama, delgada como una aguja, le ha atravesado la piel. Está hecha de la misma madera pálida que su cornamenta y se sacude como una serpiente herida.

—¿L-Leszy? —tartamudea, confundida.

Está sufriendo una terrible maldición que escapa a los conocimientos de la medicina tradicional o la magia.

—Se me pasará. La poción tarda un poco en hacer efecto. —La resignación tiñe sus facciones. Parece un lobo que ha quedado atrapado en un cepo y se ha dado cuenta de que no podrá escapar—. Déjame solo, zorrillo. No necesito ayuda.

Liska tiene la sensación de que no es la primera vez que le ocurre algo así.

—¿Esto es cosa de Weles?

El Leszy asiente, y sus labios se retuercen en una mueca de dolor.

—Me está castigando.

—Por mi culpa —dice Liska, aturdida—. Por lo que hicimos. Dios mío, Leszy…

—No digas eso. Fue… —Se encoge cuando otra ramita le atraviesa la piel, peligrosamente cerca de la columna—. Mereció la pena de principio a fin.

—La poción no está funcionando —apunta Liska con preocupación.

Deja las manos a escasos centímetros de la piel del Leszy, puesto que teme tocarle la espalda y empeorar la agitación de las ramas.

—Tarda en actuar. Ese maldito demonio… Lo mantengo bajo control con estos brebajes para obligarlo a dormir. Suelo tomármelos al alba, que es cuando está más débil, pero, si me retraso lo más mínimo…, empieza a despertarse. Lo sabe, sabe que lo he desafiado, detesta que… que me niegue a comportarme como si fuese de su propiedad y yo…

—Eliasz. —dice Liska. Duele verlo así, temblando de dolor y completamente destrozado—. Hay una cosa que no entiendo. ¿De dónde salen estas ramas?

—Weles vive dentro de mí, zorrillo. —Se ríe entre dientes y su expresión adopta un frío aire de locura—. Ha estado ahí desde que hicimos nuestro pacto. ¿Acaso no has oído nunca lo que se dice sobre el corazón del Leszy?

A Liska le da un vuelco el corazón. Su maldición… Las leyendas son ciertas. El corazón del Leszy está hecho de madera, el demonio que habita en su interior como un parásito lo ha corrompido. Y, ahora, está haciendo que unas ramas malignas crezcan en el interior del Leszy para que se enrosquen en torno a sus huesos y le desgarren los tendones como si estuviesen hechos de la más fina tela.

Pasa un tenso minuto. Luego, otro. Por fin, las ramas comienzan a retirarse y desaparecen bajo su piel hasta resultar imperceptibles. Sin embargo, las heridas, unas terribles perforaciones de las que mana savia rojiza, no se cierran.

—Déjame que te vende las heridas —dice Liska, pero él le quita la camisa de las manos y se cubre la espalda.

—No tardarán en curar.

Se incorpora con rigidez, pero es evidente que sigue dolorido. Liska solo ha visto las heridas superficiales, pero a saber qué estragos habrán causado esas ramas en su interior. Si le han atravesado los órganos…

—Ya basta —murmura el Leszy—. Me estás mirando como si fuera un cachorrito maltratado.

—Me preocupa que tengas heridas internas.

Él se ríe con suavidad.

—Weles no llegaría a tales extremos. Al fin y al cabo, soy su huésped. Le guste o no, me necesita vivo.

Ni sus palabras ni la sonrisa tensa que le ofrece le resultan tranquilizadoras. Liska frunce el ceño.

—¿Cómo habéis conseguido algo así? ¿Cómo pudo Weles darte su poder si no se le puede arrebatar la magia a otra alma?

—Incluso las leyes de la magia tienen lagunas. —Al Leszy se le quiebra la voz, como si no quisiera hablar más de la cuenta—. Al adueñarse de mi corazón, al envolver mi cuerpo, Weles me convirtió en una criatura semejante a él. Nuestras almas también se alinearon. Su magia ya no es suya, no del todo. Sigue disponiendo de una parte de ella, pero el resto se ha mezclado con la mía. —Adopta una inquietante expresión engreída—. Como es lógico, no habría invocado a un antiguo dios solo para dejar que hiciese lo que le viniese en gana con mi cuerpo, así que lo he mantenido dormido desde entonces.

Liska lo mira con preocupación.

—Si está dormido, ¿entonces cómo ha logrado romper tus hechizos de protección para dejar que los demonios se escapen?

—La religión pagana considera a Weles el dios del inframundo —explica el Leszy—. Controla a los demonios menores e, incluso mientras duerme, es capaz de mantenerse en un estado semiconsciente contra el que no tengo nada que hacer. Además, si se enfada lo suficiente, puede atacarme con sus poderes. —Sacude la cabeza en un ligero gesto apenado—. Tras el Kupała, cuando el bosque se desequilibró, le resultó más fácil hacerlo. Ahora que he reforzado mis hechizos de protección, ya no puede sembrar el caos en la Driada, así que... se está vengando de mí.

—Leszy... —Liska se da cuenta de que tiene los puños apretados y relaja los dedos uno a uno—. ¿Hay alguna forma de romper el trato?

El demonio eleva una de las comisuras de la boca.

—¿Vas a intentar entrometerte otra vez, querido zorrillo?

Liska no muerde el anzuelo.

—Si conociese las condiciones del trato, tal vez podría...

—No —se apresura a decir—. No. No servirá de nada. Weles es la fuente de mi poder. Incluso si hubiese una forma de deshacerse de él, se lo llevaría todo consigo... incluyendo la Driada. —Se cubre la boca con la mano y se limpia los últimos restos de sangre de los labios—. El bosque no puede quedarse sin un guardián, Liska Radost. Esta es la única manera de lidiar con él.

El Leszy suena derrotado, pero Liska no piensa quedarse de brazos cruzados. De pronto, se ve transportada ante la tumba de Tomasz, embargada por la impotencia que sintió cuando Marysieńka le dijo que se marchara del pueblo. Al igual que entonces, Liska ve el problema de la siguiente manera: se enfrenta a un hueso roto que tiene que colocar y ha de actuar con rapidez para que cure bien y no quede torcido.

—Reconozco esa expresión, zorrillo —dice el Leszy con voz ronca antes de que Liska pueda evaluar la situación—. Te ruego que lo dejes estar. No permitiré que te veas envuelta en esto.

—¡Nos hemos besado, pedazo de incorregible tragedia con cuernos! —le espeta Liska, frustrada—. ¿De verdad crees que voy a ser capaz de olvidar este asunto? ¡Te ha castigado por mi culpa!

Su comentario parece ablandar un poco al Leszy, aunque no baja la guardia.

—Lo hice por voluntad propia, dispuesto a pagar el precio que conllevaría. Ahora tienes que dejar que me encargue de esto solo. —Sin mucha convicción, añade—: Te lo suplico.

Liska comprende que el Leszy está asustado. Teme sentirse vulnerable. Pese al momento que compartieron junto a la cascada, todavía tiene miedo de lo que ocurrirá si Liska empieza a conocerlo demasiado bien. Aunque ya ha sido testigo de prácticamente todas sus facetas, sigue teniendo la sensación de que no ha hecho más que rascar la superficie. En cuanto a lo que yace en las profundidades de su ser..., Liska no cree que llegue a estar nunca dispuesto a mostrárselo.

—Túmbate —insiste—. Mi madre siempre dice que dormir lo cura todo.

El Leszy hace un gesto para que se vaya.

—Estoy perfectamente, zorrillo.

—Venga ya, esa es la mentira más poco convincente que has contado en toda tu vida. Puede que te cures más rápido que el resto, pero eso no significa que no necesites tomarte un tiempo para recuperarte. —Le da un delicado empujoncito en el pecho—. Duerme un poco. Te despertaré si te necesitamos.

Aunque se esfuerza por aparentar indignación, su mirada demuestra que se siente aliviado. Cuando se recuesta en el colchón, lo hace sin su característica gracilidad, y araña el cabecero con los cuernos. La cama es tan grande que en ella cabrían cuatro personas. Liska se coloca junto al Leszy, se quita las zapatillas de un puntapié y cruza las piernas. Él la observa con los ojos entrecerrados y una sonrisa todavía dibujada en el rostro, aunque es casi imperceptible.

Liska inclina la cabeza.

—¿Qué pasa?

—¿Qué haría yo sin ti?

—Tendrías muchos menos problemas con tu demonio —contesta con amargura.

—Nada de esto es culpa tuya, Liska. —Le toma la mano—. Además, si te soy sincero, me encanta sacar de quicio a ese viejo desgraciado.

Deja escapar una débil carcajada; su sonrisa se apaga y se transforma en una mueca de dolor que no logra ocultar demasiado bien. Parece estar a punto de decir algo, pero se lo piensa dos veces. No tarda en quedarse dormido y soltar la mano de Liska.

Ella espera un instante e intenta apartarla, pero el Leszy vuelve a cerrar los dedos en torno a los suyos.

Liska sacude la cabeza, divertida.

—*Oj*, Leszy, Leszy —murmura.

Cuando está dormido, tiene un aspecto extrañamente delicado, como el pétalo de un galanto o la pluma de un cisne. Sus labios tienen una cierta sedosidad y la leve inclinación ascendente de sus cejas le confiere una serenidad juvenil, lo cual hace que sea mucho más fácil olvidar que tiene setecientos años. El único indicio que queda del incidente de antes es la arruga que le surca el espacio entre las cejas, que se hace más evidente bajo la luz de las velas. Liska reprime el impulso de borrárselo con los dedos.

—Mi querido y terrible demonio —susurra, rompiendo el silencio—. Te abres y te cierras como una puerta atrapada en una corriente de aire. Primero me pones flores en el pelo y, luego, te escondes de mí. No quiero vivir de esta manera, con miedo y restricciones constantes. Aunque tú te hayas rendido, yo no he hecho más que empezar a pelear. Y tal vez tengas razón. Tal vez no encuentre una solución. Pero tengo que intentarlo.

Dicho eso, aparta la mano con suavidad de la del muchacho que utilizó su corazón como moneda de cambio.

Por favor, Señor, reza. *Haz que tanto él como Weles duerman tanto como sea posible. Necesito tiempo.*

Tiempo para encontrar respuestas.

Tratando de no hacer el más mínimo ruido, se gira para estudiar la habitación como es debido. Bañado por los tonos púrpura del alba, el dormitorio del Leszy parece un mundo de ensueño, una realidad paralela de jardines fantásticos y peculiares antigüedades. El oscuro papel de pared está levantado y los espacios que deja están llenos de notas ilegibles escritas con la letra cursiva del Leszy. Algo parpadea en un rincón: es una superficie ovalada similar a la de un espejo, enmarcada con ramas y apoyada contra la pared. No muestra el reflejo de la estancia, sino que ofrece un paisaje de árboles desnudos, crecidas ortigas y un estrecho camino cubierto de zarzas. Es una ventana a la Driada. Por lo que parece, el guardián del bosque no tiene un minuto de descanso, ni siquiera en sus propios aposentos.

Liska deja atrás el espejo, pasa a estudiar el escritorio que hay colocado frente a un enorme ventanal abuhardillado y, luego, se gira para admirar las plantas que cuelgan del techo y que crecen en macetas colocadas en cada superficie libre. Las macetas son preciosas y están pintadas en intensos tonos de rojo, amarillo y azul, al estilo de la técnica *wycinanki*. Hay una sin pintar, rodeada de pinturas secas y pinceles, en una esquina del escritorio, lo cual le sugiere que están decoradas de la misma forma que los platos de la cocina. Es otro pequeño secreto del Leszy, un detalle tan adorable como triste. Liska comprende que así es como ha debido de pasar las horas muertas durante siete siglos de soledad.

Intentando no mover nada, echa un vistazo a los diarios que también hay sobre la mesa, pero asusta a la polilla centinela del Leszy que estaba descansando sobre un cráneo de liebre que hace las veces de pisapapeles. Casi todos los papeles muestran anotaciones que se ven interrumpidas por ocasionales trazos circulares, semejantes al que el Leszy dibujó en el suelo del estudio. Resulta que su caligrafía es muy parecida a… Bueno, a él. Es hermosa, pero absolutamente incomprensible. Lo poco que logra descifrar son reflexiones, aclaraciones y transcripciones de hechizos antiguos. Nada que resulte de interés. Está a punto de darse por vencida cuando se fija en una pila de papeles aplastada bajo un volumen llamado *Orlica: una historia arcana*. Con cuidado de no tocar nada más de lo necesario, aparta el polvoriento libro y se detiene a estudiar el marcapáginas de lazo rojo que sobresale de entre las páginas. El Leszy es casi tan antiguo como el país, ¿por qué habría de estar leyendo un libro de historia?

Movida por la curiosidad, abre el volumen por la página señalada. Uno de los párrafos llama su atención dentro del apretado texto. Hay una mancha de tinta junto a él, como si el Leszy hubiese apoyado la pluma ahí. Es un breve pasaje escrito en lengua divina, como muchos de los antiguos libros de magia. Traduce el fragmento con esfuerzo.

«Un concepto muy concreto de las tribus de la zona costera es el de las almas gemelas. Según esta creencia, existirían personas destinadas a estar juntas al compartir almas idénticas. El destino de la pareja estaría ligado, de manera que vivirían y morirían como uno solo. Se decía que compartían un gran poder y, por esa razón, muchos de los antiguos *czarownik* tenían como objetivo encontrar a su alma gemela. Si alguno de ellos tuvo éxito, no ha quedado constancia de ello».

El texto continúa enumerando otras creencias de las primeras tribus y menciona cómo estas tuvieron una influencia en la evolución de la teoría mágica, pero ninguna otra resulta de provecho.

—Almas gemelas —susurra Liska, que echa un rápido vistazo al Leszy—. No te creía una persona que mostrase interés por los mitos de la antigüedad.

Pero el Leszy está dormido, así que no le dará respuestas. Y, al final, registrar sus aposentos tampoco le sirve de mucho.

El ataque que Weles ha lanzado contra el Leszy ha hecho que la casa se muestre especialmente alerta. Liska siente que la observa con atención cuando vuelca el jarrón del vestíbulo y saca el colmillo de Mrok de debajo del ramillete de paniculata. Se sacude los pétalos secos del delantal, coloca apresuradamente las flores de vuelta en el jarrón y estudia el colmillo desde varios ángulos.

Esto no me gusta, dice Jaga. La está observando desde el alféizar, como una nube de humo con forma de gato que se ondula con la corriente que entra por la ventana. *Sé que insistí en que no confiaras en él, pero eso no significa que debas perseguir a cada espíritu desamparado con el que te encuentres. Y menos después de haber hecho enfadar a este antiguo dios.*

Liska empieza a arrepentirse de haber puesto a Jaga al día de sus pesquisas tras haber bajado por la escalera. La *skrzat* está siendo demasiado razonable e intenta apagar la llama de insensatez que arde en su pecho.

—No me alejaré mucho —promete—. Cruzaré la verja, pero nada más. Allí fue donde lo vi anoche.

¿Y si quiere hacerte daño? Ya sabes que yo no puedo salir de la casa. No podré ayudarte si la situación se tuerce. Además, el perro no es la única criatura por la que deberías preocuparte en un bosque plagado de demonios.

Liska inspira hondo.

—Ahora ya puedo defenderme sola. Y si no... Si tardo mucho en regresar, despierta al Leszy.

Magnífico. Y cómo se supone que debo explicarle un plan tan descerebrado como ese, ¿eh? «Rápido, muchacho, tu ayudante convertida en aprendiz y amante se ha ido a dar un paseíto por el reino de los espíritus para intentar hacerse amiga de un demonio en concreto, ¡ese que también resulta ser el alma errante del perro del amado al que perdiste! Pero no te inquietes, acabó allí por accidente. Te aseguro que no intentaba desenterrar tu oscuro y, sin duda, excepcionalmente terrorífico pasado.

—No soy su amante —se queja Liska— y estoy segura de que se te ocurrirá algo mucho mejor que eso.

Lanza una mirada precavida al exterior, donde Maksio está leyendo bajo un manzano encorvado. Por suerte, está demasiado lejos como para oír nada. Liska se gira hacia Jaga y junta las manos en señal de súplica.

—Te lo ruego, Jaga. Tengo que hacer esto.

La *skrzat* resopla.

Eso es solo porque estás enamorada del Leszy.

—No. Sí. —Liska sacude la cabeza—. No lo sé.

Pasa el pulgar por el filo del colmillo de Mrok y presiona la yema contra la afilada punta.

—Lo que sí sé es que todo depende de él: el bosque, la casa, Maksio e incluso tú. Weles supone una amenaza para todos nosotros, pero también es la fuente de poder del Leszy.

Como a modo de recordatorio, un remolino de hojas de serbal araña la ventana. Liska sigue su trayectoria al caer e intenta darle un sentido a todo lo que está ocurriendo.

—Si voy a liberar al Leszy de su trato, he de encontrar una manera de preservar sus poderes. Necesito disponer de más información, de mucha más de la que él está dispuesto a darme. Y Mrok... La noche en que lo vi por primera vez, intentó advertirme. «Márchate antes de que se despierte», me dijo. Creo que se refería a Weles. ¿Y si ha regresado para advertirme de algo más? Tengo que averiguar qué vino a decirme.

Jaga se pasa una pata por la oreja.

Sabes que, si el Leszy despierta, intentará detenerte.

Liska asiente.

—Con un poco de suerte, habré regresado antes de que eso ocurra. Y, en caso contrario, pues... ya lidiaré con ello entonces. Eliasz Kowal no me da miedo.

Jaga esboza una sonrisa y Liska preferiría no haber tenido que ver nunca a un gato sonreír.

Me encanta ver cómo pones a ese despreciable muchacho en su sitio.

—¿De verdad odias tanto al Leszy? —pregunta Liska, que la mira con desaprobación.

La *skrzat* se ríe entre dientes.

Depende del estado de ánimo en que me encuentre. No me gusta que guarde tantos secretos y olvidar demasiado pronto el rencor que le guardo me dejaría en muy mal lugar. Sin embargo, se te ve feliz cuando estás con él, así que estoy dispuesta a tolerarlo con poco entusiasmo.

Liska se guarda el colmillo de Mrok en el bolsillo e inclina la cabeza.

—Pensaba que los *skrzaty* deben servir siempre al dueño de la casa.

Jaga se estira, con un brillo divertido en la mirada.

Y así es.

El Leszy sigue dormido cuando Liska va a comprobar cómo se encuentra antes de irse. Se le parte el alma al verlo tan desmejorado, postrado en una cama demasiado grande, con la respiración agitada, pero todavía le duele más pensar en que se va a aprovechar de su momento de debilidad. Aun así, no tiene otra opción. Cuando el Leszy descubrió que había hablado con el perro la otra vez, trató de desterrarlo inmediatamente. No correrá el riesgo de que vuelva a intentarlo, no cuando el animal podría estar tratando de decirle algo importante.

Antes de marchar, se inclina sobre el demonio y le aparta el pelo de la frente empapada. Liska contiene la respiración cuando el Leszy se mueve como si estuviese a punto de despertarse, pero, al final, solo suspira profundamente y vuelve a quedarse quieto.

Cuando Liska sale de la casa con un chal sobre los hombros, la recibe una bocanada de niebla espesa. Una capa más densa de lo normal cubre el camino adoquinado y envuelve la Driada en un espumoso velo blanco. Aunque es de día, el bosque está sumido en la oscuridad, puesto que la cubierta forestal, tan negra como la tinta, lo aísla del plomizo y aciago cielo.

A medida que Liska avanza por el bosque, los zarcillos de niebla se enroscan a su alrededor como serpientes y le dificultan la visión hasta que el mundo se convierte en una mancha blanca. La verja emerge de la niebla, tan cerca que por poco se choca con ella. Apenas alcanza a ver sus propias manos al pelearse con el cerrojo. Un nudo de miedo le constriñe la garganta. No se podían haber dado unas peores condiciones. Una persona más sensata que ella habría dado la vuelta. Debería posponer esta visita en solitario a la Driada, pero Liska no puede permitírselo. Esta es su única oportunidad de hablar con Mrok sin que el Leszy interfiera.

Sale del jardín, manteniendo una mano apoyada sobre el pedestal de piedra de una de las estatuas de ciervo que guardan la entrada a la finca. La niebla se espesa a su alrededor. Liska solo alcanza a vislumbrar las pezuñas de la estatua, las pocas piedras desnudas que conforman el camino a unos pasos más allá y las ramas que penden de la nada y desgarran la periferia de su visión. Es imposible discernir la linde de la Driada.

Liska inspira hondo, se arma de valor y sale al camino.

—¿Mrok?

Como si los hubiese invocado, dos puntitos rojos aparecen más adelante, brillando a través de la niebla como un par de faros. Sus ojos son lo único que ve del perro, pero reconoce su gruñido amenazador y el sonido de sus zarpas al arañar la piedra. Liska sabe que el animal se adentra en el bosque, por lo que oye en lugar de por lo que ve, ya que el sonido de sus pasos se suaviza cuando pisa las hojas caídas y sus gruñidos se amortiguan.

Liska echa un vistazo por encima del hombro y apenas distingue la cornamenta de las estatuas de ciervo entre la niebla. Todavía está a tiempo de darse la vuelta, de ir a buscar al Leszy y contarle que el perro de ojos rojos ha regresado. Sin embargo, de alguna manera sabe que esto es algo que tiene que hacer. El perro ha venido a buscarla a ella y seguro que es por una buena razón.

—¡Espérame, Mrok! —exclama sin alzar mucho la voz y saliendo del camino.

Se adentra en la densa arboleda y por poco se tropieza con un zarzal. Mientras avanza, abre una mano y deja escapar una única mota de magia, una mariposa que sale volando desde su palma. Revolotea por encima de su cabeza con un brillo azul e ilumina la descomunal figura de Mrok, que zigzaguea entre los árboles.

De pronto, el perro desaparece de su vista, como si se hubiese fundido con los tenebrosos árboles. Liska acelera el paso, moviéndose con torpeza por el traicionero suelo del bosque. Poco a poco, la niebla se dispersa lo suficiente como para distinguir los obstáculos en el camino y Liska gana velocidad. Un tronco caído le bloquea el paso, pero lo sortea de una zancada y después pasa agazapada entre dos árboles entrelazados.

Mrok la está esperando. Está sentado sobre una roca cubierta de musgo, donde la luz tenue le perfila la piel despellejada del torso. El río de la Driada borbotea cerca, pero fuera de la vista, y ahoga el ¡plic, plic plic! de la saliva que cae de entre los dientes desnudos del animal.

Una rama seca se rompe bajo el pie de Liska cuando se detiene en seco.

—Mrok —dice, con el pulso latiéndole con fuerza en los oídos.

El perro gruñe una sola vez, con la intensidad de un trueno.

Entonces, se lanza a por Liska.

27

Un collar de bayas de serbal

Liska apenas consigue ahogar un grito cuando el perro cierra las fauces alrededor de la manga de su camisa. Casi le muerde el brazo. Retrocede con torpeza, presa del pánico, e intenta poner toda la distancia que puede con Mrok para invocar a Onegdaj, pero no le da tiempo a concentrarse en su magia. El perro salta sobre ella de nuevo, le engancha el dobladillo de la falda y desgarra la tela hasta dejarla hecha jirones.

—¡Por favor, Mrok! —Liska levanta las manos mientras el perro da vueltas a su alrededor—. ¿Quieres que te devuelva el colmillo? —Mete una mano en el bolsillo del delantal—. Lo tengo aquí.

Mrok da un paso atrás y sacude la cabeza. Liska cierra el puño en torno al colmillo.

En ese mismo instante, una pequeña silueta sale de entre las sombras a toda velocidad. Es Maksio, todavía en pijama y con los ojos marrones desencajados.

—¡No te acerques, Maksio! —jadea Liska.

Sin embargo, el niño no aparta la mirada de Mrok y sus rasgos se contorsionan al adoptar una extraña expresión de desprecio. Se detiene patinando ante Liska y extiende una mano frente a él justo cuando el perro se abalanza sobre ellos.

El perro entierra los dientes en el antebrazo de Maksio. Con un alarido, el niño se gira a una velocidad casi sobrehumana y obliga al animal a soltarlo, aunque por poco pierde el equilibrio. El brazo herido no le sangra cuando lo deja caer, sino que del mordisco brota un delgado hilillo de bruma.

—¡No te metas con Liska! —grita.

No, no grita. ¡Canta!

Liska reconoce ese sonido. Es la segunda vez que escucha esa extraña melodía que se cuela en sus pensamientos y le nubla la mente, aunque, en este caso, en lugar de atraerla, la repele y le arrebata el control de su propio cuerpo. Da un paso atrás, otro. Maksio sigue cantando y su voz se hace más aguda.

Con cada nota, Mrok se aleja con un estremecimiento, como si el viento lo estuviese golpeando. La piel se le cae a tiras, los músculos se le atrofian y se descomponen y el pelaje se desintegra en una sombra. A medida que sus ojos carmesíes se apagan, su mirada vuela de Maksio a Liska. Profiere un aullido lastimero, casi suplicante. Y, entonces, se desvanece por completo.

Liska se siente como si la tierra le hubiese engullido los pies. No consigue moverse.

Maksio. El muchacho de apenas once años es una *rusałka*. Un demonio.

Una carcajada desesperada toma forma en su interior. ¿Por qué se sorprende? Ha besado a un chico que tiene un árbol por corazón, ha dejado que un duende duerma en su cama y ha luchado contra un ejército de *strzygoń*. Era imposible que el niño fuese normal.

—Maksio —dice con voz ronca.

El pequeño levanta la cabeza, sorprendido. Una expresión de horrorizada comprensión consume sus facciones. Da un paso hacia atrás con nerviosismo, preparado para huir hacia el bosque.

—¡Maksio, espera, por favor!

El niño se da la vuelta para echar a correr, pero se queda inmóvil, como un conejillo acorralado. El Leszy ha emergido de entre la niebla y le corta el paso.

El demonio está furioso. Es evidente por la forma en que camina, con paso implacable y preciso, sin preocuparse por que su cornamenta se lleve por delante las ramas de los abetos y haga estallar una lluvia de agujas sobre ellos. Liska reconoce la ira que siente a pesar de que lleva puesta su máscara, dado que brilla en las cuencas vacías del cráneo de ciervo como dos llamas gemelas. La oye en su respiración agitada y trabajosa, que a su vez demuestra que está lejos de estar recuperado. Además, también la percibe como el chisporroteo de una tormenta en su piel, nítida como el siseo de Wyrok cuando la desenvaina con el puño tan tenso que se le ponen los nudillos blancos.

Maksio retrocede con torpeza, blanco de miedo. Un gruñido inhumano brota de sus labios y la ilusión que lo hacía parecer un niño de once años se derrite como la cera. Se le hunden las mejillas, sus ojos adoptan un aspecto vidrioso y los dientes se le vuelven demasiado largos y crueles.

El Leszy avanza hacia él y su tamaño parece aumentar al apuntar al cuello de la *rusałka* con su espada. Maksio alza las manos y se le llenan los ojos de lágrimas.

Liska sale del trance en el que estaba sumida.

—¡Detente, Leszy!

Se pone en pie de un salto y por poco se tropieza con un tocón cuando se interpone entre el niño y la espada.

—¡No lo defiendas, Liska! —ruge el demonio—. Ha intentado matarte.

Cree que Maksio me hizo salir de casa, comprende Liska.

—Me ha salvado, Leszy —asegura con urgencia mientras atrae a Maksio contra su cuerpo y accede a su magia—. Él no ha tenido nada que ver con esto.

El Leszy mira a Maksio.

—¿Todavía la tienes bajo tu hechizo? —De sus hombros brotan ramas, listas para salir disparadas como flechas—. Supongo que no me dejas elección.

La actitud del Leszy dista mucho de su usual sensatez. Parece que el demonio ha dejado a un lado su típica fachada de arrogante tranquilidad. Algo lo ha puesto nervioso, lo ha asustado.

Con un jadeo, Liska nutre el suelo que pisa con su magia. Un muro de espinosas zarzamoras crece entre Maksio y el Leszy y se enrosca alrededor del filo de Wyrok. El Leszy la libera de un tirón y agarra los zarcillos del arbusto con la otra mano. Se desintegran ante su contacto.

Liska empuja a Maksio para que se coloque detrás de ella.

—¡No ha sido culpa suya! —grita—. ¡He venido por mi propio pie!

El Leszy frena en seco, respirando con dificultad.

—¿Cómo dices?

—Salí en busca del perro —dice entre dientes. Tras ella, Maksio llora a moco tendido—. De Mrok. Se las arregló para regresar y se apareció ante mí. Pensé que quería decirme algo, así que lo seguí hasta el bosque. Pero fui una tonta, porque me atacó. Maksio vino a salvarme la vida, así que ¡haz el favor de bajar la espada!

Es como si el Leszy hubiese despertado de una pesadilla. Baja la mano con la que sostiene a Wyrok lentamente, aturdido, y se quita la máscara con dedos temblorosos. Ahí de pie entre las sombras, vestido solo con una camisa suelta y un par de pantalones, y con la niebla ondulándose alrededor de sus pies desnudos, estar con el rostro al descubierto lo hace parecer muy solo. Debió de salir corriendo de casa tan pronto como se dio cuenta de que Liska había desaparecido.

Oh.

Esta no es la primera vez que se encuentra la Casa bajo el Serbal vacía al despertar.

Al caer en la cuenta, Liska siente una punzada en el corazón.

—Mírame, Leszy —le dice con voz dulce pero firme.

Sus ojos se clavan en los de ella. Tiene la mirada de un hombre que se está ahogando y se aferra a una soga a punto de romperse, con las pupilas encogidas por el pánico.

—Estoy bien —le dice—. No me ha hecho daño. No pasa nada.

El Leszy se deja caer junto a ella y escudriña cada centímetro de su cuerpo para asegurarse de que no está herida. Traga saliva cuando se fija en la manga desgarrada y tarda un segundo en apartar la mirada después de que Liska se arremangue para mostrarle la piel intacta de su brazo.

Solo entonces se permite soltar el aire que estaba conteniendo, mientras sacude la cabeza con pesar.

—Liska, Liseczka, ¿en qué estabas pensando? Y en cuanto a ti. —Se gira hacia Maksio y su rostro se endurece—. Sabía que había algo raro en ti desde el principio. ¿Cómo has conseguido tanto poder?

La *rusałka* gimotea y entierra el rostro en el hombro de Liska.

—Ah, supongo que no tienes forma de saberlo. —El Leszy sigue estando en guardia, pero ha pasado de sonar furioso a serio—. Ese es el problema con las criaturas como tú, ¿verdad? Olvidáis vuestro pasado demoniaco, pero nunca dejáis atrás vuestra naturaleza.

—Leszy —interviene Liska rápidamente al notar cómo el niño se echa a temblar.

Pero no se detiene.

—El número de demonios tan poderosos como él que he encontrado a lo largo de mi vida se pueden contar con los dedos de una mano, ¿sabes? Hasta yo los veo y los percibo como humanos. Se infiltran en pueblos y ciudades y no hacen más que causar desgracias. Cadáveres en la noche, niños que desaparecen…

Maksio profiere un grito indignado y sacude la cabeza para negar las palabras del Leszy.

—¡Ya basta! —exclama Liska con el corazón desbocado.

El brazo herido de Maksio ha captado su atención y, por un instante, no piensa en nada más. Las heridas son algo que conoce bien, algo que comprende a la perfección. Son algo para lo que tiene soluciones.

—Déjame echarle un vistazo a esa herida.

Extiende las manos hacia Maksio e ignora el resoplido de protesta del Leszy.

El niño permite a regañadientes que le levante el brazo. Ha vuelto a adoptar su forma humana, pero su piel tiene un tacto extraño. Es pegajosa como la de un anfibio, como si no tuviese la energía necesaria para enmascarar su apariencia del todo. Además, la herida parece estar empeorando. A medida que Liska la inspecciona, una bruma grisácea escapa de la mordedura y se eleva hacia la noche en forma de delgados y enfermizos zarcillos.

—¿Cómo te voy a curar esto? —se pregunta Liska, muerta de preocupación.

Maksio se aparta un poco de ella, se levanta y señala hacia la dirección en que se escucha el borboteo del río.

—Las *rusałka* obtienen su poder de las masas de agua —explica el Leszy de mala gana—. Para él será el mismo caso. Hay que llevarlo hasta el río.

Una hora después, Liska está sentada a la orilla del río, esperando a que Maksio salga a la superficie. El Leszy, que se ha transformado en ciervo, está tumbado junto a ella, con las patas recogidas con delicadeza bajo su cuerpo. Debe de ser ya casi mediodía, pero, como el bosque está envuelto como un mal presagio en una capa de deprimentes tonos azules y malvas, Liska no tiene forma de saberlo con exactitud.

—Lo has defendido —apunta el Leszy, que suena tan impresionado como molesto—. Creo que serías capaz de encontrar la luz hasta en la cueva más oscura, zorrillo.

—Si hubiese querido hacernos daño, lo habría hecho hace ya mucho tiempo —explica Liska, tratando de sonar razonable—. ¿Qué esperabas que hiciera? ¿De verdad te habrías visto capaz de desterrarlo después de todo el tiempo que habéis pasado juntos? Ni siquiera tú tendrías tan poco corazón.

—Sabes que no soy muy dado a las sensiblerías —le recuerda el Leszy—. Sin embargo, tengo que admitir que no habría disfrutado de algo así. Me alegro de que me detuvieras.

Liska arranca una mala hierba que crece entre sus pies; todavía se siente tensa e inquieta tras la pelea.

—La verdad es que no sé cómo sentirme. Nunca se me ocurrió que pudiera ser… —Se interrumpe, sacudiendo la cabeza—. Supongo que, en parte, me vi reflejada en él. Parecía sentirse perdido, rechazado por los demás sin haberles dado ningún motivo para ello.

—Eso no es del todo cierto. —El Leszy cambia de posición y baja su enorme cabeza para encontrar la mirada de Liska. De no haber estado devanándose los sesos, la chica habría acariciado su aterciopelado hocico—. Creo que esta forma es nueva para él. Todavía se está adaptando a ella, descubriendo qué es capaz de hacer. Por eso no puede ocultar del todo bien algunas de sus… monstruosas características.

—Como su voz —comprende Liska—. No sabe cómo evitar que nos afecte, así que se mantiene en silencio. Pero... pensaba que las *rusałka* son todas espíritus femeninos.

—La mayoría lo son, porque eran mujeres mientras estaban vivas. Sin embargo, no existen reglas en ese sentido. Tal vez se ahogó siendo un niño y mantuvo esa apariencia o quizá se haya transformado en uno por voluntad propia. Él es el único que podrá responder esa pregunta.

Liska se frota los ojos al notar cómo un dolor sordo le nace en la sien.

Maksio es una *rusałka*. Mrok ha vuelto a esfumarse y quizá esta vez no regrese nunca. Vuelve a encontrarse en el punto de partida, con las manos tan vacías como cuando empezó a salir el sol.

—Leszy... —teme formular la pregunta—, ¿a cuántas personas ha de matar un demonio antes de hacerse pasar por humano?

—A muchas —se limita a responder.

Un escalofrío le recorre la espalda.

—Entonces Maksio...

—Es muy probable. No es una idea agradable, pero forma parte de su naturaleza como demonio.

Liska estudia la espada del Leszy y se tumba en la hierba junto a él.

—Pero ibas a matarlo de todas maneras.

—Creía que te había hecho daño —responde con voz tensa.

Ante ellos, un chapoteo los alerta del regreso de Maksio. Emerge de las profundidades a regañadientes, con la ropa empapada y los ojos marrones como la caoba abiertos de par en par. Sale a la orilla y se abraza a sí mismo, goteando. Las heridas de su antebrazo han desaparecido; su piel tiene un aspecto saludable y sonrosado, pero su postura recuerda a la de un prisionero que se enfrenta a un tribunal. A juzgar por la forma en que la mira, Liska supone que está esperando a que ella dicte sentencia.

Piensa en el momento en que el niño le dio la mano en la choza de Kazimiera y se negó a apartarse de su lado. Lo ve sentado en la biblioteca con el Leszy, devorando con avidez toda la información que cayese en sus manos. Lo ve obligando a Jaga a salir de las sombras y sonriéndola con orgullo después de haber preparado el desayuno por primera vez.

¿Qué más puede hacer? Los demonios no escogen serlo, no deciden quedarse en el mundo de los vivos, atados a la magia de Orlica. Es un mero revés del destino. Puede que los monstruos estén abocados a cometer atrocidades, pero quien no haya cometido un acto monstruoso, que tire la primera piedra.

Al final, se limita a sonreír a Maksio, granjeándose una mirada exasperada del Leszy.

—Volvamos a casa —le dice a la *rusałka*—. Allí podrás contárnoslo todo.

Ya empieza a ponerse el sol cuando regresan a la finca. Entran en silenciosa procesión, desaliñados cada uno a su manera. El Leszy se agarra el hombro, todavía dolorido por sus heridas; Liska lleva las ropas hechas pedazos, y Maksio parece querer esconderse bajo la primera silla que encuentre.

Jaga los saluda con una risotada y una sacudida de su tiznada cola.

Vaya, menudo espectáculo más divertido, comenta al tiempo que se sube a los hombros de Maksio. ¿Ya se han enterado?

Liska mira a la *skrzat* boquiabierta.

—¿Tú lo sabías?

Los espíritus nos reconocemos entre nosotros, explica. *En cualquier caso, me cae bastante bien. Me da mermelada.*

—¿Cómo que...? ¡Que es para el invierno!

Con ella compra mi silencio, replica Jaga sin una pizca de arrepentimiento, así que Liska decide que la confianza del duende en Maksio servirá para dejar que se quede, aunque esté sujeta a un soborno.

Maksio se sienta a la mesa de la cocina con un pergamino y una pluma. Le tiemblan las manos y, cuando intenta escribir, derrama la tinta sobre la superficie de madera.

A Liska se le encoge el corazón.

—Quizá te resulte más fácil contárnoslo de otra manera —dice Liska con delicadeza antes de quitarle la pluma de entre los dedos agarrotados—, pero tendrás que confiar en mí.

Maksio asiente con los ojos muy abiertos. Liska se arrodilla frente a él sin soltarle la mano. Se concentra y acalla el resto de los sonidos, igual que cuando percibía los pensamientos de los animales.

—Necesito que trates de recordar tan bien como puedas lo que ocurrió aquella noche en Wałkowo, ¿vale?

Maksio vuelve a asentir y cierra los ojos con fuerza. Liska extiende su magia hacia el chico. Aunque apenas lo roza, enseguida se ve invadida por una oleada de emociones, como si Maksio las hubiese lanzado en su dirección a toda prisa. Siente su miedo, su vergüenza, su remordimiento. Entonces, se detonan los recuerdos. La envuelven, se suceden uno detrás de otro como fogonazos, tan breves que casi no tiene tiempo de prestarle atención a todos ellos.

Un fogonazo. Liska —a través de los ojos de Maksio— observa las luces de la lejana ciudad desde la linde del bosque. En su interior reverbera algo que le dice qué hacer, qué sentir. No es del todo una voz y tampoco un impulso, sino una orden aplastante que lo ha hecho acudir a su llamada junto al resto de las *rusałka*. Las demás no andan muy lejos y se unen a él en su canción. Juntas, llaman a sus presas.

Un fogonazo. El caos estalla. Las criaturas de sangre mágica han llegado, armadas con sus terribles espadas, y están derribando a todas sus compañeras. Maksio se gira para huir, pero otra *rusałka* le corta el paso. Luchan. Maksio gana al desgarrarle el cuello al otro espíritu con los dientes. Su oponente se desintegra. Era mucho mayor que él, muy poderosa, y Maksio se adueña de su magia. Sus sentidos se agudizan y su mente se despeja. Retrocede y se tropieza con un tronco podrido. ¿Qué hace aquí? Tiene que alejarse de este sitio. Se está fraguando una batalla en el bosque que tiene al lado. La única opción es seguir adelante y adentrarse en el territorio de los humanos.

Un fogonazo. Está caminando por la ciudad, intentando evitar los charcos de barro, sangre y cuerpos desmembrados. Está temblando y no sabe qué hacer para tranquilizarse. De pronto, encuentra la mirada de una humana. Es una chica, tirada en el suelo con el vestido desgarrado y sangre en el hombro. Abre la boca como si fuera a decir algo.

Maksio se da la vuelta y echa a correr.

Un fogonazo. Es de día y la misma chica se cierne sobre él. Huele a magia y, lo que es más importante, huele a la Driada. Perfecto. Maksio tiene que volver allí cuanto antes, porque sus poderes están menguando y lo único que puede hacer para no desvanecerse es regresar al río, a su ancla. Si consigue ganarse su confianza, tal vez lo lleve de vuelta al bosque.

Un fogonazo. Al ser más reciente, el último recuerdo es más vívido y mucho más fácil de descifrar.

Maksio sale de la casa sin ser visto, recorre el jardín a hurtadillas y se adentra en el bosque. Ha estado retrasando este momento más de lo que debería, porque le da miedo que el Leszy o Liska lo atrapen, pero no tiene otra opción. De camino al río, oye un grito en el bosque.

Es Liska.

No se lo piensa dos veces. Gira sobre sus talones y echa a correr.

Con esa última imagen, Maksio aparta la mano de la de Liska. Ella se deja caer sobre los talones y parpadea para librarse de las motitas negras que bailan ante sus ojos. Los dos respiran con dificultad, pero Maksio parece aliviado, como si se hubiese quitado un enorme peso de los hombros.

—¿Qué acaba de pasar? —pregunta el Leszy, que rodea a Liska con cuidado para ayudarla a ponerse en pie.

—Le he leído la mente —explica Liska, que se apoya en él para levantarse—. Era lo que solía hacer con los animales en Stodoła. No estaba segura de que fuese a funcionar, pero...

—Bueno, Maksio no deja de ser un demonio menor —apunta el Leszy con amargura—. Tienen almas y mentes simples. Pero dime qué viste.

Una vez que Maksio le ha dado permiso con un asentimiento de cabeza, Liska se lo cuenta todo con pelos y señales. Cuando termina de hablar, el Leszy permanece pensativo.

Presiona los dedos sobre la mesa y mira a Maksio y a Liska alternativamente.

—Esa sensación que has descrito...

—Fue como si le estuviesen dando una orden —señala Liska—. Le pedía que atacase el pueblo.

Maksio profiere un ruidito afirmativo. Jaga se sube a su regazo y escucha la conversación atentamente.

El Leszy frunce el ceño.

—Parece que ha sido cosa de Weles. En cuanto al perro...

—¿Será ese el caso también para Mrok? —pregunta Liska, frotándose los brazos.

—Es posible —responde el Leszy con una expresión indescifrable—. Aunque quizá estuviese esperando el momento preciso en que yo bajase la guardia. Sea cual sea el caso, después de lo que hizo Maksio, dudo que volvamos a verlo por aquí durante un tiempo. Esa canción era tan potente como cualquier hechizo de destierro.

La expresión del pequeño demuestra que se siente tremendamente culpable. Baja la vista a sus propias manos, enterradas en el pelaje de Jaga.

—Me salvaste la vida, Maksio. —Liska se sienta en la silla que hay junto a la suya—. Te prometo que no estoy enfadada contigo.

El niño abre mucho los ojos, como para preguntarle por qué.

—Entiendo el motivo por el que lo hiciste —lo tranquiliza—. Eso sí, me habría gustado que no hubieses tardado tanto en confiar en mí.

Maksio toma la pluma.

«Me daba miedo que me echaseis», escribe. «Me gusta mucho este sitio. Sé que debería volver al río, pero preferiría quedarme aquí».

Liska se siente conmovida al leer su mensaje, que resuena en su corazón como la música de un violín.

—No hace falta que finjas ser quien no eres, Maksio —le dice con dulzura—. Aquí no.

Mira a cada uno de sus amigos, embargada por un peculiar cariño. ¿Cómo han acabado así? Un *czarownik* con un árbol por corazón, un duende metomentodo, una *rusałka* con una recién adquirida conciencia y la propia Liska, una mera muchacha de pueblo, viven bajo un mismo techo que casi tiene mente propia. Pese a las peculiaridades particulares de cada uno, están ligados los unos a los otros como las bayas de serbal en un collar, unidos por el hilo del destino, la voluntad de Dios o algo todavía más extraordinario.

Maksio tira a Liska de la manga para llamar su atención. Da un golpecito en la hoja de pergamino donde ha escrito dos palabras, cargadas de esperanza.

«¿Puedo quedarme?».

Liska se pone recta y mira al Leszy. El *czarownik* permanece impasible, pero no se opone a la idea; se limita a ofrecerle un seco encogimiento de hombros. Con una sonrisa, Liska apoya una mano sobre el hombro de Maksio.

—Sí, por supuesto que puedes quedarte.

28

El Día de los Fieles Difuntos

—Hoy el bosque está raro —comenta Liska, que está sentada con las piernas cruzadas en el porche. Hace ya un día que descubrieron la verdadera identidad de Maksio, pero ha sido una revelación sin mucha utilidad, puesto que Liska está tan cerca de averiguar más detalles sobre el trato del Leszy con Weles como al principio. A su alrededor, los primeros días de octubre han incendiado la Driada con los colores de un ardiente amanecer: los tonos de naranja terracota, lujoso rojo burdeos y delicado dorado empapan el tejido del bosque hasta conseguir un rico y aromático efecto adamascado.

—Quedan tres días para el Zaduszki —dice el Leszy, que se apoya sobre la balaustrada mientras se coloca los puños de la camisa. Parece haberse recuperado casi por completo de sus heridas, pero todavía se mueve con rigidez y con menos gracilidad de lo normal—. Los demonios suelen mantenerse tranquilos durante esta época del año. Las celebraciones en honor a los difuntos los intimidan. Tal vez sea porque las supersticiones evitan que la gente entre en la Driada, aunque yo, personalmente, creo que es por los lloriqueos y las oraciones.

Liska desvía la mirada, invadida por una súbita ola de nostalgia. El Zaduszki, el Día de los Fieles Difuntos, es una de las festividades más importantes de Orlica. En el segundo día de noviembre, los vecinos de Stodoła se reúnen en el cementerio, donde el padre Paweł nombra a todos los difuntos para rezar por su alma inmortal. Se encienden miles de velas, tantas que el cementerio se ilumina como un faro en medio de las onduladas colinas.

De no haber sido por su magia, Liska estaría con ellos, murmurando una plegaria junto a su madre ante la tumba de su padre. Era una de las pocas cosas que hacían en perfecta armonía.

—Puedes regresar si lo deseas —le dice el Leszy, que se pone serio al fijarse en la expresión de Liska—. Si quieres ir a ver a tu familia para el Zaduszki, no te detendré.

Liska sacude la cabeza.

—No creo que esté lista para volver.

Quizá nunca llegue a estarlo.

Una intensa ráfaga de viento aúlla entre los árboles y hace que Liska se estremezca de frío. Se pone en pie y se cierra el chal en torno al cuerpo. Todavía se muestra reacia a tocar las extrañas prendas del viejo armario, pero, si el tiempo sigue empeorando, acabará necesitando ropa de invierno.

—Voy a ver si encuentro algún abrigo —le dice al cruzar la puerta principal. El Leszy la había dejado entreabierta y ahora se mece con la brisa—. ¿Podrías conjurar un poco de té para cuando vuelva?

Una de las comisuras de su boca se curva en una sonrisa divertida.

—Me encanta que me des órdenes.

Liska intenta no sonrojarse, pero es en vano.

Cuando llega a su dormitorio, se quita el chal ante el polvoriento espejo. Al moverse, se le baja el cuello de la camisa y las marcas de las garras del *strzygoń* quedan al descubierto. Son blanquísimas y destacan de una manera atroz sobre su piel olivácea. Liska se detiene y recorre las cicatrices con los dedos. Todavía no se ha acostumbrado a verlas.

¿Admirando tu propio reflejo?

Liska se sobresalta cuando Jaga sale de la chimenea, camina hasta una de las patas de la antiquísima cama y se afila las uñas con la madera.

—¿Alguna vez se te ha ocurrido avisar de que vas a aparecer? —se queja Liska, que se coloca la camisa, abre el armario medio vacío y revuelve entre las prendas de ropa.

Al poco, encuentra un abrigo forrado de piel con aberturas en las mangas, acampanado a la cintura. Le queda un poco grande, pero servirá. Le da una sacudida y, de uno de los enormes bolsillos, algo cae al suelo con un golpe seco.

Es un diario.

—¿Qué…?

Liska deja el abrigo a un lado y se agacha para recoger el librito. Tiene una lujosa encuadernación de piel desgastada por el paso del tiempo y las hojas amenazan con desprenderse pese a que abre el diario con todo el cuidado del mundo. En su interior, encuentra una serie de dibujos, hermosos bocetos a carboncillo sobre papel estriado. Hay un arrendajo, un pozo viejo, una oveja pastando. Liska se queda boquiabierta al reconocer la silueta de la Casa bajo el Serbal. Y, ahí, al final… ¿Podría ser? Una estancia de techos altos, un lugar que ya no se puede ver desde el exterior.

—Jaga, mira. —Coloca el cuaderno ante las narices de la *skrzat*—. ¿No es la…?

La librería, coincide Jaga con voz pensativa. *Tengo un vago recuerdo de la casa cuando todavía tenía ese aspecto.*

—Debe de ser de cuando Florian se marchó —dice Liska—. Me pregunto si…

En la siguiente hoja, aparece el retrato de un hombre riendo, dibujado con cariño y con unos trazos mucho más detallados que los del resto de bocetos. Es joven, de rostro alargado y sonrisa despreocupada. Hay zonas en donde el carboncillo se ha corrido y, a juzgar por las manchas redondeadas y salpicaduras, el papel debe de haberse mojado. El siguiente dibujo hace que Liska se incorpore, sorprendida: es el Leszy, con el ceño fruncido y gesto adusto. Lleva el pelo blanco mucho más largo, recogido en una coleta, y va vestido con una żupan, una casaca de cuello alto. El artista no le ha hecho ningún favor a la hora de dibujarlo, puesto que lo ha retratado con las cejas bien fruncidas y la boca apretada en una línea fina, como si fuera un perro a punto de lanzar un mordisco.

—Supongo que no se le da demasiado bien eso de causar una buena primera impresión, ¿no crees? —le comenta a Jaga—. Tal vez por…

Se interrumpe al pasar la hoja. Es una de las últimas obras, un autorretrato hecho en el espejo enmarcado de hojas que hay en el cuarto de baño. La muchacha del dibujo tiene la cara redonda, ojillos oscuros y una brillante melena recogida con meticulosidad. Sostiene un trozo de carboncillo y se mira con el ceño ligeramente fruncido.

Liska queda atrapada bajo la mirada de la chica, buscando respuestas en los apresurados trazos de su rostro. ¿Quién sería? ¿Una de las ayudantes del Leszy? A juzgar por el abrigo y el cuaderno, no parece probable. Lo más raro es que dejara sus dibujos atrás. Liska no es ninguna artista, pero no se imagina abandonando su obra.

Sigue pasando las hojas, fascinada. El resto de los bocetos son de la naturaleza: hay una ardilla, un cervatillo y el serbal cubierto de nieve. Cuando acaba, cierra el diario y se lo ofrece a Jaga para que lo toque. La *skrzat* hace lo que le pide con la versión felina de un ceño fruncido.

—¿Ves algo? —pregunta Liska, esperanzada.

Jaga sacude la cabeza.

Debe de ser de antes de que muriera. No tengo ningún recuerdo ni del cuaderno ni de su dueña, ni siquiera he visto una imagen fugaz como con Florian.

—¿Y no te acuerdas de absolutamente nada de… —se detiene para medir sus palabras— de tu antigua vida?

Nada de nada. Jaga se sienta con delicadeza, colocando la cola sobre las patas. *Todos los espíritus perdemos esos recuerdos. Lo máximo que alcanzamos a recordar es lo que sentimos justo antes de morir. Rabia, indignación, tristeza… Eso es lo único que se queda con nosotros.*

—¿Y tú qué sentiste? S-si no es mucha indiscreción, claro.

La mirada de Jaga se oscurece.

Miedo, dice por fin. *Sentí miedo.*

Le da vueltas la cabeza cuando sale de la habitación, aturdida por la ingente cantidad de preguntas y sospechas que la invaden. La Casa bajo el Serbal parece hacerse eco de su confusión, puesto que los tonos dorados de los pasillos han pasado a ser plateados, como un temporal que anuncia su llegada. En la cocina, el Leszy ha dejado una infusión reposando en una tetera decorada, pero no hay ni rastro de él, así que debe de haber regresado a su estudio. A Liska no le viene nada mal. Necesita tiempo para poner en orden sus pensamientos y estar cerca del demonio tiene justo el efecto contrario.

Liska solo tiene una buena forma de afrontar momentos como este: la repostería. Decide preparar una *szarlotka* cortando unas manzanas en almíbar, endulzándolas con miel y mezclándolas con las nueces que ha recolectado en la Driada. Mientras trabaja, se da cuenta de que Maksio está asomado a la puerta. La mira con los ojos muy abiertos y expresión nerviosa, como si temiese que Liska fuese a cambiar de idea en cualquier momento y decidiese echarlo como haría con cualquier otro demonio menor de la Driada.

—Ya vale, Maksio. —Aplasta la masa de la *szarlotka*, que desprende una nube de harina—. Me pone nerviosa verte ahí parado como un fantasma.

El niño se adentra con cautela en la cocina. Señala primero las manos de Liska y, luego, la masa.

—Como quieras —responde ella—. ¿Podrías traerme un tarro de manzanas en almíbar de la alacena?

Hace lo que le pide y deja el tarro en la mesa antes de quitarle la tapa y admirar sus contenidos.

—No te las comas —le advierte Liska sin apartar la mirada de la masa—. Tenemos que racionarlas.

Le lanza una mirada a Maksio que hace un puchero, disgustado. Cuando se da cuenta de que lo ha visto, se pone en tensión.

Liska suspira.

—No tienes de qué preocuparte. Ya te he dicho que no estoy enfadada.

Maksio inclina la cabeza, con un brillo travieso en los ojos, y, aunque Liska se alegra de ver su reacción, también teme descubrir qué tiene que decir. En una mancha de harina, escribe «Demuéstramelo» con el dedo.

—¿Que te lo demuestre?

El niño levanta el tarro con una mano. «Deja que me las coma».

Liska pone los brazos en jarras.

—¿Estás intentando manipularme? ¿Acaso no eres un demonio antiguo y poderoso? ¿No te da vergüenza rebajarte de esta manera?

Yo estoy con él, interviene Jaga desde el fogón. *Mataría por esas conservas tuyas.*

—Claro, nos matarías a nosotros al hacernos pasar el invierno sin comida —señala Liska, que le arrebata el tarro a Maksio—. En Orlica, a eso lo llamamos adicción.

¡Bah!, dice Jaga. *Ese es un problema que solo afecta a los vivos. Los muertos deberíamos poder comer toda la mermelada que nos plazca.*

—Está bien —dice Liska, que alza las manos y deja el tarro entre la *skrzat* y su expresión de suficiencia y la *rusałka* todavía más pagada de sí misma—. Podéis tomar una cucharada cada uno si es que queréis comer *szarlotka* después.

Terminan de preparar la tarta de manzana en compañía. Liska la mete en el horno, se quita el delantal y se limpia la harina que le cubre las mangas con unas palmaditas. Con la llegada de Maksio, apenas ha tenido tiempo de pensar en la chica del cuaderno de dibujo, pero ahora se le ha vuelto a venir a la cabeza. Esa muchacha... ¿sería algo más para el Leszy aparte de su ayudante? Él jamás menciona a ningún otro aprendiz, pero tampoco es muy normal que un invitado se deje un abrigo y un cuaderno. Ojalá le bastase con asomarse al pasado para ver todo lo ocurrido hasta el momento.

Liska se detiene en seco cuando cae en la cuenta de algo que hace que se le acelere el corazón. Lo de ver el pasado tal vez no sea una idea tan descabellada.

Solo tendría que hacerse con una de las pertenencias del Leszy.

Llama a la puerta por educación antes de entrar en el estudio de la torre, puesto que ahora conoce el hechizo que abre la cerradura. El Leszy está midiendo una especie de polvos en un vial de cristal que una rama sostiene a la altura de sus ojos. El ventanal de la torre muestra una franja de cielo sobre la cubierta forestal, que se mece con el viento, y las nubes de tormenta envuelven al Leszy en los intensísimos tonos del acero.

—¿Puedo ayudarte en algo?

En su voz se aprecia una ligera molestia. Quizá haya besado a Liska bajo la luz de la luna y haya sostenido su mano mientras dormía, pero, en este momento, su deber como el guardián de la Driada se antepone a todo lo demás. No aparta la mirada del vial, del que brotan alternativamente vapores verdes y morados. A Liska todavía le queda mucho por aprender antes de dominar la magia avanzada que requieren las pociones, por lo que observa con curiosidad el vial del Leszy.

—Venía a preguntarte una cosa —dice, midiendo sus palabras.

—¿Mm?

Se sienta de un salto en el borde del escritorio, con cuidado de no tirar ninguno de los extraños instrumentos que hay esparcidos por la mesa.

—Me dijiste que el alma y la mente están interconectados.

—Así es.

—¿Eso también se aplica a… los objetos? Si pueden llegar a tener un alma, ¿también albergarían recuerdos?

El Leszy la mira de soslayo.

—¿Por qué lo preguntas?

—Por curiosidad. —Miente con facilidad, pero no sin una punzada de remordimiento—. Jaga me explicó una vez que la biblioteca es un recuerdo. Siempre me ha llamado la atención.

El Leszy vuelve a concentrarse en el vial. El polvo que contiene se ha vuelto totalmente verde, como su magia.

—Sí que puede darse el caso, pero es algo excepcional. En ciertas ocasiones, retienen breves destellos del pasado y, en otras, como pasa con la biblioteca, es posible traer los recuerdos de vuelta a partir del objeto.

—¿De vuelta a… la realidad?

—No exactamente. Puedes verlos y caminar a través de ellos si el objeto o el lugar es lo suficientemente poderoso. Esta casa es… un poco más mágica de lo normal, porque la creé junto a la Driada. Forma parte del plano intermedio, así que hace cosas que quedan fuera del alcance de otros lugares. Por ejemplo, esta insolente montaña de astillas esconde habitaciones enteras o… —lanza una mirada fulminante al techo— revela secretos ajenos.

En una de las estanterías del fondo, uno de los pergaminos se desenrolla, como si la casa le sacase la lengua. El Leszy la ignora deliberadamente.

Una oleada de afecto inunda el pecho de Liska. Su querido Leszy es un hombre taciturno, pero esa postura encorvada que tiene sobre su escritorio, que recuerda más a la de un anciano leyendo libros de contabilidad que a la de un formidable *czarownik,* también le confiere un extraño encanto. De manera impulsiva, Liska le pasa la mano por la nuca para acariciarle el cabello. El Leszy deja escapar un sonido grave y complacido desde lo más profundo de la garganta.

—He preparado *szarlotka* —le dice—. Ya casi debería estar lista, por si quieres un pedazo.

Baja la barbilla en señal de asentimiento, pero no dice nada más. Antes de alejarse con calma del escritorio, Liska lo observa por un segundo. El Leszy está tan enfrascado en su trabajo que no se da cuenta de que Liska escoge un libro de entre una de las tantas pilas que hay por la habitación antes de salir sin hacer ruido del estudio.

29

El hombre con un agujero en el pecho

Liska espera hasta que cae la noche para volver a sacar el cuaderno de dibujo robado. Está sentada ante el escritorio de la biblioteca e inspecciona el volumen desde todos los ángulos. Su sencillo exterior, decorado con constelaciones grabadas en la encuadernación de piel, consigue que pase desapercibido. Lo acerca un poco al candelabro, que la observa con siete llamas como siete ojos entornados. En el exterior, la lluvia continúa repiqueteando contra el techo y cada golpecito saca más y más de quicio a Liska. Ante ella, el retrato de la muchacha de ojos oscuros le devuelve la mirada con un ligero ceño fruncido, como si las intenciones de Liska la desconcertasen.

Las anotaciones están escritas con la apresurada caligrafía característica del Leszy, por lo que necesita tomarse un tiempo estudiándolas con ojos entrecerrados para descubrir cuál es el hechizo al que el Leszy recurrió cuando buscaba la magia de Liska. Se refirió a él como el «hechizo para la lectura del alma». Al final de un extenso texto lleno de explicaciones e hipótesis, encuentra el intrincado círculo que dibujó con tiza en el suelo del estudio.

Tras hacerse con una pluma y un tintero, Liska replica el círculo sobre la suave madera del escritorio. Mientras trabaja, Jaga aparece en el humo del candelabro.

—Buenas tardes —la saluda Liska.

Jaga recorre el escritorio sin hacer el menor ruido mientras estudia el cuaderno.

¿Qué pretendes hacer con eso?, pregunta al final.

—Voy a intentar recuperar los recuerdos que alberga en su alma —explica, sorprendida en parte por lo lógico que suena su plan.

Jaga esboza una sonrisa que deja brevemente al descubierto una fila de dientes inmateriales.

Entonces será algo digno de ver.

—Avísame si viene el Leszy —le pide Liska.

Jaga resopla.

¿Tengo pinta de perro guardián?

Liska no responde. Está ya demasiado enfrascada en el hechizo, practicando el fragmento que el Leszy dejó anotado en lengua divina. Una vez que queda satisfecha, cierra los ojos y abre su mente al plano intermedio. Siente las almas a su alrededor: la casa que dormita bajo sus pies, la ardiente presencia de Jaga a su lado y, en la distancia, el sencillo peso del Leszy. Hasta consigue encontrar a Maksio, cuyo espíritu juvenil está tan lleno de vida como las animadas aguas de un arroyo. Sin embargo, el alma del cuaderno es opaca, solo transmite una diminuta chispa porque Liska lo ha estado manipulando. No hay ni rastro de vida en él y mucho menos de recuerdos.

Liska frunce el ceño, decepcionada. Se dispone a poner fin al hechizo cuando algo... más llama su atención. Es otra alma, aunque esta es peculiar y está distorsionada. A diferencia de las otras, no es una presencia resplandeciente que exija que se le haga caso. Irradia melancolía en tonos de barítono, tan profunda como una tumba.

Está justo al lado de Liska.

No, aún más cerca.

Está en su bolsillo.

Liska abre los ojos de golpe. Se mete la mano en el delantal y cierra el puño en torno al colmillo de Mrok.

—Claro —susurra—. ¿Por qué no se me había ocurrido antes?

¿Qué pasa?, pregunta Jaga.

—Todavía no estoy segura. Creo... creo que una parte del alma de Mrok sigue aquí.

Sí y mira lo bien que te salió intentar comunicarte con él la última vez, dice la *skrzat* con amargura.

—Si algo sale mal, podrás rescatarme y decirme «Te lo dije» —concede Liska despreocupadamente, en un intento por ocultar su desasosiego.

Jaga tiene razón: esto podría acabar muy mal. Sin embargo, no deja de pensar en la imagen de Mrok rascando la tierra ante su propia tumba.

«Márchate antes de que se despierte».

El animal le había mostrado la parte más vulnerable de su ser: su cadáver, lo único que lo ataba al mundo terrenal. ¿Por qué habría hecho eso si lo único que quería era atacarla?

Preparada para actuar, reemplaza el cuaderno por el colmillo. En medio del irregular círculo que ha dibujado, el diente adopta un aire perverso y herético, como el amuleto de una bruja o una reliquia pagana. Liska se obliga a tomar aire y prueba a rozar el alma oscura y pulsante del canino con su magia. Para su sorpresa, parece receptiva e incluso la anima a ir hacia ella. La siente impaciente y nerviosa, como unas manos extendidas que esperan a que alguien las tome entre las suyas.

Esta vez, a Liska le tiembla la voz cuando recita el hechizo del Leszy, de manera que la luz azul brota de entre sus dedos con un parpadeo. Tan pronto como pronuncia la última palabra, el alma del perro desprende un destello de poder que envuelve su magia y la devora por completo.

El colmillo erupciona.

Se descompone en zarcillos de oscuridad que trazan círculos frenéticos por la estancia. Uno de ellos alborota los cabellos de Liska, otro tira un tarro de una estantería y otro más apaga las velas del candelabro. Entonces desaparecen tan pronto como llegaron. El diente de Mrok se ha desintegrado y, sobre el escritorio, solo queda una montañita de cenizas.

Liska entierra el rostro entre las manos, descorazonada.

—¿Por qué? —se lamenta—. ¿Qué he hecho mal?

El colmillo era su último recurso para obtener respuestas y el hechizo lo ha barrido de un plumazo.

Unas fuertes pisadas retumban por la biblioteca. Liska está tan decepcionada que ni siquiera se siente con ánimos de enfrentarse al Leszy.

—Adelante, enfádate conmigo —murmura contra las manos—. No tienes de qué preocuparte, porque ha salido mal.

Liska. Jaga la llama de una forma tan apremiante que se le pone la piel de gallina.

—¿Qué pasa? —pregunta, levantando la cabeza.

La *skrzat* ha clavado la mirada en algo más allá de Liska. Tiene el lomo arqueado y ha sacado las uñas en señal de alarma.

Ese no es el Leszy.

Liska se pone en pie con tanto ímpetu que tira la silla al suelo al girarse.

Tras ella hay un desconocido.

Es un par de centímetros más alto y de hombros más amplios que el Leszy, con rizos castaños y agudos ojos grises. No parece tener más de treinta años y viste con un abrigo de cuello alto atado con un cinto. Una camisa de encaje le asoma por las mangas y el cuello y unos brillantes pendientes adornan sus orejas.

Sin embargo, Liska no se fija en ninguno de esos detalles. Tiene la vista clavada en el enorme agujero que hay en su pecho, así como en la sangre que le empapa el torso.

—¿Quién eres? —pregunta con voz ahogada.

El hombre se limita a sonreír y se lleva un dedo a los labios. Liska se estremece al darse cuenta de que, por el borde de la herida, vislumbra el extremo de su esternón destrozado y el carnoso palpitar de su corazón. Cuando el hombre gira sobre los talones y se encamina hacia la salida, la sangre que brota del agujero le empapa la tela de la camisa y le gotea por los brazos, pero se desvanece antes de tocar el suelo.

A Liska le martillea el pulso en los oídos, se le revuelve el estómago. Cada centímetro de su ser le ruega que sea sensata y huya de él, pero se siente incapaz de hacerlo. Está atrapada en un trance que ella misma ha desencadenado: una hipnótica y adictiva espiral de secretos que van a salir a la luz. Cuando el hombre le hace una señal para que lo siga, ella obedece sin pensárselo dos veces. Tal vez sea una trampa, pero, si esta resulta ser la oportunidad de encontrar la manera de salvar al Leszy, está dispuesta a correr el riesgo.

El fantasma —porque eso es lo que debe de ser, ¿verdad?— la guía a través de la Casa bajo el Serbal como si la conociese tan bien como la palma de su propia mano. Acaricia la pared o algún alféizar de vez en cuando y una expresión de cariño le suaviza las facciones. Al llegar al vestíbulo, el hombre se detiene y Liska aprovecha para cubrirse con un mullido chal.

—¿Sabes qué? —le dice Liska, intentando armarse de valor—. No eres, ni de lejos, la criatura más extraña con la que me he topado en estos bosques.

Al hombre le salen unas arruguitas en las comisuras de los ojos. Ante eso, Liska llega a la conclusión de que es la otra cara de la moneda del Leszy. Donde la belleza de él es gélida e intocable, la de este hombre es cercana y agradable. Resulta peculiar, sí, pero eso no le impide imaginárselo entre los humanos, disfrutando de una botella de *wódka* y contando historias con ademanes ostentosos.

—¿Liska? —Es la voz del Leszy, que llega desde el piso de arriba.

La chica se da la vuelta, sobresaltada, pero el fantasma la agarra de la mano. Con dedos fríos como un témpano, tira de ella con insistencia hacia la puerta.

Jaga aparece al otro lado del vestíbulo.

Ve, la anima. *Yo distraeré al Leszy.*

Con un agradecido asentimiento de cabeza, Liska permite que el hombre con un agujero en el pecho la saque al exterior para adentrarse en las profundidades de la ventosa noche.

El aire sabe a electricidad estática y nubes de tormenta, y los árboles de la Driada se rinden ante el viento, que les arranca gotas de lluvia y hojas secas de las ramas desnudas y larguiruchas. El fantasma avanza a grandes zancadas y con paso seguro. Agarra con fuerza la mano de Liska, aunque no aprieta tanto como para no poder soltarse si así lo quisiera. No lo intenta. Algo le dice que, de hacerlo, el hombre seguiría adelante y Liska acabaría perdiéndolo de vista. Sin el colmillo de Mrok, no sabe si sería capaz de volver a invocarlo.

Los truenos retumban en la distancia y sacuden el terreno. El bosque se desdibuja a su alrededor, turquesa y velado. La magia de Liska se despereza y hormiguea allí donde el fantasma le toca la mano. Se siente como si estuviese flotando, viajando más rápido de lo que debería. Es como si el hombre la hubiese colmado con su poder y la hubiese convertido en un espíritu, libre de las limitaciones de la corporeidad.

La sensación disminuye cuando llegan a un claro.

A su alrededor, unas ruinas de piedra sobresalen de la tierra como las espinosas protuberancias de un esqueleto enterrado. La hiedra y el liquen, que las han devorado con avidez, se cuelan entre las grietas y se dejan caer por lo que tal vez fue antaño una pared. Hay tótems y estatuillas desperdigados por el suelo como juguetes abandonados, tallados en forma de hombres con varias caras, barbudos y armados con espadas. El más alto, una efigie olvidada en el epicentro de una masacre, todavía sigue en pie, con pedazos de una columna caída esparcidos ante su base como si fueran ofrendas. Está coronado por un par de astas, talladas para asemejar dos árboles creciendo de su cabeza.

El fantasma suelta a Liska. Una expresión de alivio recorre su rostro.

—Por fin puedo hablar —dice. La cadencia de su voz, cálida y alegre, es más profunda de lo que Liska habría esperado—. El único lugar en el que mi magia se ha mantenido fuerte es aquí, donde descansa mi cuerpo.

—Tu cuerpo…

Entonces los ve.

Los cadáveres.

Hay seis cuerpos semienterrados bajo las gruesas raíces y las setas de sombrero blanco, colocados a intervalos regulares alrededor del tótem con cuernos. De la mayoría ya no quedan más que huesos cubiertos de musgo, puesto que su carne hace mucho tiempo que se descompuso, pero algunos todavía conservan parches de piel o cartílagos desgarrados, así como restos de ropa alrededor de su colapsada figura. Ninguno tuvo una muerte dulce o limpia. El sufrimiento ha quedado calcificado en su postura: tienen la mandíbula petrificada en un grito y sus manos arañan la tierra.

Manos…, muñecas… y alrededor de esas últimas…

—No —jadea Liska. El cadáver que se encuentra más cerca de ella lleva un grillete hecho de ramas como el suyo—. No. Es imposible.

Da un paso adelante, queriendo correr hacia ellos y comprobar cada cuerpo con la esperanza de estar equivocada, pero el fantasma vuelve a agarrarla de la mano.

—No entres en el templo —advierte, señalando los muros derrumbados a su alrededor—. Este es el altar de Weles, su territorio.

—Weles…

Se le forma un nudo en el estómago. Sin adentrarse en los límites del templo, estira el cuello para estudiar los cadáveres de uno en uno. Por lo que puede ver, todos llevan un grillete como el suyo.

Tratos. Todos hicieron tratos con el Leszy.

Liska da un tembloroso paso, y otro, y otro, hasta que apoya la espalda contra uno de los muros derruidos. La piedra húmeda y fría se le adhiere al chal con dedos gélidos y su entrecortado aliento forma nubes ante ella.

El fantasma, tan inmóvil como las ruinas que lo rodean, no le quita ojo de encima.

—¿Quién eres? —Cada palabra está cargada de un estridente pánico—. ¿Por qué me has traído aquí?

—No temas —dice el hombre—. Ya sabes quién soy.

—Florian —comprende Liska—. El…

—Amante y aprendiz del Leszy, además de un dolor de muelas profesional —ofrece el fantasma. Es decir, Florian—. Y ese precioso esqueleto de ahí, el que está a tu izquierda, es el mío.

Liska se queda helada. Se da la vuelta y cuenta los cadáveres.

—Seis —dice.

Vuelve a girarse hacia Florian y le suplica con la mirada que niegue lo que está pensando, pero él inclina la cabeza.

—Uno por cada siglo que el Leszy ha pasado siendo guardián del bosque.

—Pero tiene setecientos… —Liska se interrumpe al comprender inmediatamente lo tonta que ha sido.

Han pasado siete siglos, pero solo hay seis cuerpos.

Porque Liska será la séptima.

30

Seis sacrificios

El campo de visión de Liska se reduce hasta que solo ve una cosa: el agujero en el pecho de Florian, del que caen regueros de sangre espesa. En su cabeza, ya ha empezado a atar cabos, pero no quiere hacerles frente a sus conclusiones ni afrontar la magnitud de su insensatez.

—¿Por qué me has traído aquí? —insiste, agarrando la empuñadura de Onegdaj.

—Para contarte la verdad —dice Florian—. Porque tú eres la única capaz de salir victoriosa allí donde el resto fallamos.

—No te entiendo.

—Tú puedes salvar al Leszy y destruir a Weles.

—¿Des-destruir a Weles? —tartamudea Liska—. ¿Os mató él?

Florian vacila.

—Sí y no —dice, midiendo sus palabras—. Será mucho más sencillo si te lo enseño.

—¿Cómo?

Señala las ruinas.

—Antaño, en este templo se llevaban a cabo rituales paganos. Tiene un alma antigua y poderosa y alberga una buena cantidad de recuerdos. Recuerdos a los que tenemos acceso. —Extiende ambos brazos hacia Liska, con las manos abiertas—. Acompáñame y te enseñaré cómo Eliasz acabó siendo el Leszy.

Liska está demasiado aturdida como para dudar. Se aferra a los antebrazos de Florian, rodeándole las muñecas con los pulgares. El fantasma inspira hondo y adopta una expresión concentrada.

El mundo se desvanece.

Se encuentran dentro de las ruinas antes de que se viniesen abajo. A su alrededor se alza un templo. Hay tótems de madera guardando cada esquina y las criaturas del bosque brincan por los frescos desgastados de las paredes. El bosque solo acaba de empezar a invadirlo. La hiedra escala por las columnas y algunos árboles jóvenes crecen entre las grietas del suelo. Es de noche y la luna parpadea errática en el cielo al ocultarse tras las espesas nubes del verano. En el templo hay dos individuos: uno es un hombre y el otro… no.

El primero es joven, de porte noble, con unos espesos cabellos negros y la piel tan blanca que evidencia lo poco que ha salido de casa. Lleva una túnica verde esmeralda y una sobreveste negra, además de una espada a la cintura y un saco colgando del hombro. Entre las manos, sostiene un libro encuadernado en gruesa piel, de frágiles páginas amarillentas garabateadas con notas. Liska solo alcanza a distinguir dos palabras: «ritual» e «invocación».

Ante él, se alza un dios. Liska sabe que lo es porque tiene un aspecto hermoso y aterrador a partes iguales. Carece de piel, sus músculos están hechos de madera y tiene los dientes podridos y la boca llena de musgo. El liquen envuelve su cuerpo como una túnica andrajosa plagada de insectos y decorada con diminutos cráneos de animales. Unas ramas esqueléticas brotan de sus extremidades, crecen como púas hacia arriba desde sus clavículas y coronan su cabeza como una cornamenta viviente. En vez de ojos, en los orificios huecos de su rostro de calavera, cuenta con dos brillantes llamas blancas, clavadas en el mortal que está frente a él.

—Si tuviese tanto poder como ellos —está diciendo el hombre—, entonces podría conseguirlo. Atraparía a todos los demonios.

Es innegable que tienes coraje, mortal.

El sonido que inunda el templo es la mismísima historia hecha voz, antologías de enigmas y milenios de sabiduría contenidos en los espacios entre cada palabra.

Sin embargo, lo que te mueve no es el altruismo, ¿me equivoco?

El hombre se tira de las mangas de la túnica en un gesto familiar.

—¿Y-y eso qué importa?

No trates de mentirle a un antiguo dios, muchacho.

—¡Lo único que quiero es que me traten como a un igual! —exclama el hombre—. Si tuviese el mismo poder que ellos, habría hecho esto mucho antes, habría llevado a cabo una proeza por mi propia mano, habría...

¿Por qué conformarse con ser su igual?

—¿Cómo?

¿Por qué te conformas con ser su igual cuando podrías ser mejor? Si me dejases vivir en tu interior, mi poder sería tuyo para toda la eternidad.

Mientras el dios habla, una lombriz sale retorciéndose de entre sus fauces lobunas y cae al suelo. El hombre parece estar a punto de vomitar.

Continúa hablando:

El precio que deberás pagar por un trato como ese será mucho más alto, claro está...

—Acepto —lo interrumpe el hombre—. Dime qué deseas a cambio.

Tu vida, responde el dios sin perder un segundo. *Reclamaré tu vida y tu magia dentro de cien años.*

El mortal inspira entrecortadamente. La luz de la luna se refleja en sus ojos. Liska reconoce esa mirada, verde como el helecho, movida por un ansia voraz.

—De acuerdo —concede.

El dios extiende una mano sin previo aviso y agarra la cabeza del hombre, que grita de dolor cuando unas ramas brotan de su cuero cabelludo y unas púas le arrancan el pelo, un pelo pronto se volverá blanco por el esfuerzo de crear un bosque encantado.

—No puedo seguir viendo esto. —El dolor inunda la voz de Florian—. Continuemos.

El hombre —ahora convertido en el Leszy, con cornamenta y todo— se encuentra de nuevo ante el tótem, con los brazos cruzados y la barbilla en alto. Viste unas lujosas galas, hojas doradas bordadas sobre un fondo carmesí, y lleva los dedos adornados con resplandecientes anillos.

—Me temo que no puedo ofrecerte mi vida. —Habla con mucha más confianza que en el anterior recuerdo, la suficiente como para conseguir sonar razonable al llevarle la contraria a un dios—. Mi alma está ligada a la Driada. Si yo muero, el bosque caerá conmigo.

Un trato es un trato. No hay rastro del dios, pero su maliciosa voz se abre camino entre los árboles. *A no ser...*

—A no ser, ¿qué?

A no ser que encuentres a alguien que ocupe tu lugar. Pedí una vida y su magia pasados los cien años... Supongo que no importa a quién se la arrebates. Pero recuerda, pequeño leszy...

—«Leszy», «leszy», no dejas de llamarme así. No soy un espíritu del bosque. Me llamo Eliasz y vas a... ¡Ay!

Se agarra el brazo. Una diminuta ramita ha brotado de su muñeca. Así es como el antiguo dios regaña a quien lo contraria.

Recuerda que solo la verdadera magia saciará mi sed, repite el dios con un ronroneo.

La consciencia de Florian tira de la de Liska para alejarla del recuerdo y conducirla al siguiente. Esta vez, el suelo está cubierto por una capa de nieve y el Leszy tira a un hombre corpulento ante el tótem. Este intenta incorporarse, pero tiene las manos atadas a la espalda. El blasón de Orlica decora su tabardo.

—Por favor, Eliasz —suplica—. Nunca pensé que...

—Silencio, traidor. —El Leszy le pisa la espalda y lo aplasta contra el suelo—. Eres uno de los *czarownik* más poderosos que quedan con vida y ¿qué es lo que haces? ¡Traicionar a los tuyos!

¿Qué te prometieron? ¿Riquezas? ¿Un título? No, no contestes… No me interesan tus explicaciones. —Da un paso atrás con una mueca de desprecio—. He aquí mi pago, Weles.

El templo se estremece como si estuviese inspirando profundamente. De pronto, unas gruesas raíces surgen con un estallido de debajo del tótem, negras como el alquitrán y afiladas como agujas. Se alzan ante el hombre corpulento, dibujando sombras alargadas sobre su rostro horrorizado. Entonces, se lanzan todas a una hacia su pecho. Grita una única vez cuando lo atraviesan y se desploma sin vida, colgado de las ramas como una estridente marioneta.

El Leszy no se ha quedado a mirar. Está a la entrada del templo, dando la espalda a la escena. Espera algo: el rechazo de Weles o, tal vez, su aprobación.

Las raíces se retiran y desaparecen bajo la tierra. El hombre muerto cae al suelo del bosque.

Nos vemos dentro de un siglo, dice Weles con satisfacción.

—Ese fue el primero —dice Florian—. Por aquel entonces, todavía había bastantes *czarownik*. Durante los siguientes cien años, cuando la Iglesia comenzó a predicar en contra de la magia, la mayoría de nosotros tuvimos que escondernos. Eliasz no tuvo más opción que ir en busca de aquellos que no eran conscientes de sus poderes.

Cae el otoño en la Driada: arriba, deja ramas desnudas y, abajo, un manto de hojas secas. Una mujer con el cabello rubio sujeto en un intrincado recogido recorre el templo en ruinas con paso decidido cuando se le engancha el dobladillo de la abultada falda en unas delgadas zarzas. Libera la tela de un tirón y se tropieza hasta dar con el tótem.

—¡Aquí no hay ningún tesoro, monstruo! Dijiste que me harías de oro si cumplía con mi parte del trato. ¡Y eso es lo que he hecho! ¡Ya he aprendido todas esas tonterías mágicas sin sentido y ahora quiero lo que se me prometió!

El Leszy pasa por encima de un tótem caído con expresión inescrutable.

Al verlo, la mujer resopla.

—Encontré la flor y pasé la prueba. ¿Qué más quieres?

—Paz y tranquilidad —murmura el Leszy.

La mujer lo está mirando, así que no ve las raíces que se alzan a su espalda.

Avanzan al siguiente recuerdo. Esta vez, las hojas de los árboles están verdes y a Liska se le escapa un grito ahogado cuando ve que la chica del cuaderno de dibujo entra en el claro. El sol juguetea con sus brillantes cabellos e ilumina la esperanza que inunda sus ojos oscuros.

—¡Ya era hora! —dice con voz triunfal.

A Liska se le entrecorta la respiración. Reconoce esa voz. Reconoce esa crepitante cadencia, tan áspera como la leña, aunque ahora es más ligera, más viva.

Jaga. Es la voz de Jaga.

La chica que acabará convirtiéndose en *skrzat* estudia las ruinas que la rodean y pierde la sonrisa.

—No está aquí —dice—. ¿Por qué no ha venido, *panie?* ¡Se suponía que era mi prometido! Si no lo trae aquí enseguida, se casará con esa pueblerina sin dinero y…

No acaba la frase. Unas raíces le atraviesan el pecho. Cuando se retiran, la chica se tambalea y unos terribles sonidos húmedos escapan de su boca. Finalmente, cae al suelo con el nombre de su prometido en los labios.

Si Liska pudiese sentir el cuerpo, estaría llorando. Por eso murió Jaga: por un hombre que no la amaba y una promesa incumplida. No le extraña que su espíritu haya quedado atrás. Lo único que le sorprende es que no se transformase en un demonio vengativo en vez de acabar siendo una *skrzat*.

—¿Tú… tú sabías esto? —le pregunta a Florian—. Cuando estabas con él, quiero decir.

—Sí. Después de estar dos años juntos, me lo contó todo.

Un sabor amargo inunda la boca de Liska.

—A mí no me ha contado nada.

Florian se ríe con suavidad.

—Seguro que es por la forma en que yo reaccioné cuando lo descubrí todo.

La conduce hasta otro recuerdo. Esta vez, es de noche. Una ventisca aúlla entre los árboles y los copos de nieve que caen son tan gruesos como lágrimas perladas. Una luz anaranjada aparece en la linde del claro. Es un candil. Está en manos de Florian, que viste las mismas ropas que su fantasma, salvo porque las suyas siguen intactas en el pecho.

—¿No crees que tengo un aspecto arrebatador a la luz del fuego? —pregunta con tono alegre el Florian actual, el fantasma, de manera que saca a Liska de la visión por un segundo—. Es como la escena de una tragedia.

De no ser porque está a punto de verlo morir, lo habría mandado callar.

En el recuerdo, Florian coloca el farol sobre la base de una columna caída y se pone en cuclillas para animar a que algo salga de entre los árboles. Un instante después, Mrok —el Mrok vivo, no el cadáver de ojos rojos que ella conoce— corre hacia él. Lleva la cola entre las piernas y las orejas pegadas a la cabeza. Está claro que percibe la muerte y destrucción que ha tenido lugar en las ruinas del templo.

—Lo siento, chico —susurra Florian—, pero tengo que hacerlo. Pensé que encontraría otra manera, pero… están a punto de cumplirse los cien años y no quiero que Eliasz vea esto. —Rasca al perro detrás de las orejas—. Te voy a encomendar una tarea muy importante, amigo mío. Cuando muera, deberás albergar mi magia en tu interior hasta que encontremos a alguien capaz de romper la maldición.

Dicho eso, se inclina hacia adelante, apoya la frente contra la del animal y exhala con suavidad. De entre sus labios, brota una nube de magia carmesí que toma la forma de unas suaves plumas y cae lentamente hasta el hocico del perro. Mrok resopla y retrocede.

—¡Márchate! ¡Venga!

Cuando el perro no se mueve, Florian da un paso adelante y levanta una mano, como si fuera a pegarle.

—¡No seas testarudo! ¡Vete!

Mrok vacila una vez más antes de huir del claro con un brillo dolido en los ojos oscuros.

Tan pronto como desaparece de la vista, la postura de Florian se derrumba. Se pasa una mano por la cara y gira sobre los talones para enfrentarse al tótem.

—Aquí estoy, demonio —dice, extendiendo los brazos.

Permanece impasible cuando las raíces se yerguen a su alrededor como serpientes a punto de atacar.

Pero, entonces, su mirada se dilata.

—¡Mrok, no!

Es demasiado tarde. El perro sale de detrás de un muro derruido, enseñando los dientes y salivando de furia. Se abalanza sobre las raíces, cierra las fauces alrededor de una y la desgarra de un mordisco. Hace lo mismo con otra y otra más, mientras ladra y desata una lluvia de astillas. Es en vano. Por cada raíz que rompe, sale otra. Se retuercen, atacan y…

Y Liska regresa al claro. Está apoyada contra un muro cubierto de musgo y la luz se va colando entre los árboles a medida que la tormenta libera al mundo de su asfixiante agarre.

Florian le suelta la mano y se sienta a su lado.

—Ya te imaginarás lo que ocurrió después.

Un sollozo hace que a Liska se le entrecorte la respiración. Se muerde el labio para evitar llorar y asiente con la cabeza.

—El hechizo que utilicé con Mrok permitió que una parte de mi alma se quedase anclada a él después de morir. Básicamente, lo que hice fue convertirme en un espíritu tan débil que apenas lograba permanecer consciente. Esperé durante siglos a que se presentase la oportunidad perfecta y ahí es donde entraste tú.

—¿Yo? ¿Cómo?

—La noche en que te adentraste por primera vez en la Driada, emitiste una onda expansiva de magia pura para escapar de la *rusałka*. En mi estado de consciencia fracturado, logré aprovechar esa magia durante el tiempo suficiente para reanimar a Mrok y enviarlo a la casa con la esperanza de comunicarme contigo. Al disponer de una cantidad limitada de magia, tenía que dosificarla bien. Cuando Eliasz se enteró de lo de Mrok, empezó a reforzar los hechizos de protección para mantenerlo alejado. —Resopla, ligeramente exasperado—. Por suerte, la casa le dejó pasar de igual manera. Ella también quiere que Eliasz se libere por fin de la maldición.

—Mrok me estaba guiando —susurra Liska, embargada por la gratitud que siente por la casa—. Pero ¿qué pasó cuando el Leszy lo desterró? ¿Cómo logró volver?

—El Leszy quemó su cráneo, que era donde guardaba la mayor parte de mi magia —dice Florian, que se cruza de brazos—. Tardé un tiempo en recuperarme de aquello. Quizá fue voluntad de Dios que te guardaras ese colmillo, puesto que sirvió de ancla para Mrok y mi magia. Por desgracia, para cuando conseguimos recuperar nuestras fuerzas, Eliasz ya había lanzado un hechizo de protección para mantener a Mrok alejado de los terrenos de la casa. Esa meticulosidad suya siempre ha sido un incordio.

—Sin duda —coincide Liska, pero recuerda el momento en que Mrok le mordió el brazo a Maksio y frunce el ceño—. Pero... Mrok me atacó, Florian. Le hizo daño a mi amigo.

—Ah. —Florian se pasa la mano por la nuca—. Eso fue un terrible malentendido. Verás, yo puedo darle órdenes, pero no controlarlo. Creo que intentaba hacer que te dieses prisa para llegar hasta aquí cuanto antes, pero supongo que… no fue demasiado delicado. Entonces, ese niño *rusałka* lo desterró y ya no fui capaz de volver a enviarlo en tu busca.

—Y luego yo lo volví a llamar con el colmillo —dice Liska—. Fue porque lo alimenté con magia, ¿verdad? Eso te devolvió las fuerzas.

—Chica lista —dice con cariño—. Sí, así es. El hechizo que utilizaste era básicamente una invocación, así que me dio el poder necesario para manifestarme por completo ante ti. —Una peculiar crispación se apodera de su boca—. Sabía que tú eras la indicada.

Liska frunce el ceño, confundida.

—¿A qué te refieres?

—Sabía que serías quien desentrañara el misterio, quien volvería a sacarlo todo a la luz. Estás ligada a la casa, a Jaga, a la Dríada. Es como si fueses todo lo que le faltaba al Leszy.

Almas gemelas, susurra la mente de Liska. Le da un vuelco el corazón al pensarlo. El Leszy sacrificó a esas personas, así que preferiría que nadie la comparase con él.

—Nunca haría algo como lo que él hizo —se defiende.

—No me cabe duda —coincide Florian, conciliador—, pero tú eres la única capaz de enmendar sus errores. Tú…

Se interrumpe de improviso. Levanta los brazos hasta colocárselos a la altura de los ojos y el pánico se adueña de sus facciones. Se le han vuelto transparentes y ahora, a través de ellos, se ven los árboles que tiene detrás. La silueta de su cuerpo comienza a desdibujarse ante los ojos de Liska.

—¿Florian? —dice, sobresaltada—. ¿Qué está ocurriendo?

Él se disculpa con la mirada.

—Parece que he agotado lo poco que quedaba de mi magia. No tenemos mucho tiempo.

—No —murmura Liska.

Hace escasamente una hora que lo conoce, pero ya siente una conexión con él, con su sonrisa fácil y su actitud irreverente. En ciertos aspectos, le recuerda a tata.

—Lo siento muchísimo —dice Florian—. Ojalá pudiese quedarme a ayudarte un poco más.

El pánico inunda a Liska. Si se marcha, con su desgastada confianza en el Leszy, tendrá que enfrentarse ella sola a la inminente amenaza del demonio.

—Pero… pero ¿qué hago ahora?

—Lo que siempre has hecho, Liska. Seguir adelante.

Le da un abrazo y un beso en cada mejilla, como si no fuese un fantasma, sino un pariente que ha venido a hacerle una visita, un ser querido que se marcha tan solo durante un par de semanas en vez de para siempre. Cuando se aleja de ella, una delgada figura negra se materializa a su lado: es un perro lobo greñudo de sabios ojos marrones y un pelaje tan negro como la noche.

Florian le rasca detrás de la oreja y, luego, le dedica una sonrisa a Liska.

—Cuida de Eliasz por mí, ¿vale? Dile que le…

No llega a terminar la frase. En un abrir y cerrar de ojos, tanto el hombre como el perro se han desvanecido.

Liska no tiene oportunidad de llorar, echarse a temblar o gritar. Antes de poder moverse, el Leszy entra apresuradamente en el claro.

—¡Liska!

Aunque ha aparecido transformado en ciervo, recupera su forma humana tan pronto como ve a Liska. Cuando se quita la máscara, con el cabello revuelto y la respiración acelerada, se queda de piedra. Un millar de emociones descarnadas pasan por sus ojos cuando se fija en el tótem astado, en Liska y en el lugar que Florian ocupaba hace escasos momentos.

Pronuncia tres funestas palabras tan cargadas de significado como un apocalipsis a punto de estallar.

—Lo has descubierto.

31

Quien huye y quien se queda

No es una pregunta. Se miran el uno al otro, demonio y muchacha, mientras el peso de la verdad cae sobre ellos. Aunque pisan tierra firme, bien podrían estar ahogándose. Parecen dos personas que se han sumergido a demasiada profundidad y acaban de darse cuenta de que no les queda oxígeno suficiente para regresar a la superficie.

—He visto a Florian. —Liska se dirige al Leszy sin mirarlo. No se siente capaz. Si posase la vista en él, vería al hombre al que ama y no podría resistirse a perdonarlo—. Me lo mostró... todo. A todo el mundo —se corrige, haciendo un movimiento con la mano para abarcar a los seis cadáveres.

Al Leszy se le entrecorta la respiración.

—Liska...

Suena como el muchacho frágil y desesperado del primer recuerdo. El muchacho que vendió su alma por encajar.

—Iba a ser la siguiente, ¿verdad? —Sostiene en alto la muñeca en la que porta el grillete—. Tenías intención de sacrificarme.

—Sí. —Algo muere en el interior de Liska ante su admisión—. Pero... eso fue antes... antes de todo esto.

Una rama se parte bajo su pie cuando da un paso adelante.

—Por favor, Liska, déjame que...

Liska actúa sin pensar. Onegdaj se materializa en su mano y la apoya contra el cuello del Leszy. La luz se refleja en el filo letal de la daga. Están a centímetros de distancia el uno del otro, tan cerca que los jadeos de Liska agitan los mechones blancos que han caído sobre el rostro del demonio. Capta su aroma y el familiar olor a lluvia primaveral y savia de pino hace que se le encoja el corazón.

El Leszy no se mueve. Permanece impasible, con mirada vacía.

—No lo harás.

Liska trata de alejarse, pero el Leszy envuelve las manos —esas hermosas manos, delgadas y blancas como la nieve— alrededor de la muñeca de ella y presiona más la daga contra su propia garganta. La savia brota de la herida y mancha el cuello de su camisa. Junto a ellos, un árbol joven queda reducido a cenizas. La presiona más. Unos cuantos helechos se encogen sobre sí mismos y se marchitan hasta desaparecer.

—¿Ves lo que pasa? Si me matas, también destruyes la Driada. Es un truquito muy ingenioso. Ni siquiera yo mismo puedo quitarme la vida. Tiene que ser él quien me mate.

Liska jadea frenéticamente cuando se aparta de él. Quiere cortarle el cuello. Quiere besarlo. Pero, sobre todo, quiere que sienta lo mismo que ella, aunque solo sea por un segundo.

—Secretos, secretos y más secretos —dice y se sorprende a sí misma por la fría calma con la que habla—. Cada vez que me topaba con uno, esperaba que fuese el último. No te preguntaré si me amas, pero ¿llegué a agradarte en algún momento? ¿O resulta que tan solo te limitaste a tolerarme, a contentarme, hasta que fuese lo suficientemente poderosa como para poder servirle de sustento a Weles?

El Leszy traga saliva con dificultad y se humedece los labios.

—Te juro que no fue así. Sí, te oculté muchas cosas, pero eras feliz y yo solo… quería disfrutar de lo que teníamos tanto como fuese posible. Sé que fui un egoísta, pero tienes que entender que…

—Tranquilo, lo entiendo —La rabia de Liska se ha convertido en algo gélido y silencioso—. Lo entiendo de sobra. Te interesaba tenerme contenta para mantenerte entretenido. Nunca he sido más que un juguetito inocente para ti. —Aprieta los puños—. ¿Sabes una cosa? Jaga me dijo que tuviese cuidado contigo y debería haberle hecho caso. Nunca me has amado, lo único que has hecho ha sido usarme.

—No, por favor, no es verdad, zorrillo, yo…

—¿Por qué habría de creer nada de lo que me digas? —susurra—. Tus palabras tienen tanto valor para mí como yo lo tuve para ti aquella primera noche en la Driada.

La poca compostura que le quedaba al Leszy se convierte en polvo.

—Liska. —Camina hacia ella—. ¡Liska Radost!

Está tan centrado en ella que no ve la raíz que sobresale del terreno ante él. Le da un puntapié, sale despedido hacia adelante y clava las manos y rodillas en el suelo para frenar su caída con un gruñido. Cuando alza la vista, su mirada brilla, rota y desesperada.

Liska esperaba que verlo derrotado le resultase satisfactorio. En cambio, se siente como si tuviese raíces creciéndole en el pecho, como si ya la hubiese sacrificado ante Weles.

Extiende una mano y le acaricia el rostro una última vez.

—Adiós, Eliasz Kowal.

Con eso, se da la vuelta y se aleja con la actitud más digna que es capaz de adoptar. En cuanto queda fuera de la vista del Leszy, Liska se desmorona y se cubre la cara con las manos cuando las lágrimas comienzan a correr por sus mejillas. No necesita echar la vista atrás para saber que el Leszy también está llorando, arrodillado ante la entrada del templo derruido mientras las hojas muertas caen, desamparadas, a su alrededor.

Si Liska está segura de algo, es de que no puede regresar a casa. Pero ¿cuál es su verdadero hogar? ¿Stodoła, el lugar donde vivió una mentira, o la Casa bajo el Serbal, donde vivió engañada?

No sabe cuándo toma una decisión.

No sabe cuándo encuentra el árbol del portal.

No sabe cuándo se pone a llover otra vez.

Lo único que sabe es que, media hora después, se encuentra ante la puerta pintada de azul de la cabaña de Kazimiera, temblando y calada hasta los huesos.

Kazimiera abre la puerta cuando llama por tercera vez, con un candil en alto.

—Más vale que alguien se encuentre en su lecho de muerte porque despertarme a las cuatro de la mañana es… ¡Liska!

Liska abre la boca para saludar a la anciana *czarownik,* pero lo único que brota de entre sus labios es un sollozo.

—Mi querida niña, ¿qué ha ocurrido?

Kazimiera lleva un *gorset* desgastado y sin bordar y los cabellos plateados recogidos en un pañuelo atado bajo la barbilla. Conduce a Liska al interior de la cabaña y se apresura a quitarle el chal empapado de los hombros.

—Pareces estar a punto de convertirte en una *rusałka.* Ven, rápido, siéntate.

En el lapso de unos segundos, la anciana sienta a Liska en el *zapiecek* —un banquito pensado para dormir junto al fuego en invierno—, le pone una humeante taza de té con limón en las manos y le cubre los hombros con una manta apolillada. Kazimiera aviva el fuego, se para ante Liska y le toca la frente con gesto preocupado.

—Gracias a Dios, no tienes fiebre. ¿Qué ha ocurrido, querida?

—Los sacrificó —dice abruptamente—. A todos los que llegaron antes que yo, quienes se dejaron sus pertenencias en el armario…

—¿De qué hablas? ¿Qué armario? Ve un poco más despacio.

Liska se obliga a tomar una profunda y entrecortada bocanada de aire.

—Su trato, el del Leszy… Le prometió al demonio un sacrificio cada cien años.

Le cuenta todo a Kazimiera apresuradamente y ve cómo la anciana aprieta los labios hasta que no son más que una fina línea de consternación. Cuando termina de hablar, con los dientes castañeteándole, Kazimiera se hunde en el banco junto a ella.

—Que Dios nos guarde —susurra—. Eliasz…

—No signifiqué nada para él —murmura Liska—. Durante todo este tiempo, no signifiqué absolutamente nada.

Se lo repite porque su corazón sigue en un estado de negación y todavía anhela la presencia constante del Leszy con cada latido.

—No es cierto —dice Kazimiera, que toma las gélidas manos de Liska entre sus cálidos dedos—. Eso te lo puedo asegurar. Eliasz te amaba a su peculiar y taciturna manera. No estarías tan afectada si no hubiese sido así.

Liska se apresura a ahogar la llama de esperanza que prende en su pecho.

—Iba a sacrificarme. Nunca me contó nada. Un día iba a llevarme hasta ese templo para dejarme allí y q-que... Pero ¡no! —se interrumpe al caer en la cuenta de algo—: Si no muero yo, entonces ¿quién? Alguien debe sacrificarse porque, si no, ese antiguo dios se cobrará la vida del Leszy.

—Deja que así sea —dice Kazimiera con amargura. La rabia arde en los ojos de la anciana y refleja la acritud que corre por las venas de Liska tras la traición del Leszy—. Se lo merece.

Liska se abraza a sí misma y aprieta los dientes al sentir la nueva ola de dolor que mana de su corazón roto.

—El bosque no puede quedarse sin un guardián, Kazimiera. Si él muere, la Driada caerá con él.

Y *no quiero que muera*, grita su corazón desde la jaula de sus costillas. Traga saliva con fuerza.

—A no ser... ¿Hay alguna otra forma de crear una nueva Driada?

Kazimiera sacude la cabeza.

—No existe nadie capaz de semejante proeza. Eliasz tuvo que hacer un trato con un antiguo dios para conseguir el poder suficiente y, con todo y con eso, casi muere en el intento.

Liska reprime un escalofrío.

—¿Y usted, Kazimiera? Fue su aprendiz. ¿Sería capaz de hacerlo?

La anciana baja la vista a sus propias manos y una mueca dolida le retuerce los labios. Se le ensombrece la mirada.

—¿Qué sucede? —pregunta Liska, preocupada.

—Ya no me queda magia, niña —confiesa Kazimiera—. No habría podido hacer algo así ni en mis mejores años. Pero lo que me duele es que de... de haber sabido del trato del Leszy, aunque hubiese sido hace un mes, podría haberle ofrecido mi vida a ese demonio, haberos comprado a ambos otros cien años.

Ahora… —aprieta los puños en un gesto rígido y doloroso— me temo que ya no tengo nada que ofrecer.

Liska parpadea para luchar contra el intenso escozor de las lágrimas. Hubo un tiempo en que habría envidiado a Kazimiera. Ahora, se descubre buscando su magia en su interior para asegurarse de que sigue ahí.

—Me alegro de que no pueda sacrificarse —le dice a la *czarownik*—, pero también siento que haya perdido su magia. Ha debido de ser difícil para usted.

—Es lo que nos espera a todos —responde la anciana con tristeza—. El Leszy es el único que ha esquivado ese destino. Siempre lo ha hecho.

Liska libera una de sus manos para ajustarse la manta alrededor de los hombros. Sus dos trenzas descansan sobre la tela y el agua de lluvia que gotea por ellas cae al suelo.

—Sin embargo, parece que mi destino está ligado al suyo, Kazimiera. Da igual cómo enfoque la situación. Tengo que volver. Tengo que encontrar la manera de salvar la Driada.

De salvarlo a él, añade su traicionero corazón.

Kazimiera frunce el ceño y estrecha las manos de Liska con una sorprendente fuerza.

—Escúchame bien, chiquilla. —Sus ojos son dos pozos infinitos de sabiduría, empañados por culpa de setecientos años de pérdidas, alegría y dolor—. Da igual lo que hagas, pero no te sacrifiques.

Liska se muerde el labio.

—No tengo intención de hacerlo, pero…

Deja escapar un gritito ahogado cuando la anciana le estrecha todavía más las manos.

—¡No! Eres la última *czarownik*, niña. El mundo te necesita. Puede que el paso de los años me haya convertido en una criatura loca y sensiblera, pero creo que el mismísimo Dios te encomendó esta tarea. Fue voluntad suya que te encontrases con el Leszy y, si estoy en lo cierto, debe saber que está en tu mano romper el ciclo.

La mirada de Liska se ve arrastrada inesperadamente hacia la cruz que cuelga de la pared del fondo, sobre la cama de Kazimiera.

La inunda una extraña ola de fe, una sensación que no había sentido desde que descubrió sus poderes por primera vez. ¿Es posible que Kazimiera esté en lo cierto? ¿Acaso había tenido razón el padre Paweł al decir que había una razón por la que había recibido su magia?

¿O es que también está empezando a perder la cabeza?

La *czarownik* chasquea la lengua y se pone en pie con dificultad y un chasquido de las articulaciones.

—Todavía quedan un par de horas para que salga el sol —dice—. Si vas a volver allí, entonces tendrás que dormir todo lo que puedas antes de partir.

Dormir. Eso sí que es algo que Liska no rechazará. Mientras Kazimiera apaga las velas, Liska se deshace las trenzas para que se le seque bien el pelo y, luego, se hace un ovillo sobre el cálido *zapiecek*, envuelta en la manta.

Se queda así tumbada durante una hora, pero no consigue conciliar el sueño.

Pasa otra hora despierta, escuchando los ocasionales crujidos y chasquidos de la vieja cabaña. Su cabeza no deja de dar vueltas, rememorando, inquieta, lo sucedido esta noche una y otra vez.

Piensa en Maksio y en Jaga, en la casa solariega y en el bosque, un mundo que adoraba, pero que dejó abandonado sin mirar atrás cuando descubrió que el Leszy la había traicionado.

Se pregunta qué ocurriría si no regresara a la Driada. Si se limitase a dejar morir al Leszy. ¿Se haría Weles con el control del bosque? ¿Volverían los demonios a plagar Orlica?

Intenta no imaginarse a sí misma con un agujero en el pecho, desangrándose en el suelo del templo.

—¿No puedes dormir?

Liska se gira y encuentra a Kazimiera sentada en la cama, recortada contra la ventana. Al otro lado del cristal, la noche se está aclarando y adopta un intenso y melancólico tono índigo.

—No consigo dejar de pensar —admite Liska—. Es… Me parece imposible. Quiero volver, tengo que hacerlo…, pero no quiero arriesgarme a tener que hacerle frente a él.

La anciana asiente con la cabeza, comprensiva, y se levanta con movimientos rígidos y pesados. Vuelve a sentarse con Liska en el banquito. Su anguloso rostro está envuelto en sombras y parece poco definido en la oscuridad de la noche.

—No es nada fácil —admite—. No dejo de pensar en el Leszy que yo conocí. Intento reconciliarlo con esa versión de él de la que me has hablado antes.

—Aun así... —Liska sube las piernas al banco, las cruza y juguetea con un extremo de la manta—. Aun así, si no hubiese hecho lo que hizo, los demonios habrían quedado libres por Orlica y mucha más gente habría muerto. El Leszy sacrificó a esas personas para asegurar la paz. ¿En qué se diferencian sus actos de los de un rey que envía a sus hombres a la guerra? —Sacude la cabeza—. Pero la sensación es diferente. Por alguna razón, parece mucho peor.

—Sí —coincide Kazimiera, pensativa—. Es cierto.

Liska le lanza una mirada, cada vez más frustrada.

—No sé cómo sentirme al respecto.

—Yo tampoco —admite la anciana—. Eliasz... me acogió cuando nadie más quiso hacerlo. Me dio un hogar, me enseñó a dominar la magia y acudió en mi ayuda siempre que se lo pedí. En la batalla, fue mi camarada. En los tiempos de paz, fue mi amigo.

Deja escapar un largo, sonoro y entrecortado aliento.

—Recuerdo cuando una variante de la peste que solo los *czarownik* podíamos curar asoló Orlica. Fue justo cuando la Iglesia estaba empezando a ganar adeptos y muchos de nuestros hermanos habían decidido esconderse o ya habían muerto. El Leszy me encomendó cuidar de los pueblos fronterizos y él viajó a la capital, donde el brote era más virulento.

—Pensaba que no podía abandonar la Driada.

Kazimiera sacude la cabeza.

—Solo puede alejarse durante breves periodos de tiempo puesto que el esfuerzo lo drena. Existen algunos hechizos para compensarlo, pero suponen un precio para el cuerpo y la mente. Aun así, el Leszy fue a la capital sin pensárselo dos veces para ayudar a tantas personas como pudiese. Y así lo hizo. Con su ayuda, lograron contener el brote. Cuando ya no lo necesitaron, regresó a la Driada y... descubrió que los árboles se habían quedado desnudos en pleno verano. Cada rama estaba tan seca como un hueso. Imagina lo mucho que el viaje lo debilitó. Utilizó lo poco que le quedaba de magia para reforzar sus hechizos de protección. Se las arregló para mantener a los demonios a raya, pero... el bosque tardó dos años en recuperar el follaje.

Liska apoya los codos sobre las rodillas y se mira los pies descalzos. Se siente dividida, con un nudo en el pecho.

—El Leszy nunca fue un hombre amable —continúa Kazimiera con voz queda—, pero se preocupaba por las gentes de su tierra. Solía admirarlo por eso. Ahora... no puedo evitar pensar que estaba tratando de expiar sus pecados. Por lo que estaba haciendo en la espesura del bosque.

Liska se encorva todavía más y entrelaza las manos. Recuerda al Leszy ofreciéndole una taza de té, lo recuerda abrazándola con fuerza tras la batalla contra los *strzygoń*. Recuerda su expresión de orgullo durante las lecciones con Maksio y sus peleas tontas con Jaga durante el desayuno.

Ese es el mismo hombre que le mintió, que había tenido intención de matarla. Aunque, al final, no lo había hecho. Podría haberla sacrificado cuando logró liberar su magia, pero no lo hizo. En cambio, la ayudó, la enseñó a dominar sus poderes y la besó en un claro iluminado por la luz de la luna.

Como siempre, hay una pieza del rompecabezas que se le escapa; las agujas del reloj de los misterios no dejan de avanzar.

Y Liska está decidida a encontrar las respuestas que busca.

Kazimiera regresa a la cama y Liska vuelve a tumbarse con la firme intención de conseguir dormir un par de horas antes de regresar a la Casa bajo el Serbal. Resulta ser imposible. En cuanto cierra los ojos, alguien llama a la puerta con violencia.

La anciana se pone en pie a toda prisa, maldiciendo en voz baja en su camino hacia la puerta.

—Más vale que alguien se encuentre en su lecho de muerte o esté huyendo de un demonio porque presentarse aquí a las seis de la mañana es... ¿Maksio?

Liska se levanta de un salto y cruza la cabaña a toda prisa mientras se recoge el cabello. Es verdad, Maksio está en medio del camino, calado hasta los huesos y con el rostro totalmente blanco, de manera que sus pecas destacan más que nunca. Cuando ve a Liska, corre hasta ella y tira de su camisa.

—¿Qué ocurre? —pregunta Kazimiera.

Con una mirada y un par de gestos rápidos, Liska comprende la razón por la que ha venido hasta aquí.

—Algo malo le pasa al Leszy.

32

En el que Liska prende fuego al Leszy

Maksio deja que Liska lea sus recuerdos otra vez.

Lo que encuentra es un borrón de pensamientos y emociones movido por el pánico, tan agitado como la superficie de un lago durante una tormenta. Ve al Leszy regresar a la Casa bajo el Serbal y encogerse de dolor en cuanto entra en el vestíbulo. Ve a Maksio acudir en su ayuda y al Leszy pedirle que no se acerque con un gruñido. Oye a Jaga preguntar por Liska y al Leszy sisear algo sobre el territorio de los humanos entre dientes. Ve a Maksio salir corriendo hacia el río, donde se funde con la corriente y viaja hasta el único asentamiento humano que conoce: Wałkowo.

Para cuando el niño aparta la mano, a Liska se le ha desbocado el corazón. No deja de pensar en el rostro contorsionado de dolor del Leszy.

—Vamos —le dice a Maksio y le pide perdón a Kazimiera con la mirada antes de añadir—: Siento mucho marcharme tan pronto, pero…

—Lo entiendo —asegura la *czarownik* con tono amable—. Os acompaño hasta el portal.

Liska sigue a Maksio hasta la puerta, con Kazimiera pegada a sus talones. De camino a la plaza del pueblo, Liska se da cuenta de que Wałkowo parece estar recuperándose bien del ataque de los *strzygoń*; gran parte de los daños causados durante la batalla han quedado ya reparados y las calles están despejadas y limpias. Da gusto ver algo así tras el pánico y la devastación de la pasada noche. Liska siente que se le levanta un poco el ánimo.

No tardan mucho en llegar hasta el árbol del portal, donde Kazimiera se despide apresuradamente de ellos dándole una palmadita cariñosa en la mejilla a Maksio y ofreciéndole una triste sonrisa de ánimo a Liska.

—Daos prisa y, Liska, no te olvides de lo que hemos hablado.

Con eso, da un paso atrás para que abra el portal. La chica traga saliva con nerviosismo y murmura una rápida plegaria. La noche anterior fue la primera vez que había intentado formular ese hechizo y de aquel instante solo le queda un recuerdo borroso.

En cualquier caso, la magia y el pánico son una potente combinación. Tan pronto como Liska da la orden, un portal se abre ante ella para revelar una familiar verja torcida y la casa que hay al otro lado de esta.

Al ver la Casa bajo el Serbal, Liska reprime un escalofrío de miedo. Deja pasar primero a Maksio, lo sigue con rigidez y espanta a una bandada de gorriones cuando abre la verja de la casa de un bandazo. Trata de mantener la mente fría incluso cuando entra en la casa. Se imagina que es mamá y que viene con sus hierbas para tratar a algún mozo de cuadra con fiebre o a un niño con viruela. No se ablandará. No tendrá piedad.

Su determinación se desvanece en cuanto ve al Leszy.

Está sentado en la escalera e intenta ponerse en pie, pese a que se le retuerce el rostro en un gesto de dolor. Se acuna el antebrazo con la mano opuesta y parece poder apoyar el peso sobre la pierna derecha. Cuando descubre a Liska corriendo hacia él, se da por vencido y se derrumba contra la pared con los ojos cerrados por el dolor.

—Has vuelto. —Liska no sabe si la fragilidad de su voz se debe al alivio o a la desesperación—. ¿Por qué?

—Porque eres una criatura horrible, arrogante y mentirosa —responde al arrodillarse a su lado—, pero el bosque no puede quedarse sin un guardián y tú eres el único que hay.

Con manos temblorosas, lo agarra del antebrazo, pero solo consigue que se le escape un siseo de dolor. Incluso antes de levantarle la manga, Liska ya sabe lo que va a encontrar.

Una rama le atraviesa la piel. Es tan gruesa como una serpiente y le ha constreñido la muñeca hasta romperle el hueso.

Hay más moviéndose bajo su camisa. La savia rojiza que fluye por sus venas le mancha la tela blanca allí donde le perforan la carne.

¿Qué le ocurre? Jaga flota junto al Leszy como una agitada nube de humo.

—Weles —responde Liska.

Toma el rostro del demonio con una mano y lo obliga a mirarla a los ojos para preguntarle:

—¿Por qué te está haciendo esto? ¿Por qué ahora?

El Leszy le aparta la mano.

—Porque se me ha acabado el tiempo, querido zorrillo.

No hay tiempo. Otros cien años han llegado a su fin.

Liska nota el regusto de la bilis en la garganta.

—¿Cuánto te queda?

El Leszy deja escapar una terrible carcajada que deja a la vista la sangre que le mancha los espacios entre los dientes.

—¡¿Cuánto?!

—Dos días —escupe—. Solo dos. Por eso tienes que marcharte de aquí.

—¿Y qué le pasará a la Driada? —exige saber Liska—. ¿Qué pasa si te lleva?

—Que los dos habremos cumplido con nuestra parte del trato —dice el demonio, que respira con dolorosa dificultad—. Yo muero y él se queda con el bosque.

—¿Cómo que se queda con el bosque?

—Forma parte de lo que le prometí. Un reino propio en la tierra. No será tan benévolo como yo, eso seguro, pero dudo que mate a muchas personas. No cuando ansía que Orlica lo venere.

—No permitiré que eso suceda. Preferiría sacrificarme antes de que…

—¡No! Tú no puedes morir, tú…

Grita cuando una ramita le atraviesa el pecho y le desgarra la tela de la camisa.

—¿Dónde guardas tus pociones? —pregunta Liska, que vuelve a centrarse en el problema que tienen entre manos.

El Leszy no responde. Permanece en un obstinado silencio con la mano sobre el abdomen.

—¡Leszy!

—Ya no servirán de nada —dice con sequedad—. Weles se está despertando, ansioso por hincarle el diente al próximo sacrificio, y, como a cualquier animal, esa ansia lo hace más fuerte. Tienes que dejar que me lleve, zorrillo atolondrado. Hay formas de...

—No —lo interrumpe—. Ya te he dicho que no vas a morir.

Lo agarra del brazo sano para estabilizarlo. Ojalá hubiese algún hechizo con el que detener todo esto. Aunque...

«Eres como la luz del sol» le dijo una vez el Leszy. «Le das la vida a todo lo que tocas».

Sí, piensa Liska. *La luz del sol otorga la vida, pero también puede llegar a quemar.*

—Tengo una idea —le dice—. Pero es arriesgada y, posiblemente, dolorosa.

El Leszy sonríe con amargura.

—En el peor de los casos, moriré..., aunque quizá eso sea lo mejor. —Se recuesta sobre la escalera y apoya la cabeza contra uno de los barrotes del pasamanos—. Adelante.

A Liska se le forma un nudo de nervios en la boca del estómago a medida que las mariposas azules brotan agitadamente de su piel. Recurre a los cientos de velas que brillan en la araña que pende del techo y permite que sus diminutas almas de fuego la abrasen. En su cabeza, visualiza un bosque en llamas, cuyos árboles y ramas se ennegrecen, se desintegran y se desvanecen. Sin embargo, los pájaros salen volando y la fauna escapa: el fuego no daña a las criaturas vivientes.

—*Arde* —susurra.

Entonces, coloca las manos sobre el pecho del Leszy.

Por un instante, el hechizo funciona a la perfección. Vuela por las ramas de Weles y las reduce a cenizas con su llama azulada. Liska se siente aliviada al descubrir que la piel del Leszy permanece intacta, pese a que el fuego corre por sus venas e ilumina sus entrañas con el azul de su luz. El Leszy da un grito ahogado y arquea la espalda, pero Liska se mantiene firme.

Hasta que se da cuenta de su error.

Su corazón. Madre mía, ¡su corazón está hecho de madera!

—¡Para! —grita en vano.

Nada puede detener un hechizo una vez que ha sido lanzado. Solo le queda contemplar, horrorizada, cómo las llamas alcanzan el corazón del Leszy.

Al demonio se le desencaja la mirada. Abre la boca como si fuese a gritar, pero no emite sonido alguno. Entonces su cuerpo se desploma sobre los escalones con un nauseabundo golpe sordo.

Liska profiere un entrecortado grito ahogado antes de llevarse las manos al corazón. Por Dios, ¿qué ha hecho?

¿Lo has matado?, pregunta Jaga sin andarse con rodeos.

—No lo sé, yo... ¿Leszy? —Liska se cierne sobre él con torpeza para tomarle el pulso—. Venga, Leszy, por favor...

Presiona los dedos sobre su yugular justo cuando el Leszy abre los ojos. Le sale humo de entre los labios y de las fosas nasales al dejar escapar un quejido. Tras un instante, se incorpora y se palpa el pecho. Cuando descubre que no queda ni rastro ni de las ramas ni del fuego, una ola de alivio cruza su rostro.

—Podrías haberme puesto sobre aviso —dice con voz débil.

Liska se sorbe la nariz y se seca los ojos.

—¡Te dije que era arriesgado!

—Pero no que tenías intención de prenderme fuego.

—Lo siento —se disculpa, temblorosa, antes de permitirse esbozar una sonrisa irónica—. Supongo que puedes considerarlo una penitencia por todos tus secretos.

—Pues, de ser así, eres una confesora justa. Es posible que tu castigo me haya salvado la vida.

—¿Qué? —La esperanza la inunda, frágil y poderosa al mismo tiempo—. ¿Cómo es posible?

—Tu hechizo. Solo ha atacado a las partes de mi ser que no son mortales, es decir, las que le pertenecen a Weles.

—Pero tu corazón...

—Necesita latir, así que una parte de él sigue estando viva. —Se frota el pecho con un estremecimiento—. Aun así, me atrevería a decir que el pedazo de Weles no debe ser más que un trocito de carbón ahora mismo.

Liska profiere un sonido a caballo entre una carcajada y un sollozo. El Leszy extiende una mano para reconfortarla, pero se lo piensa mejor y la deja caer.

—Me acabas de comprar un poco de tiempo, zorrillo astuto —opta por decir.

—Bien. —Liska alza el mentón y se seca una lágrima fugada—. Tienes mucho que explicar.

—La flor del helecho nunca fue más que un truco —comienza el Leszy.

Siguen en la escalera, puesto que ninguno de los dos tiene fuerzas para subir más de un par de escalones. Jaga se ha desvanecido para ir a hacerle compañía a Maksio en su dormitorio, pero no sin antes regalarle al Leszy una mirada asesina a modo de una indudable amenaza.

El demonio parece haberse tomado la advertencia a pecho, porque apenas mira a Liska mientras habla.

—Pagué a trovadores y cuentacuentos para que difundieran esa historia por todo el país, a sabiendas de que solo atraería a las personas más desesperadas o avariciosas. Esa fue la única manera que se me ocurrió de encontrar sa… —se le traba la lengua— sacrificios sin salir del bosque.

»Solo podía conjurar la flor una vez al año —continúa—. Controlar a los espíritus durante el tiempo suficiente para que algún humano alcanzase la casa requería toda mi energía. Siempre ponía a prueba a quienes se adentraban en el bosque primero y así me aseguraba de que tenían magia de sobra para resultar de utilidad. Después, cuando alcanzaban la flor del helecho, cuando escuchaba su deseo, decidía si…

—Si merecían morir —termina Liska por él.

—No. —El Leszy sacude la cabeza—. Nadie merece morir. Sin embargo, me aseguré de escoger a aquellas personas que no suponían una pérdida para el mundo. Traidores, ladrones, aquellos que albergaban la crueldad en su corazón. A medida que la magia se hacía más y más escasa, menos gente se adentraba en el bosque. Ya no podía permitirme ser selectivo. En los últimos cien años, empecé a pensar que los *czarownik* nos habíamos extinguido. Sí, todavía aparecía algún pobre desesperado, idiotas que venían a buscar la flor medio borrachos. El problema fue que ninguno de ellos contaba con el don de la magia. Empecé a perder la esperanza y temí que Weles acabara saliéndose con la suya. Pero, entonces,…

—Entonces aparecí yo —dice Liska.

El Leszy traga saliva.

—Tú eras diferente. Traté de mantener las distancias contigo, pero me lo pusiste muy difícil. Cuando descubrí que tu magia estaba rota, entré en pánico. A menos que consiguiese arreglarla, tu sacrificio no satisfaría a Weles.

Liska ya ni siquiera se siente sorprendida.

—Por eso estabas tan obcecado en que aprendiese a dominar mis poderes.

—Al principio, sí. Pero… pero, Liska, necesito que entiendas esto. Una parte de mí siempre supo que no sería capaz de dejarte morir. Traté de hacer contigo lo mismo que con los demás: mantener las distancias, dejarme la máscara puesta e interactuar contigo lo justo para enseñarte a usar la magia antes de entregarte a Weles. No funcionó. No me lo permitiste. Siempre fuiste una fuente de esperanza; tu tenacidad me sacaba de quicio. Y, entonces, ay, entonces. Liska, Liseczka, ocurrió lo peor. —Se le quiebra la voz y aparta la mirada—. Me enamoré.

Sus palabras son frágiles, apenas audibles, pero resuenan como un rugido en el silencio.

—No sabría decir cuándo empecé a sentirme así —continúa sin aliento—. Creo que fue después de crear el huerto para ti. Cuando… cuando te giraste y me sonreíste. Tu sonrisa fue como un rayo de sol, como el primer día cálido tras un invierno eterno. —Se frota las manos—. No me había sentido así desde Florian. Me dio miedo que… fuese a acabar perdiéndote como lo perdí a él. Por eso decidí que era el momento de ponerle fin a lo que estaba sintiendo. Te enseñaría a dominar tu magia con la esperanza de que pudieses…

Se interrumpe y cierra los ojos con fuerza.

—¿De que pudiese qué?

El Leszy se encorva y apoya los brazos sobre las rodillas.

—Tenía una teoría para salvar la Driada —confiesa con voz cautelosa.

—¿Qué? —Liska lo agarra del brazo—. ¿Y por qué no habías dicho nada hasta ahora?

—Porque yo tendría que morir.

A Liska se le entrecorta la respiración.

—Entonces queda descartada —dice, incapaz de esconder la emoción que hace que le tiemble la voz—. Encontraremos una alternativa. Tiene que haber otra solución. Ahora que tenemos tiempo, seguro que se nos ocurre algo.

—Para ser una criatura horrible, arrogante y mentirosa, resulta curioso que estés tan desesperada por salvarme —dice, contando cada insulto con los dedos—. Tengo que admitir que nunca había oído un resumen tan conciso de mi carácter.

El Leszy le ofrece una sonrisa cautivadora y Liska la detesta, detesta que derrita el hielo que reviste su piel. Se traga la respuesta ingeniosa que se le viene a la cabeza y pone todo su empeño en mostrarse impasible.

—Perdóname, Liska. —La voz del demonio se vuelve sorprendentemente frágil—. Quería contártelo todo, pero tenía la esperanza de encontrar otra solución, otra teoría, antes de que se me acabase el tiempo. Pensé que sería capaz de resolver el asunto solo.

—Por el amor de Dios, Eliasz —le espeta Liska—. Si me hubieses contado la verdad, podría haberte ayudado mucho antes en vez de haber estado intentando sonsacarle información a un perro fantasma y a una casa sintiente.

A su espalda, la escalera se muestra increíblemente molesta y emite un incisivo estrépito.

—Sí —admite el Leszy, para sorpresa de Liska—. Tienes razón. Fui un egoísta y tenía miedo. Sé… sé que no es excusa, pero quiero que sepas que me arrepiento de haber actuado así y que entiendo que no vuelvas a confiar en mí nunca.

—¿Me estás pidiendo perdón? —Liska le lanza una mirada—. Porque es justo como suena.

El Leszy se pasa una mano por el pelo.

—Sí, supongo que sí. Si quieres que sea todavía más explícito, también puedo postrarme de rodillas ante ti.

Liska se pone colorada.

—Para. Para. Todavía estoy enfadada contigo.

Le sienta bien reírse e incluso mejor verlo reír a él, con hoyuelos y todo. Entonces, su sonrisa se desdibuja y toma las manos de Liska entre las suyas al tiempo que baja la cabeza como si fuese a rezar.

—Ojalá pudiésemos volver a empezar —murmura—. Sin secretos, sin miedo, sin un demonio entre nosotros.

—Todavía es posible —dice Liska, deseando que así sea, rezando por que así sea—. Cuando todo esto acabe, tendrás tu oportunidad.

—Puede que eso nunca llegue a ocurrir —se lamenta él.

A Liska se le llenan los ojos de lágrimas.

—No digas eso.

—Solo quiero que estés preparada. Si… si muero, no quiero que llores por mí. Prométeme que…

—Para. —En un arrebato de frustración, lo agarra de la camisa y lo acerca hacia ella—. Se acabó. Eres el muchacho más terrible que he conocido nunca, pero eres mío y no dejaré que un antiguo dios cascarrabias te aleje de mi lado.

El Leszy arquea las cejas y la luz de las velas se refleja en su mirada.

—Pero ese siempre fue mi destino.

—Tu destino —resopla—. ¿Qué es el destino sino una excusa para no responsabilizarnos de nuestros propios actos? No, Eliasz, no podemos permitirnos pensar de esa manera todavía. Tenemos que seguir luchando hasta nuestro último aliento.

Pero primero deben descansar. Liska ayuda al Leszy, que aún no se tiene en pie del todo, a llegar hasta su dormitorio y quitarse la ropa de abrigo antes de que se deje caer sobre la cama. Las ramas le han dejado heridas rojas e inflamadas en la piel; algunas están ardiendo y sangran. Tras unos minutos de negociación, Liska consigue convencerlo de que le permita curárselas.

—Nada de sanación mágica —le pide cuando Liska le pregunta por el hechizo adecuado—. Incluso unas heridas tan pequeñas como estas requieren una buena cantidad de energía. Ese esfuerzo podría matarte si no lo dominas bien.

Así que Liska prepara una palangana con agua hirviendo y un paño para limpiarle la herida del hombro. El Leszy permanece en silencio, sumido en sus pensamientos, mientras ella lleva a cabo su tarea. Cuando termina, Liska pone la estancia patas arriba hasta que da con unos vendajes e ignora las vehementes protestas del Leszy cuando le venda las heridas.

—No seas infantil —lo regaña—. Tardarán más en curarse si se te infectan.

Al final, se da por vencido, pero permanece en actitud defensiva. La mira con expresión sombría y atormentada cuando dice:

—No me has contado cómo... cómo viste a Florian.

Parece dudar, como si no estuviera seguro de querer saber la respuesta.

Liska se lo cuenta todo con delicadeza, desde el momento en que robó su diario hasta que Florian desapareció. Al terminar de hablar, concluye:

—Quería que te diese un mensaje, pero... se desvaneció antes de que poder terminar de hablar.

Para su sorpresa, el Leszy se ríe por la nariz.

—Qué gesto más teatrero por su parte. Siempre fue un amante del drama. Ese hombre era capaz de recitar una veintena de obras de teatro de memoria. Y no de las entretenidas.

Liska pone mala cara ante su comentario evasivo.

—¿No quieres saber lo que dijo?

—Estoy seguro de que fue algo tan sensato como ocurrente. —El Leszy levanta el brazo a regañadientes cuando Liska pasa a curarle la herida que tiene en las costillas—. Me... me conformo con saber que estaba pensando en mí. Que no me guarda rencor pese a que discutimos aquella última noche. Siempre me he arrepentido de eso.

Sus palabras están cargadas de pena; una pena que ha enterrado en su interior. Tal vez ahora que sabe que Florian está bien y que ha seguido adelante, el Leszy por fin se permitirá llorar su pérdida. Hablará con él de ello si —no, *cuando*— tengan oportunidad.

Cuando todo haya acabado y el Leszy esté a salvo, dispondrán de todo el tiempo del mundo.

Liska se frota los ojos, consciente de que la embarga el mismo agotamiento que tiñe las facciones del Leszy.

—Deberíamos dormir un poco —dice.

Hace intención de levantarse, pero él le agarra la mano y se la lleva, suplicante, al corazón. Late demasiado despacio, pero con un ritmo irregular y dolorosamente vivo bajo la palma de Liska.

—Quédate conmigo.

—Creo que…

—Hemos frenado a Weles… Esta podría ser nuestra única oportunidad. —El pecho del Leszy se hincha bajo sus manos cuando toma aire—. No sé cuántas noches me quedan por delante, Liska Radost, así que me encantaría pasar la de hoy contigo.

Liska no se opone. El Leszy es un demonio y ha hecho cosas terribles, pero también la hace sentirse completa. Quizá sea eso, más que nada, lo que los ha traído hasta aquí. Un joven que se resiste a amar y una muchacha que ama sin medida, como dos hilos enredados en el telar de la historia.

Resulta simple al principio, pero la situación no tarda en cambiar. Liska lo besa, él le devuelve el beso y, luego, ah… luego hay mucho más. Caricias ansiosas, y músculos que se tensan, y brazos y piernas que se enredan, y partes del cuerpo que encajan a la perfección. Respiran al unísono y comparten una misma alma; la magia verde como el helecho y azul como las violetas los envuelve con su glorioso brillo hasta que, inevitablemente, se rinden ante el otro.

Al final, ninguno duerme demasiado.

Liska se despierta en brazos del Leszy. Por un momento, no existe nada más que ellos dos. Con un brazo, le rodea en gesto protector los hombros y, con el otro, le sostiene la cabeza a modo de almohada. Las pestañas le dibujan sombras plateadas por las mejillas y tiene las comisuras de la boca curvadas en el feliz recuerdo de una sonrisa.

Se aparta de él con cuidado, lo justo para apoyarse sobre un codo y mirarlo desde arriba, resistiendo el impulso de trazar las orgullosas líneas de su rostro con los dedos. La melancolía la envuelve como un velo de seda. Monstruos y atrocidades, muerte y destrucción, y, sin embargo, lo ama. ¿Eso la convierte en una ilusa? ¿La convierte en una pecadora?

Quizá otras personas piensen eso de ella. Sin embargo, se conoce bien a sí misma y, para bien o para mal, también lo conoce a él. Por primera vez en la vida, está segura de las decisiones que ha tomado.

—Aun así, no creo que pueda llevarte a casa —apunta Liska—. Mamá nos llevaría directos a ver al padre Paweł para que nos haga un exorcismo.

Exorcismos. La idea aparece en su mente con una repentina y cegadora claridad. Liska se incorpora de golpe. Está a punto de despertar al Leszy cuando se lo piensa mejor, puesto que odiaría arruinarle ese momento de paz. Entonces, recuerda lo que dijo hace unas horas: «No sé cuántas noches me quedan».

Liska le toca el hombro y lo sacude con un movimiento firme pero delicado.

—Mm-hum. —Él abre un solo ojo, como un gato—. ¿Qué ocurre?

Deposita un suave beso sobre el lunar que el Leszy tiene bajo el ojo, apenada por no poder hacer que el momento dure para siempre. Entonces, le da la noticia.

—C-creo que sé cómo derrotar a Weles.

—Un exorcismo.

El Leszy entrelaza las manos sobre la mesa de la cocina y arquea las cejas en gesto escéptico.

—No exactamente. —Un torrente de energía recorre las venas de Liska—. Algo parecido. Al fin y al cabo, los exorcismos no son más que rituales pensados para desterrar a los demonios, ¿no?

—Si se llevan a cabo con una persona que esté poseída de verdad, no con un pobre desgraciado con problemas de alcoholismo —apunta el Leszy—. Además, solo funcionan con los demonios débiles. Para los más fuertes, hay que recurrir a la magia.

—Y eso tú ya lo has hecho en algún momento, ¿no? Ya has desterrado a demonios antes.

—Sí, con los típicos, como los *bies* o los *licho,* pero porque he tenido siglos para averiguar sus trucos y debilidades. Ahora estamos hablando de un antiguo dios, esos son los demonios más poderosos.

—Pero ¿tan complicado es? —Liska mueve los brazos mientras habla—. Es un cuerpo extraño en tu interior, como un veneno o… o una astilla. ¿Por qué no podemos sacártelo como hiciste con la ponzoña del *strzygoń* en Wałkowo?

El Leszy inclina la cabeza.

—¿Quieres usar el hechizo para la lectura del alma?

—¡Exacto! —Liska levanta una mano antes de que pueda protestar—. ¡Sé que es poderoso! Créeme. Pero ¿y si lo debilitamos primero? Podría volver a quemarlo y…

—No tendrás otra oportunidad. Anoche Weles tenía la guardia baja y solo quería darme una advertencia. No estaba utilizando ni un tercio de su poder. De lo contrario, tu hechizo solo le habría hecho cosquillas.

Liska insiste.

—Pues lo molestaremos más. Por eso he mencionado lo del exorcismo, porque utilizan recursos santificados, como agua bendita, reliquias o cruces, para obligar al demonio a salir.

—Sí, pero…

—Así que lanzaremos el hechizo en terreno sagrado. Conozco a un sacerdote. Si conseguimos convencerlo para que recite el exorcismo, tal vez eso baste para limitar el control que Weles ejerce sobre ti. Entonces, podría entrar en tu alma para obligarlo a salir con magia. Ya lo he hecho una vez —le recuerda.

—¿De verdad crees que no lo he intentado? —pregunta el Leszy—. ¿Piensas que, en setecientos años, no he intentado romper mi pacto con él por todos los medios? Lo he intentado todo, Liska. Hechizos, pociones, rituales… Una vez, borracho y presa de un ataque de ira, fui hasta ese tótem del templo con mi espada. Pero allí Weles es más fuerte que en ningún otro lugar y apenas conseguí hacerle nada antes de que despertase y tomase el control de mi cuerpo. Me desperté de nuevo en casa, con mi propia espada enterrada en la palma de la mano.

Liska se estremece y cierra su propia mano de forma inconsciente al pensar en lo terrible que tuvo que ser recobrar el conocimiento de esa manera.

—Eliasz...

Deja la frase a medias, puesto que su determinación flaquea por primera vez.

El Leszy le ofrece una sonrisa triste.

—Ah, mi querido zorrillo. Admiro tu optimismo, de verdad. Pero nada ha cambiado desde entonces.

A su espalda, alguien profiere un ruidito indignado. Ambos se dan la vuelta para descubrir que Maksio los observa desde la puerta. Parece que lleva un buen rato ahí. Con una mirada fulminante, se señala a sí mismo y luego apunta a Liska.

—Maksio tiene razón —coincide Liska. Un plan comienza a tomar forma en su mente—. La situación ya no es la misma que entonces porque, esta vez, nos tienes a nosotros.

33

Stodoła

Al final, el plan es sencillo y apenas requiere preparación previa. Lo único que les falta es un detalle de vital importancia en cualquier exorcismo: un cura. Por desgracia, eso significa que Liska debe hacer algo para lo que no está preparada.

Va a regresar a Stodoła.

Además, esta vez, se lleva al Leszy consigo.

Y no solo a él, sino también a Maksio. El niño desempeñará un papel clave en el plan, aunque Liska está segura de que tampoco habría accedido a quedarse atrás de no haber sido así. Lo único que llevan son sus armas y uno de los libros de hechizos del Leszy. Momentos antes de marchar, el Leszy para a Liska por el pasillo.

—¿Estás bien?

Debe estar hecha un manojo de nervios si se ha dado cuenta de cómo se siente. Aunque sabe que no podrá engañarlo, se obliga a sonreír.

—¿Por qué no iba a estarlo? Voy a volver a casa.

Liska se gira antes de que se percate de que está mintiendo. La verdad es que está aterrorizada. Hace ya casi cuatro meses que se marchó. Aunque su plan está pensado para minimizar el riesgo de ser vistos —llegarán antes del amanecer, mientras los vecinos todavía duermen, e irán derechitos a la capilla—, va a volver al lugar del que huyó desesperada, un lugar que alberga los recuerdos de toda una vida, tanto los buenos como los malos. Además, el Leszy y Maksio estarán allí. Lo verán todo. ¿Qué pensarán de ella?

Y lo que es peor: ¿qué pensará el padre Paweł? No tiene nada pensado en caso de que el sacerdote rechace su petición o, en el peor de los casos, los delate ante el resto de los vecinos. Y si… ¿y si alguien los ve? ¿Y si el hechizo sale mal y Weles hace algo terrible? Dios, el plan podría torcerse de mil maneras.

Jaga sale a despedirlos al vestíbulo. Demuestra su nerviosismo como haría cualquier felino: erizándose y sacudiendo la cola agitadamente. Está preocupada por ellos a su peculiar manera. A Liska se le encoge el corazón. La *skrzat* los mira como si se despidiese con resignación, como si no estuviese segura de que fueran a volver.

—Estaremos bien —le dice Liska, aunque no está del todo segura de creerlo.

Jaga le ofrece un medio encogimiento de hombros.

Puede que sí, puede que no. Lo que ocurra fuera de estas cuatro paredes no me concierne. No soy más que un duende.

Habla con falsa indiferencia, pero Liska no hace ningún comentario.

—He de decirte algo.

¿Sí?

—Sé cómo moriste. Ese cuaderno de dibujo… era tuyo. La chica del retrato eras tú.

Una muchacha de ojos oscuros, con talento para el dibujo, abandonada por su prometido cuando este escogió a otra. Una muchacha que, presa de la desesperación, salió en busca de la flor del helecho. Depositó todas sus esperanzas en una leyenda, como tantas otras antes que ella.

Jaga estudia a Liska con atención y sacude una oreja.

¿Sabes cómo se libera a un espíritu ligado al mundo mortal?

Cuando Liska no responde, añade:

Lo ayudas a zanjar sus asuntos pendientes. Yo no quiero eso, niña. Todavía no. No tengo interés en abandonar ese plano de la realidad. Los tres me tenéis de lo más entretenida.

Es lo más cerca que estará nunca de admitir que les tiene cariño. A Liska le gustaría decir algo —darle las gracias o despedirse—, pero Jaga no se lo permite. Cierra esos ojillos negros como la tinta y se transforma en una voluta de humo.

Liska se une al Leszy y a Maksio con un nudo en el pecho. Ha vuelto a ponerse su *strój*, pero, esta vez, lleva a Onegdaj enfundada en el cinturón y el cabello en una sola trenza despeinada. El Leszy viste una *sukmana* clara y pantalones oscuros, con la espada apoyada en la cadera. Maksio, por su parte, va envuelto en una mezcla de prendas prestadas del Leszy y robadas a algún humano en un intento por tener un aspecto lo más moderno —y normal— posible.

Pese a todo, no van a conseguir pasar desapercibidos y, desde luego, ocultar la cornamenta del Leszy es un caso perdido. Como alguien los vea, tendrán un problema.

Al notar la inquietud de Liska, el Leszy entrelaza su mano con la de ella. Un segundo más tarde, Maksio se agarra a su mano libre y le ofrece una sonrisa.

Por ese brevísimo instante de consuelo, Liska se permite creer que todo saldrá bien.

El portal se abre sobre la rugosa corteza del olmo que hay junto al pasto comunal. Más adelante, un rebaño de cabras llenas de barro escarba la tierra en busca de las últimas briznas de hierba mientras los tejados de paja de Stodoła se rinden ante el cielo gris pizarra. No hay ni una sola estrella a la vista, solo el demacrado rostro de la luna, atrapado en las fauces afiladas de las nubes.

Los tres se encaminan hacia el pueblo en silencio. El Leszy lidera la marcha, con paso decidido, mientras Maksio se queda atrás, nervioso y dejando volar la mirada entre Liska y el pueblo. El niño no le suelta la mano en ningún momento. Liska oye los desbocados latidos de su propio corazón en los oídos y nota una docena de nudos en el estómago que se aprietan con cada paso que da. Cuanto más se acercan, más recuerdos se abalanzan sobre ella: la cegadora fogata del Kupała, los bramidos del acordeón, las estridentes carcajadas de los vecinos cuando se adentró en la oscuridad y se alejó de su gente, de su hogar. Aquella noche, temió morir.

Pero no fue así. Y ahora ha regresado viva, convertida en prácticamente todo lo que le enseñaron a temer. Bruja, *czarownik*, aprendiz de guardiana. Una repentina oleada de vergüenza hace que agache la cabeza, incapaz de mirar al pueblo directamente. Incluso de lejos, imagina el ceño de desaprobación de mamá y los ojillos saltones de *pani* Prawota clavados en la nuca, que la estudia de arriba abajo en busca del más mínimo rastro de magia.

Algo pesado cae sobre sus hombros y la saca de su ensimismamiento. El Leszy la ha cubierto con su *sukmana*.

Liska se ciñe más el abrigo, pero permanece en silencio.

Céntrate, Liska, se dice. *No puedes echarte atrás ahora.*

Tienen que derrotar a Weles y salvar al Leszy. Cada minuto que pasa es un instante que el antiguo dios podría aprovechar para volver a despertar y, esta vez, Liska no tendría el poder para detenerlo.

Entran en el pueblo justo cuando un gradiente de un azul más claro cruza el horizonte. El camino está mojado y la resbaladiza tierra se ha convertido en un amasijo de marcas de ruedas, pisadas y excrementos de caballo. El viento frío, que hace que a Liska le escueza la nariz, trae consigo olores familiares: humo de chimenea, pan recién hecho y estiércol, el discordante perfume de la vida rural.

Esa es la casa de pani *Młynarczyk,* susurra la mente de Liska cuando posa la mirada en la propiedad más cercana. *Te preparó el mejor plato de* bigos *que has probado nunca cuando le curaste la fiebre a su cabra favorita.*

Liska acalla la voz. ¿Es su imaginación o las casas y chozas se acercan, la ahogan y se ciernen sobre ella como un tribunal silencioso? Se clava las uñas en la palma de las manos y se arrebuja aún más en el abrigo del Leszy. *Ya casi hemos llegado.* No están lejos de la capilla. Su solitario campanario se alza sobre el edificio, de manera que las oscuras tejas y la cruz de madera emergen como un faro entre la niebla.

Pero, primero, ay, Dios… Primero tienen que pasar por delante de su casa.

Ahí están los escalones de madera viejos sobre los que jugaba cuando era una niña, las violetas que tata pintó para ella en el marco de la puerta, el granero contiguo donde Stara y la vieja cabra descansan durante la noche. Ahí está el estrecho jardincito donde mamá cultiva sus hierbas durante el verano, la cazuela de hierro oxidada donde deja el pan en remojo junto a las sobras para las gallinas y la ventana que da al dormitorio de Liska, donde las palomas se suelen reunir.

Y, allí, asomada a la puerta baja del granero, está su vieja y querida Stara, cuyo pelaje se ha vuelto blanco como la nieve con el paso del tiempo. La yegua levanta la cabeza y los evalúa con mirada inteligente. A Liska se le para el corazón.

—Stara, no…

Demasiado tarde.

La yegua la saluda con un resoplido; un sonido que nunca le dedicó a nadie más que a tata y ella.

Liska se agarra al brazo del Leszy.

—Tenemos que irnos antes de que…

Se oyen unos pasos. El familiar chirrido de la puerta principal. Ve el brillo anaranjado de un candil sostenido en alto.

—¿Quién va?

Mamá.

Liska está paralizada. No quiere darse la vuelta.

—Madre de Dios —susurra Dobrawa Radost—. ¿Liska?

—La primera no, pero la segunda sí —responde el Leszy, haciendo gala de su encanto—. Quizá lo mejor sea entrar adentro.

Dobrawa Radost les sirve té con una tetera de porcelana de intensos colores, una reliquia familiar que Liska rompió a los seis años, durante una de sus primeras pataletas mágicas. Se planta ante ellos, tan recta como un abedul, sin un solo mechón de pelo fuera de lugar, la falda marrón sin una arruga y el delantal impoluto. Tiene una expresión perfectamente controlada, pero su mirada hace que Liska piense en relámpagos enjaulados.

—Lloré tu pérdida, Liska —comienza a decir con total naturalidad—. Como no regresaste tras un par de semanas, empecé a sospechar que no habías sobrevivido. ¿Cómo se te ocurre huir en busca de un cuento de hadas y dejar solo una carta atrás, niña tonta? ¿Se te pasó por la cabeza pensar en lo que tu desaparición supondría para mí? Y ahora te presentas ante mi puerta con un niño extraño y un hombre con cuernos...

—Me llamo Eliasz Kowal —interviene el Leszy. Ya se ha tenido que desenredar de las astas el manojo de melisa seca que cuelga por encima de su cabeza un par de veces—. Y el niño se llama Maksio, ya que no ha tenido el acierto de preguntárnoslo.

—*Pan* Kowal —se corrige ella a regañadientes—. ¿Y usted a qué se dedica exactamente?

—Bueno. —Los ojos del Leszy se han convertido en dos llamas verdes—. Protejo Orlica de los demonios, los espíritus y todas las criaturas horribles en las que a usted la habrán animado a no creer para que sus pesadillas sigan siendo justo eso: pesadillas.

Mamá aprieta los labios y Liska le da un puntapié al Leszy por debajo de la mesa.

No es momento de ser malo, querría decirle. Sin embargo, le late tan deprisa el corazón que no es capaz de abrir la boca.

—Y tú. —La dura mirada de mamá vuela de vuelta hacia Liska y la inmoviliza como una mariposa sujeta con alfileres—. Te lo había dejado todo preparado. Habrías tenido un trabajo en condiciones, habrías estado a salvo, segura en la ciudad. ¿En qué estabas pensando para huir?

Liska baja la mirada al regazo.

—No huyó —interviene el Leszy, recurriendo otra vez a todo su encanto, con el mismo timbre de voz sedoso que utilizó con ella aquella primera noche en la Driada—. Vino a buscarme para que la ayudase a convertirse en una *czarownik*. No, no le servirá de nada apuntarme con esa cruz; no soy un demonio y Liska no es una bruja. Pero alberga una poderosa magia en su interior y es muy probable que sea la última de los suyos.

Mamá lo mira con los ojos entrecerrados.

—Me cuesta creer que mi hija fuese tan tonta como para utilizar la magia de forma voluntaria, *panie* Kowal. Es evidente que le ha lanzado algún hechizo demoniaco, así que le exijo que la libere ahora mismo antes de que...

El Leszy inclina la cabeza.

—Antes de que ¿qué?

Maksio deja escapar un sonido nervioso desde lo más profundo de la garganta mientras mira al Leszy y a mamá alternativamente. Liska lo atrae hacia sí en gesto protector y recorre la estancia con la vista en busca de algo con lo que interrumpir la tormenta que se avecina. Al no encontrar otra solución, extiende la mano y le da un golpecito a su taza para que se vuelque y así derramar el té caliente por todo el mantel de puntilla. Se levanta con una exageradísima torpeza a recoger el desastre.

—*Oj*, lo siento, lo siento muchísimo.

—¿Cuántas veces te tengo que decir que mires lo que haces, Liska? —Mamá suena exasperada—. Veo que no has cambiado nada de nada.

Bueno, al menos ahora la está fulminando a ella con la mirada. Mejor eso a que el Leszy y su madre se maten el uno al otro. Liska inspira hondo, coloca la taza y pasa una mano por la mancha de té, al tiempo que una resplandeciente mariposa sale de su palma. Con un hechizo pronunciado entre dientes, el líquido se separa del mantel y regresa a la taza en un resplandeciente torrente.

Mamá la observa, boquiabierta.

Maksio sonríe.

La mirada del Leszy resplandece con un orgullo travieso.

—Eh, eso es algo que el Lesz… Eliasz me lo enseñó. Ahora… —Trata de mirar a su madre a los ojos, pero se ve incapaz—. Ahora sé controlarla. No temas.

Mamá reacciona.

—No te tengo miedo a…

—Por mí. No digo que me temas a mí. —señala Liska sin rodeos y con la cabeza alta—. No temas por mí. Porque… tú siempre has velado por mi bienestar, ¿no es así? Por eso me pediste que reprimiera mi magia en vez de buscar a alguien que me ayudase a controlarla. Por eso nunca confiaste en mí para que te ayudase a cuidar de los demás, por eso me obligaste a convertirme en una sumisa muchacha de pueblo, perfecta para encontrar un buen marido. Porque me quieres. No porque creas que tata murió por mi culpa. ¿No es así?

—¿Qué estás insinuando, Liska? —Suena horrorizada.

—¿Por qué no me lo contaste? —Se ha puesto de pie, aunque no recuerda haberse levantado—. ¿Por qué no me contaste lo que ocurrió aquel día?

—¡Intentaba protegerte! —grita mamá. Ella nunca grita—. Y sí, tal vez le tuviese miedo a esa hija torpe que mató a mi marido, así que juré impedir que le hicieses daño a nadie más. ¡Pero fue por tu propio bien!

—Impedirme que... —Liska se interrumpe con una carcajada amarga—. No soy un perro rabioso, mamá. Soy tu hija, pero tú actuaste como si fuese un monstruo y yo me lo acabé creyendo. Hice todo cuanto estaba en mi mano para complacerte. Me deshice de todas las partes de mi ser que a ti no te gustaban e intenté amoldarme al papel de hija perfecta, pero, ni así, *ni así* —se le quiebra la voz—, ni así fuiste capaz de confiar en mí.

—No podía hacerlo —dice Dobrawa con voz ronca—. De haber confiado en ti y haber bajado la guardia, habrías acabado haciendo alguna tontería y te habrías condenado a ti misma. Justo como estás haciendo ahora. —Da un tembloroso paso atrás y apoya los nudillos en el borde del fregadero. Parece... agotada—. Eres mi hija, Liska. Mi única hija. Me he esforzado al máximo por quererte pese a tus imperfecciones. Por Bogdan. Juro que he dado lo mejor de mí.

—De haber sido así, te habrías puesto de mi lado en vez de intentar enviarme lejos de aquí. Me habrías defendido si hubiese sido necesario.

Mamá la mira fijamente.

—Lo tenía todo preparado para ti. Podrías haber disfrutado de una buena vida.

—No habría tenido forma de saber si era buena, mamá —susurra Liska—. Antes no sabía quién era o qué me gustaba, porque tú nunca me dejaste salirme del papel de hija obediente y anodina.

—Mejor anodina que condenada al infierno —replica mamá en voz tan baja que Liska se pregunta si tenía intención de hablar en voz alta.

Intencionales o no, a Liska le duelen en el alma sus palabras.

—No soy malvada, mamá.

Hay un brillo en los ojos de Dobrawa. Un resquicio de cariño, el fantasma de la madre que una vez la adoró, antes de que su marido muriera y se quedase sola.

—Lo sé.

Todavía habla con tono afilado, pero el arrepentimiento ha templado sus palabras. Cierra los ojos y deja escapar un largo y tembloroso suspiro. Cuando vuelve a abrirlos, ha recuperado su impecable actitud calmada.

—¿A qué habéis venido?

Liska vacila. Entonces, se apresura a contarle sin entrar en detalles lo que se proponen hacer. Necesitan la ayuda de un sacerdote para salvar la Driada, le dice. Se disponen a lanzar un hechizo con el que destruir a un demonio del bosque que se está empezando a despertar.

Dobrawa asiente, pragmática.

—Entonces os acompañaré a buscar al padre Paweł. Él confía en mí. Si respondo por vosotros, accederá a ayudaros. Eso sí: cuando hayáis acabado, tendrás que marcharte, Liska. Y no le contarás a nadie en qué te has convertido.

«En qué te has convertido». Incluso ahora, después de que Liska le haya demostrado que tiene el control sobre su magia, mamá todavía la considera un monstruo. Cae en la cuenta, con una inesperada y dolorosa certeza, de que nunca encajará del todo en Stodoła, no importa lo que haga.

—Gracias, *pani* Radost. —La voz del Leszy corta la palpable tensión en el ambiente. Se pone en pie con elegancia y coloca una mano en la parte baja de la espalda de Liska en gesto protector—. No obstante, en el futuro le aconsejo que no grite delante de sus invitados… sobre todo cuando hay niños. —Señala a Maksio con la cabeza, mientras el niño fulmina a Dobrawa con una mirada iracunda muy poco típica de él—. Es de lo más inapropiado.

A Dobrawa se le hincha una vena de la frente. Camina hasta la puerta con movimientos rígidos y la abre de par en par antes de señalar el alba otoñal.

—Daos prisa. Los vecinos están empezando a despertarse y quiero que os vayáis de aquí antes de que causéis más problemas.

34

El truco para llevar a cabo
un buen exorcismo

La iglesia de san Jerzy siempre intimidó a Liska. No es un miedo racional, puesto que la capilla no es demasiado grande y tampoco es un edificio particularmente bonito. Es práctico, con muros robustos, un techo con bóveda de crucería y catorce figuras de madera que representan el vía crucis. Lo que le pone los pelos de punta es el silencio: la cavernosa quietud como la de un aliento contenido que amplifica el más mínimo ruido —ya sea una pisada o un estornudo ahogado—, como la reverberación de un trueno. De pequeña, Liska jugaba con ese silencio; entraba en la capilla cuando estaba vacía y se sentaba en el primer banco a tararear sus melodías favoritas. Cerraba los ojos e imaginaba que los ecos de su canción eran las voces de los ángeles que armonizaban con ella.

Eso fue antes de descubrir que Dios estaba en contra de su magia y que, en consecuencia, también estaba en contra de Liska. Después de aquello, el silencio se convirtió en algo tenso, vigilante, como si en cualquier momento fuese a descender una voz atronadora de los cielos para declarar a Liska indigna de estar allí.

Ahora, cuando entra en la capilla, en parte espera oír justo esa voz.

El padre Paweł está arrodillado ante el altar con un breviario en la mano. Se interrumpe en cuanto entran y se gira con una expresión de ligeramente molesta benevolencia que no tarda en transformarse en una de estupor.

—¿Dobrawa? ¿Qué...? ¿Cómo...?

Liska esboza una sonrisa de disculpa.

—La paz sea con usted, padre.

El tradicional saludo suena extraño en sus labios.

—Y con vosotros.

El padre Paweł se levanta con cautela y estudia a cada uno de ellos con la entereza de un hombre que ha terminado por acostumbrarse a la peculiaridad de la vida en los pueblos fronterizos. Luego, para sorpresa de Liska, inclina la cabeza ante el Leszy en señal de respeto.

—*Panie* Leszy.

Liska los mira, boquiabierta.

—¿Os habíais visto antes?

—Nos conocimos cuando llegué a Stodoła. —El padre Paweł cierra el breviario y tamborilea con los dedos sobre la desgastada cubierta—. Se presentó ante mí en el campo una mañana y me advirtió de los peligros del bosque. Pensé que era un fantasma.

—Le di una de mis centinelas —explica el Leszy—. Siempre dejo una con el dirigente de cada pueblo fronterizo, pero el *wójt* se mostró... menos dispuesto a escucharme.

Se frota el hombro distraídamente y Liska recuerda que ahí tiene una cicatriz blanca y circular. «Mi primera herida de bala», le había dicho en un susurro tan tranquilizador como el de un arroyo de montaña mientras le acariciaba la espalda y bajaba la cabeza para besarla en...

Madre mía, ¿de verdad se va a poner a pensar en eso ahora? ¿En la iglesia? Se obliga a volver a la conversación.

—¿Por qué habéis venido? —pregunta el padre Paweł.

—Una vez me prometió que, si alguna vez necesitaba ayuda, podría acudir a usted —responde Liska—. Pues bien, un demonio ha poseído al Leszy y necesita que alguien lo destierre.

El sacerdote abre los ojos de par en par, incapaz de creer lo que oye.

—Que un demonio lo ha poseído —repite lentamente—. Pero ¿no hubo un tiempo en que las brujas teníais hechizos con los que manejar situaciones como esa?

—No es un espíritu cualquiera —dice el Leszy, sombrío—. Tampoco es un demonio mayor. Es un antiguo dios, una criatura primordial. Hice un trato con él hace mucho tiempo, cuando era joven e insensato.

El ambiente se ensombrece considerablemente. El padre Paweł agarra la cruz de madera que pende de un cordel alrededor de su cuello.

—He oído hablar de los antiguos dioses —admite—. Nos hablaron de ellos brevemente en el seminario, pero solo dentro del contexto de las creencias paganas, nunca como algo… algo que fuese real. Si lo que decís es cierto…

—Lo es —confirma el Leszy con un tono de voz que no da pie a dudar de sus palabras.

Paweł alza la vista al cielo y murmura una plegaria. Por un momento, Liska teme que vaya a negarse a ayudarlos, pero, cuando el sacerdote vuelve a posar la mirada en ellos, les ofrece una tirante sonrisa.

—No me hace demasiada ilusión, pero vine a esta parroquia siendo consciente de que tendría que lidiar con más demonios que otros sacerdotes. Os ayudaré, *panie* Leszy, pero solo si te arrepientes de tus pecados.

—Si usted supiera, padre…

El rostro del Leszy tiene un aspecto demacrado bajo la luz del alba. Antes de que tenga oportunidad de decir nada más, Dobrawa se acerca a Liska y cierra la mano en torno a su muñeca como si fuera un grillete de hierro.

—Antes de seguir adelante, necesito saber una cosa. ¿De verdad confías en este monstruo, Liska?

Se ha pasado de la raya. Liska mira a su madre a los ojos con dureza.

—Me salvó la vida. Nos ha salvado la vida a todos, día tras día. Lo ha sacrificado todo para asegurarse de que así sea, incluido su corazón. Y, si no lo recuperamos cuanto antes, el demonio lo matará, la Driada se quedará sin su guardián y descubrirás lo que son los monstruos de verdad.

—Liska… —susurra el Leszy, que la observa con una mezcla de sorpresa y gratitud.

La chica le acaricia la mano y siente que su cuerpo se relaja un poco. No sabía que decir lo que una piensa podía llegar a ser tan liberador.

Maksio da un golpecito en uno de los bancos y el sonido de la madera reclama su atención. Liska se regaña mentalmente por haber olvidado que, pese a su apariencia aniñada, Maksio no deja de ser un demonio y ellos lo han metido en una iglesia, edificada en suelo sagrado. Parece estar presa de una vaga incomodidad y cambia el peso de un pie a otro cuando alza su cuaderno.

«Deberíamos darnos prisa. Este lugar pone nerviosos a los demonios. Tal vez haga que Weles se despierte antes de tiempo».

—¿Y tú quién eres, jovencito? —le pregunta el padre Paweł.

—Ha venido a ayudarnos —se apresura a responder Liska—. Él también tiene poderes, pero estos se manifiestan en su voz.

El padre Paweł muestra una evidente desconfianza, pero, para el alivio de la chica, no le hace ninguna pregunta más al niño. Se limita a cruzarse de brazos y decir:

—Está bien. Decidme qué necesitáis.

Liska le explica su plan tan bien como puede, así como los papeles que cada uno desempeñará: el padre Paweł debilitará al demonio y Liska lo obligará a salir. Maksio, mientras tanto, utilizará su canción para mantener a Weles sumido en un trance. Dobrawa presta atención desde la distancia, con el rostro contorsionado en una mueca de desaprobación. Cuando todo ha quedado claro, el padre Paweł se retira a la sacristía para prepararse y el Leszy se lleva a Liska a un lado, donde una vidriera fragmenta la luz de la mañana y dibuja un caleidoscopio en las muescas del suelo.

—Escúchame, Liska —dice con urgencia—. Si algo sale mal, si Weles se hace demasiado poderoso, la única manera de detenerlo será destruir la parte de mí donde reside: mi corazón.

—Leszy…

—Prométemelo, zorrillo atolondrado. Si el plan no funciona, prométeme que me matarás.

Liska traga saliva. El pavor arde en su pecho, corrosivo e imparable. Le gustaría negarse a hacerlo, le gustaría gritar que no es justo, que no debería tener que matar al hombre al que ama. Pero guarda silencio.

Y asiente con la cabeza.

El Leszy deja caer los hombros, aliviado.

—Recuerda. —Toma su mano y la coloca sobre el punto que le indicó durante una de sus prácticas, el espacio entre las costillas por donde clavarle la daga en el corazón—. Aquí, ¿vale?

Liska vuelve a asentir y, entonces, consciente de que tal vez no tenga otra oportunidad de hacerlo, susurra:

—Te quiero.

Él la atrae hacia sí y la envuelve en un abrazo. Huele a savia de pino, y lluvia torrencial, y a reliquias antiguas, a los pasillos polvorientos de la casa, y a libros viejos, y a magia. Huele a su hogar.

—Yo…

Liska oye cómo se le entrecorta la respiración y, por un momento, teme que no vaya a responder. Pero, al final, concluye:

—Yo también te quiero, Liska Radost.

Diez minutos después, están todos en el presbiterio. El padre Paweł hace la señal de la cruz y apoya una mano sobre la frente del Leszy. Él es mucho más alto que el sacerdote, así que agacha la cabeza respetuosamente y su cornamenta dibuja sombras alargadas en el suelo. A unos pasos de distancia, Liska se muerde el labio mientras la fría humedad del agua bendita se seca en su frente. El padre Paweł, que ha intentado rociarlos a todos ellos —aunque Maksio lo esquivó—, susurra una oración tras otra y Liska alcanza a distinguir cómo le pide ayuda a Dios y exige al demonio que abandone el cuerpo que ocupa. Cuando termina, dibuja una cruz en la frente del Leszy y da un paso atrás.

Pasan los segundos. Uno, dos, tres.

El Leszy abre los ojos y mira a Liska y a Maksio.

—¿Cómo te sientes? —pregunta ella, inquieta.

—*Despierto.*

La voz sale del Leszy, pero no es la suya. Es la voz de los tratos astutos, las historias prohibidas y los templos abandonados dedicados a los dioses paganos.

Weles.

Weles-Leszy se cruje el cuello en actitud despreocupada.

—No hay nada como la quemazón del agua bendita para quitarse las legañas. Gracias, padre.

Se lanza a por el cuello del sacerdote.

Liska desenfunda a Onegdaj, pero Maksio es más rápido. Abre la boca y grita.

La chica no sabría decir cómo es posible que un grito sea ensordecedor y melodioso al mismo tiempo, pero el breve sonido contine una canción entera, una canción que calma el corazón y relaja la mente y dice: «Ven a mí ven a mí ven a mí». Weles gruñe a través de los labios del Leszy, pero es incapaz de resistirse. Se gira hacia Maksio y avanza hacia él arrastrándose con languidez.

Liska reacciona enseguida. Junta las manos con una palmada y, cuando las separa, en el espacio que queda entre ellas se arremolina una furiosa bandada de mariposas azules. Entonces, agarra el rostro del Leszy con ambas manos y vierte su magia sobre él.

Cuando Liska se asomó a su propia alma la noche en que el Leszy fue en busca de su magia, se sintió como si estuviese flotando por el cosmos. Se adentró en un vacío vasto y sereno que contenía recuerdos brillantes como estrellas, breves vistazos de su pasado.

El alma del Leszy no se parece en nada a la suya.

Allí donde mira, hay raíces. Raíces de obsidiana agrietadas y descompuestas que se enroscan por el espacio y convierten las estrellas que tocan en moho negro. Parasitario como el muérdago, Weles ha comenzado a consumir al Leszy. No lo ha devorado por completo, al menos no todavía. Liska percibe las partes del *czarownik* que siguen libres, las partes que las raíces no lograrán alcanzar hasta que Weles haya recobrado toda su fuerza.

—¿Por qué haces esto? —pregunta Liska casi en un sollozo, aunque sabe que no debería esperar que muestre un ápice de compasión o que el demonio esté dispuesto a entrar en razón.

Otros cien años han llegado a su fin, canturrea Weles en respuesta. *El chico es mío.*

—Ya no —ruge Liska—. No mientras a mí me quede un hálito de vida.

Y, al igual que hizo en la escalera de la Casa bajo el Serbal, prende fuego a las raíces.

Los hechizos, como bien explica el *Czarología*, requieren energía. Ese es el precio que los *czarownik* tienen que pagar por darle forma a otra alma, por moldearla hasta convertirla en algo nuevo. Pero, al sumergirse en el alma de otra persona, Liska descubre que no se aplican las mismas reglas. Hay otra fuente de poder, el combustible de un alma, de la que puede beneficiarse. Recuerdos. Emociones. Y aquellos que permanecen libres de la malvada influencia del demonio, los recuerdos a los que el Leszy se aferra con más fuerza, son los que están relacionados con ella.

Liska estudia el jardín que acaba de hechizar, da vueltas con gracilidad y sus desordenados rizos brillan bajo un haz de luz dorada. Se gira para mirarlo, con los ojos cargados de asombro, y sonríe. (¡Le sonríe! ¡A un demonio! La chica debe de ser o muy tonta o muy valiente. Lo más seguro es que sea una combinación de ambas).

Liska se moja la cara tras una sesión de entrenamiento y el agua resplandece como la luz de las estrellas al correr por sus mejillas. Tiene los ojos grandes y azules como el cielo. (¿Quién ha dicho que la considere hermosa? Ni en sueños. ¡Qué idea más absurda!).

Liska está tumbada en la cama de la asfixiante cabaña de Kazimiera, pálida por haber perdido sangre después de haber recibido tres sobrecogedoras heridas en el hombro. Tiene un aspecto feroz e imparable, que dista mucho de la criaturita tímida que encontró en el bosque. Casi la pierde. Estaba aterrorizado. Hacía tanto tiempo que no se sentía así que casi le resulta revitalizante.

Liska, Maksio y Jaga están sentados con él en el salón durante una de esas escasas tardes tranquilas. Maksio vuelve a llevar la delantera en la partida de ajedrez, Liska se ríe de la expresión molesta del Leszy (¿de

verdad resulta tan graciosa?) y Jaga los observa con la lánguida satis-
facción de un espíritu que sabe más de lo que debería. (Todavía no sabe
por qué ha permitido que se queden con él. Son insufribles y ruidosos y
siembran el caos allí por donde pisan. Sin embargo, cuando está con
ellos, se siente embargado por una sensación similar a la del fuego de
una chimenea: cálida, y brillante, y..., y horriblemente poética, por lo
que parece).

Liska se mete bajo la cascada del estanque; el agua corre por su espalda
desnuda y le empapa esos exuberantes rizos en los que tanto ha deseado
enterrar los dedos. Es hermosa y estaría dispuesto a morir por ella. Por
todos ellos. Por Liska, Maksio, Jaga y la Casa bajo el Serbal. (Es una
pena que su heroico sacrificio vaya a pasar desapercibido. Como míni-
mo, debería ser digno de una balada trágica).

Y, entonces, llega el último recuerdo: este es tímido y se resiste a
mostrarse ante ella, pero es la estrella más brillante de todas. Lo
acuna en gesto protector contra su pecho cuando la envuelve.

Liska lo empuja contra la cama y le entierra las manos hambrientas y
exigentes en el pelo antes de agarrarlo por las astas. Un torrente de de-
seo fluye por su cuerpo, como una irresistible corriente de aguas revuel-
tas. Liska parece haber emergido de una tormenta con la melena suelta
encrespada por la lluvia y los ojos, azules como las violetas, cargados de
una infinidad de emociones. Cada una de ellas contiene un universo
que a él le encantaría explorar si tuviese tiempo. Pero no lo tiene. Solo
dispone de este momento y vivirá para disfrutar cada segundo.

(En referencia a las mujeres, ha oído comentarios del estilo a: «Va a
ser mi ruina» o «Va a acabar conmigo». Nada de eso se aplica a Liska
Radost. No va a acabar con nada, porque es su nuevo principio. Él ha
estado muerto durante mucho tiempo y ella lo ha resucitado).

En ese momento, Liska se da cuenta de que se ha juzgado mal.
A través de la mirada del Leszy, ha visto algo en sí misma que
nunca habría creído posible de otra manera: fuerza, tenacidad,
amabilidad. Para él, Liska está en constante cambio, parece diferente con cada amanecer, pero sigue siendo tan auténtica como

siempre. Para bien o para mal, su magia no la define. No necesita probar su valía ante él o ante nadie. Básicamente, Liska es... suficiente.

Siempre ha sido suficiente.

Ante todo, es esa conclusión la que insufla a Liska de vida. Su poder se dispara y arde, arde, arde, abrasa las raíces que constriñen al Leszy una a una.

¿Qué estás haciendo?, grita el demonio. *¿Cómo has conseguido tanto poder?*

Sus raíces comienzan a debilitarse. Algunas se sacuden y se retiran y otras quedan reducidas a cenizas. Liska no se detiene, sino que anima a su fuego a extenderse más y más. Avanza hacia el corazón del Leszy, de donde brotan las raíces y se enredan hasta crear un enorme tronco que late, cargado de poder. Es el alma de Weles. Lo único que tiene que hacer es abrasarlo hasta que no quede nada de él.

Liska se detiene para aunar energías, bebiendo de su propio amor, que siempre ha ardido con una intensidad cegadora. No solo recurre a sus sentimientos por el Leszy, sino que también se nutre del cariño que siente por Maksio, y Jaga, y mamá, y la Casa bajo el Serbal. Siempre se consideró una tonta por amar tan intensamente y con tanta facilidad. Sin embargo, ahora eso es justo lo que la hace fuerte.

Desata su poder como una onda expansiva, una enorme bola de fuego que impacta contra el corazón de Weles.

Un estremecimiento recorre al demonio y sus raíces y ramas se desintegran ante el impacto. Se hace el silencio. Por un segundo, no queda nada salvo unas cuantas brasas y estrellas debilitadas.

Entonces, el demonio se echa a reír.

Ha sido impresionante, la verdad. Su voz suena despiadada y triunfal a partes iguales. *Aunque casi consigues derrotarme, por desgracia para ti, tu esfuerzo no fue suficiente. Pero no desesperes, ratoncillo. Soy un antiguo dios. Nunca tuviste nada que hacer contra mí.*

Una poderosa raíz, tan gruesa como un tronco, emerge de la oscuridad. Por un único y tenso segundo, se cierne sobre Liska.

Y se hunde en su pecho.

35

Un zorrillo astuto

Liska se despierta violentamente y se lleva las manos con torpeza al dolorido pecho, esperando encontrar una herida mortal donde se le clavó la raíz.

Pero no tiene nada, ni siquiera una marca.

A su alrededor, la capilla se ha convertido en un retablo de puro terror.

En el presbiterio, el Leszy cae de rodillas y arquea la espalda, presa del dolor, a medida que la corteza le cubre la piel como una plaga de pústulas, le atrofia los músculos y hace que se le alarguen las extremidades hasta que se le empiezan a desgarrar las ropas. Su cornamenta se retuerce como si estuviese viva y de ella crecen hojas que caen casi de inmediato mientras el liquen le corroe la piel. Unas ramas brotan de sus hombros y codos con una espantosa explosión de savia y carne.

Weles lo está matando; está reclamando su trofeo.

Liska mira frenéticamente en todas direcciones, en un intento por localizar a sus compañeros. El padre Paweł protege a Maksio con un brazo mientras se arrastran tras el altar. Dobrawa está en el pasillo central, blanca como el papel. Pese al evidente miedo en su postura, sus ojos tienen un brillo calculador. Clava la mirada en Liska y después la desvía hacia Maksio y el padre Paweł. Tal vez odie la magia, pero Liska sabe que mamá adora Stodoła tanto como ella. Si el pueblo está en peligro, Dobrawa Radost no se acobardará.

Un gemido escapa de los labios del Leszy, gutural e inhumano como el de un animal. Sin pensárselo dos veces, Liska corre hacia él y extiende las manos para tocarle el rostro, los brazos, mientras la magia revolotea por su piel al prepararse para volver a lanzar el hechizo de fuego en un intento desesperado por detener el avance de Weles.

Antes de tener oportunidad de tocarlo, la agarra de la muñeca con tanta fuerza que seguramente le deje un cardenal. El Leszy abre los ojos de golpe. Tiene una mirada torturada y frágil, pero siguen siendo sus ojos. Y la observa con expresión suplicante.

Le guía la mano hasta su pecho, hasta el punto mortal entre las costillas.

—Mátame —dice en un susurro ronco—. Mátame antes de que tome el control.

Pero Liska no es capaz de sacar la daga.

Los párpados del Leszy caen poco a poco. Cuando vuelven a abrirse, sus ojos brillan con una llama blanca. Son los de Weles. Aprieta con más fuerza la muñeca de Liska, hasta que su agarre se vuelve brutal.

—¿En serio me creías capaz de matarlo? —se burla el demonio—. ¿De verdad pensabas que esperaría setecientos años, alimentándome de patéticos desechos para acabar matando un huésped tan prometedor? —Cierra los dedos en torno a su muñeca todavía más y más, hasta estar a punto de romperle los huesos—. Es difícil encontrar un *czarownik* lo suficientemente poderoso como para albergar a un antiguo dios. Sabía que esto sería una carrera de fondo. Pero por fin tengo el control: su vida y su poder son míos y él me los ofreció voluntariamente cuando hicimos nuestro trato. Ahora tengo la libertad de recorrer el plano de los mortales.

A Liska se le hiela la sangre. Weles va a poseer al Leszy; por fin va a hacerse con el cuerpo del *czarownik*. Con tanto poder a su disposición, es imposible saber de qué será capaz.

Tiene que detenerlo. Casi lo destierra; estuvo a punto. Todavía lo está tocando. Solo tendría que dejar volar su magia y…

—Ni se te ocurra.

Weles suelta la muñeca de Liska y le da un fuerte empujón, tan fuerte que la levanta del suelo y se da un golpe en la nuca con el púlpito de madera. Una luz estalla ante sus ojos y el dolor le recorre la columna. Aparentemente satisfecho, Weles se da la vuelta y baja los escalones del presbiterio hasta el pasillo central. No tiene la elegancia ni la gracia del Leszy, sino que se mueve con movimientos espasmódicos y decididos.

Y va directo a por la madre de Liska.

—¡Mamá, corre! —jadea.

Hay una pila de agua bendita junto a la puerta y Liska recurre a ella casi sin pensar, con el fantasma de un hechizo en la mente.

—*Protégela.*

El agua mana de la pila. Se lanza hacia Dobrawa y se acumula ante ella, ocupando el espacio desde el suelo hasta el techo justo cuando Weles echa un brazo hacia atrás, listo para atacar.

Su puño se encuentra con un muro de hielo.

Con un gruñido, vuelve a retroceder y hace que sus dedos se estiren hasta convertirse en unas garras en forma de ramas. Aunque dejan muescas en el hielo, no le sirven de mucho. Mientras está distraído, Liska prepara un segundo hechizo, recurriendo al suelo bajo sus pies. La madera siempre es más testaruda que el agua, pero no tiene nada que hacer contra Liska. Se pelea con el alma del duro suelo de madera hasta que logra hacer que coopere.

—*Conviértete en un muro.*

Y así lo hace. El suelo se curva, se separa de la base de la capilla y se alza tras Weles para atraparlo. Por un lado, hielo; por el otro, madera. Una jaula de magia.

No resistirá mucho.

Liska se pone en pie, rezando por que mamá haya conseguido salir de la capilla, y corre con torpeza hacia el padre Paweł y Maksio. No se da cuenta de lo agotada que está hasta que se pone en movimiento y siente los brazos y las piernas como si estuviesen hechos de plomo; sus articulaciones protestan. Cuando tropieza y cae de rodillas, el cabello le cae sobre el rostro y juraría que el mechón blanco se ha hecho más grueso.

—Liska. —El padre Paweł la agarra del brazo y la lleva hasta detrás del altar—. Liska, ¿qué está ocurriendo?

—He cometido un terrible error —susurra con un hilo de voz—. Intenté debilitarlo, pero solo lo hice más fuerte. —Se obliga a ponerse de pie y levanta a Maksio con ella—. ¿A cuántas personas podrías manipular con tu canción, Maksio?

El niño levanta todos los dedos, cierra el puño y vuelve a levantarlos todos. «A muchas».

—Entonces ve con mi madre y el padre Paweł al pueblo. Haz que todos los vecinos levanten barricadas en la puerta de casa y que se escondan en el lugar más seguro que encuentren... y que busquen algún arma, si tienen. Padre, una vez que el camino esté despejado, prepare un caballo y vaya a Gwiazdno. Cuénteles lo que haga falta para convencer a la milicia de que vengan en nuestra ayuda.

Tras ellos, se oye el estruendo de la madera al astillarse. Liska echa un vistazo por encima del altar y ve cómo las garras de Weles atraviesan el muro que ha erigido.

—¡Tenemos que irnos! —jadea.

—Espera —le pide el padre Paweł—. ¿Qué hacemos con esa cosa?

—Tengo un plan —asegura Liska al tiempo que le ofrece una sonrisa rebosante de seguridad, aunque es totalmente falsa.

No tiene un plan, sino una teoría sin ningún fundamento, pero no se le ocurre nada más.

—Padre, ¿por casualidad no tendrá alguna cerilla?

—En la sacristía —responde él, demasiado asustado como para que la pregunta de Liska lo desconcierte.

—Bien. —Liska se pone en pie—. Pues manos a la obra.

Es hora de que el zorrillo atolondrado ponga a prueba su entereza.

Escapan por la puerta lateral de la sacristía y salen justo a tiempo al frío aire de la mañana, porque un estremecedor alarido reverbera en el interior de la capilla, acompañado de un sonido similar al del cristal al hacerse añicos. *Eso debe de haber sido el muro de hielo*, piensa Liska. Ve de pasada a algunos vecinos que se asoman a curiosear, pese a que mamá les pide que se queden en casa. Janek, el mozo de labranza, suelta los dos cubos de agua con los que carga y se esconde tras la primera valla que encuentra.

A Liska le arden las mejillas de la vergüenza. De nada sirve ya disimular. Pronto todos sabrán que tiene poderes. Seguro que *pani* Prawota se sentirá realizada.

Se oye otra explosión de astillas. Quizá esté lanzando por los aires los bancos de la iglesia.

Liska se gira hacia Maksio y el padre Paweł.

—¡Marchaos ya! —grita.

El niño vacila y la mira con preocupación, así que Liska se agacha y le da un beso en la frente.

—Confía en mí —le susurra y reza para que todo salga bien y no pierda la confianza en ella. Desvía la mirada hacia su madre y añade—: Por favor, cuida de él, mamá.

Dobrawa se muestra indecisa; es evidente que está pensando en la manera en que Maksio gritó en la capilla, consciente de que no es un niño normal. Sin embargo, algo consigue que ceda. Tal vez sea cosa de su alma de sanadora o puede que se haya fijado en la mirada desencajada del pequeño, que está muerto de miedo. Al final, asiente con brusquedad y agarra la mano de Maksio. El padre Paweł se une a ellos apresuradamente y los tres se adentran en el pueblo. Mientras tanto, Liska se arma con los patéticos pedacitos de confianza en sí misma que le quedan y avanza con decisión hacia la entrada de la capilla...

Justo cuando la puerta principal explota.

La madera astillada vuela por el camino de tierra. Weles sale del edificio hecho una furia, bufando de ira. Las raíces se retuercen allí donde pisa el demonio, brotan del suelo y se alzan a su alrededor como un escudo protector. Escudriña los alrededores y gira la cabeza con brusquedad de derecha a izquierda antes de clavar la mirada en Liska.

—Tú —sisea.

—Yo —responde ella, alegremente.

Poco queda ya del Leszy en la apariencia de Weles.

Los ojos de la criatura son dos llamas encendidas y sus dientes, afilados como agujas, son demasiado pequeños en comparación con sus encías manchadas de musgo. Cuando se relame los labios, tiene la lengua cubierta de hormigas.

—¿Sabes lo que fui antaño? —gruñe—. Me conocían como el dios del caos, el dios del inframundo y sus demonios. Pero vosotros, humanos, criaturas volubles, os olvidasteis de mí. Este será vuestro castigo. Esta vez, me aseguraré de dejar una huella indeleble. Destruir tu diminuto pueblo será el primer paso para recuperar mi gloria.

—Pero no puedes destruirlo —protesta Liska. Se obliga a sonreír con suficiencia, con los brazos en jarras—. No mientras yo todavía tenga esto.

—¿El qué? —Se acerca a ella y una lluvia de liquen marchito cae de sus brazos. El hedor acre de la enfermedad y las vísceras en descomposición lo cubre como una mortaja—. ¿Qué es lo que tienes?

—¿No te has percatado de que no eres tan poderoso como deberías?

Liska se levanta una de las mangas de la camisa y le muestra el grillete que lleva en la muñeca, de un blanco impoluto en contraste con el azul neblinoso de la mañana.

—¡El Leszy te engañó! Me cedió una parte de su poder para que tú nunca pudieses adueñarte de él por completo.

Es arriesgado. Tiene la esperanza de que el rencor y la avaricia del demonio le ganen la partida a su buen juicio, que sean unos sentimientos lo suficientemente intensos como para que no le preste atención a nada más que a ella.

El farol da sus frutos. Weles se acerca todavía más, pero Liska retrocede hacia el delgado manzano que decora el patio de la capilla. Para provocarlo, esconde la muñeca en la que lleva el grillete a la espalda, pero aprovecha también a ocultar la magia que se le desborda de las manos.

—Dámelo —sisea Weles— ¡Ese poder es mío!

—No tengo por qué entregártelo —canturrea Liska—. Yo no fui quien hizo ese trato contigo.

Weles se lanza a por ella. Está furioso y su descomunal tamaño es imponente. Cuando impacta contra Liska, es como si la hubiese pisoteado y aplastado al mismo tiempo; la deja sin respiración y el dolor se extiende por su piel allí donde le clava las afiladísimas garras.

Caen hacia atrás, contra el tronco del manzano y, luego, lo atraviesan.

El portal de Liska se cierra tras ellos una vez que se encuentran de nuevo en la Driada.

Los dos, muchacha y demonio, se desploman contra un tronco y la fuerza del impacto los envía en direcciones opuestas. Liska se pone en pie con torpeza, dejando escapar un improperio, presa del pánico. Tenía tanta prisa por alejarlo del pueblo que no le dio tiempo a visualizar el lugar exacto al que quería desplazarse con el portal, así que ahora no tiene ni la menor idea de dónde han acabado.

Esta zona de la Driada es asfixiante, claustrofóbica, puesto que las ramas desnudas que se entrelazan sobre sus cabezas crean un dosel tan denso que apenas permite el paso de unos delgados rayos de luz apagada. La niebla es espesa y se retuerce alrededor de los árboles, reducidos a unas fantasmagóricas siluetas que se difuminan hasta que el hambriento vacío blanco las devora.

Las ramas y las hojas se rompen y chasquean allí donde Weles ha caído. El demonio también se pone en pie con dificultad y se resbala con la tierra empapada de lluvia.

—Ratoncillo estúpido —gruñe—, me has traído hasta mis dominios. Te has cavado tu propia tumba.

—Primero tendrás que atraparme —lo reta, mostrándole la muñeca una vez más.

Entonces, echa a correr.

En los últimos meses, Liska se ha hecho una experta a la hora de moverse por el bosque. Las ramas y arbustos con los que antaño habría tropezado ahora no son más que meros obstáculos que esquiva ágilmente. Salta por encima de los troncos caídos, se deja caer desde las lomas y corre entre las raíces. Weles, por muy poderoso que sea, no tiene esa suerte. Al fin y al cabo, sus cuernos lo entorpecen y ahora tienen el doble de tamaño que los del Leszy. Aun así, Liska debe ingeniárselas para tomar la delantera y sacarlo de sus casillas, sin alejarse demasiado para que el demonio no pierda el interés. Por eso se mantiene alerta, asegurándose de oír el estruendo que causa al abrirse paso por la maleza. Es tan bruto que Liska se atrevería a jurar que la Driada gime de dolor.

Una rama le ha hecho un corte sobre la ceja y la sangre le dificulta la visión. Las garras de Weles le han dejado unas profundas marcas en los antebrazos, aunque ninguna es tan grave como para ser mortal. Al menos, eso espera. Sigue adelante, pese a que nota el cansancio como una losa sobre el pecho y oye su propia respiración, jadeante y aterrorizada. Si tan solo encontrase... Dios, ¿dónde está?

Weles emerge de entre los árboles y la niebla lo sigue formando delgadas volutas.

Liska se apresura a poner más distancia entre ellos, pero él levanta un brazo por encima de la cabeza y los árboles que lo rodean se mueven a su señal. Sus ramas se arquean hacia Liska como unas manos avariciosas y la agarran de la falda, del pelo y del cuerpo en sus intentos por inmovilizarla. Ella responde con una arremetida de Onegdaj y recurre a la mismísima alma de la Driada, ordenándole a las zarzas con un estallido de magia que crezcan ante ella para protegerla.

En cuanto consigue liberarse, escapa de nuevo entre los árboles. El rugido de Weles reverbera a su espalda, pero Liska no se para. Tiene que encontrarlo. ¿Dónde estará...? Primero, necesita un escondite, un lugar donde poner sus ideas en orden. Allí: ese árbol retorcido servirá. Bastará para pasar desapercibida.

Se adentra con un tropiezo en un bosquecillo de árboles anchos y nudosos y se cuela en el espacio que queda entre los troncos. Después, hace crecer un helecho a su alrededor, con la esperanza de que la cubra todavía más. Está segura de que su escondite no durará mucho, puesto que Weles se acerca, siseando y maldiciendo a medida que se abre paso entre la maleza.

Liska intenta ignorarlo y se centra en recuperar el aliento. Cierra los ojos y extiende su consciencia sigilosamente hacia el plano intermedio para sentir sus alrededores. El bosque siempre ha sido un festival de almas verdes, exuberantes y resplandecientes gracias a las plantas que crecen, se marchitan y vuelven a crecer. Entre todas ellas, hay un único y vigilante hilo de vida: el alma de la mismísima Driada.

Es una presencia formidable, desconfiada y distante. Sin embargo, cuando Liska tiende su magia hacia ella, esta responde con la entusiasta familiaridad de un perro que reconoce a su dueño. La muchacha da un grito ahogado. Reconoce su toque, suave y cuidadoso. Reconoce su aroma a tierra, su sólida presencia. Es la magia del Leszy, libre aún de la ponzoña de Weles.

—¿Podrías guiarme? —le pide, visualizando el lugar al que necesita llegar—. Me he perdido.

La Driada se despierta. Huele a hojas que se despliegan, a madera en descomposición y a pelaje manchado de barro. Enseguida, Liska sabe exactamente adónde tiene que ir, está segura del camino que debe tomar, incluso a través de la niebla, a través de la noche más oscura. Porque conoce el bosque. Conoce cada árbol, cada sendero zigzagueante, cada arbusto y cada animal que habita estas tierras. Conoce la ubicación de sus respectivas madrigueras, sus rutas ocultas y sus escondrijos secretos.

¿Es así como el Leszy ve la Driada? ¿Es esto lo que siente al ser su guardián?

La embarga una nueva ola de emoción: la angustia. No es ella quien la siente, sino el bosque, pero es una sensación intensa y alarmante. La Driada está sufriendo, se retuerce de dolor cuando las manos del demonio aplastan, destrozan y obligan al bosque a obedecerle con su magia, en contra de su voluntad. «Sálvame», susurran las hojas y gimen los troncos.

—Haré todo cuanto esté en mi mano —le promete.

Liska vuelve a su cuerpo justo a tiempo para ver a Weles emerger de la espesura, arrancar un árbol joven que le obstaculiza el paso y lanzarlo lejos de su camino. El demonio ha dejado tras de sí un rastro de destrucción, troncos partidos y matorrales pisoteados en montoncitos mutilados.

—¡Sal, sal, sal de donde quiera que estés! —aúlla, lleno de odio.

El corazón de Liska late desbocado. Escondida como está entre los árboles, es una presa fácil. Si la encuentra, no tendrá adonde ir. Contiene el aliento y se obliga a permanecer quieta. El demonio se acerca más, olfatea el aire como un perro de presa y su cornamenta se enreda en las ramitas de los árboles, sacudiendo sus copas.

Se acerca más, y más, y más, tanto que Liska alcanza a distinguir las rugosidades de la corteza que lo cubre y el ciempiés que corretea por su hombro cubierto de liquen. Sus pulmones se sacuden cada vez que toma aire y sus exhalaciones son ásperas y aceleradas. Por algún motivo, no la ve. Pasa por delante de su escondite y sigue adelante hasta perderse de vista.

Liska deja escapar un suspiro de alivio. Comienza a ponerse en pie, sosteniendo a Onegdaj ante ella para…

—Ahí estás, ratoncillo.

Le da un vuelco el corazón. Retrocede torpemente hasta dar con el tronco. Entre los helechos, se asoma un ojo de fuego blanco que ilumina un rostro cadavérico. Antes de que Liska tenga oportunidad de moverse, Weles levanta un brazo y arranca de cuajo el árbol tras el que se estaba ocultando. La madera y las astillas caen sobre ella e intenta huir sin tener adonde ir. Weles la inmoviliza contra el suelo y abre la boca más y más hasta que se le desencaja la mandíbula como a una serpiente y baña el rostro de la chica con su saliva cargada de musgo.

Liska se lanza bruscamente hacia adelante y entierra a Onegdaj en la mandíbula inferior del antiguo dios.

La daga atraviesa la carne y el hueso con un desagradable sonido húmedo y, cuando la retira, se forma un hilillo de savia sanguinolenta. El demonio retrocede con un alarido atronador.

Liska echa a correr una vez más. Weles le pisa los talones de cerca y le engancha las faldas, el pelo y la piel con las garras. Ella lo guía a través del bosque, por el camino que la Driada le ha mostrado. El monstruo le asesta un zarpazo en el hombro y le desgarra el *gorset* de terciopelo. Las cuentas y los bordados salen volando.

Ya casi está, ya casi…

Consigue llegar al templo en ruinas justo cuando Weles la alcanza.

36

Liska y el Leszy

No son los brazos de Weles los que la agarran, sino unas ramas, ramas espinosas como las de un rosal, que se tensan alrededor de sus tobillos. Tiran de ella hacia atrás y la arrastran por el barro, el detrito y las piedras. Las espinas se le clavan en la piel.

Entonces, Weles se cierne sobre ella, con la boca retorcida en una mueca de desprecio y un hilillo de baba pestilente pendiendo de los dientes. Ya no se parece en nada al Leszy. Es pura monstruosidad, pura esencia demoniaca, pura muerte respirándole a la cara.

—Por fin te tengo, ratoncillo —ronronea, constriñéndole la yugular con dedos tan delgados como ramitas—. Y voy a reclamar lo que es mío.

Cierra la otra mano en torno al grillete de Liska. Bajo la tremenda fuerza que ejerce, el objeto colapsa como una caracola y se rompe en mil pedazos. Liska no consigue reprimir un quejido.

—Gracias —dice Weles con petulancia al soltarla y sostener el grillete en alto para inspeccionar su premio.

Liska por fin tiene lo que buscaba: una distracción. Sin quitarle ojo de encima, retrocede paso a paso a paso. Finge estar asustada, finge no tener un plan y se aleja más y más hasta que su espalda toca el tótem con cuernos. *Sí.* Aprieta los dientes y comienza a preparar el hechizo mientras mete la mano en el bolsillo en busca de las cerillas. Si Weles levanta la vista, Liska estará acabada.

Tiene suerte.

Desliza una cerilla por el lateral de la caja con dedos temblorosos. ¡Raaaaas!

No ha apretado lo suficiente. No ha conseguido prenderla.

Weles se da la vuelta. Su mirada se posa en la caja que Liska sostiene en la mano y una llama blanca se enciende en sus ojos cuando comprende qué es lo que intenta hacer.

—¡No!

Carga contra la chica y, con las raíces que brotan en torno a él, se lanza a por su cuello.

Liska encuentra una segunda cerilla y la desliza por el lateral de la caja. Esta vez, consigue encenderla.

—Demasiado tarde —le dice a Weles cuando sus raíces están a punto de alcanzarla.

Una vez que libera su magia, bebe del alma del fuego y estampa su mano libre contra el tótem que se alza a su espalda.

—*Quema el templo.*

La efigie echa a arder. Una llama azul tan brillante como el sol lame con avidez el tótem hasta devorarlo. Se extiende con entusiasmo por el suelo del bosque, pero se divide en dos para rodear a Liska como una ola. Todo queda envuelto en llamas. Las raíces, las piedras, los cadáveres y los huesos se derriten ante las fauces del fuego.

Por un segundo, Weles observa la escena con incredulidad. Luego, con un aullido, cae de rodillas y se sujeta la cabeza. Queda preso de los espasmos y se dobla sobre sí mismo mientras tantea la tierra con los dedos, como si se creyese capaz de agarrar las llamas y frenarlas antes de que quemen las ruinas. Pero no tiene nada que hacer. Es demasiado tarde.

Ha funcionado. No se puede creer que su estúpido plan, basado en una mera conjetura, haya salido bien.

Es tal y como dijo el Leszy: todos los espíritus están ligados a algo. Aunque Weles haya vivido en el corazón del Leszy, aquí era donde recibía los sacrificios, aquí es donde reside su poder. Y ahora todo arde. Arde, y arde, y arderá hasta que el último rincón del templo haya quedado reducido a cenizas. El fuego no se apaga hasta que eso ocurre y, entonces, deja a la muchacha y al demonio en medio de un terreno cubierto de cenizas arrastradas por el viento.

De pronto, el demonio, que hasta ahora había tenido los ojos cerrados de dolor, los abre de golpe. Vuelven a ser mortales, verdes como el helecho. Se pone en pie poco a poco y con pesadez. A medida que se mueve, la corteza que lo cubre se pela como la pintura vieja y revela una capa de piel pálida. El liquen y las ramas se marchitan hasta pudrirse y se desprenden de sus brazos y piernas. Sus facciones se contorsionan y se sueltan como el exoesqueleto de un insecto. Liska presencia la transformación hasta que el Leszy recupera su aspecto de siempre: solemne, pálido y humano, maravillosamente humano.

—¿Eliasz? —titubea.

Una sonrisa se extiende por el rostro del Leszy, tan amplia que revela sus hermosos y esquivos hoyuelos.

—Hola, zorrillo atolondrado.

Liska deja escapar un grito aliviado, corre hacia él y se lanza a sus brazos. No le importa que tenga las ropas desgarradas, el pelo lleno de hojas o la piel empapada de sudor y cubierta de barro. El Leszy se ríe y sus profundas carcajadas le sacuden el pecho, tan dulces como la miel y tan cálidas como el brillo del fuego de un hogar.

—Eliasz. —A Liska se le entrecorta la voz.

Él entierra el rostro en su cuello y sus sedosos mechones blancos le hacen cosquillas en la mejilla. Ruborizada, Liska le pasa las manos por el pelo y le rodea la base de una de sus astas con los dedos.

—Ha funcionado —jadea—. Ha funcionado.

—Eres increíble —susurra el Leszy contra su clavícula antes de besarle el lugar donde se le ha desgarrado la camisa, donde los despiadados dedos de Weles le han amoratado la piel—. Solo tú podrías hacer funcionar un plan tan temerario y brillante al mismo tiempo.

—¿Me has visto?

Él inclina la cabeza.

—A través de sus ojos. Estaba ahí todo el tiempo, luchando desde dentro e intentando recuperar mi magia.

—Entonces lo hemos derrotado juntos —dice Liska con una sonrisa—. Eres libre, Leszy.

—Soy libre —repite, pasmado. Su mirada brilla como el rocío—. Sí. Sí, así es.

La sujeta de la cintura con más fuerza y la acerca contra su cuerpo.

Un torrente de alivio inunda a Liska, seguido de una ola de felicidad cuando el Leszy baja la barbilla, entrecierra los ojos hasta que las pestañas le rozan los pómulos y abre ligeramente la boca a modo de invitación. Liska roza sus labios con los suyos, saboreando la sensación. No entiende cómo el Leszy puede ser frágil e invencible al mismo tiempo, cómo puede saciarla y hacer que le suplique para que no se detenga. El bosque que los rodea se desdibuja. Solo están ella y él, él y ella, el Leszy y Liska, Liska y el Leszy.

Entonces, sucede algo raro.

Mientras se besan, por la lengua, los labios y el aliento de él corre un hormigueante hilo de magia. Liska se sobresalta, pero el Leszy deja escapar un arrullo tranquilizador y busca la cinturilla de su falda bajo la funda de Onegdaj para colarse debajo y abarcar una de sus caderas con la mano abierta. El poder del Leszy la abrasa como un rayo. Sabe a naturaleza y libertad, a podredumbre y renacimiento, y se enrosca cómodamente en su pecho como si ese siempre hubiese sido su lugar.

El Leszy se echa para atrás y arranca un jadeo de placer de los labios de Liska cuando le besa la mandíbula, el hueco entre las clavículas y las cicatrices que le recorren el hombro. Con cada beso, traza un mapa cada vez más y más extenso de la Driada en la mente de la chica. Liska lo ve, lo percibe, lo siente. Siente la adormilada sabiduría de los árboles centenarios, la hinchazón del terreno surcado de raíces y el crecimiento de las setas en la tierra saturada de agua de lluvia. Todo ello la conoce. Todo ello la pertenece.

—Leszy…

Intenta detenerlo, pero él la silencia con sus labios. Un escalofrío le recorre la espalda y siente los músculos del Leszy tensos bajo la yema de los dedos cuando le pasa un brazo por los hombros…

Y nota la rama que le brota bajo la clavícula.

—¡Leszy!

Liska se zafa de su agarre y se tambalea hacia atrás. Cuando encuentra la mirada de él, parece afectado y arrepentido. La corteza espolvorea sus pómulos, le trepa por el puente de la nariz y le oscurece el lunar que tiene bajo el ojo. El liquen crece en torno a sus astas y le nace en el cuero cabelludo. De los codos y los hombros le salen ramas, esas horribles ramas negras, que crecen ante sus ojos.

El Leszy levanta la mano y Liska se da cuenta de que sostiene a Onegdaj, letal y cruel.

Y, antes de que tenga oportunidad de gritar para que se detenga, el Leszy se clava la daga en el pecho.

Lo que sucede a continuación es que la tierra y el cielo se derrumban. Esa es la única forma de explicar la manera en que el viento los azota como un látigo, en que la tierra se sacude, y grita, y se arquea bajo sus pies. Los ojos del Leszy emiten una cegadora luz blanca y de su boca sale un ronco alarido. Es la voz de Weles, agónica y furiosa. A su alrededor, las raíces de los árboles se juntan y se debaten como si sufriesen los últimos estertores de un animal moribundo.

Cuando vuelve la calma, lo único que queda es el Leszy, que tiene los ojos verdes de nuevo y se tambalea con la daga enterrada en el corazón.

—¡No!

La imagen del Leszy le arranca esa única palabra de la garganta, brutal y sangrienta. Liska corre hacia el *czarownik* cuando este cae de rodillas, sin apenas fuerza para mantenerse erguido. Desesperada, posa las manos sobre su camisa, sobre sus brazos, sobre la daga que le sobresale del pecho.

—No me hagas esto, por favor. No.

El Leszy le agarra las manos y las aparta con delicadeza.

—Escúchame, Liska. No me queda mucho tiempo.

—Pero... pero tu magia —jadea ella.

Siente que el bosque canta por sus venas; los susurros de los helechos y las hojas que se abren crean una armonía. Replica su confusión, su miedo, su dolor.

—Lo siento, siento el bosque entero. Te lo suplico, Eliasz, ¿qué has hecho?

El Leszy deja escapar un tembloroso suspiro.

—¿Recuerdas la teoría de la que te hablé?

Se tambalea y por poco pierde el equilibrio, pero Liska se deja caer de rodillas y lo atrae hacia sí, sosteniéndole la cabeza contra la curva del brazo.

—Te he cedido todos mis poderes para que Weles no pudiese quedarse con ellos.

—Pero... pero ¿cómo? —Se le entrecorta la voz—. Dijiste que no se le puede quitar la magia a otra persona... Dijiste que forma parte del alma, que... Por favor. —Se muerde el labio en un vano intento por contener las lágrimas—. No entiendo nada.

El Leszy parpadea débilmente.

—Almas gemelas.

Una habitación llena de plantas, notas garabateadas sin orden ni concierto por las paredes, el sueño inquieto del Leszy. Un pesado volumen descansa sobre su escritorio: *Orlica: una historia arcana.*

—Ah —susurra Liska.

—¿Te suena?

Ella se sorbe la nariz.

—Leí tu libro.

El Leszy arquea una ceja. Incluso en un momento así, le brillan los ojos.

—Zorrillo astuto —murmura—. ¿Sabes? Hubo un tiempo en que tenía la esperanza de encontrar a mi alma gemela. Al poco de crear la Driada, mientras buscaba alguna manera de librarme del trato con Weles, pensaba que tal vez eso me serviría para pasarle la maldición a otra persona. Me obsesioné con ello, planteé miles de hipótesis, pero, al final, tiré la toalla. Me olvidé de ello... hasta lo de Wałkowo. Hasta que conseguí sacarte el veneno de *strzygoń* del alma.

—No. —Liska sacude la cabeza—. No puede ser.

Pero... ¿no había dicho Kazimiera que sería imposible?

—Yo tampoco me lo creí al principio —dice el Leszy con delicadeza—. Cuando me di cuenta de lo que estaba ocurriendo, casi me volví loco. ¿Cómo iba a ser una muchacha metomentodo mi otra mitad? Pero no podía ser de otra manera. Estaba claro. En la naturaleza, reina el equilibrio. No hay inviernos sin veranos ni sombras sin sol. Tú eres mi alma, Liska Radost. He pasado setecientos años buscándote.

Sufre un estremecedor ataque de tos y la sangre que le cae por la barbilla ya no es translúcida y espesa como la savia, sino roja como el vino.

Liska se la limpia con el pulgar y apoya la mano, ensangrentada y temblorosa, en la mejilla del Leszy.

—Me niego a aceptarlo —sentencia—. Me niego. No hasta que te levantes.

Intenta ponerse en pie, ayudarlo a hacer lo mismo, pero es en vano, puesto que tiene las piernas demasiado cansadas como para que le obedezcan.

—Por favor, Eliasz, levántate —suplica—. Iremos a Stodoła a buscar ayuda, iremos…

Se interrumpe con un sollozo frustrado.

—Estaré bien, Liska. Mírame.

La agarra del mentón con una mano cada vez más débil y guía su rostro hasta que se tocan la frente.

—Estarás bien. Ahora tú eres la guardiana de la Dríada.

Con eso, lleva las manos a la empuñadura de Onegdaj y se la arranca del pecho.

La sangre mana de la herida y los empapa a los dos. Liska está tan conmocionada que deja de sostener al Leszy; se le escurre de entre los brazos y cae al suelo del bosque.

—¡Eliasz!

Liska se arrodilla a su lado y le presiona el pecho con las manos, sobre el corazón, como si pudiese hacer que la sangre que ha perdido regresase a sus venas. El Leszy gruñe suavemente, levanta una mano y desliza los dedos entre los de ella.

—Liska, mira. ¡Mira! —Alza sus manos entrelazadas, manchadas de sangre, sangre humana que gotea de entre la yema de sus dedos, y esboza una sonrisa cegadora—. Ahora sí que soy libre de verdad.

A Liska se le escapa una risa ahogada, desesperada y rota.

—¿Cómo puedes decir eso? ¿Cómo...?

«¿Cómo has podido hacerme esto?», le gustaría gritarle al Leszy, pero también a Dios. Le gustaría que se pusiese en pie con esa gracilidad suya, que la envolviese en un abrazo y le dijese que todo formaba parte de un plan brillante, que se curará enseguida y mañana no quedará más que una cicatriz de esa herida que tiene en el pecho.

Pero el Leszy no hace nada de eso. Porque ahora es humano.

—Lo siento —dice el Leszy con voz débil—. Ojalá hubiese tenido otra opción, pero... iba a volver. Notaba cómo empezaba a despertarse en mi interior.

Se le cierran los ojos, pero se obliga a mantenerlos abiertos. La sangre se le acumula en los labios cuando susurra:

—Esta era la única manera de liberar a la Driada de su control. Y... era lo más justo que yo fuese el último sacrificio.

En vez de dolor, en sus facciones solo hay serenidad; sus labios están relajados y esbozan una sonrisa tranquila. Sin embargo, Liska no piensa darse por vencida. Hace acopio de la poca magia que le queda y busca el alma del Leszy mientras intenta conjurar un hechizo que pueda salvarlo o, al menos, estabilizarlo, pero la herida es demasiado profunda, ya se le empieza a parar el corazón y al Leszy no le queda magia, no le queda nada...

—Toma tu magia de nuevo —le pide Liska entre dientes y, mucho más furiosa de lo que se ha sentido nunca, insiste con un grito—: ¡Tómala para que pueda curarte!

—No puedo hacer nada —murmura—. Ahora es tuya. Cada parte de mi ser ha sido siempre tuya.

Liska ahoga un sollozo cubriéndose la boca con el dorso de la mano. No es justo. Nada lo es. Se supone que las historias como la suya tienen un final feliz. Esto no puede estar pasando, ahora no. No cuando por fin es libre, cuando por fin es humano, cuando el Leszy es suyo y Liska es del Leszy. Se niega a aceptarlo, se niega en rotundo.

—Por favor —ruega—. Estoy segura de que debe de haber algún hechizo. Tiene que haber algo, lo que sea. Por favor, Eliasz, te lo ruego. Dime cómo salvarte.

—Liska, Liseczka. *Oj, lisku.*

Se lleva la mano de Liska a los labios y le besa los nudillos en un último gesto de adoración. Su sonrisa es la de un hombre satisfecho.

—Ya estoy salvado.

Hace ya mucho tiempo, un muchacho le vendió su corazón a un demonio con la esperanza de encajar entre sus iguales. Por cada siglo de vida, debía cobrarse un sacrificio y, con cada muerte, una parte de él también perecía. Después de setecientos años, no era muy distinto de los espíritus que guardaba, su enorme mansión había quedado transformada en un lugar maldito y el recuerdo de su antigua gloria se había visto reducido a un mito. Entonces, en la noche del solsticio de verano, una joven se adentró en el bosque.

Ella pensó que moriría. Él tenía la intención de matarla.

Pero resultó que la chica le enseñó a vivir.

Y el muchacho dio su vida para salvar al mundo.

37
Salir adelante

Hace crecer flores para él.

Con una sola orden, cientos de capullos brotan de la tierra y se abren para revelar unos alargados pétalos blancos que resplandecen con la luz de las estrellas. Son las mismas flores que las de la cascada, iguales a la que el Leszy le puso en el pelo.

Esta será la última vez que crecen en la Driada.

Liska lo entierra bajo las flores y no derrama ni una sola lágrima, porque él le pidió que no llorara su pérdida. Cuando termina, se hace un ovillo junto a su cuerpo y sostiene su mano sin vida contra su propio pecho al tiempo que el agotamiento la embarga. Liska cierra los ojos y se queda dormida.

No ve cómo los árboles se inclinan para honrar la muerte de su amo.

No ve que de la herida de su torso brota un helecho joven, que su piel se resquebraja como la tierra bajo el calor del sol y su cuerpo se descompone para regresar al bosque en el que gobernó durante setecientos años.

No ve que el helecho la envuelve con sus delicadas hojas y la arrastra bajo tierra. No se da cuenta de que la extraña magia forestal la lleva de vuelta a la linde de la Driada.

No ve cómo la luz atraviesa las copas de los árboles, cómo la persistente niebla por fin se levanta y el bosque se transforma en una criatura benévola al deshacerse de los últimos resquicios de la influencia de Weles.

Liska no sabe que, hace miles de años, los orlicanos dejaron de venerar al demonio mayor al que conocían como el dios del inframundo. Para vengarse de ellos, Weles comenzó a transformar las almas inquietas de los muertos en demonios que camparon a sus anchas por el país y sembraron el caos hasta que el Leszy creó la Driada y los atrapó a todos dentro de los confines del bosque.

Ahora que Weles ha muerto, todos han desaparecido.

Liska abre los ojos ante una cascada de intensos rayos de sol, que se cuelan como haces de luz irregulares a través de las contraventanas de su casa en Stodoła. Está tumbada sobre un colchón lleno de bultos, en la alcoba donde mamá suele dormir, arropada con una manta de lana. Hay una cruz de paja clavada al cabecero y el objeto decorativo favorito de Liska, un colorido *pająk*, pende sobre la cama. Lo hizo con tata cuando tenía cinco años.

Mamá acaba de entrar en casa porque la puerta cruje y entra una ráfaga de aire frío que vuela por todas las habitaciones. Liska se estremece, pero no llama a su madre. Sus pensamientos, que zumban como abejas enfadadas, acaparan toda su atención. ¿Por qué está aquí? ¿Qué ha pasado? El Leszy…, la Driada…, el demonio…, ¿acaso fue todo un sueño?

No. Tiene el corazón demasiado roto como para que lo ocurrido no haya sido real. Cuanto más vuelve en sí, más tangible se hace el dolor que devora sus entrañas centímetro a centímetro. Aparta la manta de una patada, se obliga a incorporarse pese a las protestas de su cuerpo dolorido y baja la vista.

No lleva nada más que un camisón pegado a la piel por el sudor. Se lo aparta poco a poco y estudia su propio cuerpo. Todo sigue igual: las cicatrices del *strzygoń*, los arañazos de las espinas de Weles y los cardenales que le dejó en el cuello. Todas esas marcas se han difuminado, han quedado cubiertas por una costra o han adquirido un tono amarillento, como si hubiesen pasado unos cuantos días. Aunque es imposible, ¿verdad?

—¿Liska? —La voz familiar que llega desde la entrada no es la de mamá. *Ay, no*—. ¿Estás despierta?

Marysieńka dobla la esquina.

Liska se tensa ante la sorpresa de verla, pero mantiene la mente en blanco. Sabe que debería estar nerviosa e incluso asustada, pero no se ve capaz de sentir nada. Bueno, nada más aparte de la pena que le mordisquea el pecho y la va dejando vacía de dentro afuera.

Cuando mira a Marysieńka, lo hace desde una perspectiva puramente analítica. Su prima tiene buen aspecto. Aunque todavía no ha pasado un año, ya no viste de luto. Lleva el resplandeciente pelo rubio recogido en una trenza. Debe de haber vuelto de la iglesia, porque lleva un *strój* nuevo, compuesto por una exquisita falda esmeralda y un hermoso *gorset* bordado con rosas rojas de tallos verdes.

Liska debe de tener una expresión peculiar, porque Marysieńka titubea. Se tira de los lazos del *gorset* con incomodidad y deja al descubierto las cuentas que decoran los ojales.

—¿Te gusta? —pregunta—. Lo bordé yo misma. Ay, espera. Debes de estar muerta de sed.

Se marcha a la cocina y sirve un poco de agua hervida de la tetera antes de volver junto a Liska, que acepta la taza agradecida. Se la lleva a los labios con manos temblorosas y se bebe el agua de un trago para calmar su reseca garganta. Después, se limpia la boca con el brazo y pregunta:

—¿Qué haces aquí?

Marysieńka entrelaza las manos sobre el regazo con nerviosismo.

—Porque eres mi prima y... y mi amiga.

—Pero, entonces, no... —Liska se aclara la garganta—. ¿No te doy miedo?

—Bueno, después de... —baja la vista a las manos— después de lo de Tomasz, sí que te tuve miedo. Pero ahora... las cosas han cambiado. Ha pasado el tiempo. Y... estaba preocupada, supongo. Llevas... Mm, llevas dos días dormida, Liska. La *ciocia* Dobrawa me dijo que los vecinos te encontraron junto a la linde de la Dríada, sangrando y llena de arañazos.

—Ah —dice Liska sin mostrar ningún sentimiento.

—Sí. Tuviste muchísima fiebre. *Ciocia* ni siquiera sabía si saldrías adelante. Nos diste un buen susto. El padre Paweł vino a rezar por ti y todo, para ver si eso ayudaba. Después de eso, te despertaste, pero delirabas. No dejabas de repetir un nombre: «Eliasz».

A Liska se le marchita el corazón, que se muere como un árbol joven bajo un sol abrasador.

Marysieńka vacila.

—¿Recuerdas algo?

No. Aunque sí que se acuerda de ver a Weles sembrando el caos por las calles de Stodoła, de Maksio huyendo junto al padre Paweł, de jugar al gato y al ratón por el bosque, de un tótem en llamas y del Leszy...

Leszy...

Se abraza a sí misma e intenta acallar sus pensamientos antes de que el dolor la consuma.

—¿Viste... viste lo que pasó? Con el demonio, quiero decir.

Marysieńka sacude la cabeza.

—No, pero me lo han contado. Cuando el padre Paweł vino a pedirle ayuda a la milicia, decidí volver con ellos al pueblo para ver si podía echar una mano.

Liska se queda desconcertada.

—¿Cómo que volviste?

Su prima se muerde el labio con expresión culpable.

—Ya... ya no vivo en Stodoła, Liska. *Pani* Prawota me consiguió un trabajo de costurera en Gwiazdno.

Con la mente aletargada, a Liska le cuesta procesar esa nueva información. Ahora entiende por qué Marysieńka parece tan contenta. Por fin ha salido de Stodoła, como siempre soñó. Fuera cual fuese el peso que cargaba sobre sus hombros cuando Liska vio a su prima por última vez junto a la tumba de Tomasz, este ha desaparecido. Se ha liberado de su penuria como una mariposa que se deshace de su crisálida y eso la ha hecho más fuerte.

Liska desearía saber cómo hacer lo mismo. Tiene la sensación de que el dolor la está comiendo viva, que cada latido es como un mensaje que se le graba a fuego en el alma. «Se ha ido, se ha ido, se ha ido», dicen. Aparta la mirada de Marysieńka y se agarra el pecho como si pudiese abrirse la caja torácica y sacar todas sus emociones al exterior hasta quedarse vacía.

—¿Cómo lo hiciste? —pregunta con voz ronca.

—¿El qué?

—Salir adelante. Después de... después de que yo... de que él...

—¿Después de que Tomasz muriera? —pregunta Marysieńka amablemente, sin ningún rencor—. No lo sé. Los días fueron pasando y yo seguí con mi vida. En cierto sentido, creo que la pena es como un dolor crónico. Siempre está ahí, pero varía en intensidad; a veces se hace insoportable y, otras, llegas a pensar que por fin ha desaparecido, aunque no sea así.

Se sienta junto a Liska y le da la mano.

—Cuando hablamos junto a su tumba, yo no me encontraba bien. La pagué contigo sin razón. A la mañana siguiente, cuando me enteré de que te habías marchado durante el Kupała, me sentí fatal. *Ciocia* no quería decirle a nadie a dónde habías ido, pero supuse que habrías decidido irte a vivir a la ciudad. Por eso, cuando *pani* Prawota me consiguió ese trabajo como aprendiz en Gwiazdno, acepté sin pestañear. Tenía la esperanza de encontrarte allí. Al no conseguir dar contigo, asumí que habrías escogido otra ciudad. La Driada habría sido el último lugar en el que habría esperado encontrarte. —Sacude la cabeza, atónita—. Lo siento muchísimo, Liska.

Marysieńka se ha disculpado. Liska debería estar contenta. Debería haberle arrancado alguna reacción. Pero hay un vacío en su interior, vasto y cavernoso.

No lo soporta. Está desesperada por sentir algo, lo que sea, así que se agarra a la mano de su prima como si fuese un salvavidas y susurra:

—Se ha ido, Maryś.

—¿Quién?

Antes de que Liska pueda responder, la puerta principal se abre de golpe y aparece Dobrawa Radost, con su inmaculado *strój* de domingo. Maksio entra tras ella, vestido con un chaleco de borreguillo y unas prendas de ropa hechas a mano que Liska no reconoce. El niño posa la mirada sobre ella enseguida y deja escapar un jadeo aliviado. Sin perder un segundo, se lanza a sus brazos y la abraza con tanta fuerza que casi la deja sin aliento.

Cuando por fin la suelta, Maksio escribe una pregunta en su cuaderno apresuradamente.

Son cuatro palabras y cada una se le clava como una puñalada.

«¿Dónde está el Leszy?».

Liska se derrumba. Un doloroso torrente de lágrimas le anega los ojos y los sollozos amenazan con partirle el pecho. Marysieńka la abraza y le acaricia el pelo hasta que Liska se calma lo suficiente como para beber la amarga infusión que le trae mamá.

Si Dobrawa Radost se alegra de ver a su hija con vida, no lo demuestra. Se limita a observarlos a los tres con postura rígida, actitud severa y mirada implacable. Al final, saca una silla y se sienta ante Liska.

—Dinos qué ha pasado.

Así que eso hace. Se lo cuenta todo, desde que se adentró en la Driada en la noche del Kupała hasta el momento en que el Leszy se clavó la daga en el corazón. Una vez que empieza a hablar, ya no puede parar. Los sucesos de los últimos meses brotan de sus labios como las aguas de una presa rota. Maksio se sienta a su lado y apoya la cabeza en el hombro de Liska mientras intenta mantenerse fuerte y ahoga sus propios sollozos. Cuando termina de hablar, el niño se seca los ojos con la manga y le ofrece una sonrisa alentadora.

Ella le devuelve la sonrisa. Le ha sentado bien poner en palabras todo lo que ha vivido. De alguna manera, ha conseguido que el dolor sea más tangible, convirtiéndolo en algo que agarrar y, en consecuencia, algo que poder domar. Si consigue dominarlo, entonces estará en su mano convertirlo en algo bueno.

La mera idea la llena de esperanza.

Marysieńka vuelve a sostenerle la mano como si estuviese hecha de frágil porcelana.

—Creo que lo entiendo —dice.

Mamá no es tan considerada. Ella se levanta de la silla, se cruza de brazos y aprieta los labios hasta convertirlos en una tensa línea. Liska se pregunta cuánto creerá de su historia. Antes de poder preguntárselo, Dobrawa Radost la agarra de los hombros con demasiada fuerza, lo que demuestra que no trata de reconfortarla.

—Al oír todo esto, Liska, solo me queda hacerte una pregunta. ¿Qué harás ahora?

Liska mira a Maksio y luego contempla la casa, el lugar en que se crio, y la madre que la educó. Antaño, esto fue todo cuanto quiso: vivir en una casa con el tejado de paja igual que esta, donde abrir las chirriantes contraventanas y ver un cielo manchado por el humo de las chimeneas. Soñaba con hacer lo que se esperaba de ella: emparejarse con un buen muchacho del pueblo y casarse como una jovencita respetable. Vivir una honrada vida normal en Stodoła.

Pero Liska no encaja en esa descripción. Es una *czarownik* con una bandada de mariposas en el pecho y un bosque entero en las venas y se ha hecho un hueco que es enteramente suyo en el mundo.

El Leszy se ha ido, pero la Driada sigue estando ahí. Al igual que la Casa bajo el Serbal, Maksio y Jaga. Su hogar está allí fuera, en la inmensa espesura vigilante, amenazadora y mágica.

—Voy a regresar al bosque —decide.

La certeza de estar haciendo lo correcto se extiende por su interior como un capullo que florece.

—¿C-cómo? —tartamudea Marysieńka.

—¿Por qué harías algo tan estúpido? —dice Dobrawa al mismo tiempo.

Liska se lleva una mano a la oreja, al punto donde el Leszy le colocó una flor blanca una vez, y sonríe.

—El bosque no puede quedarse sin un guardián.

Epílogo

La *ciocia* Liska es muy rara.

Basia solo tiene diez años, pero lo sabe muy bien. Tan bien como que la puerta de la biblioteca solo aparece cuando se lo pide con educación, que el gato que deambula por la casa no es un gato en absoluto y que Maksio —no, su hermano mayor, Maksio, el que manda, no debe olvidarlo— nunca habla porque su voz es mágica. Basia también sabe que ella es tan rara como ellos, porque, cuando mamá la dejó ante la linde del enorme bosque y la empujó hacia *ciocia* Liska, dijo: «Me han dicho en la posada que vas preguntando por ahí por gente con…» se estremeció antes de continuar «poderes. Bueno, pues aquí tienes una. Si la quieres, puedes quedártela. Yo ya no me voy a seguir haciendo cargo de ella».

Desde entonces, Basia ha vivido en esta casa enorme llena de cuadros peculiares, velas que se encienden cuando se lo pide y un gigantesco helecho en medio del jardín, donde le gusta resguardarse del sol. Cada día, Maksio la lleva a la biblioteca de cristal y le enseña el abecedario y los números y le cuenta historias. Y, de vez en cuando —o muy de vez en cuando si está demasiado ocupada—, la *ciocia* Liska la lleva hasta lo alto de la torre y la ayuda a practicar la magia.

Gracias a las indicaciones de Liska, Basia ha aprendido muchas cosas. Ahora sabe convencer a las flores para que hablen, hacer que el agua se congele y pedirle indicaciones al bosque. A veces, Liska extiende las manos y una bandada de mariposas emerge de ellas. Entonces, Basia invoca a sus abejas de magia amarilla para que las persigan y las dos animan entre risas a sus respectivos torrentes de magia mientras juegan a una versión mágica del pillapilla por la habitación.

Basia es muy feliz. No piensa en su hogar o en mamá a menudo y, cuando se le vienen a la mente, solo se acuerda del suelo sucio en el que dormía y en lo mucho que escocían las bofetadas de mamá cuando hacía alguna travesura, como convencer al perro de que bailase sobre las patas traseras o convertir las llamas del hogar en pajaritos. Aquí, en la casa del bosque, Liska nunca le levanta la mano y ni siquiera le impide usar sus poderes, sino que sonríe orgullosa, aplaude encantada y le dice: «¡Muy bien, Basia!». Y ella la cree.

Sin embargo, también hay veces en que Liska deja de sonreír. Son momentos muy breves, pero Basia la ve pasar la mano por encima de ciertos objetos, con los ojos llenos de lágrimas. Basia no termina de entenderlo: ¿cómo puede una espada, un libro viejo o una baya de serbal hacer que alguien se ponga triste?

Pero no importa. Porque Liska es muy divertida la mayor parte del tiempo. Siempre tiene una sonrisa o una broma preparada, es un torbellino que viene y va y siempre lleva encima una daga o un libro. Dice que es una guardiana. A Basia le gusta esa palabra, aunque Liska nunca le ha explicado qué significa.

—Ahora que los demonios se han ido —dice siempre—, todos esos humanos tan tontos piensan que pueden entrar en mi bosque cuando les plazca. Se les olvida que la Driada no deja de ser el bosque de los espíritus, que es el hogar de todas esas criaturas. La única diferencia es que ahora no los controla ningún demonio, así que no se los comerán vivos.

Basia conoce el significado de la palabra *espíritu*. Sabe que nunca debería bailar con una *rusałka*, porque sus canciones la harán bailar, y bailar, y bailar hasta que Liska tenga que ir a rescatarla. Sabe que los *utopiec* la arrastrarán hasta la ciénaga y Jaga, la no gata, se reirá de ella por haber acabado con la ropa sucia. También conoce otras criaturas: las *kikimora* con sus ruecas, los *bannik* que viven en el cuarto de baño y los *bies* que aúllan en la noche. Liska dice que hubo un tiempo en que eran malvados. Ahora que el antiguo dios no está, no son más que criaturas traviesas que ponen el bosque patas arriba. Aun así, no se preocupan por familiarizarse con las costumbres o las emociones de los mortales y eso los hace peligrosos.

Además, hay un espíritu que no es como los demás. Basia lo sabe solo porque ha seguido a la *ciocia* Liska cuando no debería. No pudo evitarlo, ¡se moría de curiosidad! Y, una vez que empezó a ir tras ella, ya no pudo parar. Es como ver un cuento de hadas desarrollarse ante sus propios ojos; necesita saber qué pasará después.

Lo que ha ocurrido hasta ahora es lo siguiente:

En la noche, la noche cerrada, cuando las estrellas duermen bajo la manta del cielo negro como la tinta, la *ciocia* Liska sale de casa. No se lleva un candil consigo, sino que hace aparecer una de sus brillantes mariposas para que ilumine su camino, creando larguísimas sombras a su alrededor. Se adentra en el bosque, que le da la bienvenida como un viejo amigo. Los árboles se inclinan ante ella y los helechos extienden sus hojas para acariciarle los tobillos.

Es entonces cuando el espíritu aparece.

Es un ciervo, un hermoso ciervo tan blanco como la luz de las estrellas, con los ojos de un verde perenne y una cornamenta tan enorme que Basia teme que se le enrede en las ramas de los árboles. Liska extiende una mano para acariciarle la cabeza, pero siempre lo atraviesa como si estuviese hecho de niebla.

Pero ahora viene lo más curioso de todo: siempre que se encuentra con el ciervo, Liska intenta acariciarlo. Y todas y cada una de las veces, ha sido en vano.

Hasta que una noche, una lluviosa noche de primavera, por fin consigue tocarlo.

Agradecimientos

Puede que escribir un libro sea un trabajo solitario, pero publicarlo —crear algo digno de ser impreso, una obra permanente, pensada para ser compartida— es una tarea que requiere varias manos. Por eso tengo que darle las gracias a muchísimas personas por haberme ayudado a darle vida a *Donde mora la oscuridad*.

A mi agente, Victoria Marini, que es una verdadera titana y tuvo fe en este libro incluso cuando yo misma no la tenía. Me ayudó a darle forma a mi manuscrito hasta convertirlo en una obra de la que estar orgullosa. Luchó por mi historia en todo momento y la elevó hasta límites insospechados. Nunca olvidaré el momento en que me enviaste tus primeros comentarios sobre la novela y yo di un grito ahogado. «Oye, esto está genial», dije y supe que *Donde mora la oscuridad* estaba en las mejores manos.

También estoy en deuda con mi agente en Reino Unido, Catherine Cho, que se dejó la piel por conseguir que compraran los derechos de mi libro al otro lado del charco. Muchísimas gracias por todas las oportunidades que conseguiste, así como por el apoyo que me brindaste. No estaría aquí de no haber sido por ti, de verdad.

Quiero darle las gracias al fantástico equipo de Simon & Schuster US y Penguin Random House UK. A mi editora en Estados Unidos, Karen Wojtyla, que seguramente sea la persona más genial que haya conocido en la vida. Ella entendió la novela desde el principio y a veces sabía lo que yo intentaba decir casi mejor que yo misma. A mi editora en Reino Unido, Carmen, que terminó de ayudarme a pulir esta novela para dejarla perfecta, sobre todo en lo que respecta a la carga emocional y, por supuesto, al romance.

Al equipo de Simon & Schuster: a la editora jefe, Bridget Madsen; a la jefa de producción, Elizabeth Blake-Linn; a Sonia Chaghatzbanian, por diseñar una cubierta tan preciosa, y a Irene Metaxatos, por una maqueta igual de bonita. A Nicole Fiorica (siento haber hecho un hábito de enviarte las revisiones tarde). A Anna Elling, del departamento de publicidad, así como a Alissa Rashid, Caitlin Sweeney, Emily Ritter, Ashley Mitchell y Amy Lavigne, que velaron por la estrategia de *marketing* de *Donde mora la oscuridad*.

También he de mencionar, por supuesto, a Magdalena Kaczan, la ilustradora que creó la cubierta con influencia eslava con la que siempre había soñado. Te juro que se me escaparon unas cuantas lágrimas al ver la cubierta final.

No quiero dejar de darle las gracias a las magníficas compañeras de Penguin UK: a la responsable de calidad, Memoona Zahid; a mi brillante maquetadora, Emily Smyth; a la editora jefe, Shreetah Shah; a Stevie Hopwood del departamento de *marketing*, y a Stella Newing de audiovisual.

Hace tres años, justo antes de que el COVID parase el mundo, conocí, nada menos que en Twitter, a otras dos autoras noveles. Han acabado siendo dos de las mejores amigas que he tenido nunca. Marisa Salvia es una fanática de las tablas de embutido y, muy probablemente, la persona más buena del mundo, y siempre tiene un buen consejo que dar ante los problemas de la vida. Sarah Underwood es una escritora y amiga totalmente imparable, pese a que odie mis preferencias a la hora de vestir. Lo sois todo para mí.

Desde entonces, he tenido la suerte de conocer a otras autoras brillantes, de entre las que me gustaría destacar a Emma Finnerty, Ellie Thomas, Isa Agajanian y Kat Delacorte. Sois maravillosas, desbordáis talento, y sigo pensando que deberíamos mudarnos todas juntas a un castillo abandonado.

También quiero darle las gracias a Saja, por compartir conmigo tantas conversaciones profundas y quedadas para tomar *boba*; a Sophie, por recorrer a saber cuántos kilómetros en bici solo para quedar una noche cualquiera entre semana (aunque podrías haber venido en autobús... ya sabes), y a Natalia, Nidhi, Clem y Manula, con quien espero poder reunirme para otra cena de picoteo. A mi grupo de DnD: Andrzej, Ola, Matt y Steve, por esas noches en vela luchando contra jefes finales que me acabaron haciendo adicta al zumo de mango.

A mis lectores beta, Aya y Darian, por su inagotable entusiasmo y apoyo. Vuestros comentarios sobre *Donde mora la oscuridad* cuando todavía era un manuscrito bebé fueron cruciales para ayudarlo a llegar a la edad adulta. A Sheyla Knigge, que dio el pistoletazo de salida a todo este proceso al ver el valor de mi extraña novelita gótica cuando todavía estaba enterrada bajo una pila de manuscritos. A mis agentes de derechos internacionales, Heather Baror-Shapiro y Danny Baror, que hicieron que *Donde mora la oscuridad* diese la vuelta al mundo.

A mi familia. A mi madre, mi modelo a seguir. Que siempre hayas trabajado tan duro y hayas demostrado ser tan resiliente son los motivos por los que he llegado a estar donde estoy hoy. A mi tata, que siempre está ahí cuando necesito hablar con alguien. A mis hermanos, Hania y Robert. ¡Ahí lo tenéis, os he mencionado en mi libro! ¿Contentos? (Bromas aparte, os quiero mucho. Pero no me pidáis que os lo diga a la cara).

Dla babci Jadzi i dziadka Janka, a także Świętej Pamięci babci Basi i dziadka Rysia—dziękuję Wam za wszystko—beztroskie wakacje, bajki przed spaniem, pyszne obiady i każdą chwilę spędzoną razem.

Por último, quiero darle las gracias a las personas que me inspiraron. A Naomi Novik, que me dio la confianza necesaria para contar una historia con una profunda y orgullosa influencia polaca. A Margaret Rogerson, cuyas novelas me ofrecieron un lugar al que escapar cuando me costaba encontrar la motivación. A Diana Wynne Jones, por escribir *El castillo ambulante* y despertar mi amor por los brujos excéntricos y sus extraños mundos de fantasía. A Delta Rae, por canciones como «I Will Never Die» y «Outlaws», que me han ayudado a crear ambiente durante mis maratones de escritura. Y a ATEEZ, por darme apoyo emocional con toda su discografía.

Por último, pero no menos importante, quiero darle las gracias a mi gato, Neptune. No ha movido una pata por esta novela, pero no quiero que me ponga en la lista negra. Quién sabe qué estará tramando.

¿TE GUSTÓ
ESTE LIBRO?

Escríbenos a

puck@uranoworld.com

y cuéntanos tu opinión.

ESPAÑA ▶ 🅕 /MundoPuck   🐦 /Puck_Ed   📷 /Puck.Ed

LATINOAMÉRICA ▶ 🅕 🐦 📷 /PuckLatam

📷 /PuckEditorial

¡Gracias por vivir otra
#EXPERIENCIAPUCK!